徳間文庫

小泉純一郎vs.抵抗勢力

大下英治

徳間書店

目次

第1章　抵抗勢力の萌芽　5
第2章　さわらぬ小泉にたたり無し　45
第3章　ばかな改革はやめてくれ！　66
第4章　小泉・民主党路線の可能性　115
第5章　素人に決められてたまるか！　182
第6章　民主党造反劇　215
第7章　田中眞紀子外相更迭　237
第8章　鈴木宗男と加藤紘一　248
第9章　相次ぐスキャンダルの反動　278
第10章　郵政民営化への攻防　309
第11章　税制改革をめぐる議論百出！　362
第12章　迷走!?　民主党代表選　406
第13章　北朝鮮訪問、そして内閣改造　501
あとがき　570

第1章　抵抗勢力の萌芽

外務省出身で自由党二回生の達増《たっそ》拓也は、田中眞紀子が外相に就任したことを危惧《きぐ》した。

〈決してあってはならないことが、起こってしまった〉

外相は、総理に次ぐ日本第二位の権力者である。これまで外相には、政治力のある大物議員、つまり派閥の領袖《りょうしゅう》クラスが就任するケースが多かった。達増が外務官僚時代は、安倍派領袖の安倍晋太郎、渡辺派領袖の渡辺美智雄らが外相であった。かれらは、非常に安定感があり、仕える官僚も働きやすかった。大物であるがゆえに時の総理にも、いろいろと口がきける。諸外国との貿易交渉などで農業界や産業界をまとめるときにも、農水相や通産相などに直接働きかけ、うまく調整してくれた。

〈当選わずか三回の田中さんに、はたしてその重責が担えるであろうか〉

達増が危惧するのは、それだけではなかった。田中の外交手腕は、未知数だといわれた。が、田中は、村山内閣で、当選一回ながら科学技術庁長官をつとめている。そのとき、異常な行動を取っていた。

日米宇宙協定の交渉で科学技術庁の担当課長がワシントンに飛んだ。「さぁ、これから交渉だ」というとき、田中長官の「わたしは、そういう交渉を聞いていない。呼びもどしなさい」という鶴の一声で、担当課長はワシントン空港から一歩も外に出ず、そのまま日本に呼びもどされた。そのように、田中は、特に日米関係については冷静さを欠く異常な行動を取ってきたのである。

達増は、不安をおぼえた。

〈田中さんは、何か個人的な理由でアメリカに根深い不信感を抱いているとしか思えない。これは、日本外交の危機だ。とんでもないことにならなければいいが……〉

田中外相は、父親の田中角栄元首相は、反米だったと信じている節《ふし》がある。それが、田中角栄像を歪《ゆが》めている。中国・北京でおこなわれたＡＳＥＭ（アジア欧州会議）外相会合に出席したとき、同行した記者団から訊《き》かれた。

「田中大臣は、反米・親中なんですか」

田中外相は、きっぱりと答えた。

「父はそうだったけど、わたしはそうじゃありません」

しかし、田中角栄は、決して反米ではなかった。石油をはじめとする資源外交において、結果的にアメリカと対立しただけだ。

達増の不安は、早々と現実のものとなった。田中外相は、平成十三年五月八日、調整中であったアメリカのアーミテージ国務副長官との会談を拒否し、国会図書館で休んでいたのである。この時期、日本の外相がアーミテージ国務副長官に会わないというのは、どう考えても理解できないことであった。クリントン前政権は、日本よりも中国を重視していた。が、ブッシュ政権となり、八年ぶりに「中国よりも、日本を大事にする」という方針に転換した。そのうえで正式な代表としてはじめて派遣されたのが、アーミテージ国務副長官である。アーミテージ国務副長官は、アメリカの知日派の、いわば総元締めと呼べる人物であった。平成十二年十月には、ジョセフ・ナイ元国防次官補らとともに超党派有識者グループの代表として次期米政権に日米関係強化を提言する報告書、いわゆる「アーミテージ・レポート」を発表し、話題を呼んだ。日本外交の舵《かじ》取りを任された外相なら、アーミテージ国務副長官と信頼関係を築くべきである。しかも、アーミテージ国務副長官は、ブッシュ大統領の親書も携えていた。

さらに、田中外相は、アメリカのパウエル国務長官との電話会談で、「アーミテージ国務副長官に会うことを楽しみにしている」と述べていた。それなのに、会談を拒否するとはどういうことなのか。せっかく差し伸べられた手をピシッとはねのけるというのは、もはや異常行動としかいえない。

じつは、田中外相は、アーミテージ国務副長官とのアポイントを確定していた。そのため、キャンセルを知ったラフルア米代理大使が怒り、外務省に怒鳴り込んだ。焦《あせ》った北米局長が、自民党の山崎拓幹事長に連絡を取った。あわてた山崎幹事長は、福田康夫官房長官と調整し、小泉首相との会見を実現させようと動いた。

いっぽう、その動きを察知した田中外相は、外務省の事務方に指示した。

「わたしが会わなかったのだから、総理にも会わせては駄目よ」

そこで、福田官房長官は一計を案じた。まず、アーミテージ国務副長官に官邸の官房長官室に表敬訪問してもらう。そして、福田官房長官がアーミテージ国務副長官を連れて総理執務室にあいさつに行くという形式を取ったのである。

達増は、田中外相の異常な行動について思った。

〈鈴木宗男によってイギリス公使に転出させられたといわれている小寺次郎前ロシア課長を呼びもどすなど外務省人事の凍結で頭がいっぱいだったから、アーミテージ国務副長官に会うのが面倒くさくなってしまったのではないか。さらに、父親の田中角栄がアメリカの謀略によってロッキード事件でやられたというアメリカ憎しの気持ちが、無意識のうちに突き上げてきたのだろう。自分は外相、相手は副長官だから、こっちも副大臣が会えばいいという理屈で自己正当化した。内閣が、アメリカに対してはクールに、事務的にやっていこうという方針なら会わなくてもいい。が、実際には、最終的に小泉首相が会っている。つまり、アーミテージ国務副長官は、それだけ日米関係で重要な存在だ〉

また、田中外相は、就任早々、外務省を「伏魔殿《ふくまでん》」と呼び、外務官僚を敵視した。気に入らない秘書官や秘書室事務官を配置換えしたり、随行の上村司秘書官に度重《たび》なる痛罵《つうば》をくわえて、ついに胃潰瘍《いかいよう》で入院に追い込んだ。その後も人事の問題などで事務方がいうことをきかないと大臣室を出入り禁止にし、外務省幹部との接触を断《た》った。部下との関係を決定的に悪化させた結果、小泉内閣の外交は立ち上がりが大きく遅れたのである。

達増は、田中外相は、父親の田中角栄は官僚をアゴでこきつかっていたと思い込んでいるのではと思っている。

田中外相は、外務委員会で質問された。

「もう少し、官僚とうまくやったほうがいいんじゃないですか」

田中外相は答えた。

「わたしの父は、わたしの十倍も、二十倍も大きな台風を巻き起こしました」

しかし、田中角栄は、郵政相時代は郵政官僚を脅《おど》しながらこきつかったところもあったようだが、蔵相時代は、大蔵官僚をおだてあげ、チヤホヤしながら使っていた。

田中外相は、反米と官僚叩《たた》きが田中角栄流だと錯覚しているのではないか。

田中角栄をよく知る自由党参議院議員の平野貞夫も、いっている。

「田中眞紀子さんほど、田中角栄を知らない政治家はいないかもしれない」

五月十五日、衆議院予算委員会が開かれた。達増は、質問に立った。アーミテージ国務副長官との会談をキャンセルしたことをはじめ、田中外相への疑惑について追及した。

田中外相は、達増に訊いてきた。

「外務省に前にお勤めになっていらっしゃったんでしょうか？　外務省の職員でいらっしゃったんですか、以前。だというふうに思いますけれど。外務省の何か尻尾《しっぽ》をまだ引きずっていらっしゃるのか、何かがあるように思います。あなた様の過去が外務省の職員でいらっしゃったかどうか、わたしの親がなんであったかは別問題として、そういう人格攻撃のような、週刊誌で、新聞とおっしゃいましたか、そういうものに基づいて、一国会議員が同僚議員に対して、政党は違っても、やはり一対一、客観的な、議員同士として政策の議論をさせていただきたい。拒否じゃないんですよ、これは」

この様子は、ＮＨＫテレビで中継された。

達増が質問をしている最中から、議員会館の達増の部屋に抗議の電話が鳴り響いた。

「田中大臣を、いじめるな！」

「眞紀子さんを、困らせるな！」

外線一本と内線三本がふさがり、パンク状態となった。さらに、ファックスが次から次へと山のように送られてきた。一、二週間で届いた手紙やファックスの数は、百五十本ほど。電子メールにいたっては、なんと二千件であった。このようなことは、達増の五年間の政治家生活ではじめてであった。

達増は、田中外相のしたたかな演出力に舌を巻いた。

〈田中さんは、自分が被害者だということを演出するのがうまい。「達増は、外務省の味方で、自分をやっつけようとしている」「人格攻撃をしている」というデマをテレビを通じてふりまいているのだ〉

この異常なまでの田中人気は、どこからくるのか。達増は、国民の政治や現状に対する鬱積《うっせき》した不満が、田中の存在に仮託してぶちまけられているのではないかと思う。

弱者である田中外相が、強者である外務官僚に立ち向かい、一泡ふかせ、やっつけているというような風潮になっている。が、実態はちがう。外相は、日本第二位の最高権力者である。決して弱者ではない。外務官僚も、一見強者に見えるが、個々の官僚は弱者である。

達増とのやりとりも、圧倒的に田中外相が強者であるにもかかわらず、見る側にすれば東大を卒業し、外務官僚であった男が、か弱い初の女性外相をいじめているように映る。田中外相もまた、「まだ新米ですから」とか、「か弱いわたしがチョコンと大臣椅子に座っていると……」と弱者としての演出をしている。日本社会は、弱者のふりをすれば世の中を要領よく生きていける。田中外相は、そのような国民が共有しているメンタリティーにうまく響くのである。

橋本派会長代理の村岡兼造は、五月十日、福岡市内のホテルで開かれた「毎日・世論フォーラム」で講演した。村岡は、橋本派の今回の橋本龍太郎会長を推し立てて小泉純一郎に敗れた総裁選の選挙戦術や体質を、自己批判した。

「今までの自民党にあったしがらみが国民に批判された。頭の切り換えが必要だった」

そういって、さらに述べた。

「橋本派は、職域支部の支持獲得でも勝てると思った。でも、無党派の増加と同じ現象が自民党の内部でもすすんでいた」

そして、こうも語った。

「派閥はカネ、人事で機能しなくなりつつある。これからは人材の育成と政策研究に励みたい」

さらに、くくりとして述べた。

「わたしは故竹下登元首相から『黙って縁の下で汗をかけ。不言実行だ』と教えられたが、いまは不言実行では国民から理解されない。有言実行に切り換えたい」

橋本派としては、国民のために、地道に政策研究会としての道を歩む。

派閥自体がすでにいままでとは変わっている。選挙、各種行事、政策勉強で資金も相当必要であり、交通費だってかかる。かつてのように会長が一人で資金を負担することは困難であり、グループの幹部が相応に拠出しながら会を運営している。もちろんそれだけでは足りないし、政策研究会でパーティーを開催して補っている。派閥が、利権の集団でなく、本当の政策集団になる時代がきた。そうしたとき、政策集団としての橋本派の力が生きてくる。

小泉が「脱派閥」と口にするのはかまわない。総理総裁である以上は、すべての派を相手にする。総理は、脱派閥をいうのは格好良いが、小泉首相を支える森派は、派閥解消は表明していないし、折りあらば数を増やすことに専念している。議会の最終決定は票数で決まる。総裁選も同様である。やはり、政策集団として人数が多いというのは実力を発揮できる。派閥がいいか悪いかは別にして、橋本派の前身は田中派である。その流れを汲《く》む経世会は、小沢一郎や羽田孜《つとむ》が出ていき、自民党内で第四派閥にまで落ちた。にもかかわらず、数年後にはふたたび第一派閥に返り咲いた。最大の要因は、新人の発掘に力をそそいだということだ。橋本派は、派の半分は若手である。新人の発掘に怠りはない。

総理総裁の後継者がいない、という話はある。が、田中派でも、竹下登という後継者が現れるまでに十年くらいあった。少なくとも、三年間は、後継者候補すら出なかった。いま、小渕がいなくなってから一年。まだ後継者が出ないといって焦ることはない。橋本派の会長代理である村岡としては、今後後継者を育てていくことが使命だと思っている。

現在の状況だけでいくと、ポスト小泉は加藤紘一、山崎拓、麻生太郎、亀井静香といったメンバーだが、数年たてば状況は変わる。そのとき、三プリンスといわれている額賀《ぬかが》福志郎、藤井孝男、鈴木宗男といったメンバーから育つかもしれないし、まったく新しい人材が派内から育つかもしれない。あるいは、他の派閥との連携もありうる。いずれにせよ、村岡は新しい人材は育てていくつもりでいる。

人材を育てながら、時代が変わっていく中でどう集団を維持するか。いままでのやり方に甘んじるわけにはいかない。選挙も、新しいやり方になるだろう。現在のところ、橋本派は、橋本龍太郎、野中広務、青木幹雄、そして村岡の四人が結束して強さを発揮している。参議院幹事長である青木は、参議院をまとめている。野中が、事務総長として派をまとめている。村岡は、会長代理として、この二人の間を円滑にすすめていくという立場をとっている。参議院、衆議院ともに、派としてはよくまとまっていると村岡は自負している。さらに、三人で折にふれ話し合う。特に重要なテーマは持たなくても会っている。そのことによって密接なつながりを維持している。

衆議院副議長で、かつて〝竹下派七奉行〟の一人であった渡部恒三は、いまの自民党内の戦いは、昭和四十年代後半からつづいた田中角栄と福田赳夫の対立、いわゆる「角福戦争」の延長線上だと見ている。つまり、旧田中派と旧福田派の戦いだ。

〈小泉首相は、福田赳夫の弟子だ。現在は、福田派が天下を取り、田中派がひっそりと身をひそめている。野中広務をはじめ田中派のメンバーは賢い。露骨に抵抗することはない。国民が、もう小泉では駄目だと判断したときに、ここぞとばかりに立ち上がるだろう〉

マスコミは、橋本派は、小泉改革に反対する、いわゆる「抵抗勢力」だと決めてかかっている。藤井孝男の脳裏に八年ほど前の政治改革論議が蘇《よみがえ》る。

〈あのときも、そうだった〉

藤井は、政治改革について訴えた。

「わたしは、政治改革に反対しない。むしろおおいにやるべきだ。ただし、小選挙区制度については反対する。これは、決していい制度ではない」

案の定、マスコミから〝守旧派〟というレッテルを貼《は》られた。今日の状況も、まさにそれと同じだ。藤井は、構造改革や特殊法人の民営化に反対しているわけではない。一つひとつ冷静な議論が必要だ。

橋本派五回生の笹川堯《たかし》も、橋本派は、いかに「抵抗勢力」といわれようとも、もっと発言しないといけないと思っている。橋本派は、百人を超える党内最大派閥だ。それだけ責任も重い。自分たちが動けば内閣が変わる、ということを考えているわけではない。

〈小泉機関車は、だれかが抑制しなければ暴走してしまう。電力でも、変換器に抵抗器がついている。余分な電流が流れるとストップがかかり、ブレーカーが落ちる。われわれ橋本派は、その役目を果たせばいい。特殊法人改革も、残したほうがいいものは、絶対に残すべきだと声を上げなければ駄目だ〉

かつての派閥は、ポストの配分、選挙の応援、政治資金などが主な役割であった。しかし、現在は、派閥ではなく、政策集団だといっている。そうである以上、橋本派は政策を強く打ち出さなければいけない。が、派内には、それぞれの族議員がいる。「あれは賛成」「これは反対」と対立すれば、政策がまとまるという可能性はない。橋本派は、党内最大派閥である。人数が多いだけに、政策を一つにまとめるのは逆にむずかしい。この四月の総裁選でも、橋本龍太郎の政策は、まろやかすぎてあまり評価できなかった。

小泉政権となり、橋本派の影響力が弱まったともいわれている。が、笹川は、まったくそうは思わない。ただし、これまでとちがい党主導から官邸主導に移りつつあることは事実だ。が、官邸主導で何でもできるかといえば、それは不可能だ。党と官邸が対立すれば、人数で勝る党が勝つのは当然である。党が横に寝ころがれば、官邸といえどもなにもできない。党と官邸は、車の両輪である。

橋本派には、藤井孝男、額賀福志郎、鈴木宗男の三プリンスがいる。

笹川の見るところ、額賀は、脇が甘すぎる。KSD（ケーエスデー中小企業経営者福利事業団）事件は、致命傷だと笹川は思う。額賀は、KSD側から千五百万円の資金提供を受けていた問題で経済財政担当相を辞任していた。二、三年辛抱《しんぼう》すれば、そのイメージは消えるといわれるが、笹川は、そうは思わない。党の役員ならなれる。が、閣僚になれば、かならずいま一度KSD事件を追及されるのではないか。

鈴木は、裏方や党務については抜群の能力がある。若手議員の面倒みもいい。が、表舞台に立つようなイメージではない。

表舞台に立てるという意味では、藤井ではないかと笹川は思う。藤井は、「財界政治部長」といわれた新日本製鉄副社長の藤井丙午《へいご》を父親に持ち、毛並みはいい。ただし、藤井には自覚がまったくない。

藤井は、年齢が若い。もう少し、腰を落ちつかせて勉強したほうがいい。酒を呑《の》みながら先輩にゴマをすっているようでは駄目だ。それに、一つのポストに居座りつづけすぎる。派閥にもどり、もうすこし腰を据えて若手の面倒をみたほうがいい。

笹川は思う。

〈派閥というのは、一人でみんなの面倒をみるということはない。集団指導体制だ。床《とこ》の間の座りがいいものは、床の間に置く。床の間のものは、台所に持っていっても使えない。逆に台所で使えても、床の間に使えないこともある。だれでも、例外なく後継者になる可能性はある。要は、どれだけ努力するかではないか〉

野中広務元幹事長は、素晴らしい人物である。が、いつまでも野中におんぶに抱っこでは駄目だ。

橋本派会長の橋本龍太郎は、もっと泥水をかぶるべきだ。表舞台を歩いているばかりで、裏方で支える人の気持ちをもっと理解してほしい。若手との交流をもっと心がけてほしい。

青木幹雄参院幹事長は、参議院を握っている。なぜ平成研が強いのか。それは、橋本派が参議院を握っているからだ。ただし、七月の参院選で当選する郵政省出身の高祖憲治派の選挙違反は、さすがの青木もこたえているのではないか。近畿郵政局長が起訴されれば連座制になる。高祖本人が自覚し、部下が傷つくのを少しでも弱めるために、自らがもっと早く辞職するべきだったと笹川は思う。

いっぽう、小泉政権が発足後、橋本派は、完全な傍観者の立場になってしまった。平成八年一月十一日、橋本政権が発足して以来、平成十二年四月に発足した森政権まで橋本派は主流に位置しつづけていた。常に主流に位置していたため、橋本派は、必然的に中心となって、政策を運営してきたのである。橋本派五回生の石破《いしば》茂は、小泉政権のもとで、初めて反主流の立場に立たされた橋本派にとっては、初めての経験であり、どう身動きをとればいいのか、わからない状態だと思う。反主流になったときこそ、また、正しいとは思われない政策が進められようとしているときこそ、結束を固め、「われわれが」と声を大にして、打って出なければならないのではないか。が、そのような空気は現在のところ派内に明確に感じられない。

派閥の機能として、選挙資金、選挙応援、ポスト、の三つがある。が、橋本派に限らず、派閥の機能が低下してきているのが実情である。選挙応援には、他の派閥から来る時代になっている。橋本派のなかに、スター性がある人物がいないことも問題である。かつては、橋本龍太郎がそうであった。が、現在は選挙応援の目玉になるようなスターが不在である。

資金の面でも、派閥に所属していることで格段に有利になることはない。また、派閥に所属することによってポストの面で厚遇されることも少なくなっている。これまで橋本派は「汗は自分で流しましょう、手柄は人にあげましょう」との考えを一貫し、地道に仕事をしている人間にはかならずポストを与えてきた。が、そのような時代が変わりつつあるのではないか。地道に仕事をすることの尊さは当然だが、それと同時に時代が自分を必要としているのか、その能力が自分にあるか、ということが大切になってきている。自分で法案が書けて、予算書が読めるか、という時代なのである。

小泉首相自身は、「脱派閥」の方針を打ち出しているため、それまでの派閥の構成員の数によるポストの配分が否定された。そのため、橋本派はこれまでのように、確実に大臣ポストを確保できなくなった。いままで、大臣のポストに近いといわれてきた議員たちにとっては、この小泉政権によって、ポストが遠のいてしまった。そのような議員たちにとっての小泉への怒りは、凄《すさ》まじいものであろう。

石破は、橋本派が政権派閥となり、自分がいつの日か大臣になったときに、どのような政策や法律を出すのか、今はそれを考える、いい機会だと考えている。

小泉政権が発足したことによって、橋本派の弱体化がささやかれている。野中広務の求心力が低下していることも、強く影響しているのであろう。いっぽうで、自民党参議院幹事長である青木幹雄は、着実に力をつけてきている。いまや参議院では、KSD事件で参議院自民党会長であった村上正邦が去った後、絶大な力を誇っている。政策懇談会などで、青木は、体系的に自分自身の政策を語ることがあまりない。しかし、小泉政権にとって、青木の存在は、かなり重要な位置を占めてきている。青木をはじめとする議院運営委員会や国会対策委員会の政治家は、実際に、他党との政策のすり合わせや交渉をする。青木は、そのなかでも、法案を上げるプロとして、卓越した力を持った存在だと石破は感じている。参議院の議院運営や、国会対策を握っている青木は、政策を進めていくうえで大きな存在になっているのである。が、やはり橋本派全体でいえば、小泉政権になったことにより、かつてほどの求心力は失ってきていると石破は思う。

いっぽう、今回の総裁選で派閥の長である橋本龍太郎を推さないで、他派の若手議員らと派閥横断の連携を呼びかけ、総裁選の候補者たちとの懇談会を率先してひらいた橋本派二回生の新藤義孝は、もともと派閥という存在自体が「オズの魔法使い」のようだと思っている。「オズの魔法使い」は、アメリカの作家、ライマン・フランク・ボームが四十四歳のときに発表した児童文学である。主人公の少女ドロシーとともに、知恵がないカカシ、心がないブリキ、勇気がないライオンが、それぞれの目的のためにオズに向かう物語である。ドロシーたちがオズに着くと、大きな声とともにオズの魔法使いが現れる。が、実はそのなかにいたのは、たったひとりの奇術師だった。派閥、というものに関しても同じことがいえる。たしかに派閥というものは存在している。では、それがいままで意思をもってひとつの固まりとして動いていたかというと、疑問を感じる。派閥という大きな組織があるが、結局その中身は、議員一人ひとりの集まりにすぎないのだ。かつてのように、権力者といわれる人がアドバルーンを上げると、派閥自体もそれに乗り、動いてしまっていた。が、それは決して議員一人ひとりの意思によるものではない。幻想、バブルに踊らされていたにすぎないのではないか。

新藤は、尊敬する××さんが右といえば、自分もいっしょに右に行くような時代は、終わったと思っている。ひとつの問題に関して、周りからの伝え聞きや噂《うわさ》だけで判断するのではなく、役人を呼んで話を聞いたり、勉強をする。自分で確かめることが、これからは大切なことなのだ。

かつて、橋本派の前身である竹下派は、竹下登の「汗は自分で流しましょう、手柄は人にあげましょう」という言葉のとおり、縁の下の力持ち的な存在を貫いてきた。が、これからは一人ひとりが発言し、自己発信していく時代になっていかなければならないのであろう。現在、衆参合わせて約三百五十人いる国会議員が、それぞれ自分の仕事をすれば、三百五十個の仕事ができることになる。その自分の仕事をするためには、ひとりで何かいってても仕方がない。仲間が必要である。そのためには、日ごろから自分の意見を聞いてもらえるような環境をつくらなければならない。そこに、派閥の意義があるのではないか。

橋本派に所属している議員は、それぞれに専門分野をもっている。新藤は、そういうさまざまな得意分野をもった議員たちと意見交換をすることによって、勉強し、またお互いの理解を深めている。その結果、仲間意識が非常に強くなってくるのである。派のなかに理解者を増やしていけば、外にも届きやすくなる。

また、橋本派は、非常に人柄がいい政治家が多いという。竹下登にしても、小渕恵三にしてもそうであった。また、綿貫民輔のような生真面目《きまじめ》な人間が多い。彼らと意見交換をし、自分の意見を聞いてもらう。そして、その意見に賛同してもらう仲間をつくる。そのための派閥なのである。派閥に所属していることによって、選挙資金や、選挙応援、またポストの面で有利である、ということはなくなってきている。選挙資金に関しては、橋本派が一番少ないのではないか、とさえ新藤は思う。橋本派は、他派閥に比べて所属している人数も多い。当然、それだけ一人ひとりに回ってくる資金も少なくなる。

衆議院選挙に立候補した新藤のもとには、会長である橋本自らが何度か応援にやってきた。また、橋本派の大臣経験者クラスが、毎日のように応援にやってきた。新藤は、橋本らの気持ちには、強く感謝をしている。が、小選挙区制の現在、ネームバリューがある人間が応援に来たからといって、票が増えるというものでもない。候補者の箔《はく》をつけるためには、応援は必要である。が、最後はやはり候補者自身の政策なり人間性の部分が大事なのである。

今後、いままでの派閥の概念は、消えていくであろう。派閥への依存度が強かったり、団体に引き上げてもらって、ポストに就ける人間は少なくなってくるであろう。お互いの人間性、また、お互いの政策の指向性で、自然にまとまっていく。そのような、党内コミュニティとしての集団に姿を変えていくであろう、と新藤は思っている。


小泉首相は、五月三十一日午後〇時四十五分、田中外相と首相官邸で会った。省内人事などで外務省幹部との軋轢《あつれき》がつづいていることに懸念を伝え、うながした。

「外交に専念してほしい」

田中外相も、了承した。

小泉首相は、その後おこなわれた内閣記者会のインタビューで、田中外相について「非常に魅力的な明るい外交資質を持っている」と評価するいっぽう、指摘した。

「外交が本分だ。省内の体制をととのえるのもいいが、それは外交をするためだ。あんまり焦らず、急がずね」

小泉首相と、いわゆる「道路族」との戦いもはじまった。

五月十七日、橋本派六回生の野呂田芳成衆議院予算委員長は、兼務している党道路調査会長を辞任する意向を固め、橋本派の野中広務事務総長を通じて麻生太郎政調会長に伝えた。小泉首相は、公共事業予算の配分見直しに関連し、道路建設に使途が限定されているガソリン（揮発油《きはつゆ》）税などの道路特定財源を一般財源化する考えを示している。予算委員長が道路調査会長を兼務するのは、余計な誤解を招きかねない、との判断によるものであった。

党道路調査会長は、これまで道路関係の公共事業に強い影響力をもった金丸信元副総裁以来、中村喜四郎、綿貫民輔、村岡兼造、野呂田芳成と竹下派の流れを汲む建設族の実力者が独占してきた。だが、橋本派は、後任会長を他派から出すように求め、堀内派の古賀誠前幹事長に白羽の矢を立てた。古賀は、いわゆる抵抗勢力の一人といわれている。が、橋本派ではないぶん、まだ当たりが柔らかい。それに、堀内派は橋本派と友好関係にある。橋本派とすれば、「古賀なら、まったくちがうタイプの人よりもいろいろと相談もしてくれるだろう」と考えたにちがいない。

古賀は、政治の師である田中六助元幹事長の言葉をあらためて思い起こした。

〈ピンチは、チャンスだ。ひどく厳しく、難しい状況のなかでのポストではあるが、それだけに魅力もある。引き受けよう〉

五月十八日、自民党は、道路調査会長に古賀を充《あ》てる人事を内定。六月十一日、正式に道路調査会長に就任した。

道路は、人間の体でいえば、血液を流す血管である。経済の面でも、生活の面でも、きわめて基礎的な社会資本だ。都会では、「年度末の三月は、道路工事が多すぎる」という苦情が多い。が、これは地下鉄、ガス、水道管などの施設のための工事であり、道路そのものの工事は少ない。

また、「車も、ほとんど通らないような地域で道路整備をするのは、無駄遣いではないか」という批判もある。しかし、道路というものは、開通してこそ意味がある。道路の一部が完成していて、当初の目的である道路とまだつながっていないところを車が走らないのは、当たり前のことだ。ネットワークは、完成してはじめて有効に活用される。ただし、なんでもかんでも道路のネットワーク化を図ればいいというものでもない。

昭和三十年代の高度経済成長時代の物差しで道路整備を計画し、事業に移していくわけにはいかない。昭和三十年代と現在では、時代の状況がちがう。たとえば、東京都と愛知県を結ぶ東名高速道路が開通するとき、一年間で何台利用するかを計算し、料金を設定した。が、実際にはその試算の数倍の車が利用した。ところが、本州と四国を結ぶ本四架橋線は料金が高いということもあるのかもしれないが、ほとんど利用客がいない。試算の台数に遠くおよばない。

道路建設の難しいところは、用地買収に時間がかかることだ。結果として、コストも高くなってしまう。さらに、困るのは、開通までに時間がかかりすぎる点だ。国民は、このことに苛立《いらだ》ちを感じている。古賀は、これを解決しなければいけないと強く思う。

全国の地方自治体から寄せられる陳情でもっとも多いのは、道路整備である。結局、護送船団方式、あるいは金太郎飴《あめ》方式で一年間の道路特定財源をきわめて公平に分配することになる。それゆえ、全国のいたるところでなかなか道路整備が進まない。

古賀は思う。

〈構造改革は、「予算を減らす」「特定財源を一般化する」という議論の前に、まずいかにしてコストを減らしていくかを考えるべきではないだろうか。さらに、道路のネットワークを考えた場合、配分を公平化するのではなく、どこを最優先するのか、その優先順位をつけることも必要だ。それが、本当の意味での公平ではないだろうか〉

優先順位の決め方は、政治家の力関係も影響する。地方の県道、市道、町道、村道なども、そうだ。しかし、「たとえ一キロでもいいから、整備してほしい。そうしてくれなければ、自分の立場がないし、顔が立たない」というエゴとわがままは、もう捨て去るべきである。それは、ある意味で国会議員の指導力、リーダーシップの弱さでもある。行政のなかにも、その力が活かされていかない。なにも、これまで道路調査会長を歴任してきた経世会の力が弱かったということではない。道路財源が、ある意味で利用者負担という目的税で賄《まかな》われてきており、そこまで深刻に考える必要がなかったのである。

古賀は、今後、道路調査会長としての指導力、リーダーシップを発揮していこうと考えている。

〈小泉首相は、構造改革を訴えている。われわれは、逆に先取りをするべきだ〉

平成十四年、第十二次道路整備五カ年計画が終了する。古賀は、道路整備五カ年計画そのものの在り方から見直すべきだと考えている。財源があるから事業を探し出している側面がある。計画で総事業費を縛るのではなく、単年度ごとに事業の弾力性をいかす仕組みが必要と考えている。たとえば、手術にしても、その需要に合った手術をしたほうがいい。それには、単年度で考えたほうが効率がいいではないか。五カ年計画の収入を考えて手術をするのではなくて、支出がこれだけかかるということがわかり、財源の見通しがあれば、先に使ってもかまわない。計画自体は、五カ年であろうが、十カ年であろうがかまわない。が、予算の執行については単年度で考えるべきだ。このような考え方は、これまであまり論じられなかった。抵抗する人が出てくるかもしれない。が、これも予算の執行を変える改革である。古賀は、推し進めていこうと思っている。

小泉首相は、道路特定財源の見直しを指示している。が、少なくとも五カ年計画の法の縛りがかけられている平成十四年度までは無理だ。平成十四年から本格的に議論していくことになる。古賀は、一般財源化というよりも、道路行政の中で特定財源の一部が不必要ということになれば、まず揮発油税など法律の本則に上乗せしている暫定《ざんてい》税率を下げるべきだと考えている。昭和三十九年、法律の本則でガソリン税は一リッターあたり二十四円三十銭と定めた。が、平成五年にその倍の四十八円六十銭に上げた。その暫定税率を下げるべきだというのだ。そのうえで、一般財源を必要とする分野があるとすれば、新たな特定財源をつくり出していく。それが、筋として当然であり、道路利用者に対してもわかりやすい。道路特定財源の使途をどこまで拡大していくかということではなく、やはり道路行政に関連するものに限定したほうがいい。わかりやすく、すっきりさせたほうがいい。

さらに、古賀は、全国総合開発計画で決められた高規格幹線道路が一万四千キロも必要がどうか、効率のいい事業費になっているかなど、制度そのものの議論も道路調査会で進めていくつもりである。

小泉首相も、「道路特定財源の見直しをおこなう」とはいっているが、「道路特定財源を一般財源化する」とは一言も口にしていない。周囲が、ああでもない、こうでもないと意見をいっているだけだ。古賀の考えと小泉首相の考えは、まったく矛盾しない。方向は同じだ。古賀は思う。

〈経済状況は、厳しい。小泉首相の聖域なき見直しを支えるのは、当然のことだ〉

いっぽう、田中外相は、「陰の外相」とささやかれていた鈴木宗男と激突する。

鈴木宗男は、世間に伝えられているように外務省に強い影響力があるのか。小泉側近の一人といわれる森派二回生の下村博文は、ロシア関係を中心に、それだけの存在感はあると見ていた。この三月二十五日、森喜朗前首相はロシアを訪問し、プーチン大統領と会談した。鈴木は、この外遊に同行した。これは、異例のことである。通常、総理の外遊に同行するのは官房副長官だけだ。下村は、森首相の訪ロ前、官邸に申し入れた。

「われわれ一、二期生も、お役に立てるかどうかわからないが、総理のフォローで同行したい」

しかし、官邸側の返事はノーであった。

「一般の国会議員は、同行できないことになっている」

それなのに、関係閣僚でもない鈴木が同行した。つまり、鈴木は、それだけロシアに対して太いパイプを持っているということだ。

田中外相は、就任の記者会見で北方領土交渉をめぐり、昭和四十八（一九七三）年の田中角栄首相・ブレジネフ書記長会談が原点であると語った。その後、マスコミのインタビューで鈴木の同行した三月二十五日にロシアのイルクーツクでおこなわれた日露首脳会談を批判した。

「森首相は、何をしに行ったのかわからない」

マスコミは、こう解説した。

「森喜朗前首相が日露首脳会談で①歯舞《はぼまい》、色丹《しこたん》両島の先行返還②国後《くなしり》、択捉《えとろふ》両島の帰属問題の協議継続という、いわゆる『二島先行返還』をプーチン大統領に持ちかけたことがその背景にあるようだ」

五月九日、田中外相は、三月二十六日付で発令された小寺次郎前ロシア課長を英国大使に転出させる人事を白紙にもどし、ロシア課長に復帰させることを決めた。

田中外相は、その理由について、小寺が北方領土交渉をめぐり、「二島先行返還論」に抵抗し、「外務省に影響力のある議員」が人事に介入したことが交代の背景にあったと指摘した。名指しこそしないものの、その国会議員とは、鈴木であることをほのめかした。

鈴木は、不愉快であった。

〈これは、マスコミの捏造《ねつぞう》だ。新聞や週刊誌あたりが勝手な思い込みでつくっている〉

鈴木は、田中外相が「反経世会」を標榜《ひょうぼう》し、自分と対立しているというマスコミの論調が理解できなかった。橋本派の前身は、竹下登元首相が旗揚げした創政会である。その後、経世会、平成研と名称を変更してきた。が、鈴木は、創政会にも、経世会にも、くわわっていない。小渕派平成研となってから入会した。鈴木は、野中広務元幹事長と近いので田中外相に敵視されているともいわれている。鈴木は怒る。

〈眞紀子が「反経世会」だからと逆恨《さかうら》みをされる筋合いはない〉

六月二十日、鈴木は、衆議院外務委員会で質問に立った。政府参考人として招いた前欧州局長の東郷和彦オランダ大使、小寺ロシア課長に質問した。

「ロシア課長人事について、わたしが関与したことがあるのか」

小寺は、答弁した。

「わたしの人事に関して、鈴木先生から直接話があったことはない」

東郷も、答弁した。

「通常の外務省人事であった」

そのうえで、鈴木は、田中外相に外務人事などについて質問しつづけた。明確な答弁はなく、持ち時間の一時間を二十分ほどオーバーした。

鈴木は、二十二日の委員会でふたたび質疑に立つことを通告し、質問を終えた。

「金曜日の委員会で、ふたたび質疑する」

その後、鈴木の事務所に宮城県連、福島県連、神奈川県連、新潟県連などから抗議文が届いた。

「国民感情を逆撫《さかな》でするような言動は、参院選を間近に控え大きなマイナス」

「野党以上ともいえる個人感情をあらわにした姿勢に、有権者から批判があがっている」

鈴木は、怒りをおぼえた。

〈質疑応答をすべて聞いてから、文句をつけるならいい。しかし、この連中は、わたしの質問を意識的に取り上げたテレビのワイドショーを見て文句をつけている。そこが、少し

浅はかで、お粗末だ〉

鈴木は、抗議文を送付してきた県連すべてに電話を入れた。福島県連の加藤貞夫幹事長にも不満をぶつけた。

「おまえは、何を考えているんだ。おれの質問のどこが、どう悪いんだ！」

彼らは、ワイドショーで見ただけなので、細かいことは知らない。グウの音も出なかった。

宮城県連も二日後に、「特定のものが独断で抗議文を送付して申しわけありません」というお詫びの電話を鈴木にかけてきた。

鈴木は確かにしたたかだ、と下村博文は思う。六月二十日の外務委員会で田中外相を激しく攻撃した。が、一般常識では、とてもあそこまで踏み込めない。巷間《こうかん》、鈴木が影響力を行使して決めた人事を、田中外相が引っ繰り返したと伝えられている。鈴木は、人事に関《かか》わった官僚をすべて呼び、自分の政治的圧力があったのかどうかを訊いた。官僚にすれば、「ありました」などと口が裂けてもいえない。そもそも、このようなことは平場《ひらば》で議論するものではない。「ありません」と答えるのが当然だ。それを承知のうえで、あえて官僚を呼んだ。普通の感覚では考えられないことである。

このようなことをすれば、損するのは鈴木自身だ。案の定、国民は、鈴木を悪役のイメージで見ている。鈴木は、それでもなおかつ、このような行動に出た。鈴木は、ある意味では、凄味《すごみ》のある政治家と下村は見る。

翌二十一日、パニックに陥った田中外相は、衆議院外務委員会の土肥《どい》隆一委員長らに対し、二十二日の委員会で二時間予定されている鈴木の質問について制限するよう働きかけた。

「どうして、あんな下らない質問をさせるのか！」

さらに、田中外相は、衆議院の藤井孝男議院運営委員長、自民党の大島理森《ただもり》国対委員長にも電話を入れた。この件は、すぐに永田町に広まり、「三権分立を侵す行為」として官邸や国会を巻き込む大きな騒動となった。

田中外相と親しい下村は、悔やんだ。

〈せめてわれわれに相談してから、やってほしかった〉

大臣自らが、外務委員長、議運委員長、国対委員長に直接電話し交渉するなど、永田町ではありえないことだ。やりすぎではないかという批判も仕方がない。ただし、与党内であれば質問時間の配分を調整するのは当然のことだ。鈴木は、筆頭理事である。筆頭理事が、「自分が二時間やりたい」といっているのに、下村らが「一時間にしてほしい」とはいいにくい。が、党内調整は十分に可能であった。

六月二十二日午前におこなわれた衆議院外務委員会は紛糾した。田中外相は、「誤解を与えた」などと陳謝した。が、与野党の委員は納得せず、予定していた質疑に入らないまま散会となった。

福田官房長官は、首相官邸に田中外相を呼び、厳重に注意した。

テレビでは、二十日におこなわれた衆議院外務委員会の模様を、あたかも鈴木が田中眞紀子を攻撃しているように繰り返し放送した。

橋本派二回生の新藤義孝は思った。

〈これでは、鈴木先生が悪役のように思われてしまう〉

橋本派の若手たちが中心になって、鈴木を囲み、意見交換をおこなった。当然、新藤も出席した。そこに出席した大半の若手たちは、けしかけた。

「鈴木先生、どんどんやったほうがいい」

が、新藤の意見は違った。世間は勧善懲悪をつけたがるものだ。この場合は、田中眞紀子が善で、それを攻撃しているように思われている鈴木が悪、のように見られている。どんなに中身があることをいっても、世間から善対悪の構図で見られ、巻き添えを食うのは鈴木である。

新藤は、鈴木を止めた。

「先生、おやめになったほうがいいです」

鈴木は、顔を赤くして興奮気味にいった。

「そんなね、いちいち世間におののいてどうする。自分が正しいと思ったことは、世間が何をいおうと、やらなくてはいけないことがある。政治家は、これが信条じゃないか！」

「信念をもって事に当たれ」というのは、橋本派の前身である田中派、竹下派、小渕派から綿々と受け継がれている伝統なのである。派内では、現在でもしっかりと、そのことが語り継がれてきた。

新藤は、自分たちがいくら反対しても鈴木は自分の信念を曲げないであろう、と思っていた。

「先生はきっとやるでしょう。けれど、よくお考えになってくださいね」

鈴木は、新藤たちにいった。

「おまえたちは、親切だ」

六月二十七日、衆議院外務委員会がひらかれた。鈴木が、質問に立った。が、前回二十日の激しい応酬のように火花を散らすような場面はなかった。

なぜなら、田中外相の「質問制限」というエラーで世の中の見方が変わり、局面も変わった。テレビのワイドショーは、相変わらず一方的に田中外相を持ち上げているが、ペンの論調は、「田中外相は、とんでもないことをした」と批判的になったのである。

田中角栄は、苦労して這《は》い上がり、組織を使った。田中をよく知る笹川堯は、人を活かし、人心の把握に関しては天才であったと評価している。しかし、娘の眞紀子は、父親の良い部分をまったく受け継いでいない。ただし、父親がもっていなかった冷たさ、乱暴さをもっている。それを政治に活かしていけばいい。外相は、対外的にがんばらないといけないポストだ。省内で対立していたのでは、後ろから鉄砲を撃たれてしまう。悪事を犯したものは、検察に任せればいい。

笹川は、田中外相は、人事権は、すべて大臣にあると錯覚し、勉強が足らなかったと思う。各省庁も局長以上は、閣議において認証される。そこに内閣の共同責任が生まれる。大臣が自由におこなえるのは、局長以下の人事だけだ。

六月十四日、「小泉内閣メールマガジン」が創刊された。購読申し込みは、なんと百万件を突破し、内閣から国民に対する直接の情報発信として例を見ない規模と内容に関心が集まった。

しかし、自由党の達増拓也は、「小泉内閣メールマガジン」は、公私混同であり、違法ではないかと疑念を抱いている。「小泉内閣メールマガジン」の立ち上げには、一億円という政府予算が使われている。が、その内容は、小泉首相や閣僚の個人的な意見、個人的な感想、個人的な打ち明け話である。これは、行政権の行使の逸脱であり、政府予算を使うのは、財政法違反ではないだろうか。

さらに、公職選挙法には、公務員が「その地位を利用して新聞その他の刊行物を発行し、文書図画を掲示し、もしくは頒布《はんぷ》」することを禁じている。それゆえ、歴代内閣も、政府広報にひどく慎重であった。たとえば、別の民間会社が提灯《ちょうちん》記事を書き、内閣の宣伝をするような雑誌を出してきた。政府自らが税金を使い、たとえば「月刊小渕内閣」や「週刊森内閣」などは出さなかった。諸外国の内閣も、公私のけじめを厳にしている。たとえば、アメリカのクリントン政権時代、ホワイトハウス・ホームページに、クリントン大統領が飼っているペットの写真を載せたことが非常に話題になった。が、せいぜいそこまでである。クリントン大統領やゴア副大統領の個人的な打ち明け話など絶対に掲載されない。

小泉首相は、「小泉内閣メールマガジン」で、「自由にコンビニに行けなくなって不自由だ」と書いている。アメリカのレーガン元大統領も、「自由にドラッグストアに行って雑誌の立ち読みができなくなった」と書いているが、それは、大統領を退任したあと、回想録のなかでいっている。現職中に税金を使って国民に伝える話ではない。

「小泉内閣メールマガジン」は、違法性がきわめて高い。が、そのようなことをだれも問題にしないまま、二百万件を突破しようとしている。

さらに、六月二十八日、自民党本部に巨大な小泉首相の顔写真の看板が掲げられた。ここ百年の歴史のなかで、このようなことをした指導者は、ソ連のスターリンと中国の毛沢東くらいのものだ。近代民主主義国家では、絶対にやらない。ロシアや中国ですら、個人崇拝はやらないようにしている。その意味で、かなり異様な光景である。小泉首相は、かつての独裁者ほど腹をくっているわけではないだろう。咎《とが》められればやめてしまうのではないか。そのような無目的の信念なきファシズムのようなことになっている。

六月二十八日、森派二回生の下村博文のもとに、橋本派二回生の桜田義孝、山口泰明、下地幹郎らから連絡が入った。

「われわれ橋本派は、小泉内閣の〝聖域なき構造改革〟に対して足を引っ張っているようなイメージがある。だから、『そうじゃないんだ。われわれも、小泉さんを支援する。改革断行に賛成なんだ』ということを、ぜひ示したい」

「一致団結箱弁当」といわれるほど団結力の強い橋本派ながら、今回の総裁選で橋本会長に投票しなかった橋本派二回生の新藤義孝も、小泉政策を支持しているひとりである。かつての歴代の内閣がやってきたことは、それまでの制度を前提として、悪い部分だけを直したり、方向を修正するような「改善」であったり「改良」だったりする。「改革」というものは、そういうものではない。いままでの制度は一回断ち切って、そこから新しく作り直していくことだという。

今の日本の現状を考え、将来性を考えるならば、「改革」をするべきなのではないだろうか、と新藤は考えていた。

小泉内閣を支える下村にとって、願ってもないことである。下村は答えた。

「そうしてくれたら、ありがたい」

下村は、かれらと議員会館の面談室で会った。

話し合いの結果、衆議院は、一、二期生、参議院は、一期生という限定で桜田を代表世話人とする「小泉政権の聖域なき構造改革の断行を支援する若手議員の会」を立ち上げることを決めた。つまり、小泉首相の応援団である。

下村らは、手分けをして発会の案内を配って歩いた。

国会が閉会した翌六月二十九日午後一時十五分過ぎ、趣旨に賛同する若手議員が衆議院第二議員会館第一会議室に顔をそろえた。なんと、全派閥から五十人もが集まった。

午後二時四分、下村ら四十人は、首相官邸に小泉首相を訪ねた。小泉首相は、閣僚懇談室で面会してくれた。

「われわれは、『小泉政権の聖域なき構造改革の断行を支援する若手議員の会』を旗揚げしました。小泉首相を、断固支援します」

小泉首相は、午後七時に米英仏三カ国歴訪のため羽田空港を飛び立つ予定であった。忙しい合間を縫っての面会だが、ひどくよろこんだ。

「ありがとう」

面会時間は、約三十分におよんだ。

小泉首相は、ちらりと漏《も》らした。

「参議院選挙が終わったあとに、いつ解散があってもおかしくない状況になるかもしれないなぁ」

「小泉政権の聖域なき構造改革の断行を支援する若手議員の会」の五十人のうち、橋本派の議員が十七人もいた。かれらは、橋本派の幹部にこっぴどく怒られたらしい。が、堂々と参加した。かつて小渕派に所属していた無派閥の平沢勝栄は見ている。

〈それだけ橋本派の締めつけがきかなくなってきているのだろう〉

このまま小泉政権がつづけば、橋本派の力もどんどん落ちていくだろう。小泉首相も、田中外相も、基本的には反橋本派だ。橋本派には、人材もいる。が、幹部が公明党のいいなりになっているような派閥が、いい政治などできるわけがない。

かれらも、参院選が終われば死に物狂いで巻き返しをはかるだろう。橋本派の重鎮であり、平沢も尊敬していた大原一三《いちぞう》も橋本派を退会し、橋本派の体質を批判している。

「守旧派の代表が、鈴木宗男だ」

そう発言しているが、平沢が思うに、あくまで遠慮したいい方で、本当は野中広務だといいたかったのではないか。

六月二十六日、総務会で、防衛庁を防衛省に昇格するという「防衛省設置法案」が協議された。

防衛庁の〝省昇格〟は、保守党が提言している。防衛庁は、いつまでも庁のままではいけない。これは、日本の防衛の根幹にかかわる問題だ。避けて通ることはできない。二階俊博国対委員長は、保守党は勇気はもって省昇格を主張し、与党三党のなかで粘り強く協議したうえで、かならず実現させたいと考えている。自民党は保守党との共同提案を目指していた。

が、野中が、反対した。

「格上げすべきではない」

じつは、野中は、親しい公明党の顔を立てて反対したのであろうと平沢は見ている。昔なら、野中が反対すれば、それで終わりであった。

しかし、最終的には、二十八日の総務会で防衛省格上げの申し入れをすることになった。総務会は、全会一致が原則である。

総務会のメンバーである橋本派のある若手議員が、この論議のあと、下村博文に興奮しながら語った。

「これまでなら、野中さんが二回も反対すればまとまらなかった。しかし、最終的には野中さんを無視するかたちで決まった。野中さんの発言が反映されなかったことは、いまだかつてなかった。時代は、変わったんだなぁ」

七月二日、鈴木宗男は、日本外国特派員協会で講演した。鈴木は、講演で、反対する者は守旧派だという決めつけ方をするマスコミの論調について、やんわりと批判した。

「よく、小泉改革派に抵抗する勢力として橋本派という言葉が使われますが、これはまちがいです。橋本先生も、あるいは野中先生も、国民のためになる改革ならば、小泉政権を支え、支持し、同時に協力していかないといけないと、絶えず語っております。小泉さん側としても、敵をつくる、あるいは敵がいるんだというイメージをうまく世論にアピールして、また国民の関心を引いているきらいもあるかなと思います。それも、わたしは正しいやり方ではないと思っております。無用なエネルギーは使わないほうがいいし、国益だとか、将来の国のあり方という方向に向けては、切磋琢磨《せっさたくま》しながらも、また議論をして、ベターよりもベストの集約をするというのがわたくしどもの考えであるということを、ぜひともおわかりいただきたいと思います」

鈴木は、その後も、「国民のための改革なら、われわれは協力をします」と三度も繰り返した。

塩川正十郎財務相については、こういった。

「小泉総理の国会答弁などは、そうブレもなく、安定していると、こういうふうに感じます。一部閣僚、とりわけ財務大臣なんかは、（外交機密費を野党対策に使ったと発言したことを）忘れたなんていう国会での答弁は、わたしはいかがなものかと思います。いわけだとか、取り消しをするというのは、わたしはあってはならないことだと思っています。森政権ならば当然、責任問題に発展する発言だと思うんですが、何のお咎めもないことも、いま面白い現象だと思ってるんです。森前総理はよく言葉じりをつかまえられて批判されて、たびたび窮地に陥られました。それに比べ、今の内閣の閣僚は、相当な失言といいますか、あるいは取り消し発言をしていますけども、あまり非難されない。逆にマスコミがカバーしているのではないかと思うぐらい甘い。これはいいことではないと思っているんです」

七月三日、訪英中の小泉首相がロンドンで「オペラ座の怪人」を観劇した。その後、マスコミの取材を受けた。感想を訊かれた小泉首相はいった。

「いいね！　日本でも観たけど、音楽もいいし、CDも持ってるよ」

下村は、仮に森前首相であれば、そのような表現はしないだろうと思う。小渕元首相にしても、おじさんのようないい方になる。小泉は、計算しているわけではないだろうが、ラフで飾らない、率直ないい方が国民の好感度を増している。

小泉首相は、こだわりがない。なんでも受け入れる柔軟性がある。「あッ、それは面白い」と思えば、与野党を問わず、警戒をしない。そのパイプをつくっておく。

それが、ビジュアル的に国民に受けていることにつながっているのではないか。小泉首相は、率直にものをいう。日米首脳会談でも好感度を上げた。普段のなにげない小泉首相の言動が、内閣支持率を維持していることにつながっている。

現在、小泉首相のテレビCMが放映されている。わずか十五秒ほどのCMだが、「この人は、本当に日本を変えようとしている」ということが国民にも直観的に伝わっているのではないか。

下村は、政治家として小泉首相のような人物とともに戦える位置にいることは面白いと思っている。安倍晋三官房副長官も、「小泉内閣メールマガジン」で書いているが、小泉首相は、長州（現山口県）に松下村塾《しょうかそんじゅく》をつくった吉田松陰というよりも、奇兵隊《きへいたい》をつくった高杉晋作のような雰囲気である。田中眞紀子もそうだが、破壊するタイプだ。既存の組織をぶち壊し、創造していく。小泉首相が改革を進めることにより、あるいは自民党も壊れてしまうかもしれない。それは、下村たちの立場からすれば、その時代にめぐり会った政治家として、これほど面白い時はない。が、森派の幹部レベルからすれば怖いことかもしれない。

自由党の小沢一郎党首も、いわゆる「壊し屋」である。が、小沢は古いタイプの政治家というイメージを背負っている。二十一世紀の政治家という雰囲気ではない。下村には、小沢の手法は昔の手法という感じがする。小沢の主張は、確かに、振れていない。しかし、雰囲気的に重々しく、どこかハッタリ的なところがある。その点、小泉首相には、意識して人を威圧しようとか、重々しく振る舞おうという部分がない。そういうタイプのリーダーでなければ、諸外国をふくめて二十一世紀は通用しないのではないかと下村は思う。

第2章　さわらぬ小泉にたたり無し

民主党の鳩山由紀夫代表は、六月二十四日の東京都議会選挙前の一時期、小泉首相にさかんにエールを送っていた。

「小泉首相が本気で改革に取り組むなら、協力する。民主党が解党してもいい」

国民は、それなら民主党はいらないではないかと思ったであろう。民主党幹事長代理の熊谷弘も、小泉首相に秋波《しゅうは》を送るのはとまどいがあった。

党内から、「都議選、参院選という戦いを前にして、そんなことはいってられない」という批判の声が上がり、鳩山代表も路線を転換した。が、言葉の端々に、そのような情感が残っていた。

自民党無派閥の平沢勝栄は、東京都議選のときから訴えつづけていた。

「これだけの追い風のなかでの選挙で負ける奴《やつ》は、豆腐の角《かど》に頭をぶつけて死んだほうがいい。勝てないほうが、おかしい。こんなときに選挙をやるものは羨《うらや》ましい。負けるとすれば、よほど候補者のタマが悪いか、相手が強すぎたのか。そうでなければ、普段まったく選挙区で動いていないということだ」

小泉首相が七月十二日公示の参議院選挙にのぞむにあたって、自民党の広報本部広報局長の荒井広幸たちは世論調査をした。集めたデータに基づいて、小泉人気を、自民党の人気につなげていくためである。そのためには、まず、小泉の人気を確固たるものにしなくてはならない。

テレビのＣＭを放送するにあたって、キャッチコピーとして入れたのが、「小泉の改革に力を」というフレーズであった。小泉首相がテレビに映ったとき、小泉首相は、さらにアドリブを入れた。

「できないような話なら、最初からしない」

できない公約はしない、というものである。

小泉首相にとって、そこが最大のアピールのポイントでもあった。

自民党は、七月三日、小泉首相の指示に基づく参院選向けの重点政策を発表した。内容は、①構造改革の推進②特定財源の見直し③人権尊重社会の実現④郵政三事業の検討⑤地方税財源の拡充と地方財政の健全化（地方交付税の見直し）の五項目で構成。小泉が「聖域なき構造改革」の具体策として打ち出した郵政三事業の民営化、道路特定財源見直し、地方交付税削除などに一応は触れてはいる。

が、いずれも表現を後退させたり、玉虫色にした内容となった。「小泉改革」に抵抗する自民党の実態をあらためて浮き彫りにしたかたちで、参院選での有権者の投票行動にも微妙な影響を与えるのではないかと見られていた。

七月十一日、主要七党党首による公開討論会がおこなわれた。小泉首相と民主党の鳩山代表は、改革の本家はこちらとばかりに譲らず、激しいやりとりを演じた。

鳩山は、小泉首相の姿勢が後退していると批判した。

「自民党総裁選のときの勇ましい改革の姿勢が参院選の自民党公約の中に見られない」

小泉首相は、反論した。

「自民党と小泉内閣の公約は、民主党以上に具体的だ。郵政三事業は国営堅持という自民党の公約を変えさせた」

鳩山はアピールした。

「わたしたちは、道路特定財源の一般財源化をはじめ、不良債権問題や機密費、天下り禁止一つひとつに、具体例を例示している」

小泉は、鳩山は小泉内閣発足当初は首相の改革姿勢に同調していたが、一転して対決色を鮮明にしたことについて鳩山に突っ込んだ。

「本心は、どちらか？」

鳩山は、切り返した。

「あなたが変心したからだ。小泉首相自身の中に抵抗勢力が宿りはじめているのが心配だ」

公開討論会終了後、会場では各党党首の揮毫《きごう》が披露された。小泉首相は、かつて雑誌で対談した歌人・俵万智のベストセラー『サラダ記念日』で詠《よ》まれた短歌をもじり、こう書いた。

「自民党がいいねと　君が言ったから　二十九日は　投票にいこう」

有権者に自民党への支持と投票を呼びかけた。

鳩山は、吉田茂元首相が好んで書いたという「呑舟之魚　不遊枝流」。大魚は小さな川にはいない、という意味で、野党に満足することなく、新しい大きな政治の流れを作るという思いが込められているようだ。

七月十二日、参院選が公示された。

小泉首相は、東京有楽町で公示日の第一声をあげた。決まり文句をあげた。

「多少の痛みには耐え、明日をよくしようという米百俵の精神でいく」

小泉首相は、この参院選でも、テレビを有効に使った。マスコミ操縦で定評のある飯島勲首相秘書官が、早々と仕掛けた。六月二十一日、国会終了後すぐに参院選向けの取材を受けたい旨《むね》を内閣記者会に申し入れた。従来はメディア側から依頼するのが通例だった。

テレビ各局には、一、二回ずつ出演し、一回について一時間は対応した。新聞各社も単独インタビューを申し入れたが、複数の社がグループごとにまとまっておこなうインタビユーに二回応じただけだった。

テレビ重視戦略は、テレビ局側の思惑とも一致した。日本テレビが公示前日の十一日に夕方のニュース番組で放送した「コイズミvs.百人の女性」は、民主党などが選挙運動放送の制限などに反する疑いが濃いと問題視するハプニングも起きた。選挙戦の行方《ゆくえ》を左右するとされる主婦層をターゲットにした番組だった。

自民党の目標議席は、自民、公明、保守の与党三党が参議院での過半数維持に必要な六十三議席であった。が、この目標は、小泉総裁が秋に予定されている総裁選で再選するための過少申告であった。

自民党の町村信孝幹事長代理は、目標を定めた。

〈改選議席の六十一議席を維持できれば、ベストだ。が、選挙というものは何が起こるかわからない。選挙区は、四十七都道府県で一人ずつ取りたい。しかし、五つ六つは落とすかもしれない。そうなると、四十から四十一議席。比例区で十五、六議席ほど取れれば、合わせて五十六、七議席となる。とにかく、この議席だけは下回りたくはない〉

幹事長代理は、選挙を取り仕切るポストである。町村のもとには、各都道府県の情勢報告書が刻々と寄せられてくる。いずれも、感触は良かった。町村は願った。

〈このまま、いってもらいたい〉

いっぽう、民主党の鳩山代表は覚悟していた。森前政権のまま参院選に突入していれば、与野党逆転の可能性は十分にあり、実現したと思った。が、四月に小泉政権が誕生したことで様相が変わった。小泉人気は、すさまじく、内閣支持率は八〇%を超えた。

〈これは、並大抵のことでは勝てない〉

将来、かならず支持率が下がるだろうが、小泉政権誕生から参院選までわずか三カ月だ。そう短期間では下がらない。これは大変だぞ、という気持ちであった。

鳩山はそれでも、当初は三十議席の大台に乗せたいという思いであった。しかし、四十七都道府県の一つひとつの選挙区事情を分析すると、大変な状況だった。それに気づいたときには、まさにゾッとした。そこで、とにかく勝てそうな選挙区を重点的に応援するという方針を取ることにした。

鳩山は、「小泉さん以上に構造改革路線を押し通していく」という主張を展開した。特に選挙戦中盤から後半にかけては、「小泉改革というものでは、結局はうまくいかない。われわれは、政権交代を実現し、本物の構造改革をやるのだ」というメッセージを出していった。しかし、それは党全体の声として強く押し出すまでに至らなかった。むしろ、「痛みを和《やわ》らげないといけない」という論調の議員もいた。党内の足並みがそろわなければ、パンチが効かない。本当は、もっとパンチを効かせて小泉首相以上に構造改革路線を突っ走るというメッセージを出すべきであった。

が、どうも党内の一部では、「そうはいっても、やはり痛みはきつい。痛みは、和らげたほうがいい。そのための雇用対策、失業対策、いわゆるセーフティーネットを重視する」という議員もいた。それも、確かに大事なことではある。しかし、そればかり強調すると、なにか構造改革におよび腰だと見られてしまう。

鳩山の小泉批判は、もっと構造改革を進めるべきだという意味での批判であった。が、逆に、やりすぎでは駄目だ、不良債権の処理を急ぐとバタバタと倒産してしまう、と尻込《しりご》みしたという批判にとらえられてしまった。鳩山はそのことを悔やんでいる。

民主党の熊谷弘幹事長代理も、東京都議会選挙の結果から、厳しい戦いになることを覚悟していた。民主党は、都議選で目標を上回る二十二議席を獲得した。が、自民党は、小泉人気で五十三議席と大勝していた。しかし、党の幹部として弱音を吐くことはできない。候補者本人や選対本部の幹部に発破《はっぱ》をかけつづけた。

「今回の戦いは、レニングラードの戦いだ」

旧ソ連の大都市レニングラードは、第二次世界大戦で、一九四一年から二十九カ月にもわたってドイツ軍の包囲を受けた。が、市民は飢えと欠乏のなかでレーニンの都市を死守し、〝英雄都市〟の称号を与えられた。

熊谷はつづけた。

「銃がなければ、こん棒を使って叩《たた》け。こん棒がなければ、レンガを投げろ。レンガがなければ、石ころだ。投げるものが何もなくなれば、最後は組み討ちだ。敵軍が攻めこんできたら、陣地の一番深いところ、もうこれ以上は下がれない一線で戦え。勝つ戦いではなく、負けない戦いをしてほしい」

熊谷らは、参院選中、大阪で街頭アンケートを実施した。

「民主党に必要なものは」という問いかけに対して、「一、力、パワー」、「二、迫力」、「三、積極性」という答えが返ってきた。

「民主党が取り組むべきものは」の問いかけには、「一、景気経済」、「二、党首交代」、「三、福祉、元気」であった。

熊谷は、鳩山代表には、党内をまとめる統治能力は十二分にあると思っている。が、迫力やパワーに欠けているのは否《いな》めない。お坊ちゃんゆえ、喧嘩《けんか》をしたことがないのか、党首討論などのディベートも、いまひとつ弱い。明治・大正時代の政党にたとえるなら、生活感があり、男臭い立憲政友会ではなく、護憲運動の中心となる憲政会のイメージなのである。

参議院選中も、小泉首相は、テレビを有効に使った。地方遊説《ゆうぜい》の強行日程がたたって体調不良を訴えた選挙戦前半の七月十八日、熊本、長崎行きはとりやめた。が、大分だけは予定どおり出かけた。別府市である政談演説会を、ＮＨＫが収録し七月二十二日に全国放送することが決まっていたからである。

イタリアでのジェノバ・サミット（先進国首脳会議）の最中も、小泉首相が港に面した広場を散策するところをテレビカメラが追った。ニュース取材が集中する中、ワイドショーなど向けの演出だった。

山崎派の幹部で、自民党筆頭副幹事長の甘利明は、参議院の期間中、地元神奈川県に三分の一ほど入った。残りの三分の二は、県外の候補の応援に出向いた。いずれの選挙区も、自民党候補に対する熱狂的支援は、いまひとつ感じられなかった。

しかし、ジェノバ・サミットを挟み、全国を遊説した小泉首相の人気ぶりはすさまじいものがあった。甘利のもとに、小泉首相の街頭演説の様子や聴衆の数などの報告書が次々に入ってきた。どの遊説地でも、聴衆の数は異常な数字であった。かつて、橋本龍太郎元首相も国民的人気を博し、橋龍フィーバーが沸き起こった。ある場所では、五千人ほどの聴衆を集めた。これだけでも、とてつもない数だ。だが、小泉フィーバーは、さらにその上をいった。同じ場所で、なんと万単位の人数が集まったという。甘利は、おどろきを隠せなかった。

〈小泉フィーバーは、社会現象になりつつある〉

選挙前の世論調査では、自民党の支持率は高かった。が、この数字を額面どおりに受け取るわけにはいかない。選挙は、何が起こるかわからない。選挙前は高くとも、選挙中に下がりはじめ、いざ蓋《ふた》を開けてみるとひどく落ち込んでいるケースも多い。それが、選挙の常でもあった。

マスコミの論調も、小泉内閣に厳しくなってきた。

「小泉首相は、構造改革には痛みが伴うと主張している。しかし、有権者は、その痛みは自分以外のものだと認識している。はたして、自分の身にも振りかかるという覚悟ができているのか」

そこへきて、日本経済を左右する平均株価も下がりはじめた。七月二十三日、東京株式市場の日経平均株価は、バブル後最安値の一万千五百円台を推移していた。イタリアからこの日帰国した小泉首相は、株価低迷について記者団から聞かれた。

「支持率も下がっているし……」

小泉首相は、十秒ほど沈黙した。内閣支持率の高さを背景に、攻め一辺倒だった首相がちらりと弱気をのぞかせた場面だった。

甘利は、祈るような気持ちであった。

〈これは、小泉政権にひびく。なんとか、早く投票日がきてほしい〉

自民党サイドが、しきりに打ち上げはじめた。

「株価対策が、必要だ」

町村信孝の脳裏に、三年前の悪夢が蘇《よみがえ》った。平成十年七月、自民党は、勝利ムードが漂うなか参院選を戦った。が、選挙戦中盤、橋本龍太郎首相の恒久《こうきゅう》減税をめぐる発言のブレが影響し、終わってみれば四十七議席と惨敗してしまった。小泉首相は、ブレない人物である。が、それでも心配でならなかった。

〈株価については、一喜一憂してもはじまらない。もともと有効な株価対策などあるわけがない。あったら、おかしい。しかし、これが小泉首相に悪影響をおよぼさなければいいのだが……〉

町村は、秘書官を通じて小泉に進言した。

「総理の発言は、重い。不用意なことは、いわないほうがいいですよ」

町村の不安は、杞憂《きゆう》に終わった。小泉首相の発言は、最後までブレなかった。

選挙戦終盤、ＮＨＫの世論調査がおこなわれた。自民党の支持率は、選挙前と比べて若《じゃっ》干《かん》下がっていた。通常なら、その受け皿として野党の支持率が上がっているはずだ。が、民主党も同じように下がっていた。共産党にいたっては、大幅に落ち込んでいる。甘利は、ひとまず安心した。

〈従来のパターンとは、ちがう。おそらく大丈夫だろう〉

橋本派五回生の石破茂は、参議院選における、候補者たちの姿勢に首をかしげていた。この選挙は、四月に発足した小泉内閣の支持率が、大きく左右されるといわれていた。小泉内閣は、八〇％を超える、高支持率であった。参議院選挙がおこなわれる七月に入っても、小泉内閣への支持率は、低迷することがなかった。

候補者の何人かは、自分の選挙用ポスターに、小泉とのツーショット写真を使い、町での演説では、「小泉」の名前を連呼した。国民から高い支持率を得ている小泉首相の人気にあやかる形で出馬する立候補者が、多数出馬したのである。それは、橋本派の立候補者とて、例外ではなかった。橋本派の何人かの候補者は、他派閥である小泉とのツーショット写真を選挙用のポスターに使用し、街頭演説では聴衆に訴えた。

「小泉とともに、改革を！」

が、石破には、あくまでかれらはスローガン先行で、具体論をあえて避けているように感じられた。

〈なにを考えているんだろう？　具体論を示して選択を求めるのが選挙のはずなのだが〉

石破は、いままで国会議員として、衆参選挙を何度も経験してきたが、今回ほど釈然としない気分にさせられた選挙は初めてである。小泉首相にしても、候補者たちにしても、何がやりたいのかが、まったく見えてこないのである。国民に対しては、小泉や候補者たちのいう「改革」という言葉だけが先行してしまった。

石破は、地元である鳥取の会合で、こう演説した。

「これは映画でいえば、ずっと予告編が流されているだけなんですよ。主演・小泉純一郎、助演女優・田中眞紀子、題名・『聖域なき構造改革』って」

予告編のうちなら、まだいい。有権者たちは、小泉の「痛みを伴う構造改革」の「痛み」を、今の段階では鍼《はり》や灸《きゆう》などの、いってみれば漢方的なものとしてしかとらえていないのではないか。が、いざ本編が始まり、その「痛み」が現実のものとなれば、「こんなつもりではなかった!」との声が上がってくるのではないかと危惧《きぐ》しているのである。

石破は、鳥取の市町村長たちにいった。

「比例区で『自民党』と書いてはいけませんよ。『自民党』と書くということは、すなわち小泉改革に無条件支持という意思表示になってしまいますからね。できるだけ、個人名を書いてください」

社会資本の整備がされている東京や大阪ならば、まだそれでいいかもしれない。が、整備が遅れている地方にとっては、公共事業の削減の方針を打ち出している小泉政策を無条件で支持するわけにはいかない。

「道路整備を急ぐところは、旧建設省出身の岩井國臣《くにおみ》と、港湾整備が必要なところは、旧運輸省出身の藤野公孝と書いてください」

「自民党と書くな」との石破の声を聞いて、会場からは「先生、まさかまた離党するのではないでしょうね」という声があった。かつて自民党を離党し、新生党、新進党を経て、自民党に復党していた。

石破は、思わず苦笑した。

「大丈夫、大丈夫。個人名を書けば、それは自民党の票としてもちゃんとカウントされますから、ご心配にはおよびません」

選挙戦後半になると、小泉首相の言動に異変が見られた。野党側が改革に伴う「痛み」に批判の的を絞ってきたため、小泉首相の口調が激しさを増した。

七月二十六日、小泉首相は、大分市内での演説で声を張り上げた。

「一つや二つ失業してもどうってことない。雇用形態も変わっている。一度や二度の失業でくじけない。新しい職を求めて立ち上がる人は（政府が）しっかりバックアップする」

与党内にも賛否を抱えるため、選挙中の演説では触れてこなかった靖国神社参拝についても語り始めた。

七月二十六日の熊本市内では、強気の発言を繰り返した。

「当たり前だと思って参拝するつもりだ。ほかの国が戦没者の方々にどういう敬意を持って儀礼するかわたしは文句をいうつもりはない。批判するつもりもない。なぜ（靖国参拝が）批判されるのか、わたしにはわからない」

小泉首相は、七月二十八日、女子高生から「純ちゃーん」という声援が飛ぶ札幌市内でも決まり文句を繰り返した。

「小泉内閣を支えてくれるのは自民党です。自民党の国会議員が小泉を自民党の総裁にしたんですから」

自民党にとっての悩みは、小泉首相の支持率と自民党の支持率の差がなかなか縮まらないことである。そこで、自民党が小泉政権を支えているという説明で、選挙戦では小泉人気を最大限に利用する戦術に出た。

「小泉人気」を前面に出す作戦は当たった。どの会場でも、到着するなり候補者そっちのけで地鳴りのような大歓声がわき起こった。主催者発表によれば、各会場の人数は平均一万人を超えた。

小泉首相は選挙戦の最終日の二十八日も、民放テレビの番組収録に応じるなど、最後の最後までテレビを利用した。首相にとっては人気が最大の武器。積極的にテレビ出演に応じることで、その武器を最大限に活用した。

七月二十八日、東京都内の街頭に立った民主党の鳩山代表は、冒頭のあいさつもそこそこに、一気に首相批判に転じた。

「小泉首相は、抵抗勢力に心を奪われた」

「嘘《うそ》をつく首相は、信じることができない」

小泉首相が「こじきもホームレスも新聞を読んでいる」と発言したことに触れ、攻撃した。

「一国の首相の発言か。（森前首相の）『神の国』発言より、たちが悪い」

七月二十九日、投・開票がおこなわれた。投票率は、約五六％であった。マスコミ各社の調査では、小泉人気で高くなると見られた投票率は、前回三年前の五八・八四％を下回ったのである。党本部の選対本部に詰めていた町村信孝には、意外であった。

〈六〇%は、超えると思ったけどな〉

町村は、その最大の要因は、「小泉首相は支持したいが、自民党も、自民党候補も嫌だ。かといって、野党も魅力に欠ける」という層が投票行動を棄権したということだろうと思っている。さらに、最終日曜日という遅い時期、つまり夏休み最中《さなか》の二十九日に投票日を設定したことも影響したのではないか。不在者投票というシステムもあるが、有権者がこぞって活用することはない。

投票率の低さについて、鳩山は思っている。

〈小泉は支持するが、自民党は嫌いだという人はけっこういる。しかし、今回だけは……と最後の賭《か》けのような思いで自民党に入れた人も多かったと思う。しかし、そういう思いはない人が、他の政党に投票したかといえば、そういう人も少なかった。その多くは、棄権した。結果として、投票率は上がらなかった〉

開票の結果、自民党は、追加公認をふくめて六十五議席と大勝した。町村がベストだと考えていた六十一議席を四議席も上回ったのである。町村は、望外のよろこびであると同時に、身震いした。

〈今回の参院選は、自民党にとって最後の脱皮のチャンスであり、いわば背水の陣でのぞんだ。勝ったからいいものの、もし負けていたら、どんなことが起こったか。そのことを考えると恐ろしい〉

橋本派参院議員は、改選前の三十九名から、さらに二名増やし、四十一名となった。「小泉とともに改革を」という言葉だけで具体的な政策を欠いたことによって議席が増える結果となった。結果が良かったとはいえ、橋本派の石破茂は、どうにも納得しがたい気持ちがしてならなかった。

〈具体的な政策が出てきたら、いったいどう対応するつもりなのか〉

橋本派所属の議員の中にも、「抵抗勢力」というレッテルを貼《は》られることを恐れて、小泉の主張に反対しない議員が、かなりいるのではないか、と石破は感じている。

いっぽう民主党は、選挙区で十八議席、比例代表は八議席にとどまった。

鳩山は残念であった。

〈比例代表区は、あと三つ四つは欲しかった〉

選挙区の民主党系候補の票を足し算すると千二百万票くらいになっている。ところが、比例代表区は九百万票しか獲得していない。この三百万票のギャップは、なぜ生まれたのか、分析しなければならないと思った。

投・開票日の夜、自民党の平沢勝栄は、テレビ番組の討論会に出演した。やはり出演した民主党の石井一《はじめ》副代表に、問いかけた。

「民主党は、負けた。きちんと反省、総括したほうがいいですよ」

しかし、平沢の見るところ、民主党は、負けたという意識が薄いようである。小泉人気が高くとも、与党を攻撃する材料はいくらでもあった。が、民主党は、その材料すら見つけることができなかった。民主党が反省すべきことは、まず党首の鳩山である。野党の仕事は、与党を激しく攻撃し、いわば殴り倒すことだ。が、鳩山は闘士でも、対決型の人物でもない。まるで大学の先生のように、まわりくどいことをグタグタという。パンチもなければ、迫力もない。おまけにスピーチも下手《へた》だ。

さらに、いまだに党内で安全保障問題など重要な問題を一本化できずにいる。これでは、国民も、民主党には期待できない。民主党が政権政党になるには、まず党内を一本にまとめ、党首を対決型の人物に変えなければいけないと思う。相手を殴り倒すという意味でいえば、鳩山よりも、まだ菅直人のほうがいいのではないか、と平沢は思っている。

町村信孝も、民主党の姿勢に問題があったのではないか、と見ている。鳩山代表は、当初、小泉改革に賛成するといっていた。が、選挙前に突然、対決姿勢を強めた。その姿勢のブレが、有権者に受け入れられなかったのであろう。

平沢は、参院選投・開票の夜のテレビ出演で、保守党についても厳しかった。

「自民党は、保守党を吸収し、連立を解消したほうがいいのではないか」

自民党と公明党のブリッジ役は、保守党である。が、保守党が今回の参院選で得た議席は扇千景党首のわずか一議席だ。もはや自民党との合流しか残された道はない、と平沢は見ていた。

公明党嫌いの平沢は、坊主憎けりゃのたぐいで、保守党は解党したほうがいいとさえ思っている。保守党の存在があるからこそ公明党との連立がある。自民党と公明党だけの連立などありえない。

出演していた保守党の西川太一郎が、烈火《れっか》のごとく怒った。

「連立解消とは、なんだ！」

平沢は、反撃した。

「冗談じゃない！　連立解消は、わたしの持論だ。自民党は、単独でも十分に勝てる。連立など、いらないじゃないか」

そのいい合いは、ブラウン管を通じてお茶の間にも流れた。

平沢は思う。

〈扇党首には申しわけないが、落選すれば良かった。そうすれば、結果的に保守党が解党し、さらに、わたしの望みどおり公明党との連立も解消になったのだが〉

平沢は、これまで自民党議員の多くは、公明党の支援を得なければ選挙に勝てないという幻想を抱いていたと思う。が、この参院選で、自民党候補は単独でも十分に勝てることが明らかになった。東京選挙区など、そのいい例である。東京選挙区から出馬した自民党の保坂三蔵は、公明党の支援を受けていない。なぜなら、公明党も山口那津男を立てている。支援してもらえるわけがない。結果は、保坂が百四十万票を集めてトップ当選。しかも、二位で当選した山口に五十六万票の大差をつけた。

自民党は、都市部では勝てないといわれてきた。事実、平成十二年六月の総選挙では東京ブロックで立候補した与謝野馨、島村宜伸、深谷隆司など大物候補が軒並み討ち死にした。しかし、この六月におこなわれた東京都議会選挙で自民党は勝利した。

今回の参院選で、自民党候補は三十五選挙区で公明党の推薦を受けた。が、各選挙区の票数を計算すると、自民党支持者のほうが圧倒的に多かった。自民党の比例区の得票数は、公明党の協力なくして二千万票を超えた。つまり、公明党の応援がなくても戦えるのだ。公明党とは、いずれ政策のちがいが浮き彫りとなる。当然、連立の見直しという話も出てくるだろう。そのときは、公明党との連立を解消するべきだと平沢は強く思っている。

その際、公明党の支援を得たものは動きにくいだろう。が、公明党が積極的に推進する外国人参政権の問題では、公明党の支援を得たものも反対にまわった。選挙は、選挙である。政策について、いちいち公明党の顔色を気にすることはない。

今後、いろいろな政策の過程で公明党に対する不信感が出てくるだろう。たとえば、平沢も推進している防衛庁の〝防衛省昇格〟問題である。公明党は、防衛庁の省昇格に反対だ。防衛庁も、いわゆる防衛族議員も、公明党に不信感をもっている。どこかで衝突するのではないか。この問題に限らず、それ以外の法案でも、予算案でも、公明党とぶつかることが多くなるだろう。これまでの自民党は、「公明党が連立を離脱したら大変だ」とまるで腫《は》れ物にさわるように接してきた。が、今後は、「出ていきたければ、出ていってもいい」という強い態度でのぞむべきだ。

七月三十日午後、橋本派幹部の村岡兼造、野中広務、青木幹雄の三人は、赤坂プリンスホテルの一室に集まった。参議院選挙の結果を踏まえて、今後のことを話し合うためである。

その席上で、さまざまな意見が出た。

「小泉人気のおかげで、危ないといわれていた候補が票を伸ばし、当選することができた」

「橋本派の結束の強さが存分に生き、目標の議席も達成することができた」

「前政権では、この結果は望めなかった」

さらに、総裁選で小泉ではない候補が勝ったとしても、ここまでの支持率はなかった。そういう意味では、小泉総裁は自民党の救世主でもあり、評価されるべきである。そして、決定ではないが、「秋の総裁選をおこなう状況にはない」という意見でまとまった。

この話が、外部に伝わった。最大派閥である橋本派がそういう意見にまとまったことが、大勢に影響を与え、現実にその動きになった。

第3章　ばかな改革はやめてくれ！

平成十三年七月六日朝、堀内派会長であり、自民党総務会長の堀内光雄は、小泉首相に会うために自民党本部に向かった。石油公団の先行廃止など特殊法人改革に関する独自の「建白書」を提出するためである。

堀内総務会長は、三年前から石油公団の廃止を主張し、論文も執筆している。平成十二年五月号の月刊「文藝春秋」に載せた論文「石油公団は解散しろ」は、その年の文藝春秋読者賞を得ている。

堀内が橋本内閣の通産相だった平成九年十二月の衆議院決算委員会で、当時新進党の石垣一夫が、質問した。

「民間会社は、社長が経営に失敗したら、きちんとそこでけじめをつける。しかし、石油公団は一年か二年の間に六つの子会社を潰《つぶ》したうえ、その会社の社長は、また新しい子会社の社長になっている。そんなことがあっていいのか」

さらに、公団の経理についても、厳しい指摘があった。ところが、答弁に立った石油公団の小松国男総裁は、答えた。

「まったく問題ありません」

しかも、過去何十年間にわたる利息収入はこれだけある、配当収入はこれだけある、今年の経費はこうだ、支出はこうだ、という単式簿記の答弁であった。

堀内は、そのやりとりを聞いていて疑問をおぼえた。

〈公団というのは、単式簿記ではなく、複式簿記でなければわからないはずだが〉

堀内は、さっそく役人に指示を出した。

「今日の話を聞いていると、まったく納得できない。石油公団の十年間の決算書を持ってきてくれ」

堀内は、二、三日かけて、その決算書をじっくり見た。一つも、問題がない。ただし、貸付金がいっぱいある。これだけではわからない。

そこで、公団に指示した。

「子会社の決算書を、過去三年間にわたって、それぞれ持ってきてくれ」

当時、石油公団の子会社は百十二社もあった。各社の営業報告書の複写だから、膨大な量である。役人が段ボール箱に入れて、堀内のところに持ってきた。「これでございます」とぽんと机の上に置いた。その報告書を積むと、なんと三メートルほどになった。

堀内は思った。

〈「大臣にわかるものか」という嫌がらせのようなものだろう〉

堀内会長は、かつて富士急行の経営者であったから決算書を見るのはお手の物だ。昼間は大臣としての公務があるし、海外出張もある。夜なべの仕事であった。すべて調査し終えるのに、四カ月もかかった。

読み終わり、堀内は事務次官と官房長を呼んだ。かれらにペーパーを渡し、問いただした。

「わたしの調べでは、一兆三千億円の不良債権があるが、どうだ」

かれらは、一週間後に、ようやく「このとおりです」と答えてきた。ただし、「現時点において、すべて清算をしたならば」ということであった。

堀内は、再度確認した。

「それは、そうだ。それでまちがいないな」

「まちがいありません」

堀内は、そこで、「総裁を更迭《こうてつ》しろ」と指示し、小松総裁を更迭した。

石油公団の総裁は、元通産官僚がつとめている。石油公団にしろ、どの特殊法人にしろ、官僚の天下りが多いというのも問題である。

官僚出身者は一つの公団に天下るだけではなく、次から次へと、まるで渡り鳥のように勤め先を変えていく。そのたびに退職金をもらっている人も多いという。

堀内のところには、いろいろな意見がメールでずいぶんと届く。激励がほとんどだが、ジャパン石油に対する意見が届いた。ジャパン石油は、三千二百億円の赤字を出している。清算すれば五千七百億円くらいの損失が出る。メールを送ってきた人は、ジャパン石油の株主総会に出席している、ある会社の担当者であった。

「ジャパン石油は、膨大な赤字を出しているにもかかわらず、過去二代つづけて、いずれも通産省ＯＢの会長、社長に何の経営責任を問うこともなく、莫大な退職金を払った。われわれ株主に対する弁明も、お詫《わ》びもまったくない。大株主の石油公団は、その都度賛成しています。会社としてもそうですが、納税者としても、これは許せません」

たしかに石油公団を廃止した場合、石油備蓄は必要である。当然しなければならない。ただし、備蓄についてもなかなか巧妙なことがわかった。備蓄するにはタンクが必要だし、タンクを置くための土地も買わなければいけない。全国に八カ所、備蓄基地を置くことになったが、土地の購入資金として、約二千二百億円ほど国が税金を石油公団に出資する。おかしいのは、備蓄基地を管理する会社を、それぞれ八社もつくったことである。タンクは八つでも、会社は一つで十分なはずだ。

会社の経営陣は、通産省ＯＢが大勢天下っている。さらにおかしいのは、八社とも、すべて東京の港区に本社を持っている。その家賃だけでも、八億円。社長、役員の給料が、八億三千万ほど。極端にいえば、会社を一社にすれば、家賃が一億円、経営陣の給料が一億円ですむ。

タンクをつくる費用も、大金が必要になる。そのため石油公団は、八社に一兆四千億円ほど貸した。しかも、みんな無利子である。無利子で貸しておきながら、石油公団には利子分が税金で補塡《ほてん》されている。そして、いよいよタンクが稼働する。油は、国家備蓄だから、それぞれの会社に寄託料を払う。つまり、預かり料だ。

堀内は、それがまた奇妙奇天烈《きてれつ》なことにおどろいた。まず、運営費。タンクは、七年に一度入れ替える。八社だから一年に一社だ。その費用が、二百億円ほどかかる。

さらに、いろいろな修理などのメンテナンス料金が、五百七十億円。これらの作業については、この間、公正取引委員会が「談合ではないか」と審査に入った。仮に談合だとすれば、ほんとうはもっと安くできるのかもしれない。さらに、土地の借地料が九十億円もある。また、無利子で借りている一兆四千億円の返済にあてるための七百億円まで税金で面倒をみている。したがって、無利子で借りてつくった建物が、毎年七百億円ずつ返済すると自分のものになる。純粋な民間企業の資産が税金で作り上げられるということである。それを足していくと、千四百億円。それを税金として公団がもらい、公団が渡してまた返ってくるという不明朗なシステムをやっているわけである。

石油開発におけるリスクマネーの供給については、堀内は、公団の出資は五〇％が限度だと思っている。現在は、石油公団が七〇％まで出せる。五〇％出すのが嫌なら、やらなければいい。しかも、民間も、一社でなくともいい。大きなプロジェクトなら、日石三菱だって、出光興産だって、大手石油会社がみんないっしょになって出してもいい。これまでは、二、三十億円の小さなプロジェクトにまで公団に七割出させている。三十年間、一度も穴を掘らずにおしまいになって損している会社さえある。少なくとも十年ほどの期限にし、その間に油が出なかったら、それでおしまいにする。これは、リスクマネーである。しかし、そこで油が出てきた。その油の量からみて、採算が合うということになれば、そこから先は営業である。いままでは、営業活動に入ってからも公団が出融資するというかたちで、どんどん営業の補助金を出しているようなものだった。そういうのはいけない。油が出た時点でやめる。そして、何年か先でもいいから公団の出融資金は返済させる。それから、事業資金が必要なら、輸出入銀行などから借りればいい。そこから先は営業なのだから、考えようによっては、非常に有望なものをあてたというなら、入札制にしてもいいだろう。

同時に、やはり無責任な体制をとらないようにしなければならない。特別会計のようなものでやるから、たとえばいまイランの石油開発でどのような契約をしているのかわからない。国民には知らせず、石油公団が金を出す約束をするなどというのは、まずいであろう。

堀内は、小泉首相とは、これまで行政改革推進本部の会議などで、いろいろと議論をしてきた。森政権時代も、堀内は「石油公団の廃止」を、小泉は、「郵政三事業の民営化」を主張してきた。おたがいにしっかりやろうじゃないか、という話はよくしていた。

堀内は、七月六日午前九時三十分に、自民党本部で小泉首相に会った。山崎拓幹事長も同席していた。

堀内は、小泉首相に「建白書」を提出していった。

「七十七の特殊法人をすべて対象にするのは、けっこうです。しかし、石油公団についてはわたしが裏も表もわかっていますが、ほかの特殊法人でこれだけわかっているものはありますか。それぞれ調べている人はいるでしょうが、役所も、これだけやられたら仕方がないと思うような調べ方をしないと、おそらくだれもハイとはいいませんよ。もし必要ならば、四つでも五つでも目玉をつくり、それだけを徹底的に調べて先行させる。パイロット的なものにしようじゃないですか。そうでなければ、進みませんよ」

小泉首相は答えた。

「それは、そうだ、それでいこう」

小泉首相は、それを受け入れ、小泉改革の第一弾として石油公団の廃止を指示した。

小泉首相は、堀内と会った後、記者団に語った。

「思い切ってやってくれ。廃止の方向でやってくれと。役所は継続の理由をいろいろ考えているようだが、そういうことのないよう堀内さんの考えたとおりにやってくれ、と指示した」

小泉首相が個別の特定法人について廃止の方針を明言したのは初めてであった。

八月一日、日経、読売の朝刊に石油公団廃止問題をめぐる自民党役員連絡会のやりとりが報じられた。日ごろから石油公団の廃止論を主張している堀内総務会長に対し、石油公団を所管する通産政務次官の経験者で商工族の甘利明が、「参院選中に総務会長が石油公団問題で発言を繰り返し、小泉首相に直訴《じきそ》までしたのは不適切だ。機関主義でやるべきだ」と噛みつき、党内の主導権争いがはじまった――との内容であった。

甘利は、憤慨した。

〈おれに確認の取材もせずに、さも抵抗勢力であるかのような書き方をするのか。事実とちがうじゃないか。こういう書き方をつづけたら、マスコミは日本を潰すぞ〉

甘利によると、事実関係は、こうだ。参院選直前、堀内会長が石油公団のみならず石油公団が担っている石油備蓄、石油開発など国策まで廃止するかについていっさいの議論なしに小泉首相に直訴して決定したとの報道があった。

そこで、甘利は、「二点、質問があります」と、堀内会長を質《ただ》した。

「まずひとつは、総務会長のやり方の問題です。総務会というのは、党の意思決定の最高機関です。ようするに、党内でいろいろな議論をすることが大事ですよという象徴ともいえる。その象徴機関の会長が、駆け込み寺に駆け込み、結論を先に出してしまうのはいかがなものでしょうか。一年生、二年生の議員ならともかく、組織の責任者が、議論もなしに直訴して結論だけ出すという方式をやってはいけませんよ。これは、総務会という組織の必要性を否定することにもなるし、いろいろな議論する場所を否定することになる。『まず結論ありき。議論はするな』ということを、会長が率先してやってはいけません。自らの職責を自ら否定することになりますよ」

甘利は、さらにつづけた。

「二点目は、わたしは、石油公団という組織がなくなるのはかまいません。しかし、新聞報道によると、あなたは石油公団が果たしている国家の使命までもいっしょに終わりにしてしまうといわれたようです。組織論と機能論をいっしょにしては駄目です。そもそも、石油公団は何のためにつくられたのか。石油危機が起こったとき、その日暮らしでは駄目だから国家備蓄をしようということで設立された。そして、石油を買ってくるだけでは駄目だから、石油開発もするということです。井戸を掘る民間会社には信用も体力もないから、信用を補完するという役割でつくったのではないですか」

甘利は、力を込めた。

「堀内会長は、石油市場が整備されているのだから買ってくればいい、石油公団をなくして、ついでに井戸を掘るのも止めてしまうという考えのようですが、国家備蓄を放棄するのは、国民が許さないでしょう。石油開発しないということになれば、どのようなことが起こるか。購買の交渉力が落ちますよ。『売ってくれないのならそれでもいい。自分たちで探すから』という姿勢があれば、足元を見られずにすむじゃないですか。井戸を掘るのを黒字にするのも大事です。が、赤字だからやめてしまえという発想ではなく、井戸を掘ることで購入価格を下げる交渉力になるという視点で考えなければ駄目です」

甘利は、一拍おいてつづけた。

「日本は、世界第二の石油消費国です。その日本が石油開発を放棄したとたん、石油の先物市場は暴騰しますよ。石油は、戦略商品であり、ただちにヘッジファンドの投機対象となります。石油市場で取り引きされている金額は、およそ二千億円。ヘッジファンドは、その二百倍の四十兆円です。ヘッジファンドというものは、何が儲《もう》かるかを朝から晩まで探している。『日本は、石油開発を止め、買い出し専門になるから石油価格が上がる』と判断したとたん、ドーンと石油に投機することになるでしょう。そうなれば、石油価格が暴騰し、国民が損をするんですよ。そういう視点で考えないといけない。そのようなことを議論もなしに、あなたは結論を出そうとしているんですよ」

甘利は、石油公団があろうが、なかろうがかまわない。が、石油公団が出資し、設立した石油開発の中小企業が多すぎることも問題だ。石油を開発するには、膨大な費用がかかる。もし油田に当たらなければ、すべて無駄な作業となる。しかも、数社とも、膨大な赤字を抱えているにもかかわらず、通産官僚の天下り先にもなっている。

中小企業は、諸外国の採掘権を取得するのはむずかしい。相手に無視される。

「あなたのような中小企業は、参加させることはできない。メジャーなら、体力があるからきちんと最後までやり遂げてくれる。しかし、あなたのところは、掘っている途中に倒産するかもしれない」

それゆえ、「国が後ろについている」という信用力をつけるために、石油公団が出資しているのである。

甘利は、赤字に苦しむ多くの石油開発会社を統廃合し、五、六社にするべきだと考えている。が、それを実現するには行政指導が必要だ。石油開発会社は、行政指導がなければ動かない。なぜなら、一カ所でも油田に当たればそれだけで細々ながらも生きていける。別のところに井戸を掘れば、金がかかる。余計なことは、やりたくない。石油開発という本来の意義をなくした井戸を持つだけの会社になっている。そのような会社があるので、意欲を持っている会社が前に出られないのだ。だからこそ、行政指導により、天下り用の赤字会社を潰し、五、六社に統廃合するべきである。なおかつ、国がリスクマネー供給機能を補償するという形態も大事だ。甘利は、そう主張したかったのである。

しかし、堀内総務会長は、通産大臣時代に官僚と対決し、石油公団廃止に凝《こ》り固まっている。甘利は石油公団を守る側に立っているという先入観からか、真意を理解せず、憤然として反論してきた。

「わたしが小泉首相と協議したのは、参院選前の七月六日だ。選挙中は、遠慮していっていない。経済産業大臣も、承知している」

甘利は、苦虫を嚙みつぶしたような表情になった。

小泉首相は、石油公団の機能を理解しているとはいいがたい。堀内総務会長の私憤をまじえた意見を矢継ぎ早に聞かされ、「それはけしからん。特殊法人改革の象徴になるので潰してしまえ」と思ったのではないか。

平沼赳夫経済産業相も、石油公団の抜本的見直しには賛成である。が、機能をなくすということには賛成していない。平沼は、中東諸国をまわり、イランなどで日本の採掘権を取得してきたばかりである。それも、石油公団がバックボーンにあることを条件にイランは認めた。それなのに、その後ろ楯《だて》をなくそうという意見はとうてい吞《の》めない。

平沼も、堀内に詰め寄った。

「あなたは、なんてトンチンカンなことをやっているんですか」

堀内は、あわてて、こう答えたという。

「リスクマネーの供給が大事だったら、また考えればいいじゃないか」

その程度の考えなのである。

甘利は、堀内総務会長に迫った。

「ですから、わたしは、さっき石油公団がなくなるのはいいですよ、と前置きしてからいったじゃないですか」

気まずい雰囲気のなか、山崎幹事長が間に割って入った。

「交通整理は、麻生政調会長を中心におこないたい」

今度は、太田誠一行政改革推進本部長が、異論を唱えた。

「特殊法人改革は、政調ではなく、行革推進本部が主体のはずです」

甘利は、山崎幹事長の顔を立て、それ以上は口をはさまなかった。

役員連絡会終了後、堀内総務会長は、記者の取材を受けた。その際、「甘利君が、石油公団の側に立って発言した」と説明したのであろう。そこで、翌日の新聞に、商工族の甘利が、さも抵抗勢力であるかのような記事が掲載されたのである。

甘利は、すぐさま記事を書いた記者を呼んだ。事実関係を説明し、文句をつけた。

「わたしの取材なしに、なぜ、こんな記事を書いたのか。なぜ、発言した当事者に取材をしないのか」

記者は、平謝りした。

「申しわけありませんでした」

さらに、このままでは無用な誤解を招くと考え、自分のホームページでも事実関係を明らかにした。

甘利は思う。

〈石油公団は、これから廃止をふくめて検討することになる。しかし、石油公団がおこなってきた機能や国家的使命をどうするかということについては、別立てで考えていかなければならない〉

平沢勝栄は、田中外相の外務省改革には賛成だが、外交姿勢、なかでも対中国、韓国については軌道修正してもらわないと困ると考えていた。田中の父親田中角栄元首相は、日中国交正常化の立役者である。その縁で中国要人とのつきあいがあり、人間関係がある。ある程度親中国になるのも理解できる。しかし、外相という立場は、日本の国益を踏まえてつとめてもらわなければいけない。外交とは、すなわち国と国との武器を使わない戦争である。日本と中国、あるいは日本と韓国の国益が一致するはずがない。だからこそ、日本の国益を踏まえていうべきことをいわなければならない。田中にとって、いまもっとも大きなターニングポイントは、中国に対していうべきことはきちんということだと思う。田中の発言には、河野洋平前外相の発言とまったくちがった重みがある。

さしあたっては、小泉首相が公約している八月十五日の靖国神社公式参拝である。小泉首相が参拝すれば、中国はかならず嚙みついてくるだろう。そのとき、田中が中国側に対し、「そんなに批判しなくとも……」とうまくとりもてば田中の評価はぐっと上がる。

小泉首相は、中国を敵視するわけでも、日本を軍国主義化するわけでも、戦前を美化するわけでも何でもない。これはあくまでも、戦死した人を慰霊するために、日本のひとつのしきたり、習わしで行くのだと中国側にきちんと説明し、納得してもらう。それは、なにも日本と中国の関係だけではない。たとえば、中国とアメリカの関係もギクシャクしている。田中外相が間に立ち、それなりの役回りを演じれば、国外的にも田中の株は上がる。

しかし、田中が仮に中国の肩をもち、「小泉首相の参拝はけしからん」という見解を示せば、田中は外相としても、政治家としても終わりだと平沢は憂慮していた。

巷間《こうかん》、「田中外相は、親中・反米ではないか」といわれる。が、平沢は、そうではないということをぜひ示してもらいたいと思っている。田中には、田中でなければできないという外交上の役割がある。その役割をうまくこなせば、外相に任命した小泉首相の株も上がる。小泉内閣は、磐石《ばんじゃく》なものになるだろう。

山崎幹事長は、七月八日から公明党の冬柴鐵三《てつぞう》幹事長、保守党の野田毅《たけし》幹事長と訪韓、訪中した。小泉首相は、八月十五日に靖国神社を参拝すると明言し、両国との緊張関係が高まっている。江藤・亀井派の小林興起は、それなのに、なぜ、この時期に訪問したのか理解に苦しんだ。案の定、中国、韓国側が不満を伝える格好の舞台となった。小泉首相は、なんとしても八月十五日に参拝したいという強い意思を持っている。それならば、この時期に訪中、訪韓などすべきではない。しかも、公明党といっしょに行けば、「やめてほしい」といわれるのはわかりきっている。

仮に、小泉首相の参拝を中国や韓国側に説得するつもりならいい。

「小泉首相を十五日に行かせてほしい。なんの他意もない。心の問題で行くのだから、政治問題として取り上げないでほしい」

そういう小泉首相の代弁者としての訪中、訪韓なら意味がある。

山崎ら与党三幹事長は帰国し、七月十一日、首相官邸に小泉首相を訪ね、中国、韓国の要人からの靖国参拝に関する厳しい意見を伝えた。小泉首相は、「熟慮する」と発言した。

このため首相の靖国参拝に懸念を示してきた公明党内に「熟慮というからには、参拝しない選択肢もふくまれる」との期待感も生まれた。が、小泉首相は記者団との懇談で「熟慮してほしいというから、熟慮すると答えた」と強調、三幹事長の体面を保つための発言だったと解説してみせた。

小泉首相にとって靖国参拝は、自民党総裁選中から「公約」にしてきた課題である。それだけに「参拝断念」は、間近に迫った参院選に悪影響を与えるばかりか、いったん決めたことを撤回するという意味で小泉首相の指導力の源泉となっている内閣支持率低下を招くには必至とみられる。このため、周辺は「かならず参拝する」と断言している。

小林は山崎幹事長に憤《いきどお》っている。

〈がっかりした。そのような役目をはたせる者は五万といるではないか。中国や韓国に対して、日本国は平和への意思が固く、軍国主義化の懸念はまったくないという声明を大にして行くなら大幹事長だ。しかし、実際には相手国のいい分を取り次ぐだけじゃないか。そんな政治センスでは、国家の重責を担えるわけがない〉

山崎は、七月二十二日のテレビ朝日の報道番組で語った。

「かならず八月十五日に公式参拝というかたちで行くことで表さなければならないのか。別な方法はないのかについて、ぎりぎりまで智恵を絞りたい」

公明党の冬柴幹事長は私的参拝ならば容認する考えを強調した。

「信教の自由は保障されている。私人（としての参拝も）もだめというのは憲法違反になる」

ただ、こうした妥協案についても首相サイドは否定的である。

「中国や韓国は首相が靖国に参拝すること自体を問題にしているので意味がない」

田中外相は、七月二十四日、ベトナムでおこなわれたASEAN（東南アジア諸国連合）地域フォーラムの閣僚級会合で中国の唐家璇《とうかせん》外相と会談した。

会談後、日本の記者団から会談内容について質問された唐家璇外相は、日本語でいい放った。

「（参拝を）やめなさい、と言明しました」

田中外相も、記者団に小泉首相の説得に乗り出すことを表明した。

「帰ったら、総理とお目にかかる機会をつくっていただき、率直に、わたしがアメリカや中国の代弁者ということではなく、わたし自身の思いをしっかり伝えたい。あとは、総理が判断することです。わたしは、行かないでほしいと思いますがね」

田中外相は、七月二十九日午後五時から、小泉首相と会談した。翌三十日の記者会見で、会談の内容を明らかにした。

「総理に『行かないでもらいたい』とはっきり申し上げました。総理大臣は、国家そのものの意志ですから、これを個人と分けるというような姑息《こそく》な手段は使わないでほしい。これは、『国およびその機関はいかなる宗教的活動もしてはならない』という憲法二十条の規定に抵触する問題です。総理大臣職とは何であるかという原点に立ち返って、もう一度しっかり考えていただきたい」

平沢は、この発言を聞き、残念でならなかった。

〈これでは、中国のスポークスマンではないか。田中外相には、ポリシーというか、哲学が感じられない〉

平沢は、取材に訪れたマスコミにも、怒りをぶちまけた。

「眞紀子さんは、このままでは駄目だ。小泉さんは、総裁選のときから『自分が総理になったら、八月十五日にはかならず靖国神社を公式参拝する』といい切っている。行くべきではないと思っていたのなら、そのときになぜいわなかったのか。『これは自分の信念だ』というのなら、なぜ総裁選で小泉さんを応援したのか。意見が大きくちがうなら、最初から小泉さんを応援しなければいい。あるいは、『小泉さん、それはちがう』と忠告すればよかったではないか。しかし、外務大臣を引き受けたときも、そのことについては何も触れていない。ベトナムに行く前も、何もいわなかった。それなのに、唐家璇外相と会った後、いきなりいいだした。唐家璇外相が、この問題に触れることは最初からわかっていたことじゃないか。仮にわからなかったのだとすれば、単なる大馬鹿だ」

平沢は、この問題は、おかしなところが二点あると思っている。政教分離についていえば、伊勢神宮参拝である。時の総理は毎年一月四日、三重県伊勢市の伊勢神宮に参拝している。これは、なぜ問題にならないのか。

A級戦犯の合祀《ごうし》についていえば、戦没者の慰霊式典である。毎年八月十五日、天皇・皇后両陛下、総理大臣、衆参議長の出席のもと日本武道館で戦没者慰霊式典をおこなっている。知らない人も多いが、じつは、祭壇には、A級戦犯も、B級戦犯も、C級戦犯もみな祀《まつ》られている。それなのに、なぜ問題にならないのか。

そもそも、靖国神社問題は、朝日新聞が火を点けている。朝日新聞が騒ぐので、中国も孫引きして騒いでいるのである。朝日新聞は、戦没者慰霊式典は天皇・皇后両陛下が出席するため、攻撃したくともできない。朝日新聞が騒がないので、中国も騒がないという構図になっている。

中国や韓国は、総理大臣がA級戦犯に頭を下げるのはおかしいと主張する。が、総理大臣は、戦没者慰霊式典でも頭を下げているではないか。かたや無宗教、かたや神道《しんとう》という違いはある。靖国神社そのものがおかしいという理屈なら理解できる。が、A級戦犯に頭を下げるのはおかしいという理屈なら、戦没者慰霊式典も問題にするべきではないのか。つまり、靖国神社の公式参拝は政治的な駆け引きに使われているだけなのである。

公明党も、靖国問題には堂々と反対している。が、政教分離に関していえば、創価学会と密接な関係にある公明党が口を出す資格はない。まず、我が身を直してから主張するべきである。

小泉首相は、八月一日夜、靖国神社参拝について首相官邸で記者団に語った。

「いろいろな方が意見をいってきてくれる。賛否両論、心配してくれていることはありがたい」

そのうえで、強調した。

「熟慮して判断する方針に変わりない。これは、わたしの信条、心の問題でもある」

自分の信条に基づき最終的に判断する考えを明らかにした。ただ靖国参拝は「公約」でないとの認識も示した。

いっぽう、古賀誠前幹事長は、七月初旬、野中広務元幹事長に声をかけられた。

「来月の初旬に訪中するが、中国の外交部（外務省）から、『せっかく見えるなら、ぜひお招きしたい』と招待された。あなたも、いっしょに行かないか。小泉首相の靖国神社参拝問題があり、非常にデリケートなときだけど、どうか」

第二次世界大戦で父親を亡くした古賀は、このとき日本遺族会の副会長をつとめ、靖国神社の意思決定機関の一つである「総代会」にも、遺族会代表としてくわわっていた。なお、平成十四年二月には日本遺族会の会長に就任する。

日中関係は、田中派以来、橋本派が太いパイプを築いてきた。なかでも、野中は、もっともパイプが太かった。

古賀は、快諾《かいだく》した。

八月一日、野中は北京入りし、古賀らと合流した。二日に、唐家璇外相、五日に、胡錦涛国家副主席らと会談した。

野中はいった。

「靖国神社の参拝問題で、おたがいに責任を負わされるような話はなしにしましょう。若い世代を紹介したいから、こうやって連れてきました」

しかし、さすがに靖国神社の話題に触れないわけにはいかない。中国側は、ひどく気を遣いながらも主張した。

「靖国神社の問題は、二十一世紀の日中関係を築くうえでも慎重であるべきだ」

古賀には、「八月十五日の参拝はやめてほしい」というニュアンスに受け取れた。

訪中団は、八月五日午後、六日間の訪問日程を終え帰国した。野中は、福田官房長官への連絡を古賀に任せた。

「中国でどういう話があったかは、古賀さんに任せる」

八月六日、古賀の議員会館の自室に福田官房長官から電話がかかってきた。

「お話を、うかがいたい」

古賀は答えた。

「電話でも、いいじゃないですか」

「いやいや、ちょっとぶらっと行きますよ」

まもなく、福田官房長官が訪ねてきた。

古賀は、中国側というよりも、日本遺族会の考えを伝えた。

「遺族会としては、十五日に靖国神社に参拝してもらいたいと固執しているわけではありません。何が何でも十五日でなければ駄目だということはない。まぁ、考えてみれば、われわれの田舎のほうでは、十三日から十五日までが旧盆で、御霊《ごりよう》が帰ってくる。それがお盆だといわれています。参拝形式も、こだわりません」

かつて遺族会は、「総理大臣は、八月十五日に靖国神社を公式参拝してもらう」という活動方針であった。が、古賀は、二年ほど前に説得し、方針を変えた。

「総理には、十五日に公式参拝してもらうという方針は変えましょう。総理は、心の問題として靖国神社に参拝していただく。どういう型式であれ、こだわるものでも、押しつけるものでもない。国民の一人ひとり、靖国神社に対してどういう気持ちでいるのか、それぞれ違う。『靖国神社には、行かない』という人もいれば、『靖国神社は、国のために尊い命を犠牲にされた人たちの神社だから、お参りしたい』という人もいる。総理であれだれであれ、自分の心をどう表すかということが大事です。公式参拝でないと意味がないとか、八月十五日に参ってもらわないと困るということではないでしょう」

遺族会は、古賀の提案を受け入れ、「八月十五日」という日にちを活動方針から外したのである。

小泉首相は、八月十一日午前、参拝を前提として、戦没者に生花を供《そな》えるための「献花料」をポケットマネーから支出し、首相秘書官に靖国神社に納めさせた。献花は本殿の左右に一基ずつ、計二基（一対）供えられる。木製の名札には「内閣総理大臣　小泉純一郎」と書かれていた。神社側によると、献花を供える期間は十三日から一週間程度という。

小泉首相は、この日午後六時半過ぎ、首相公邸で自民党の山崎幹事長、加藤紘一元幹事長、いわゆるＹＫＫのメンバーと会談した。靖国神社参拝について、検討した。

外は、小泉の心を映したかのように鬱陶《うっとう》しい雨が降りつづいている。

山崎、加藤の二人は、十五日より前に参拝するよう進言した。山崎は指摘した。

「靖国問題は外交的配慮の側面を持っているので、あまり混乱をきたさないようソフトランディングが必要だ」

加藤は、政権のエネルギーを消耗しないよう前倒しを進言し、いいきった。

「先送りすれば、小泉政権は立ち直れなくなる」

小泉首相はいった。

「総合的にどうするか、もう少し時間をかけて考えたい」

週明けに最終判断する考えを示した。

八月十二日夜、福田長官はひそかに首相公邸に入った。古川貞二郎官房副長官らと用意した首相の談話案に目を通してもらうためである。

二つあった。一つは、八月十五日参拝に備えたもの。もう一つは、八月十五日以外にずらしたものであった。のち小泉首相が靖国神社参拝後に発表した談話にあった「慙愧《ざんき》の念に堪《た》えない」との表現は、すでにこのときに入っていた。

小泉は八月十五日の参拝断念を決して口に出すことはなかったが、両案に異論を差し挟むこともしなかった。文案は地元の福岡市にいた山崎幹事長にもファックスで送られた。

八月十三日午後一時過ぎ。夏休み中の小泉首相は、公邸を訪ねた山崎幹事長と福田官房長官と向き合った。

口火を切ったのは、福田長官であった。

「ここは中国に配慮して、参拝を十六日以降にずらしてはどうかという人もいるが、どうか」

だが、山崎は異を唱えた。

「それでは中国に屈服したと反発される。小泉政権がもたない」

二十分ほどのやり取りの末、小泉首相は答えた。

「今日、行きます」

日にちをずらすなら、早いほうが混乱が少ないだろうという判断であろう。

小泉首相は、警備、連絡上の理由で公用車で九段の靖国神社に向かった。午後四時三十分に、到着した。黒とグレーの礼服姿で車から降り立ち、日の丸を振る千人を超す群衆を見ながら、口を真一文字に結んで参集所に入った。

首相が本殿で参拝中も、群衆からはたびたび「万歳《ばんざい》」の声が上がった。押し合いで倒れそうになる柵を警官隊が必死に支える状態が続いた。

小泉首相は、「内閣総理大臣小泉純一郎」と記帳した。ただ、いわゆる「二拝二拍一拝」の神社形式ではなく、一礼するだけにとどめた。玉ぐし料のかわりに、「献花料」を事前に私費で支払っている。さらに、他の閣僚に呼びかけないなど、宗教色を薄め、個人的な心情による参拝であることを強調した。

約三十分後に姿を見せた首相は、両手を上げて歓声に応えた。

参拝後、小泉首相は終戦記念日の参拝を避けた理由について、記者団に近隣諸国に配慮したことを強調した。

「中国や韓国や近隣諸国との友好関係を図っていきたいと心から思っているが、八月十五日に参拝することによって逆の取り方をされることが鮮明になってきた。逆にとられるのは好ましくない」

その経緯についても語った。

「総理大臣として、人のいうことを聞かなければいけないなと思い、いろんな方々の意見をうかがってきた。熟慮に熟慮を重ねた結果、今日がいいのではないかとわたしが判断した」

さらに語った。

「小泉は一度明言したら聞かないといわれますが、かならずしもそうじゃない。口は一つですが、幸いにして耳を二つ持っている」

小泉首相は、それから官邸に戻って周辺に漏《も》らした。

「この一週間、つらかった……」

古賀誠は、満足であった。

〈遺族会も、百点満点かどうかは別だが、小泉首相が靖国に参拝したことで満足しているのではないか〉

民主党の鳩山代表は、小泉首相の靖国神社参拝について指摘した。

「日にちを前倒しするなど、極めてあいまいで姑息《こそく》な手段だ。A級戦犯の合祀や政教分離に抵触するという問題にも、談話では一切答えていない。アジアの信頼を失った。常に歴史に半身に構え、真正面から論じようとしない。説明責任を果たさない態度は大変遺憾《いかん》だ」

小林興起は、小泉首相が八月十三日に靖国神社を参拝したことは、愚かなことだと思った。世界のだれが見ても、日本は脅《おど》かせば屈する国だと思われただけである。参拝は、心の問題だ。行くか、行かないかだけである。小林は、八月十五日にこだわっているわけではない。八月十三日に行く、といえば十三日でもいい。が、十五日と明言した以上は、十五日に行くべきであった。

そして、大事なことは、「日本は、軍国主義に変わるという兆《きざ》しも何もない。むしろ平和への思いを強くしている」ということを明らかにすることだ。小泉首相の周囲も、少なくとも小泉首相が参拝すると決断した以上、そのことをPRするべきであった。小泉首相の思いを正しく伝えることができないのなら、側近ではない。

江藤・亀井派三回生の荒井広幸は、小泉の発言は、二元論的であると思う。「いいか、悪いか」、「敵か、味方か」、そういったレッテルを貼《は》っていくのがうまい。抵抗勢力があろうと自分は闘い勝つのだ、という姿勢が国民に人気を博している。

靖国神社に行きたい、といえば、国内の半分は敵である。海外も敵になる。韓国や、中国が行くな、という。この抵抗があるが、おれにとっては必要だから行く。負けない。一部の国民に批判されてもいく。この姿勢が人気の源《みなもと》と判断しているようにも見える。細かい中身は、あえて説明しない。この方法は、ディベートとしては最大のテクニックでもある。自分に不利なことはいわない。有利なことは短く、印象的にいう。しかも繰り返す。プロイセン軍の創設者のひとりクラウゼヴィッツ。ドイツのファシストのヒトラー。強烈な演説家がよく使う手法でもある。今回の公約にしても、小泉は六年前から繰り返しいっている。が、細かい内容は語らない。わかりやすく、言葉は短く、情熱をこめて一気にまくしたてる。それも何度も何度もいやになるぐらい繰り返す。これが、いまの閉塞《へいそく》状況を打破するために、いままでと違うやり方、改革を断行しようという証《あかし》になることを小泉はよく知っている。

ただし、内容を細かく説明しはじめると歯切れが悪いばかりか、弁明調になる。いままでの自民党総裁になかった、日本国総理大臣になかったイメージづけをおこなうには、右左をはっきりさせるレッテル貼りをすることだと直観的に感じ取っているのが小泉の天才的なところである。つまり、オール・オア・ナッシングである。水戸黄門の世界の勧善懲悪に国民を引き込むことである。また、国民のほうも、今回の改革で、悪い者はみな滅びて、善い者だけが残って幸せになる、という図式を描いているような印象すら受ける。が、世の中はそう簡単にいくものではない。これが、今回の靖国参拝の教訓であろう。

石原伸晃行政改革担当相の私的諮問《しもん》機関・行革断行評議会は、八月二十二日、特殊法人改革の焦点の一つである道路関係四公団の分割民営化と、石油公団の廃止案を発表した。

日本道路、首都高速道路、阪神高速道路、本州四国連絡橋の四公団については、平成十五年度以降の高速道路建設の凍結を提案。分割民営化の具体案としては、四公団の資産と債務の受け皿となる独立行政法人「道路保有機構」を設ける。さらに道路を運営する「北海道・東北」「関東」「中央」「首都高速」「東名・阪神・本四」「九州・沖縄」の六つの株式会社を新設するよう求めた。

自民党道路調査会長の古賀誠は、首をひねった。

〈民営化を念頭に置き、特殊法人改革をおこなうという方向づけは、否定するものではない。しかし、四公団をいっしょにするというのは無理だ。実態を十分に把握していないのではないか〉

本州と四国を結ぶ明石《あかし》海峡大橋、瀬戸大橋、新尾道《おのみち》大橋、多田羅《たたら》大橋、来島《くるしま》海峡大橋を管理する本州四国連絡橋公団は、すでに破綻《はたん》の状態にある。これから、どう整理していくか、その議論が先ではないか。整理なくして、四公団を民営化するのは不可能だ。まず、本州四国連絡橋公団を平成十四年度からでも、どう正常なものにしていくか議論をする。そうしなければ、他の三公団の民営化も難しくなる。国土交通省も、「わかりました。検討してみます」ではいけない。

古賀は、本州四国連絡橋公団は、清算するしかないと考えている。本州四国連絡橋に関《かか》わるそれぞれの県は、資金を投入している。早いほどいい。清算したのちは、地方に責任を持ってもらう。これまでの経費は、一般会計から導入するのはむずかしい。道路特別会計で賄ってもらう。そのうえで、他の三公団を民営化する。古賀は、現在手がけている幹線道路が完成し、全国ネットワークさえできあがれば、可能だと思う。現にイタリアも、ドイツも、高速道路は民営化されている。それほど、難しいことではない。

ただし、問題は、タイミングである。全国ネットワークだけは、現在の制度で完成させる。そうでなければ、混乱してしまう。閣議決定している高速道路整備計画は、九三四二キロだ。これまでに約六九六〇キロ開通しており、残りは約二四〇〇キロである。道路公団は、少なくともそこまでは仕上げるべきだ。

扇千景国土交通相は、テレビ番組で「民営化には、二十年ほどかかる」と発言した。中国は、十年間で一万キロの道路を開通させるという。大変なスピードだ。が、日本の場合は、そうはいかない。開通した六九六〇キロも、相当時間がかかっている。その時間を試算し、二十年間と考えたのであろう。が、古賀は、やり方さえ変えれば、それほど時間はかからないと思っている。

何年と期間を区切るのは、実態論として難しい。ただ、いたずらに引き延ばすという考えではない。小泉首相も、民営化という道筋さえつくれば理解を示すのではないか。

しかし、改革断行会議の委員の一人である作家の猪瀬直樹は「すべて凍結し、まず借金を返すことが必要だ。首都高速道路の黒字は、すべて赤字の公団に回す」といっている。古賀には、この意見はとうてい呑めない。

江藤・亀井派の会長江藤隆美は、小泉首相は、あらためる部分は、たくさんあると思っている。槍玉《やりだま》に上がっている道路公団にしても、二十三兆円にもおよぶ負債をかかえこんでいると指摘する。しかし、それは本質を見ていない。道路公団には、毎年高速料金で二兆円を稼ぎ出す資産がある。そのうちの一兆円近くの元利を毎年返済している。もともと道路は国が建設すると法律で定められている。民間ではできないから、国でおこなう。

ところが、建設省の予算では限界があるため、道路公団をつくって、財政投融資から融資を受けて道路建設をしてきた。当初の予定では、三十年したら返済しきるということであった。たしかに返済は遅れているかもしれないが、きっちりと返済できる見込みはある。国鉄のように、人件費も稼げないわけではない。民営化など、とてもできない。

本州四国連絡橋公団にしても、すでに橋ができていて、その赤字をいかに解消していくかに問題がある。道路公団の、これからつくる道路をどうするかという話とはちがう。

公共事業の見直しを見れば、江藤の地元宮崎県内には、四三六キロにおよぶ東九州自動車道のうち、一八七キロが通る予定になっている。その一八七キロのうち、二七キロほどが、できあがったにすぎない。この段階で、凍結するというのである。高速道路というのは、長い距離をつなげてこそ意味がある。途中で凍結中止してしまえば、意味がない。ただの道路建設予定地だ。そこからは、なにも生まれない。

江藤は、道路特定財源を一般財源に組み込むことは、とてもできた相談ではないと思っている。都市においては、なんの支障もきたさないかもしれない。しかし、都市と地方では、それぞれ事情がちがっている。江藤にしても、宮崎に帰省するときには、羽田空港から宮崎空港までの空路は一時間半ほどしかかからない。だが、その先、宮崎空港から自宅のある日向《ひゅうが》市までは車で二時間もかかってしまう。延岡《のべおか》市に主力工場をおいていた旭化成は、宮崎空港から三時間もかかるというので、規模を三分の一までに縮小してしまった。高速道路がないからである。小泉首相は、都市部である神奈川県横須賀の出身である。地方の痛みがわからないにちがいない。むしろ、都市部には都市部の、地方には地方の特徴、問題に合わせた予算の振り分けをすればよいのではないか。

橋本派会長代理で、かつて自民党道路調査会長であった村岡兼造は、小泉政権としては、道路特定財源の問題も避けては通れないと思っている。急激に需要が伸びるわけではないが、このような不況下にあっても着実な収入になる。他の財源は減収しても、道路特定財源だけは五兆八千億円も確保できている。そして、そのうち二兆五千億円が地方にまわっている。その意味で、道路特定財源を一般財源として使用することには、地方道路財源に影響してくるので敏感に反応してこれに反対している。都会は交通渋滞になるので道路整備が必要といっているが、地方では、高速道路、国、県、市町村道の整備率はまだ半ばである。

よく、熊《くま》しか通らない道路をつくることはない、という話を耳にする。が、それはあくまで一面的な見方である。たとえば、山をはさんでふたつの都市があったとする。従来は山をまわりこんで、二時間かかる距離である。そのときに、山にトンネルを通すと、一時間分距離が縮まる。その間には、もしかしたら人の通らない道路があるかもしれない。が、このふたつを結ぶことは地方の自立、活性化、振興に役立つことはもちろん、物流の面からも経済効果につながる。

そもそも、どんなことでも、地方都市はもっとも最後に回される。下水にしても、大都市では九九％が下水を完備しているが、地方では三〇％、四〇％の下水普及率というところがまだ多い。財源がないから中止、あるいはあきらめましょう、というわけにはいかない。いままで五年でおこなっていたことが、資金の都合で八年かかる。これはしかたないが、生活環境整備は地方でも必要である。

道路財源は、道路整備の目的税として徴収されており、一般財源にするというのでは、反対側の意見も聞かなければいけない。この部分は、十分に時間をかけてきちんと議論していく必要がある。

各省庁は、九月三日、行政改革推進事務局に対し、所管する七十一の特殊法人と八十六の認可法人の組織見直し案を回答した。

この日は、国土交通省が回答を留保した「日本道路公団」、「住宅金融公庫」、「都市基盤整備公団」など六法人を除く七十一の特殊法人と、八十六の認可法人について回答が示された。しかし、この日中に発表したのは農水省だけで、他の省庁は回答内容は明らかにしなかった。

この回答のうち、七十二の特殊・認可法人分の回答を見ると、「廃止・民営化はできない」が、六十五法人を占める。「廃止する」や「廃止を検討する」としたのは、小泉首相が廃止を指示した「石油公団」と、「農林漁業団体職員共済組合」、「簡易保険福祉事業団」の計三法人だけであった。しかし、これらはすでに他の組織に統合されるなど見直しが決まっており、現在、特殊法人がおこなっている事業を「廃止する」と回答した省庁はなかった。

特殊法人改革をめぐる霞が関との攻防が本格化する中、各省庁の回答期限にもかかわらず、責任者の石原行政改革相が海外出張中で九月九日まで不在のため、自民党の若手からは、「改革に腰が引けているのではないか」との批判が出た。

石原がフランス、イタリア、イギリスの欧州三カ国訪問に出発したのは、回答期限前日の二日のことである。民営化した空港などの視察が海外出張の目的だが、回答を受ける責任者の不在も影響し、回答内容の発表を見合わせる省庁がほとんどだった。

小泉首相は、この日午前十時二十八分に、自民党総務会長であり、党行政改革推進本部顧問でもある堀内光雄を首相官邸に呼んだ。堀内の持論である石油公団や、日本道路公団などを他の法人に先駆けて廃止・民営化するよう指示した。各省庁の消極姿勢を見越し、改革断行の決意をアピールする狙《ねら》いからだが、これも石原と事前にすり合わせた様子はなく、石原の存在感が問われる形となった。

この点について、石原自身は、九月二日に出演したテレビ番組で、支障はないと強調していた。

「（改革の）ヤマ場は、月末に来る。事務レベルでやるところにわたしはいないが、事務局として固まった後で、わたしが各閣僚とお話しする場面はある」

小泉首相は、九月四日、内閣記者会のインタビューで、特殊法人改革に関する省庁の回答について、強い不満を表明した。

「激しい抵抗だ。（改革を）遅らせようとしている」

そのうえで、日本道路公団などの廃止・民営化法案を来年の通常国会に提出するよう指示した理由について、改革断行の決意をあらためて強調した。

「もっとも困難で、もっとも役所が関係議員を動かして『ばかな改革はやめてくれ』という動きが出てくるところを、最初にやろうとした」

橋本派五回生の笹川堯は、特殊法人の民営化について、各省はほとんどすべての法人について「困難」と回答し、強い抵抗を示したことについて、思った。

〈あたりまえの結果だ〉

小泉首相は、これを逆手に取ればいい。

「けしからん。協力しないのなら、われわれのほうから指名解雇する」

退職では、優れた人材が退職しかねない。そこで、指名解雇にするのだ。そうすれば、省庁も、あわてて廃止案を出すだろう。

笹川は、特殊法人の見直しは、おおいにけっこうだと考えている。が、ただ数を減らせばいいという議論には反対だ。まだ必要があるのか、すでに役目は終わったのか、一つひとつ吟味《ぎんみ》していかなければいけない。さらに、一＋一が一・五になればいいが、二になるのではあまり意味がない。ただし、小泉内閣の使命は創造することではない。破壊である。破壊と創造を比べた場合、破壊のほうがはるかに難しい。破壊できれば、小泉内閣は大成功だ。創造は、新しい内閣に任せればいい。

特殊法人を改革するには、役人の定年制問題も解決しなければいけない。現在、役人の定年は六十歳である。が、東大法学部出身などのエリートは五十歳過ぎで退官し、特殊法人に天下っていく。なぜなら、天下り先に定年はない。六十歳を越えても、高い給料をもらいつづける。それゆえ、みんな天下りをするのである。

それに、たとえば、事務次官出身で特殊法人の総裁をつとめる先輩から、「事務次官人事のとき、三人の局長のなかからだれを選ぶかで圧力がかかったが、おれが、きみを指名したんだ」といわれれば、「総裁を辞めてください」とはいいにくい。それなら、明確なシステムをつくっておけばいい。たとえば、天下り先の定年を年金が支給される六十五歳にする。そして、総裁職のたらい回しを禁じる。これだけでも、ずいぶんとちがう。特殊法人に天下りたいと考えるものはいなくなるのではないか。

笹川が、将来においても絶対に残すべきだと考えている特殊法人はない。特殊法人でなければできない事業がなくなれば、すべて不必要となる。役人の天下り先となる意味のない特殊法人は、いわば職業安定所のようなものだ。

たとえば、現段階では、国際協力銀行などは必要ないと思う。民間銀行で金を貸すことは、いくらでもできる。国際協力事業団も、必要ない。ODA（政府開発援助）などは、絶対にやめたほうがいい。日本のような小さな国が、どうして全世界に資金を援助するのか。自衛隊も、極東の範囲内でアメリカに協力している。ODAも同じように極東アジアだけでいい。中近東やアフリカは、植民地支配したヨーロッパが責任を持つべきだ。総理が数年に一度しか訪問しないアフリカを、なぜ援助しなければならないのか。

住宅金融公庫については、これまでは、たしかに意味があった。民間銀行は、経費がかかるため個人には貸さなかった。それよりも、一社に一億円貸したほうが利益が出る。それゆえ、政府が個人を援助した。しかし、これからは民間銀行も個人に貸さなければ利益が出なくなる。大会社の株の取り引きだけでは生きていけない。個人の株主を増やそうという努力をしていけば、住宅金融公庫はいらなくなる。ただし、この間、民間銀行は、公的資金を入れなければ、経営もままならなかった。そういうときに、住宅金融公庫を廃止するという議論はできなかった。民間企業は、儲《もう》からなければスパッと切ってしまう。が、国は、ある程度赤字でも切らない。そこに意味があった。

江藤・亀井派会長の江藤隆美には、公団公社だから、特殊法人だからといって、バッサリと切り捨てようとする手法は、なんとも乱暴な話に思えてならない。

行政改革のひとつ、省庁再編を見てみればわかる。十分な検討もしないうちに、建設省、運輸省、国土庁、北海道開発庁を国土交通省という枠におさめてしまった。地方では、港湾局と地方建設局を統合した。おかげで、むしろ大きな出城ができてしまったではないか。

今回の構造改革にしても、ただただ闇雲《やみくも》に、廃止か存続かといった議論を進めているように見えて仕方がない。小泉政権をつくった一翼を担った政策集団の領袖《りょうしゅう》としても、小泉改革があらぬ方向に行くと思えば提言する責任がある。

小泉首相は、住宅金融公庫も廃止しようとしている。江藤は、建設大臣に就任して以来、「持ち家制度をつくることこそ、景気対策に効果をあらわす」と持論を主張してきた。不景気のときでも、住宅金融公庫の枠を広げて、融資の受付をはじめると、家を持ちたい人は集まる。一般住宅は、木材、セメントといった資材だけでなく、新たな住宅を建てれば家具をはじめ生活用品も必要となる。そのことが、さまざまな関連産業に影響をあたえ、景気を刺激する。むしろ、道路建設よりも一般住宅のほうが景気対策につながるとすら考えている。

江藤は、平成十年、白蟻《しろあり》に食われた家の半分を改築するために、地元の宮崎県内の銀行に融資を頼んだ。ところが、その銀行に、江藤の口座がなかったために、千五百万円を借り受けるのに五十日もかかってしまった。政治家として知られているはずの江藤ですら、なかなか融資を受けられない。ましてや、中小企業に勤める会社員が、銀行から家を建てるための融資を受けられる可能性はきわめて低いのではないか。その意味においても、住宅金融公庫の存在意義は大きいはずである。

小林興起は、政府が保障する政府系金融機関は廃止すべきではないと考えている。今日の経済状況で政府系金融機関を民営化すれば、どうなるか。リスクに脅《おび》え、民間企業に融資できなくなる。都市銀行には、資金がだぶついている。が、リスクが怖《こわ》くて国債しか買わない。政府系金融機関が金を貸すことにより、中小企業はかろうじて生きている。純粋に民営化すれば、貸す機関がなくなってしまう。小泉首相に、落としどころを進言する人がいることを祈る。文字どおり、廃止してしまえば、中小企業は終わりだ。

小林は、地元の中小企業経営者たちにきっぱりといっている。

「民間銀行は、情けない。リスクを怖がって金を貸さない。だから、みなさんに金を貸してきた政府系の中小企業金融公庫や住宅金融公庫は絶対に残します」

遠い将来、銀行がきちんと貸すようになれば、なにも政府がおこなうことはない。しかし、現在のデフレのなかで政府系金融機関を廃止すれば、住宅は建たなくなり、中小企業は倒産してしまう。

いっぽう、江藤隆美は、八月はじめ、総裁選に敗れた亀井静香にいった。

「小泉総理の政策に対する提言を、論文で出しなさいよ」

江藤は、亀井を総理大臣に据えることをつねに考えている。最大派閥・橋本派には、次の総理を狙える人材はいない。橋本派は、かつてのように豊富にいた人材はかなり少なくなっている。かつての田中派は、若い人材を育てるのがうまかった。つくづく感じ入った。だが、経世会が分裂して小沢一郎らが出ていって以後、人材不足に陥《おちい》っているように見える。森派にも、次を狙える人材はいない。ひょっとすると、加藤紘一あたりが、手を挙げるかもしれない。しかし、「加藤の乱」の腰砕けで、総理の座には手が届かないだろう。

そうなると、小泉総理の次を、亀井は、十分に狙える位置にいる。亀井は、若い政治家たちの面倒は、夜も寝ないでみる。まわりにも、眼を配る細かさがある。頭もいい。実行力もある。なにより愛嬌《あいきょう》がある。亀井は、派内の若手との会でも本気で「馬鹿たれ！」と怒鳴る。が、若手は、怒鳴られたあとも、亀井を慕っている。

江藤がもし彼らの前で同じように「馬鹿たれ！」と怒鳴ると、大変なことになりかねない。あとで修復は難しい。亀井は、どんなに激しくやりあった相手でも、その相手とすぐに仲良くなれる。やりあったあと、にっこりとじつにいい笑顔をする。それで相手の心はゆるむ。江藤は、笑顔の素敵な人間は成功する、と思っている。「千手観音《せんじゅかんのん》」と、亀井が呼ばれる人なつっこさがある。

江藤は、亀井に論文を書けとすすめたとき、つけくわえた。

「ネクタイをひんまげてつけたり、つんつるてんのズボンをはいたり、左右違う柄《がら》の靴下をつけたりせんで、ちょっと風格をつけろ」

政治家として完璧《かんぺき》なほどの能力があり、人望も厚い亀井ではある。しかし、いかんせん、自分の身のまわりを、あまりにも気にしなさすぎる。それゆえに、床《とこ》の間にでんと座る風格を感じさせせない。総理大臣になるには、おのずからそなわった風格が必要となってくる。いまや、特に、身なりや格好はどうでもいいという時代ではなくなった。格好のよさで、圧倒的な人気を誇る人もいる。

江藤隆美は、八月三十日、江藤・亀井派の総会を開いた。

江藤は、派の所属議員にいった。

「九月一日に亀井論文が出る。それが出たら、経済政策をまとめて、派として提言したい。ひとりふたりの幹部が、マスコミで発表したという形ではない、政策集団としての態度をはっきりと表明するべきだ」

江藤は、二日後の九月一日に、江藤・亀井派の亀井静香が、月刊「正論」に、「小泉総理への直談判申し候」という提言をまとめた論文を発表することは、あらかじめ亀井から見せられて知っていた。小泉の進める、公社公団の廃止民営化をはじめとした構造改革、さらに、来年度の予算編成について「最低三十兆円規模の大胆な補正予算をすべきである」との持論を提言していた。

江藤は、亀井が提言をするのを皮切りに、政策集団として、小泉政権に提言していこうと考えていた。だからこそ、「おれは聞いていない」「相談は受けていない」といった不満の声があがらぬよう、総会で口にしたのである。

江藤・亀井派は、参議院選挙までは、情勢をしっかりと見極めて、意見を差し控えてきた。だが、亀井の提言をきっかけに、小泉総理にどんどん提言をしていく。抵抗勢力と呼ばれるような、批判ではない。あくまでも提言していく。「抵抗勢力」ならぬ「提言勢力」である。政策集団が、これほど大事な時期に黙して語らずでは、責任を果たすことにはならない。九月六日の江藤・亀井派の総会では、各人の意見を出し合い、経済政策をまとめあげる。

江藤は、江藤・亀井派でとりまとめた提言を、小泉にもっていく。意見は真っ向から対立するかもしれない。実際に話してみなければ、宇宙人・小泉がわかってくれるかどうかわからないが、わかってくれると信じている。

亀井を師と仰ぐ小林興起は亀井論文について高く評価している。

〈いいことだ〉

小泉政策では、景気は好転しない。そのようなことは、わかりきっている。まず亀井の政策を取り入れ、景気を回復させる。そのうえで思い切った構造改革を断行していく。

小泉内閣は、八割を超える高支持率を得ている。これは、国民が小泉首相の思い切った構造改革を支持しているからだ。しかし、そのためには、なんとしても景気を回復させなければいけない。景気が奈落《ならく》の底に沈んでしまえば、構造改革を断行する前に小泉政権は終わってしまう。

小林は、構造改革には大賛成だ。が、今日の不況下では、財政出動がなければ、絶対に需要は起こらない。そのことは、これまでの経済の歴史が示しているではないか。

小林は、マスコミの責任も大きいと思っている。小泉首相の良い点は取り上げるが、問題点は取り上げない。小泉内閣の人気が高くとも、問題点は指摘しなければいけない。まるでお経のように、毎日、「構造改革」「構造改革」と当たり前の言葉を垂れ流している。

景気対策には、需要創出効果が大事だということについては触れない。

小泉首相も、景気対策についてはあまり発言していない。小林は思う。

〈小泉さんは、「構造改革」という言葉で人気が高くなりすぎてしまった。いまさら、景気対策を優先するという軌道修正ができなくなったのではないか。人気というものは、ほどほどのほうがいい〉

小林は、このままでは日本は危険だと危惧《きぐ》している。構造改革という大きな目標も、達成できなくなってしまう。平時なら、まだいい。が、今日の状況は、デフレという最悪の事態である。しかも、日本、あるいは世界でも経験したことのない大デフレである。この大デフレは、一九二九（昭和四）年十月にニューヨーク株式市場の崩壊にはじまり、資本主義各国を襲った経済危機「世界恐慌」に匹敵するほどだ。アメリカの大不況は、どうやって克服されたのか。ルーズベルト大統領は、建国以来の自由放任経済を連邦政府の強力な指導の下に置く「ニュー・ディール政策」を取り、政府の財政支出による積極的経済回復策をおこなった。が、一九三七（昭和十二）年の恐慌でふたたび打撃を受け、ニュー・ディール政策は成果を見なかった。結局、アメリカ経済を救ったのは皮肉にも第二次世界大戦であった。軍艦など戦争兵器の建造による膨大な需要効果により、アメリカは不況を脱したのだ。

今日、日本は、平時の状況で大デフレを克服しようとしている。戦争時に国民が納得した軍艦建造にあたるものは何か、それこそが問われなければいけない。だが、経済財政諮問会議は、そのことについて触れていない。経済財政諮問会議は、小泉首相が会長、慶応大学教授の竹中平蔵経済財政担当相が座長役をつとめている。

小林は、腹立たしかった。

〈学校の中にいて、外に出たこともないような経済学者どもに、何がわかるのか。なぜ、党の意見をもっと聞こうとしないのか。小泉内閣に人気がありすぎるのも問題だ。もう少し支持率が下がれば、反省し、意見を聞くようになるだろう〉

森政権時代、森喜朗首相は、亀井静香政調会長と政策について緊密に話し合い、ときに「丸投げ」と批判されながらも、亀井にすべてを任せた。その意味でいえば、小泉首相は、竹中に丸投げしている。が、それは問題視されない。小林は、眉をひそめる。

〈亀井さんに丸投げした森さんは、まったく人気がなかったのに、竹中さんに丸投げしている小泉さんの人気は高い。いい加減な現象だ〉

竹中は、アメリカの教科書で勉強した人であり、学問的には立派だ。が、それはひとつの学説に過ぎない。政治の世界、ましてやいまの日本経済にはまったく合わない。しかし、竹中本人は合うと信じている。経済学者である以上、合うと信じてなければやっていけない。小林は、マスコミの責任も重いと思う。マスコミが、竹中をもてはやしすぎたのである。竹中は、教条主義ではないだろう。やがて考えも変わるのではないか。机上《きじょう》の論理ではうまくいっても、現実的な立場に立たされれば変えざるをえない。真実は、一つだ。新たな勉強をはじめることにより、自分の説がいかにまちがっていたかを認識するのではないか。

このままでは、日本の経済は目茶苦茶になるだろう。小林は、日本の行く末を案じている。

〈この国は、なぜ将来のことを議論し、先取りしようとしないのか。なぜ行き着くところまで行ってしまうのか。冷静になって考え直し、途中でやめることができない。太平洋戦争も、そうだった。アメリカにガンガン攻撃され、勝つ見込みのないことがわかりきっていたのに、広島と長崎に原爆が落とされるまで戦争をやめなかった。大本営は、日本は勝っていると偽りの情報を流し、国民もそれを信じた。いまの状況は、それと似ている〉

森政権時代は与野党逆転が噂《うわさ》された七月の参院選も、与党の勝利に終わった。自民党議員は、己《おのれ》の責任で国民のため、国家のための発言をはじめている。

亀井論文のなかで三十兆円の補正予算を掲げている。小林は思う。

〈小泉首相が、国債発行を三十兆円に抑えると主張しているので、わざと三十兆円という数字を過大に使っているにすぎない〉

ただし、とてつもない補正予算が必要な時がきているのはまちがいない。平成十二年も補正予算を組んだが、そのときはまだアメリカの経済も良かった。が、今日、アメリカ経済も不況にあえいでいる。日本は、世界大恐慌を防ぐために期待されている。そうであれば、膨大な財政支出が必要だ。そして、小泉首相の役割は、大きな経済効果がのぞめる中身を考えることだ。人間は、追い込まれないと動かない。構造改革にしても、「中身を見直そう」というだけでは真剣に考えようとしない。が、「廃止もありうる」といわれて、はじめて焦《あせ》って中身を考える。過激にいわなければ、反応しないのだ。

雇用対策の目玉の一つに「新産業創出・緊急雇用対策基金」があがっている。が、明確な予算規模には触れていない。雇用を創出するには、需要を拡大しなければならない。需要なくして、どうして雇用が創出されるのか。雇用者の賃金がいっぺんに下がってしまうだけだ。補正予算を組まなければ、実効性がない。

麻生太郎政調会長は、亀井と政策的に近い。補正予算を組むべきだと主張している。が、これまで無視されつづけてきた。しかし、もはや無視できなくなる。いくらなんでも、小泉首相の側近が補正予算を進言するだろうと小林は願っている。

橋本派五回生の石破茂は、亀井論文を読み思った。

〈亀井さんの行動は、いささかタイミングを誤ったのではないか〉

石破は、第二議員会館で同じ五階に部屋を持っている橋本派会長代理の村岡兼造と、度々話をすることがある。

村岡は、この亀井論文について説いた。

「『けしからん！』といって、真っ先に飛び出したら、撃ち殺される。たとえ正しいことを主張するのであっても、物事にはタイミングがあるんだ」

小泉は、予算を三十兆円の枠のなかに抑える方針を打ち出している。この小泉の方針に対して、麻生政調会長は、「柔軟に対応するべき」と発言した。さまざまな予算を積み上げていった結果、三十兆をオーバーすることは、仕方がないことである。石破も、麻生政調会長と同じ意見である。まず始めに、三十兆という金額があり、そのなかで予算を組んでいく、というやり方は、非常にナンセンスなやり方だ、と感じている。

小泉首相は、大蔵族である。が、経済はあまり知らないという見方もある。橋本派五回生の笹川堯は、小泉首相を大蔵族だとは見ていない。大蔵族とは、カネを配分する主計局のことである。税金を取る主税局は、だれも大蔵族とは思っていない。小泉首相は、後者である。実態経済など絶対にわからない。

小泉首相は、竹中経済財政担当相を重用している。が、経済学者は実態経済を知らない。経済学者が本当に実態経済を知っていれば、全員、百万長者になっているはずではないか。だからといって、経済学者を否定しているわけではない。知識が豊富な経済学者の意見は十分に聞く必要がある。

ただし、経済学者は政治家とちがい選挙を経ていない。政治家は、自分の行動や発言に責任がある。仮にまちがっていれば、次の選挙で落とされる。が、民間人にはそのようなことはない。まかりまちがえば、経済の悪化を治療するのではなく、実験に使われてしまう恐れもある。

第4章　小泉・民主党路線の可能性

　民主党三回生で、幹事長代理の前原誠司は、平成十三年九月十一日夜、高輪《たかなわ》議員宿舎でテレビを見ていた。朝から大雨が降り、台風が近づいている。前原は台風の情報が気になって見ていた。久米宏がキャスターをしているテレビ朝日の夜九時五十四分からの報道番組「ニュースステーション」では、台風の情報を流していた。

が、途中で、突然アメリカのワールド・トレード・センターの階上あたりが火災になっている映像に切りかわった。最初は、単なる火災ということであった。が、次には、飛行機が突入した、というニュースに変わった。

　前原は、類推した。

〈ニューヨークを遊覧するためのヘリか、軽飛行機が事故を起こしてビルにぶつかったな〉

が、ワールド・トレード・センターの火災の映像が映っている最中に、さらに二機目の飛行機がワールド・トレード・センターに突っ込んだではないか。

その瞬間、前原は感じた。

〈これは、テロだ！〉

さらに、米国防総省にも飛行機が突っ込んだ。そのうえ、「ハイジャックされた飛行機が十機、アメリカの空を飛んでいる」という未確認ニュースも流れた。前原は、さすがに背筋が寒くなった。

〈このテロは、どこまで広がっていくのだろうか〉

考えられることの一つとしては、アメリカがこのテロで弱った隙《すき》に、たとえば朝鮮半島などで紛争が起きる可能性がある。

さらに、翌日のニューヨークの株式市場のことを心配した。目の前で、アメリカ帝国が崩壊していくような光景を見せられて、不安は尽きなかった。

前原は、即座に、携帯電話を手にした。自分が親しくつきあっている自衛隊の幹部に電話を入れた。

「この虚《きょ》を衝《つ》いて、世界に動乱の動きはないのか。また、日本の米軍基地、アメリカ施設への攻撃は、ないのか」

その幹部も、同じ危機感は持っていた。すでにその危険を防ぐ方向で動きをはじめていた。前原は、陸、海、空の自衛隊の制服組と、自発的に月に一回の勉強会を開いている。民主党の中で、自分を入れて四名の議員が参加している。ひとつには、民主党が政権を取ったとき、防衛庁長官の任につく議員がいない。前原をふくめて四人いれば、少なくとも八年間は大丈夫、という読みであった。民主党は、自民党や自由党に比べ、自衛隊とのパイプが弱い。自民党を離党した新進党出身者は、個人的なつきあいがあるかもしれないが、民主党には、自衛隊との勉強会、というようなものはない。

前原は普段のつきあいのおかげもあって、今回のテロの情報も、自衛隊内部からリアルタイムに伝えてもらうことができた。むろん、自衛隊には、彼らの思いというものがある。したがって、防衛庁の内局組からも話をきいてバランスをとらないと、情報が偏《かたよ》ってしまう。

いっぽう、この夜会食中であった安倍晋三官房副長官に、秘書官から電話が入った。

「飛行機がアメリカのワールド・トレード・センターに突っ込みました。六名が死亡し、一千名ほどが負傷をしている模様です。いまのところ、どのくらいの大きさの飛行機だったのか、事故なのか、事件なのかは、わかりません」

それからすぐにまた、安倍に連絡が入った。

「たくさんの人が亡くなっているかもしれない」

安倍は、会食をつづけるわけにはいかなかった。ただちに会食場所を出て車で官邸に急いだ。車にテレビがついているので、二機目の飛行機がワールド・トレード・センターに突っ込んでいく場面も見た。その瞬間思った。

〈これはテロだ〉

そのうち、ワールド・トレード・センターが崩落していく、まるで地獄絵図のような様子が映った。大変なことが起こっている。

安倍は、午後十一時十七分に首相公邸に到着した。そのときには、すでに小泉首相、福田官房長官、そして、自民党麻生太郎政調会長がいた。

ウサマ・ビンラディンという名前は、すぐには浮かび上がらなかった。が、安倍は、これまでの経緯からみて、イスラム原理主義者の犯行ではないかと思った。

そこで、福田官房長官にいった。

「日本の米軍の施設に対する警備を強めたほうが良いのではないでしょうか」

長官も同じことを考えていて、小泉首相もそう判断した。小泉首相は、ただちに警察庁と防衛庁、米大使館など米国関係の施設の警備を強化するよう指示した。

イギリスのブレア首相はじめG8（主要八カ国）首脳は、次々とテレビ演説でテロを厳しく非難し、アメリカ支援を口にした。しかし、小泉首相がテレビの前に姿を現し、記者会見を開いたのは、半日ほど過ぎた九月十二日午前十時十五分であった。

いっぽう、民主党代表の鳩山由紀夫はテロがあった夜、地元の北海道にいた。労働連合の定期大会が札幌でおこなわれる予定で、来賓《らいひん》として向かっていたのである。鳩山は、急《きゅう》遽《きょ》その予定をキャンセルし、翌朝一番の飛行機で東京に帰った。帰るなり、鳩山は、民主党内に特別対策本部を立ち上げた。前原誠司らの意見を聞くとともに、情報を集めた。そのとき、たまたま民主党の議員が六人、アメリカに行っていた。その中で、井上和雄と大谷信盛の二人が、ニューヨークにいた。彼らの安否を確認したのち、現地の生情報を逐次《ちくじ》連絡してもらう手配をした。

さらに、自衛隊の制服組を鳩山のところに呼んで、レクチャーも受けてもらった。テロが起こった翌日には、タリバン、ウサマ・ビンラディンという名前が出た。さらに、太平洋を防衛しているアメリカの第七艦隊がインド洋に行くのではないか、という情報も入ってきた。前原は、それらの情報を注意深く、偏らないように受け止めた。

陸、海、空、同じ自衛隊でも、それぞれの立場でいうことはちがう。日米同盟関係に関しての受け取り方も、ちがう。海上自衛隊は、アメリカ軍にべったりと寄った考え方をしている。彼らは、第七艦隊と行動をともにして、対潜哨戒《しょうかい》、機雷除去などの任務をこなす。それだけに、アメリカ軍との一体感は強い。航空自衛隊は、アメリカ軍との関係はそこそこ、そして、陸は、アメリカ軍とはほとんどつきあいがない。

今回のテロのとらえ方にしても、海上自衛隊は、アメリカ軍に全面協力という立場をとっていた。ひとつには、今回、アメリカ軍に対してなんの協力もしなかった場合、日米の同盟関係にひびが入る可能性がある。アーミテージ米国務副長官が、柳井俊二駐米大使に、「ショウ・ザ・フラッグ」つまり日の丸を見せてくれと協力を期待した。もし、その期待を裏切ったときの失望感は、湾岸戦争のときの比ではない、と前原は思っていた。今回、ワールド・トレード・センター爆破に関して、アメリカ人は怒りに震え、テロの首謀者をつかまえる、あるいは殺すという気持ちを強く持っている。アメリカ軍とつながりの深い海上自衛隊には、その気持ちがリアルタイムで伝わって、なにもしなかったときの影響を考慮しているのである。その意味では、外務省も、アメリカに全面協力の姿勢を見せており、海上自衛隊とは共通認識がある。

外務省としては、なんとか目に見える形でアメリカを満足させたい、ということで、かなり無理な法解釈をしてでも、支援をさせようとしている。が、防衛庁としては、そういった外務省の姿勢を冷めた目で見ている部分がある。

防衛庁からすると、まず、法整備が不十分である。危険地域の中でも、武器使用禁止の緩和が十分ではない。危険地域で戦闘に巻き込まれた場合、今回は本当に死ぬかもしれない。海、空の場合は、アメリカ軍の支援をおこなっても、死ぬということはまずない。が、難民救助、医療行為、パキスタン国内での物資の輸送などを受け持つのは陸上自衛隊である。アメリカとの共通認識がもっとも薄いうえに、もっとも危険な任務を背負うことになる。防衛庁は、陸上自衛隊のそういった思いを強く感じている。その意味では、外務省と防衛庁の間には温度差がある。

ひとつには、実際に死者が出た場合である。武器使用基準を緩和し、なにか起きたときはしっかりと抵抗できるような体制で、武器も持っていて死者が出る。この場合は、国民にはショッキングでも、自衛隊としてはフラストレーションはたまらない。が、法的に不十分、持たされた装備も不十分ということで死ぬとなると、いくら上官の命令でも従えないという雰囲気が自衛隊の中にも出てくる。それ以前に、防衛庁として、撤退を示唆《しさ》することもありえる。外務省としては、撤退は格好がつかない、という可能性が高いが、防衛庁としては、なかなか外務省に歩調を合わせたりはしないと前原は思う。

かといって、では、武器使用基準を緩和するならば行かせていいのか。が、そうなると、戦闘に巻き込まれて、武器使用基準も緩和した。他国も戦闘を展開しているなかで戦闘行為をしたとなると、集団的自衛権の行使という話になる。そうであるならば、憲法解釈を変えないかぎりできない。もっとも、そのあたりは総理がどう考えるかに最終的にはかかっている。

ただ、今回のテロに対する小泉総理の対応には疑問がある、と前原は思う。夜に一度、公邸に寝にもどる、など初動態勢に疑問を感じた。さらに、アメリカに対して白紙委任状を渡すような言動が目立った。

アメリカを支援するという立場に立ってはじめて、自制をうながす、あるいは、情報をきちんと流してくれ、ということもできる。が、通帳もハンコも渡して、白紙委任状を渡して、あなたがやる報復に関してはすべて支持しますというわけにはいかない。極端な話、アメリカの核の使用まで、日本が白紙委任状を渡しているわけではない。

鳩山代表は、九月十三日、米国のブッシュ大統領が同時多発テロの犯人に報復する考えを表明していることについて、報復のための武力行使を基本的に支持する考えを明らかにした。

「国としての自衛権行使は十分ありうる。テロ撲滅《ぼくめつ》のための行動は支持すべきだ」

岡田克也政調会長は、九月十四日の民主党の役員会で、米国がテロ事件の報復などで武力行使した過去のケースを踏まえ、現段階での支持表明は早すぎるとの考えを示した。

「日本政府が国連決議の前に米国を無条件で支持したことはなかった。党もこうしたことを踏まえるべきだ」

役員会で、了承された。

菅直人幹事長も、十四日の記者会見で、明言を避けた。

「米国によるテロへの対抗措置は否定しないが、事実関係がはっきりしないと、対応をいえない」

鳩山代表は、九月十五日、東京都内で開かれた会合であいさつし、米国政府の表明している同時多発テロ犯への報復について述べた。

「米国のやることを何でもかんでも認める立場ではない」

十三日に示した武力行使への支持姿勢を修正した。そのうえで、指摘した。

「正当な自衛の手段を超えて過剰反応になることが、宗教戦争になったり地域の民族紛争になる可能性すらささやかれる中で、日本人が果たすべき役割は何かを考えて行動すべきだ」

前原は、民主党の大原則は、対米支援をやるべきだという姿勢であると思っていた。テロ撲滅はやるべきだ。ただ、出てきた法案のできが非常に悪い、と思っている。危険地域に行かせるのに、武器使用禁止の緩和が不十分である。では、自衛隊に、死ぬ危険の高いところに行かせるのか、という話になる。むざむざと屍《しかばね》をさらすわけにはいかない。

自衛隊法にしても、米軍基地と自衛隊しか警備できない、ということになったが、首相官邸にしても、原子力発電所にしても、警備が必要だということであれば、警備できる体制はとっておく必要がある。さまざまなことを、あまりにも限定しすぎている。それでありながら、米空母キティホークを護衛するために艦艇《かんてい》をさいている。史実調査と同じ「調査と研究」という名目を使って護衛をするというのは、法的に限りなくクロに近い。こういった行為は、シビリアンコントロールを逸脱した行為である。自衛隊は、法の中でしか活動してはならない、という原則を破っての護衛には問題がある。

そういったことを、憲法解釈もふくめて変えていかなければ、問題が出る。そういった意味では、前原は、自由党の小沢一郎党首と考えが似ている部分がある。が、小沢のように、原則論にとどまるのも、政治家のとる態度ではない。やはり野党の、二十数人という小集団の親分でしかない、とも思う。

いっぽう民主党三回生の池田元久は、八月中旬から下旬にかけて、半月ほどかけて中東の紛争地域イラン、イラク、サウジアラビアを視察した。じつは、池田は、イラクがクウェートを侵攻した湾岸危機の際、人質解放の交渉のため党の制止を振り切って同僚議員沖田正人、松原脩雄、仙谷由人、細川律夫とイラクを訪れた。イラクに足を踏み入れるのは、それ以来、十一年ぶりのことである。なお、空域封鎖の日に体を張ってイラク入りした五人は、イラクの首都バグダッドをもじって「バグダッド・ファイブ」と呼ばれた。十一年ぶりのイラクは、湾岸戦争後の経済制裁などでひどく疲弊《ひへい》していた。さらに、アメリカへの恨みもすさまじいものがあった。無理もない。他国籍軍の空爆で、無防備な市民まで殺されているのだ。

三カ国を視察した池田は、アラブ・イスラム世界とアメリカの緊張関係が極度に高まっていることを実感した。パレスチナの自爆テロに対し、イスラエルは自治施設の建物にタンクを突っ込ませたり、ゲリラの指導者を暗殺したりと、アラブ・イスラム世界をひどく刺激していた。かれらは、いっていた。

「イスラム原理主義過激派と穏健派を、峻別《しゅんべつ》してほしい」

池田は、八月二十六日に帰国した。それから十六日後の九月十一日、アメリカで同時多発テロが起こった。アメリカやイギリスは、首謀者とされるウサマ・ビンラディンをかくまう国家、すなわちアフガニスタンのタリバン政権を攻撃する可能性があることを示唆した。池田は、不安をおぼえた。

〈今回のテロ事件は、アメリカ人だけではなく、多数の日本人も巻き込まれた。テロの脅威は、国際社会の共通のものとして真剣に取り組まなければならない。ただし、この事件は大規模な犯罪集団の所業だ。国と国の戦いではない。やはり、犯人グループの身柄を拘束して法の下で裁く。それが、文明社会のやり方だ〉

パレスチナ問題は、とりわけ重要だ。日本は、かつてアラブ寄りといわれた時期もあった。パレスチナ問題については手を汚していない。日本としては、テロの根源となっている貧困問題を撲滅し、無防備な人たちへの殺戮《さつりく》を避けるよう、国際社会に働きかけることが必要である。つまり、テロと報復の悪循環をなくすことだ。

池田がおどろいたのは、アメリカのブッシュ大統領が、九月十六日、「クルセイド（十字軍）が始まった」と、イスラム教徒に占領されていたエルサレム奪回を目的としたキリスト教徒の遠征活動「十字軍」という言葉を使ったことである。池田は、唖然《あぜん》とした。

〈ブッシュは、「十字軍」の意味を知っているのか〉

ブッシュは、外交に詳しい人物ではない。大統領選挙のときも、インド大使の名前を知らずに嘲笑《ちょうしょう》された。仮に十字軍の意味を知っていて、なおかつ十字軍という言葉を口にしたのなら、まさに宗教戦争となる。

池田は危惧《きぐ》した。

〈イスラム原理主義の過激派と穏健派を峻別《しゅんべつ》しなければ、クルセード対ジハード（聖戦）の戦いになり、歴史が千年もどってしまう。それは、絶対に避けるべきだ〉

それでは、どのような行動を取ればいいのか。自由党は、「武力行使を容認する新たな国連決議が必要であり、そうでなければ集団的自衛権の憲法解釈を変更する」と主張している。論理として正論だ。だが、国連は、安保理決議第一三六八号でアメリカの個別的自衛権の行使に理解を示したものの、湾岸戦争の際のように加盟国の武力行使を認めたわけではない。日本は、国際社会の意志を示す明確な安保理決議のもとに行動すべきである。

日本の外交は、田中眞紀子外相のもとでまったく停滞している。日本は、アラブ諸国から「日本は、手を汚していない」と期待されている。アメリカとアラブ・イスラム社会の対立緩和のための橋渡しを積極的におこなうべきだ。また、ODA（政府開発援助）を戦略的、積極的に活用し、食糧医療援助など人道上の支援をおこなう。さらに、こうした行動に参加協力するひとつとして自衛隊を活用する。国連憲章と憲法の枠内で実効のある働きをおこない、アラブ・イスラム世界の理解を求める。

民主党は、現段階では、政府の提出したテロ対策特措法案に賛成を決定しているわけではない。重要なのは、自衛隊派遣の枠をいたずらに広げるということではなく、無原則でなし崩しの派遣を防ぐための法的な枠組みをしっかりつくるということである。

さらに、日本は、アメリカに対して軍事行動の目的、そして何をもって攻撃を終了するのか訊《き》くべきである。ケネディ元大統領のブレーンの一人は、アメリカの新聞でいっている。

「ブッシュは、国民を、あるいはアメリカを、どこに連れていこうとしているのか、はっきりさせていない」

自由党の小沢一郎は、集団的自衛権の憲法解釈を変更すべきだと主張している。池田は、集団的自衛権よりも、国際社会の一致した警察、制裁行動である集団安全保障を重く視《み》るべきだと考えている。ただし、この時期にあわててやる必要はない。

山崎拓幹事長は、「仮にやるというのなら国会決議で三分の二以上の賛成が必要だ」といっている。が、にわかにできるわけがない。

小泉首相は、九月十六日には、山崎幹事長に新規立法をふくむ自衛隊の後方支援措置などの早期検討を指示した。

鳩山代表は、九月十七日、記者団に対し、米国が同時多発テロで報復攻撃した場合に自衛隊が後方支援できるようにするための新規立法について、新たな立法措置に否定的な考えを示した。

「新法や周辺事態法改正とか、あせって議論する話ではない。少なくとも現行法の中で何ができるか考えるべきだ」

民主党は、九月十八日、幹部間で協議し、対米支援の是非《ぜひ》について論議したうえで、必要な場合は現行法の活用か新法の制定を検討するとの基本方針を確認した。

これに先立ち、鳩山代表は側近議員らに対し、「テロ対策に関する党内論議を踏まえて発言する」ことを伝えた。

鳩山が一時、米軍の武力行使への支持と協力を明言しながら、その後発言を修正し、慎重姿勢に転じたため、党内に発言のぶれを批判する声があることを意識したものだ。

鳩山の発言が揺れるのは、党内が積極論と慎重論に二分されているためだ。

羽田特別代表ら保守系や旧民社党系議員らは「湾岸戦争の反省を踏まえ、すみやかに米軍への支援を打ち出すべきだ」として、自衛隊による米軍への輸送支援などを容認する意見が強い。さらに、熊谷弘国会対策委員長は、「国益にかかわる外交問題では与党も野党もない」として、テロ対策での政府・与党との協調路線も模索している。これに対し、旧社会党系議員は「米国の対応を全面的に支持すべきではない」との姿勢を崩していない。

前原誠司のような考え方は、民主党の若手の間では共通認識ではある。菅幹事長は、多少思想はちがうが現実主義者で、しっかりとした考えを持っている。が、たとえば社民系の横路孝弘のように、難民支援と医療行為はいい。が、物資輸送は戦闘行為につながるから駄目、という人もいる。前原からいわせると、後方で物資を運んでいるほうがまだ安全で、前線に近いところでの医療や難民救助は非常に危険である。が、武器使用基準の緩和は駄目、自衛隊により近い権限を与えるのは駄目、という主張がある。性悪説に立った主張である。旧日本帝国陸軍の亡霊にとりつかれている人がまだいるのか、と残念にも思う。自衛隊は、国土防衛が主任務である。行かせる人数にも、限りがある。国土防衛を手薄にしてまでパキスタンに行かせることはありえない。

むろん、将来的に、ＰＫＯ（国連平和維持活動）法が改正されて、積極的に参加をするようになった場合は、自衛隊の中で訓練した部隊を、自衛隊とは別の形で出す、などということも起こるかもしれない。そのときに、若者の間にきちんとした愛国心が育っているかどうかは教育の問題である。そして、いまの憲法はどこが問題で、どこを変えるべきなのか。本質的な議論が必要となってくる。世界の平和というものが、汗をかくことによって守られていて、一部の平和主義者と称する人たちの主張のように、テロも戦争も駄目だ、自衛隊も駄目だ、という人たちから離れて、国防意識をしっかりと持った若者が現れてくれる必要がある。その問題においても、民主党は大きなカギを握っていると前原は思う。それだけに、鳩山にはしっかりと判断してほしい、と願っていた。

九月十九日、参議院予算委員会の閉会中審査がおこなわれた。各党は、小泉首相に、同時多発テロ事件の対応について迫った。

「日本は、どのような対応を取るのか」

小泉首相は答えた。

「アメリカが、まだ何をやるかわかっていない段階で、日本が何をやるかは、まだ検討中です」

社民党の福島瑞穂も、質問に立った。予想されるアメリカの軍事報復の根拠について質《ただ》した。

「アメリカの軍事報復に、国際法上の根拠はありますか」

小泉首相は、法律の問題は役人に答弁させることにし、はぐらかした。

「政治的にやるんです」

福島は、さらに迫った。

「自衛権の行使には、正規軍が侵略したという武力の攻撃が必要です。今回のテロは、戦争なのか、犯罪なのか。戦争をするなら、軍事報復の武力行使は、国際上、無理ではないですか」

小泉首相は、語気を強めた。

「アメリカが、戦争といえば、戦争だ」

福島は反論した。

「ある国が軍事行動だと考えれば、(報復のための)軍事行動ができるわけではない」

「可能と考えている。わたしは、アメリカの姿勢を強く支持している」

結局、法的根拠は何も示さなかった。

福島は思った。

〈小泉さんの頭のなかには、法律の枠組みが入っていないようね〉

この十九日夜、小泉首相は首相官邸でテロ対策関係閣僚会議を開き、アメリカの同時多発テロ事件に対する「基本方針」と、米軍によるテロ報復攻撃への支援策を中心とする七項目の「当面の措置」を決定した。

小泉首相は、午後七時三十三分、首相官邸で緊急記者会見をおこなった。予算委員会終了から、四時間後のことであった。

「①安保理決議で『国際平和と安全への脅威』と認められたテロへの措置を取る米軍に、自衛隊が医療、輸送・補給などで支援できるように措置を講ずる②国内の米軍施設や国の重要施設の警備を強化するための措置を講ずる③情報収集のため自衛隊艦艇を派遣する④出入国管理で国際協力を強化する⑤周辺、関係諸国に人道・経済支援する。パキスタン、インドに緊急の経済支援をおこなう⑥自衛隊による避難民支援をおこなう⑦経済システムが混乱しないよう各国と協調する」

福島は、この会見に憤った。

〈予算委員会では、「日本が何をやるか、まだ検討中だ」と答弁したのに、その四時間後にぬけぬけと七項目を発表するなんて、ずるい。国会軽視だ。それなら、「いま、こういうことを議論中です」と答弁するべきじゃないの〉

前原誠司は、鳩山に対し、再三、「米国はテロを深刻に考えており、米国もどこの国が一生懸命協力するか見ている。スピードを持って対応するべきだ」として、党の方針決定を急ぐようながした。十九日のネクスト・キャビネット（次の内閣）では、若手議員から「今、対米支援できなければ、日本が世界から孤立してしまう」との声も上がったほどだ。

前原、玄葉光一郎らは二十日、国会内で会合をひらいた。テロ問題に関する勉強会を近く発足させることを決めた。党内の多数を占める若手議員の間では「対米協調」に前向きな意見が多いだけに、若手を結集して、テロ対策に前向きに取り組む姿勢をアピールする狙《ねら》いがあった。

小泉首相は、九月二十日午前、民主党の鳩山代表、共産党の志位和夫委員長、社民党の土井たか子党首の野党三党首と首相官邸でそろって会談した。同時多発テロに対する米国の報復攻撃に自衛隊が後方支援するための新法などについて意見を聴いた。

自由党の小沢一郎党首は「日本の命運がかかる問題を、短時間では話し合えない。与党ペースの会談に応じる必要はない」として欠席した。

小泉首相は三党首に対し、「憲法の枠内というのは当然だ。国際協調の中で日本として取り組む」と述べ、政府の方針に理解を求めた。

これに対し鳩山は、新たな法整備に基本的に賛意を示しながらも、政府・与党の論議の進め方に「あやふやで泥沼化しかねない」と危惧を表明した。自衛隊が武器・弾薬を輸送することには賛成できないと伝えた。

鳩山は党首会談後、強調した。

「（首相に）テロ防止の法整備に前向きにのぞむ党の姿勢を理解してもらった」

民主党は九月二十七日の役員会で、与野党協議について、「法案の内容には踏み込まない」「民主党単独の協議には応じるべきではない」との方針を確認した。「法案提出前に与党と交渉すれば、党内の対米支援慎重派が反発を強めかねない」と党幹部が懸念しているためだ。また、自民、民主両党だけで協議すれば、岡田政調会長によると「野党間の信頼関係が損なわれてしまう」との判断があるようであった。このため、政府・与党は、法案提出後に民主党の協力を取り付けることも視野に入れていた。

九月二十七日、臨時国会が召集された。小泉首相は、衆参本会議で所信表明演説をおこなった。が、七項目に触れると論議が起こると考えたのか、日本国憲法の前文を読み上げただけでお茶を濁した。自衛隊の〝ジ〟の字も口にしなかった。

社民党の福島は、怒りをおぼえた。

〈小泉さんは、あまりにも戦略的だ。早くから案を出せば、百家争鳴で国会もぐちゃぐちゃになる。だから、ギリギリまで出さないつもりなのだろう。それでいて、メディアには既成事実のように流していく。自衛隊の後方支援を可能にする新法案は、メディアも骨格を伝えているし、もうできているはず。それにもかかわらず、まだ正式に上程されていない。おそらく、ギリギリで上程し、あっという間に成立させようという魂胆だろう。こんな国会軽視は、許されない〉

福島は、七月の参院選で社民党が制作したテレビCMのコピーを思い起こした。

「本当に怖いことは、最初人気者の顔をしてやってくる。いましかない、戦争に走らない道を。護《まも》る女　社民党」

今日の状況は、まさにそのとおりになっている。

臨時国会は、当初、〝構造改革国会〟〝雇用国会〟になるといわれていた。が、アメリカの同時多発テロ事件により、〝有事法制国会〟となった。

福島は自画自賛した。

〈参院選では、このコピーはまったく受けなかった。人気商売のわれわれとすれば、ちょっとつらかったが、今日の状況は、ぴったりとあてはまる。名コピーとして、歴史に残るのではないか〉

衆参両院はこの日、米国への同時多発テロを非難する決議を本会議で採択した。採択された決議は、自民党と民主党が中心になって案をまとめたもので、民主党は「全会一致を目指すべきだ」として、ほかの野党にも同調するよう働きかけた。だが、自由党は拒否した。共産、社民両党も、独自の立場を譲らなかった。国会冒頭から野党の足並みの乱れが鮮明になった。

ただ、参院では、米国への協力に関して「日本国憲法の理念を踏まえ」との文言《もんごん》が挿入されたことで、社民党の一部が賛成に回った。

決議に賛成した民主党内では、鉢呂《はちろ》吉雄、五島正規両衆院議員らが採決を棄権。さらに大橋巨泉参院議員も反対するなど〝造反〟を出す結果となった。

与野党の国会論戦は十月一日午後の衆議院代表質問からはじまった。民主党の鳩山代表は、四つのテーマを掲げた。

「国連の安保理事会による決議が必要」

「武器・弾薬の輸送はおこなわない」

「アフガニスタン周辺国内での陸上自衛隊の活動は認めない」

「国会の事前承認が必要」

この四点がはっきりしないかぎり、テロ対策特別措置法案は認めない、とはっきり言明した。

十月三日午後、与野党国対委員長会談が開かれた。安倍官房副長官が、五日に国会に提出するテロ対策特別措置法案と自衛隊法改正案の要綱を説明した。

保守党の国対委員長に新しく幹事長を兼任した二階俊博は、早期成立の必要性を強調した。

「野党の各委員長のいわれる慎重審議は、問題の重要性から理解できる。しかし、スピードも必要だ。米軍などの報復攻撃も想定し、一定の時間で結論を出したほうがいい」

しかし、野党側は回答を留保し、物別れに終わった。

いっぽう、安倍副長官は、記者会見で在米日本大使館を通じて米側からウサマ・ビンラディンがテロ事件に関与した証拠を説明され、日本政府として了解したことを明らかにした。九月末の日米首脳会談以来、日米首脳は緊密に連絡を取っており、すべてを総合的に勘案して、ビンラディンの関与について説得力のある説明と安倍は認識していた。

NATO（北大西洋条約機構）諸国と日本への説明は、基本的にいっしょだった。ただし、イギリスへの説明は特別かもしれない。戦闘作戦行動をいっしょにおこなうし、イギリスにも優れた報道機関があり、情報の交換をおこなうことができる。日本は残念ながら、そこまでの能力はない。情報は、限定されざるをえない。

安倍副長官は、テレビ朝日の報道番組「ニュースステーション」でキャスターの久米宏に証拠について質問され、いった。

「日本は証拠、証拠とあまりいう必要はない」

安倍は、要するにTPOだと判断している。この段階で「証拠を出してもらわないと、日本は協力できません」といったとすれば、まさにテロリストの思う壺《つぼ》だ。同盟のほころびになる。仲間を疑っている話になる。日本政府としては、同盟国であるアメリカと協調し、アメリカを信じているという姿勢を強く示す必要がある。しかし、他方でアメリカ側に「証拠についての説明をしてもらいたい」ということも申し入れていた。小泉首相も、それに近いニュアンスのことをブッシュ大統領にいっていた。それに、アフガニスタンのタリバン政権は、事実上、自供したようなものである。国内放送で、飛行機には乗るな、高い建物には上がるな、と国民に呼びかけているのだから、もうだれも疑う人はいないのではないか。

安倍自身は、民主党が、賛成するのか、反対にまわるのか、その可能性は半々くらいだと思っていた。しかし、選ぶのは、あくまでかれらである。政府・与党は、衆参両院とも過半数を維持している。別に民主党に賛成してもらわなくても法案は通る。

が、安全保障に関わる問題や自衛隊の海外派遣などは、なるべく幅広い支持を得るというのが、安倍の基本的な姿勢であった。

スピード成立させても、使い物にならない法律では意味がない。民主党と話し合い、より多くの支持のもと中身のある法案をつくることは必要である。しかし、妥協にも限界がある。民主党が責任ある態度でのぞみ、政権担当能力のあることを国民の前に示すことができるのか。あるいは、旧社会党のように何でも反対の政党になってしまうのか。最終的に選択しなければいけないのは、民主党であると思っている。

修正協議では、「国会承認」、「武器の使用基準」、「武器・弾薬の輸送」の三つが争点になると思っている。なかでも、武器・弾薬の輸送が、もっとも重要になると思っていた。

政府・与党は、ほぼ民主党の主張どおりに相当譲歩した。安倍は、小泉首相にもいっていた。

「これは、われわれが悩むことではない。かれらが悩むことです。かれらがどう決めるか、国民が見ています。試練に立たされているのは、われわれではなく、かれらのほうです」

小泉首相は、黙って聞いていた。

安倍は、小泉首相にいった。

「これは、与党が混乱に陥る必要はまったくない話です。最大限の譲歩と誠意を示し、あとは、かれらが選ぶ。こちらは、規定方針でいきましょう」

十月五日、政府は、臨時国会の最大の焦点であるテロ対策特別措置法案と自衛隊法改正案を国会に提出した。テロ対策支援法案の国会提出を受け、今後の焦点は法案を審議する衆院特別委員会を舞台とする与野党の修正論議に移った。

与党は、十月二十日のＡＰＥＣ（アジア太平洋経済協力会議）の際の日米首脳会談をにらんで十九日までの衆院通過を目指し、「安易な修正はしない」と強気の姿勢であった。

民主党内には複雑な党内事情を背景に「与党へのすり寄り」を懸念する声が上がっており、「短期決戦」は与党ペースで進むと見られていた。

特別委員長に内定している加藤紘一元自民党幹事長は、十月五日、指摘した。

「いつまでも日本の意思を決められないのはまずいという双方の要請がある」十九日までは民主党と修正協議を進めるが、合意が成立しない場合は採決に踏み切る――という和戦両様の構えであった。

これに対し、鳩山代表は、十月三日の会見で「党の基本方針は譲れない」と対抗姿勢を強めているが、筆頭理事に内定した岡田政調会長は「基本方針はやや遊びを残した」と柔軟姿勢をにじませ、党内は一枚岩ではなかった。

修正協議で焦点となるのは、「武器・弾薬輸送の可否」「国会報告か国会承認か」「武器使用基準の緩和の是非」などである。与党内には「武器・弾薬輸送と武器使用基準緩和は譲れない」との意見が支配的であった。

ただ、与党内には、武器・弾薬輸送や国会報告について「国会答弁で慎重な対応を示す」ことや、民主党の意見を取り込んだ付帯決議を採択する案などで歩み寄る動きもある。民主党内にも「日米同盟は非常に重い」と法案反対への抵抗感は根強く、「着地点」をにらんだ駆け引きが続いた。

民主党の横路孝弘副代表は国会の関与をめぐり「原則事前承認」を求めたのに対して、中谷元防衛庁長官は、国会審議イコール国会承認との認識を示した。

「九月十一日のテロ事案に対応して取る特別措置法であり、将来的に対応が必要なくなれば廃止されるのが前提。国会で法が成立すれば承認されたと見なしえる」

武器・弾薬の輸送の問題については、中谷防衛庁長官は主張した。

「戦闘行為がおこなわれることがないと認められる地域に限定しているので、武器・弾薬であっても米国などの武力行使と一体化することがなく、憲法上の問題は生じない」

ブッシュ大統領は、十月七日夜（日本時間八日未明）、戦争開始を宣言した。

「米英両国の対アフガニスタン報復攻撃を開始した」

小泉内閣が国会に提出したテロ対策特別措置法案は、国会の事前承認を不要としていた。が、森内閣で防衛庁副長官をつとめた石破茂は、見解を異《こと》にしていた。

〈国会の事前承認は、必要だ〉

自衛隊を派遣するからには、危険な場面に遭遇した際の武器使用の権限を明確にする必要がある。今回想定される相手は、ハーグ陸戦法規、ジュネーブ条約などの武力紛争法を遵守《じゅんしゅ》しない武装した偽装難民のような勢力だ。難民だと思い、医療活動や食糧運搬に従事している途中に、いきなり武器を持ち、「米国に加担する日本も同罪だ」と攻撃してきたらどうするのか。

国際法上認められ、日本の政府答弁においても憲法理論上否定されていないとされてきた海外における自衛権行使としての武力行使の権限を、自衛隊に与えることなく、相手に危害を与えてもよいとされる要件を正当防衛と緊急避難のみに限定したまま、そのような危険な地域に派遣することはあってはならない。仮に多くの犠牲者が出たとき、「あれは政府が勝手にやったことだ。われわれ国会議員は、関知しない」というようなことがあっていいはずがない。なにも、政府を信用しないというわけではない。政府は、国会議員よりも情報量が多い。国会議員が、政府よりも正確な判断ができるとは限らない。が、事前承認であれば、政府と連帯して責任を負うことはできる。

また、事前承認は、政府が誤った判断をした場合の抑止力となる。事後承認では、遅い場合がないとはいえない。内閣不信任案を提出するか、法改正をするしか手段はない。いずれにしても、時間がかかってしまう。

そのようなことから、石破は、国会の事前承認を主張した。この認識は、自民党内でも大勢であった。が、あえて法案に盛り込まなかったのは、民主党と交渉するための調整の余地を残しておこうとの意図も秘められていた。

ところが、審議を進めていくうちに雲行きが怪しくなってきた。マスコミは、「与党と民主党は、事前承認で共同修正」と報じていた。が、公明党は、「事前承認は必要ない」という姿勢を取りつづけた。

自民党政調会長代理で、衆議院国際テロ防止・協力支援活動特別委員会筆頭理事の久間《きゅうま》章生《ふみお》も、いいはじめた。

「法案自体を修正せず、国会決議で安全を担保することは考えられる」

農林省の官僚出身である久間は、「いかに法案を成立させるか」が常に念頭にある。ここが落とし所だという判断能力は、群を抜いている。公明党を配慮しての考えなのであろう。

しかし、石破は難色を示した。

「決議というものは、行政府を拘束する力は何もありません。いってしまえば、単なる願望の表明にしかすぎないのではありませんか」

そうこうするうちに、公明党の冬柴幹事長が提案した。

「自衛隊法の治安出動の規定を準用したら、どうだろうか」

石破は、首をかしげた。

〈それは、無理じゃないか〉

自衛隊の行動についての国会の関与の形式は、PKO法と周辺事態法が事前承認、自衛隊法の防衛出動と治安出動が事後承認となっている。

新しいテロ対策法が想定している事態は、「一般の警察力をもってしては治安を維持することができないと認められる」治安出動より、「そのまま放置すればわが国に対する武力攻撃に至るおそれのある」周辺事態に類似していると考えるべきであろう。

しかし、三党連立を考えた場合、公明党の主張にも配慮せざるをえない。

「理屈としては、おかしいです」

と石破が異論を唱えても、賛同してくれる者は多くなかった。

石破は思った。

〈今回の法案は、一見簡単そうに見えるかもしれないが、日本国憲法にはじまりＰＫＯ法協力法案、周辺事態法、自衛隊法、日米安全保障条約、日米地位協定、警察法、警察官職務執行法、刑法の九つの法律を知らないと相互関連性がわからなくなる。この事態だけに着目すると、ほかの法律との辻褄《つじつま》が合わなくなってくる。冬柴さんは、弁護士なのだから、よく理解しているはずなのだが〉

冬柴は、公明党の会議で、「原案が最善のものである」と国会の承認不要の理由を説明したが、党内から「それはおかしい。ＰＫＯ法でも国会承認を主張したのはわが公明党ではなかったのか」との異論が噴出した。

そこで冬柴が考えたのが、治安出動の「出動を命じた日から二十日以内の国会承認」の規定であった。この点では、自民、公明、保守の三党の幹事長は歩調を合わせているように感じられた。

石破は、さらに危惧《きぐ》した。

〈官邸は、一党でも多くの賛成を得たいとしている。しかし、いわゆるノリシロがなくなっては、民主党の賛同を得ることは難しくなるかもしれない〉

自民党内にも、事前承認でなければ駄目だと懸命に主張する勢力は少なかった。この法案は、選挙制度改革とちがってわかりにくい。なぜ事前承認でなければいけないのか、なぜ事後承認では駄目なのか、その理屈を理解するのは難しい。また、理解していても、自分たちの身分や票に直接関わることではないのでそう熱も入らない。

十月十日、衆議院本会議で法案の審議がはじまった。与党と民主党の修正協議は、民主党の主張する「武器・弾薬の輸送」「国会承認」の二点に絞られた。

そもそも、民主党の幹部は、テロ対策特別措置法案が提出される以前から、「裏取り引きは駄目ですよ。表でやりましょう」ということをマスコミを通じて発信していた。

つまり、国会の場で議論を通じて決着をつけようということである。開かれた国会として当然のことである。それゆえ、保守党の二階幹事長は、政府与党は国会審議に没頭すればいいと考えていた。ところが、民主党は、官邸、あるいは自民党の一部と水面下で交渉しているという情報が伝わってきた。二階は、この内閣は、三党連立内閣だということをあらためて強く思った。

〈それなのに、民主党は公明党、保守党と交渉することを忘れて自民党の一部とだけ話し合いをしている。仮にそこで何か決まったからといっても、何の影響もない。与党三党の幹事長が決めた方針は揺らぐわけがない〉

仮に自衛隊がパキスタンで行動するにしても、あるいは周辺諸国で行動するにしても、世界的規模のテロ事件であり、どこで何が起こるかわからない。そのような危険な場所に自衛隊を出動させる以上、政治家も、政治生命を賭《か》けた判断をする必要がある。手練手管《てれんてくだ》や裏取り引き、裏交渉で事が運ばれるということは、与党の責任者として断じて許すことはできなかった。

二階は、小泉首相の一党でも多くの賛成を得て……という気持ちも理解できた。政権担当者としては、できるだけ多くの支援を得たい、ウイングを広げたいと考えるのは当然のことだ。ただし、小泉首相は、アメリカと「自衛隊の出動もふくめて支援する」と約束し、国際的な公約となっている。その公約を守れなければ、総辞職するしかない。そのような日本国にとっても、小泉政権にとっても、きわめて重要な問題である以上、あてになるかどうかもわからない野党と組むという冒険を総理が本気で考えているとはとうてい思えなかった。

与党と民主党は、水面下で修正協議をおこなった。その中心となったのは、元防衛庁長官であり、自民党政調会長代理である久間章生と、民主党政調会長の岡田克也であった。ともに衆議院国際テロ防止・協力支援活動特別委員会筆頭理事である。

久間と岡田は、十二日の金曜日から十四日の日曜日にかけて断続的に協議を重ねた。

与党は、民主党に歩み寄った。武器使用の基準については、政府見解が読み上げられた。犯人の特定についても、小泉首相が答弁した。

「各国との情報交換、ブッシュ大統領との直接の意見交換を通じて説得力のある説明を受けている」

法案の修正は、武器・弾薬輸送の除外と、国会承認の二点に絞られた。国会承認についての民主党の要求は、「自衛隊へのシビリアンコントロールを確保するため、基本計画を前提とした自衛隊の活動を国会で事前承認する」というものであった。

久間はいった。

「この問題は、われわれのレベルでは決められない」

岡田は応じた。

「これは、政治判断しかない」

すなわち、小泉首相と鳩山代表のトップ会談である。官邸は各党に対し、週明けの十月十五日の夜に党首会談を呼びかけていた。

ただし、新聞各紙は、岡田が久間と修正協議をはじめる以前から「最終的には事前承認となる模様」と報じていた。つまり、それを裏付けるだけの発言が与党サイドから出ているのだ。

当初、与党サイドは「事前承認」のカードさえ切れば、修正なしで法案を通せると思っていたようである。が、民主党とわざわざ協議し、ある程度修正に応じた。その背景には、民主党と太いパイプを持つ衆議院国際テロ防止・協力支援活動特別委員会の加藤紘一特別委員長の存在も大きかった。

岡田は、自民党側の誠意を感じた。

〈今回のトップ会談は、従来のように筋書きが書かれた、かたちだけの交渉ではない。それだけに、不確定要素もある。しかし、全体の雰囲気から見ると、六・四くらいの割合でなんとかいけるのではないか〉

岡田や理事の安住淳らの感触では、国会の事前承認に踏み込める雰囲気だという。報告を受けた鳩山代表は、安堵《あんど》した。

〈これは、いけるぞ。それなら、われわれは賛成できる〉

十四日の日曜日、久間は、岡田との話し合いで国会承認について妥協案を示してきた。

「自衛隊の治安出動に準じた事後承認でどうだろうか」

しかし、岡田は、あくまで事前承認を求めた。

民主党の熊谷弘は、国対委員長として、党首会談を十月十五日に設定した。

党首会談に関しては、国対委員長レベルで決めた。

熊谷は主張した。

「各党一党ずつ会談しよう」

一対一の党首会談なら、話がまとまるのではないか。熊谷はそう思った。小泉総理と鳩山代表が二人きりで話すならば、事前承認のところに話が歩み寄れるのではないか。が、自民党としては、与党幹事長会議で決めたことを崩されると、責任問題になる。幹事長らも同席させることになった。

十月十四日日曜日の昼、全日空ホテルで与党三党の幹事長会談が開かれた。公明党の冬柴幹事長が与党の修正案を「事後承認」でのぞむことをはっきりとした口調で主張した。会談後、冬柴は記者団に民主党の修正要求に応じない姿勢を強調した。

「われわれが、決める。われわれが、判断する」

二階は思った。

〈公明党は、党内で十分に協議したうえでの決断なのだろう〉

二階も、終始一貫、事前承認は必要ないと考えていた。テロ対策特別措置法案は、自衛隊が海外に出動するための法案である。事前承認では、「行け」「行くな」といっているようなものだ。いよいよ出動というとき、また一から承認について国会で議論するのか。

そもそも、この法案の審議自体が国会の事前承認にあたる。具体的な活動方針は、政府が決める。派遣命令から二十日以内に国会に付議し、承認を求めるよう定めた自衛隊法の治安出動を準用する。そこに、何の問題もない。抑制については、十分に対応、対処は、できているのである。

二階は、このような事件は、ただちに対応しなければならないと思った。

〈手枷足枷《てかせあしかせ》をかけて、ふんじばったような法案をつくっても、ただ自己満足をするだけだ。平和、平和というが、そんなこと平和にも、抑止力にも何にもならない。事前承認など、国際社会では通用しない〉

鳩山は、十四日の与党三党の幹事長会談で、公明党の冬柴幹事長が与党の修正案を「事後承認」でのぞむことを主張したと聞き、苦り切った。

〈われわれは、ここで態度を変えるわけにはいかない。事前承認が取れない限り、賛成はできない〉

十月十五日の朝、民主党では、朝八時ごろ千代田区永田町一丁目の民主党本部で役員会を開いた。役員会の席で、熊谷弘ははっきりと口にした。

「今回の党首会談は、まったくの五分五分だ。決まっていない。方針が決まったあとに、向こうが折れるなどとは考えられない。ものすごく難しい話だ。過去の例を見ても、そうである。棒を飲んだような形でできたものを、民主党に合わせて変えるなどということがあるか。もう一回、やり直しをするわけだから、それは難しい」

が、熊谷の眼には、菅幹事長は、党首会談の結果に関しては楽観的なように映った。他の議員も、すでに事前承認でまとまるかのように浮き浮きとした雰囲気であった。熊谷の言葉に、耳を傾けようとはしなかった。

熊谷は、不安に思った。

〈甘い……〉

そもそも、民主党の方針が、民主党から新聞にリークされているようでは、話にならない。もし仮に小泉首相から、「事前承認をする」というシグナルが来ていても、こちらが新聞にリークしてしまったら、相手が体制を固めるに決まっている。だから、のちに「話がちがう。頭にきた」といっても、それは民主党側のミスである。基本的に、いまの与党体制をゆるがすような話をするのであれば、もっと本当に踏み込んだ話が事前になされていないと駄目である。

一部の若手が、これでうまくいくのではないか、と勝手に思いこんでいるだけである。自民党の加藤紘一にしても、今回は、ほとんど話し合いからはずされた格好で、あまりハッピーではない立場に立たされた。

実際はそういう状態ではあったが、与党三党側、特に公明党から見ると、公明党を追い出して民主党を入れるという構図に見えたのだろう、と熊谷は予想する。

公明党が、今回民主党の事前承認を自民党が呑《の》むということをそれほどまで恐れたということは、自民党が民主党と組むことを恐れているということである。

十月十五日午後三時、与党三党幹事長・政調会長会談で、与党の修正案に「事後承認」盛り込みを決めた。民主党にとっては、高いハードルとなった。二階は思った。

〈民主党は、当初からテロ対策特別措置法案に賛成するとしていた。それなら、最後まできちんと賛成してくれることを期待するのは当然だ。仮に事前承認が外れたからただちに反対にまわるということは、まったく理解し難い〉

この席で、安倍官房副長官がいった。

「これまで自衛隊の派遣にともなう事前承認というものをやったことがない。この姿がまだ明確ではないので検討せざるをえません。このようなかで、一日、二日ですむということでなければ困りますし、基本計画そのものを議論するということになっても困りますよ」

ところが、冬柴には、安倍のいい方がやや事前承認を前提にしたような印象を与えた。冬柴と二階は、怒りをあらわにした。

「政府は、事前でも、事後でも、どちらでもいいのか！」

与党三党は一致結束して法案を通そうとしている。それなのに、政府がそのような後ろ向きの態度でどうするのか、という思いだったのである。

安倍は、抗弁した。

「どちらでもいいということではありません。当然、いまのまま事後承認でいくのが一番いい」

十月十五日夜、与野党の党首会談がおこなわれることになった。石破茂は、最後の努力を傾けた。

〈それなら、民主党が事後承認でも乗ってくれる理屈を考え、総理に伝えよう〉

午後四時半、石破は、安倍官房副長官に連絡を入れた。

「総理は、何時に帰ってくるの」

この日早朝の六時十六分、小泉首相は、羽田空港から政府専用機で金大中韓国大統領との日韓首脳会談のため韓国に飛び立った。午後五時半に帰国し、党首会談は午後七時過ぎからおこなわれるという。総理の帰国まで、残り一時間しかない。

石破は、ただちに次のような文章をまとめた。

「民主党が主張したとおり、武器・弾薬の陸上における輸送も法案から除外した。国会承認もかけた。問題は、事前か、事後かのちがいだ。しかし、国会が駄目だといえば自衛隊は引き上げるということを担保した。議会に拒否権を与えたことは、大きな意味をもつのだ。そして、命令から二十日以内に国会に付議する治安出動の国会承認に関する規定の『二十日間』の部分は、なんとか短縮する。それは、国会の決議で明記しておけば効果がある。結果として、事前承認とほとんどいっしょになるではないか。百点満点のうち、武器・弾薬の輸送で五十点、国会の承認で二十五点だ。事前承認は認められず、百点満点の回答はできないが、ここまで譲ったのだから、なんとか呑んでほしい。一党でも多くの賛成が必要だ」

石破は、安倍に頼み込んだ。

「この文章を、とにかく総理の頭の中に入れさせてくれ。これをいって民主党が呑まなければ、民主党が悪い。少なくとも、与党三党が悪いということにはならない。総理が本気でいえば、ひょっとしたら民主党は呑んでくれるかもしれない」

党首会談前、武器・弾薬の輸送問題は、官邸から「現実にはパキスタンで武器・弾薬の輸送をすることはない。陸上輸送は、法案から除外する」との意向が伝わってきた。

民主党の岡田政調会長は思った。

〈これは、武器・弾薬の輸送を修正する代わりに、事前承認は受け入れられないということなのかもしれない。トップ会談でまとまる可能性は、五分五分になった〉

ただし、小泉首相は、この日朝、韓国に向かう飛行機内で「民主党の賛成を得たい」と述べていたとの情報があった。

岡田は期待した。

〈与党の一部には、小泉・鳩山会談での合意は避けたいという勢力がある。その力学が働き、事後承認でなければ駄目だとわざとハードルを上げてきたのだろう。しかし、小泉首相は、そのハードルを乗り越えてくれるかもしれない〉

安倍官房副長官は、韓国訪問から帰国した小泉首相に六時二十九分に会い、いった。

「与党三党は、事後承認で固まった」

事後承認でも、国会の承認事項であるということはきわめて大きいことである。自衛隊を派遣した後、国会に承認を求めたが、承認されなかったということになれば、どうなるか。当然、自衛隊を帰国させないといけなくなる。そんなことになれば、世界から笑われる。しかも、それだけではすまない。国際的にも責任を取り、総理大臣は退陣しなければいけなくなる。そのくらい重たい話である。

安倍は、それから、民主党との修正協議で争点になりそうな武器の使用基準、武器・弾薬の輸送、事前承認の三点についても意見を述べた。

「三つの争点について、政府・与党側は、民主党のいい分を一〇〇%、一〇〇%、七〇%ほど呑みました。一〇〇%、一〇〇%、一〇〇%で済むのなら、交渉ではありません。相手のいい分を聞いているだけです。今度歩み寄ってくるのは、民主党の鳩山代表の番です」

小泉首相は、安倍の説明を一つの意見として聞いていた。

十月十五日午後七時十八分、首相官邸で与党三党の党首・幹事長会談がおこなわれた。福田官房長官も同席した。小泉首相はいった。

「これ以上、譲歩できない」

保守党の野田毅党首が確認した。

「これは、三党の協議によって決まったことです。総理一任ではありません。これで、いきましょう」

小泉首相は、それを受けて野党各党との党首会談にのぞんだ。党首会談の直前、民主党の両院議員総会が開かれた。

この段階でも、意見は真っ二つに割れた。

「代表が示した四点を明確にし、それが受け入れられなければ反対だ」

「国会の事前承認さえ取れれば賛成だ」

「この場で、反対を決めればいい」

やがて、党首会談の時間が迫ってきた。執行部は、結論づけた。

「もう時間がない。代表一任としたい」

結局、意見がまとまらぬまま代表一任となった。「事前承認さえ取れれば賛成」という意見で集約されたわけではなかった。

しかし、交渉の窓口である岡田克也政調会長や安住淳らは、すでに官邸とすり合わせができているという。横路は思った。

〈これで、賛成にまわるのかな〉

鳩山代表は、事前承認が受け入れられれば法案に賛成するという姿勢で会談にのぞんだ。

ただし、岡田は、会談の直前、鳩山に伝えた。

「楽観する状況ではないですよ。こういう交渉というのは、サイコロを振るようなもので丁か半かの五分五分ですから」

鳩山は、大きくうなずいた。

鳩山は、首相官邸に入るとき、微笑《ほほえ》みさえ見せていた。

午後八時五十六分、首相官邸で小泉・鳩山会談がおこなわれた。自民党側は、山崎幹事長、久間章生が同席した。民主党側は、菅直人幹事長、岡田政調会長も同席した。

会談は、友好的な雰囲気ではじまった。

しかし、いざ国会承認をめぐる話し合いがはじまるや、激しい意見が飛び交った。

鳩山は主張した。

「自衛隊派遣の前に、貧困問題の解決、中東和平など、日本は外交で主体的な努力をするべきだ。国連、国際的協調の下で米軍の派遣がおこなわれているので、行き過ぎがないよう抑制的な行動を求めるべきだ。国内テロ対策には、万全を期してほしい」

山崎幹事長は答えた。

「与党三党の合意では、国会承認は事後承認とし、武器弾薬の陸上輸送はおこなわないことになった」

鳩山は迫った。

「武器弾薬の陸上輸送を除外したことは評価するが、国会承認は事前承認でないと了解できない」

自民党側は、主として山崎が発言し、久間が追随した。民主党側は、菅、そして岡田が応戦した。

だが、小泉首相は、一言も発言しなかった。興味がないというような表情で眼を瞑《つぶ》っている。鳩山らの眼には、まるで眠っているようにさえ映った。

　鳩山は苦々しく思った。

〈これでは、話す余地がない〉

　議論の途中、小泉首相がようやく口を開いた。

「清水《きよみず》の舞台から飛び下りるつもりで、民主党も呑める案として、与党三党で工夫したものなのでお願いします」

　菅が、食ってかかった。

「話がちがうじゃないか！　それじゃ、何のために党首会談を呼びかけたんだ」

　しかし、小泉首相は、押し黙ったままであった。

　この日、与党は、二回にわたり幹事長会談を開いている。小泉首相が韓国訪問から帰国する前に「事後承認」を柱とする与党修正案をガチガチに固めていた。鳩山は、小泉首相は、手足を縛られていたと思っている。しかし、このままおめおめと引き下がるわけにもいかない。鳩山は、主張した。

「難民支援でも、パキスタンの陸上での自衛隊活動は危険だ。われわれは、許すべきではないと思っている。このことに関しては、どうなんですか」

　久間が答えた。

「そこのところは、なんらかの形で担保を取れるようにしてもいい」

鳩山の脳裏《のうり》に、一瞬、〝合意〟の二文字が浮かんだ。

だが、そこに危険性を感じたのだろう。岡田が、議論を原則論にもどした。

「われわれは、事前承認でなければ認められない」

ふたたび、事前承認をめぐって激しい議論となった。二度と「担保」の話にはもどってこなかった。

岡田は、なお打開できるという思いを抱いていた。

〈小泉首相は、われわれに激しい議論をさせた後、鳩山代表と二人きりで話し合い、最終的に合意にもっていくつもりではないか。さすがに、これで終わることはないだろう〉

会談は、一時間十分におよんだ。

ふたたび、小泉首相が口を開いた。

「最後にもう一度、お願いします」

鳩山は、拒否した。

「事前承認は、譲れない」

小泉首相は、予想外の言葉を発した。

「これ以上、同じ議論をしても仕方がない」

なんと、会談を打ち切ったのである。まさかの交渉決裂であった。

岡田は、唖然《あぜん》とした。

〈トップ会談は、交渉アイテムがいくつもあるときつい。が、最終的には「国会承認」の一つに絞った。ところが、小泉首相は、それすら乗り越えることができなかった。与党三党に手枷足枷をはめられ、動くに動けないのだ。こんな惨《みじ》めな姿になっているとは思わなかった〉

鳩山は、午後十時過ぎ、小泉首相との会談を終えて首相官邸を出てきた。首相官邸に入るときに見せていた微笑みとは打って変わり、伏目《ふしめ》がちであった。首相官邸正面玄関前での記者団からの問いかけに、小声で語った。

「物別れです。協力を考えたが、わが党にとって生命線の事前承認を、最後まで譲ってもらえませんでした。妥協案には、乗れない。再会談の予定もありません」

民主党の中野寛成副代表は、党首会談直後の鳩山代表の対応を、褒《ほ》められたものではないと思った。

〈本当なら、首相官邸正面玄関では記者に答えず、その場は沈黙を守るべきであった。いったん、党に持ち帰る。経緯をよく説明し、相談したうえで対応を決めるべきではなかったか。鳩山の発言で、結果的に民主党は反対せざるをえなくなってしまった〉

今回のテロ対策特別措置法案で小泉首相が与党三党に手枷足枷をはめられている姿を垣間見た岡田克也は、小泉首相に過剰な期待を寄せているわけではない。が、さすがに首をかしげている。

〈一国の総理のもとに、どれだけの情報が入っているのか、総理を本気で支える議員がいないのではないか〉

民主党三回生の松沢成文は、会談決裂を知ったとき、思った。

〈ここは、鳩山さんが政治的判断で行動を起こすべきだったのではないか。「これは、党首会談なんだ。みなさんから、いろいろと意見をうかがった。それを受けて、わたしと総理でやらせてください」ときっぱりいい、二人で別室に行くなり、幹事長や政調会長に退席してもらうなりして、二人きりで決めるべきだった。そして、思い切って小泉首相に乗ってしまえばよかったのだ〉

民主党のマジョリティーは、事前でも、事後でも良かった。ポイントは、国会承認を取りつけることだ。鳩山は、腹をくくり、与党に楔《くさび》を入れるためにも小泉に乗ってしまう。

そのうえで、小泉首相にささやく。

「あなたは、与党に選択肢を奪われ、動けないんでしょ。わかりました、ここは大きな貸しをつくります。われわれといっしょにやっていきましょう」

そうすれば、政治状況は変わったにちがいない。公明党もひどく焦《あせ》り、その後の政局で「小泉・民主党路線」のカードは、大きな影響力を持つ切り札になったであろう。

しかし、鳩山は、野党のリーダーとしての使命を重視した。国民に説明するため、あくまで事前承認にこだわってしまったのだ。

松沢は残念であった。

〈一任をとりつけているのだから、大勝負を賭ければよかった。そうすれば、政界再編にもつながっていったのに……〉

鳩山は、菅や横路に比べると小泉に対するシンパシーがあるように松沢は思える。

しかし、鳩山は、それは相当な賭けとなると判断していた。小泉首相は、交渉の手足を縛られている。ガチガチに固まった与党修正案を、覆《くつがえ》すことはできないだろう。歩み寄る気配も、およそ感じられない。何も条件を取りつけられぬまま、事後承認を認めるわけにはいかない。不調に終わる可能性が高い。鳩山はそう考え、二人だけの会談を切り出さなかった。

〈官邸が党首会談を働きかけてきた以上、それなりの条件提示があるはずだと思っていたが、そこは期待はずれだったのかもしれない〉

鳩山は、党主会談後、永田町の党本部にもどった。そこへ、反対派のリーダー格である横路孝弘副代表から電話がかかってきた。横路が鳩山に電話をかけてくるのは、久しぶりのことである。

横路の声は、弾《はず》んでいた。

「よく蹴ってくれた！」

鳩山は、事情を説明した。

「別に蹴ったわけでもないんだけどね」

とたんに、横路の声は暗くなった。

「そうですか……」

横路らは、野党は野党の論理で、政府の方針には徹底的に反対すればいい、という考えでいた。いざ政権を取ったときには、村山政権がそうであったように、方針を百八十度変えればいいというのである。しかし、鳩山には、そのような器用な真似はできない。立場によって、いい方を変えてはいけない。そこが、鳩山と横路の姿勢のちがいであった。

結局、民主党は事前承認を譲らず、交渉は決裂した。自民党の石破茂は、残念でならなかった。

〈駄目だったか……〉

翌朝の十月十六日、石破は、朝刊の「首相の一日」に眼を通した。午後六時二十九分から六分間、安倍は小泉首相と二人だけで会っている。石破は思った。

〈安倍は、おそらく総理に伝えてくれたにちがいない。しかし、十分な理解を得られなかったのかもしれない〉

無理もない。総理大臣は、毎日、殺人的な日程をこなしている。この日も、日帰りで訪韓した。さらに、補正予算、雇用問題、行革など難問が山積している。

テロ対策特別措置法案だけに没頭しているわけにはいかない。今まで安全保障問題に携わり、法律にも通じていれば、短時間で理解できたかもしれない。しかし、それを責めるには酷《こく》というものだったろう。

小泉首相は、「与党三党で決まったものだ。民主党は、これでも呑む」といわれ、そう思い込んでいたのではないか。気がつけば、民主党に譲歩する雰囲気ではなくなっていたのであろう。石破は、さらに悔やんだ。

〈もう少し時間があれば、民主党内が納得できる環境が作れたかもしれない。党首会談にのぞむ前、鳩山さんが党内に向かって「われわれは、百点満点を目指したい。しかし、仮に七十点だとしても、ここで一番大事なことは党利党略ではなく、賛成することではないか。おれに任せてくれ」とアナウンスすることができたのではないだろうか。鳩山さんが理解し、かつ総理が理解していれば、合意したにちがいない〉

意外な結末に、民主党の熊谷弘は思った。

〈民主党の鳩山と、自民党の小泉で話がついてしまう、という構図に、公明党や保守党は大変な危機感を抱いたのだろう〉

民主党と自民党の話し合いということは、政権の構造そのものを組み換えてしまう恐れがあると思ったに違いない。が、それは完全な過剰反応である、民主党も今回は失敗したが、公明党が失ったものは大きい。これまでの、「平和を愛する党」という方針がまったくなってしまった。政権に残るためには、自民党のいうことをなんでもきく、ついていくということになってしまっている。いまや、政権の中にいることが目的になっている。本来は、むしろ民主党よりも、公明党のほうが、事前承認を主張して譲らない立場だったのではないか。そもそも、自民党の国防部会が事前承認にすべきだと主張していたくらいだ。問題はない。

熊谷は、国軍を動かすときには、本当にシビリアンコントロールが大事だと思う。自由党の小沢一郎党首もいうように、昭和史というものの反省をきちんとしなければならない。第二次世界大戦で、政府のいうことを聞かないで暴走して満州事変を起こしてしまった満州駐屯《ちゅうとん》の日本陸軍部隊の関東軍のような存在をつくってはいけない。自衛隊も、現場は同じ気持ちだと熊谷は考えている。それに、国民が反対運動をしているときに派遣されて死んでも、冷たい目で見られるというのはたまったものではない。公明党こそが、そういった点を主張すべきだったのではないか。

テロの特別措置法にしても、公明党の若手議員は、「民主党ガンバレ」といってきていた。公明党の一部の幹部の暴走だ、と熊谷は見る。小泉首相は、公明党に「政権から出ていけ」などとはひとこともいっていない。「連立の枠組みを壊す」ともいっていない。自分のいう政策と合致するならどの党とでも人とでも手を組む、といっているのだ。今回のように過剰に反応することはなかった。

が、公明党は、民主党を恐れた。小泉首相が韓国に行っている間に、体制を固めてしまった。こうなってしまったら、勝負は終わりである。与党三党の合意を乗り越えることは、自民党の党の総裁としてもできない。

小泉首相としても、できれば民主党、野党が祝福して自衛隊を出すことが望ましかった。が、与党が結束して出した答えを壊してまで、民主党に歩み寄るつもりはなかった。

熊谷としては、総理にも与党三党にも、反省してほしい点がある。

出される自衛隊の身になってみると、今回与党が出した結論は決して幸せなことではない。国民の大多数が祝福して出る、という体制をつくらなければいけない。なにより、命を懸けて出るのである。政府は、「安全なところだ」という。では、もしインド洋で活動していて、病死したらどうするのか。警察官のほうは、PKOで殉職《じゅんしょく》した警官が出たため、すでに補償制度がしっかりとできている。が、自衛隊には、そういう補償制度はない。そのことひとつをとっても、対策がまるでできていない。まして、今回のテロに関しては、戦場のすぐそばにいないからといって、殺されないという保障はない。自衛隊員は、そういう危険を承知で出るのだから、ごく一部の政治勢力の命令で行ったというよりも、国民の総意として「いってらっしゃい」といってほしいというのが素直な気持ちだと熊谷は思っている。

自衛隊は、なにも好きで出ていくわけではない。任務は果たす。が、好戦主義者で、戦いが好きで後方支援に行くわけではない。それだけに、国民のみんなに「がんばってこいよ」といわれて行きたかったという気持ちは自衛隊にあったと思っている。それが、政局話になってしまった。

与党の人たちの思いこみもあった。民主党の議員が、公式の場で、「これを機会に、近く政権入りする」などといったことはない。が、新聞記者にそういうことを話した議員がいなかったとはいえない。民主党の中にも、小泉首相がいまの連立の枠組みを壊し、民主党が政権入りする、と錯覚した人もいたに違いない。そのことに関しては、熊谷は腹をたてた。新聞記者にも、口にした。

「幼稚園のごとき発想だ」

いっぽう保守党の二階幹事長は、協議の決裂について思った。

〈与党が過半数を割り、民主党の協力を得なければ法案が成立しないというときのみ鳩山さんの理屈が通る。鳩山さんの戦法が成功するのだ。しかし、与党は衆参とも過半数を維持している。民主党は、国家の安全の問題、国際問題という大義名分のもとに譲歩し、この法案に賛成する道しか、はじめからなかった。小泉首相も、民主党が受け入れるのを、ずっと一時間も辛抱《しんぼう》して待っていたのではないか。民主党は、ひょっとしたら森喜朗前総理がいわれたように、小泉首相に対し、〝女学生の恋心〟があったのかもしれない。一方的に期待に胸をふくらませ、小泉首相が乗ってくると思っていたのかもしれない〉

公明党や保守党が、民主党の要求を突っぱねたのは、小泉首相が民主党と連携し、パートナーを替えようとしているのではないかとの恐怖感があったからだといわれている。

しかし、二階は、一笑に付した。

〈そのようなことは、まったくない〉

二階は、小泉首相および山崎幹事長、麻生政調会長らと、議題は変わるがひんぱんに会う機会がある。そのときの言動や雰囲気などからして、公明党や保守党と手を切り、政権の組み替えをしたいという冒険的な考えは、微塵《みじん》も感じていない。そもそも、そのような冒険に何の利益があるのか。

小泉政権は、あらゆる改革を推し進めていこうとしている。手にあまるほどの議題を抱え、いわば川を渡っている最中だ。その途中で、後ろの馬にヒョイと乗り換えることなどできるわけがない。日本の経済は、疲弊している。失業者は山のごとく出ている。おまけに、改革も山積みだ。これから、一つ一つ解決していかなければいけない。このときに、いまさら野党と組んでどうして問題が解決できるのか。二階は思う。

〈小泉首相は、外から見るときわめてさわやかだ。しかし、二十代で政治の世界に飛び込んで以来、国会議員生活は三十年を越えている。このキャリアは、相当なものだ。政治的な判断や手法は、練達の政治家として、計算しつくされたうえでの決断と深慮遠謀《しんりょえんぼう》をもってやっておられる。派閥によりかかる政治ではなく、日本全国を視野に入れて堂々と渡り合っている。そんな馬鹿な、幼稚な決断をするわけがない〉

十月十八日、衆議院本会議でテロ対策特別措置法案、改正自衛隊法、改正会場保安庁法の採決がおこなわれることになった。

自民党の古賀誠前幹事長は、じつは、この採決の前に、盟友である保守党の二階幹事長に耳打ちしていた。

「記名採決でやったほうがいい」

古賀は、かつて国対委員長時代、日の丸を国旗、君が代を国歌と認める「国旗・国歌法案」の採決を記名投票とした。このとき、民主党の対応は、保守系議員は賛成、旧社会党系議員は反対と真っ二つに割れた。自ら寄合所帯《よりあいじょたい》であり、政権担当能力が備わっていないことを天下に露呈してしまった。それは、古賀の戦略でもあった。

今回、仮に記名投票になれば、自らの信念も貫け、結果として民主党に揺さぶりをかけることにもなる。古賀とすれば、まさに一石二鳥であった。古賀は思っていた。

〈民主党を一気に割ることはできない。一つひとつ積み上げていくことにより、党内のヒビが大きくなる。結果として、割れるのだ。今回は、その一つのチャンスだ〉

野中広務ら橋本派も、記名採決を主張していた。やはり、民主党の分断工作を狙っていた。野中は、民主党の鳩山由紀夫代表の実弟鳩山邦夫から、記名採決になった場合の民主党の造反予想議員のリストまで受け取っていたようである。

保守党も、公明党も、記名採決にする気であった。しかし、採決方法を決める議運の採決で自民党は呑まなかった。古賀は思う。

〈審議をスムーズにするためには、起立採決のほうがいいという理屈もわかる。が、何のために三党は連立を組み、衆参両院で過半数があるのか。審議を円滑に進めるためじゃないか。野党が応じてこなければ、こっちでどんどん進めればいいんだ〉

古賀は、いずれの法案も賛成であった。が、問題は、その採決方法である。自民党執行部は、議院運営委員会で公明党、保守党が記名採決に賛成しているにもかかわらず、記名採決ではなく、起立採決を選択した。古賀は、おおいに不満であった。

〈国会議員は、そのとき、そのとき、自分で責任を持つということが大事だ〉

古賀は二歳のとき、赤紙一枚で軍隊に召集された父親を大東亜戦争で亡くした。大東亜戦争を引き起こした責任は、当時の首相東条英機にある。が、東条だけが悪いというわけではない。東条という独裁者をつくった国会議員にも、責任がある。大東亜戦争は、なし崩し的にドロ沼に突っこんでいってしまった。今回のテロ対策特別措置法案が、そのような事態を引き起こすとは思わない。が、たとえどんなに小さな穴でも、底を突き抜けていけば、やがて大きな穴となり、ドロ沼化する可能性も否定できない。国会議員の知らないところで一人歩きするかもしれない。だからこそ、国会議員としての責任を持つために記名投票が必要だと考え、そう主張しつづけてきた。

しかし、執行部は、起立採決という道を選んだ。古賀は決意した。

〈テロ対策特別措置法案の採決のときは、退席しよう〉

衆議院本会議では、四本の法案が採決された。まず、野党民主党の提出したテロ対策特別措置法案が採決された。古賀は、与党議員としてこれに反対した。次に自衛官の命に関わる法案であるテロ対策特別措置法案、改正自衛隊法の採決となった。古賀は、自らの信念で退席し、採決を棄権した。

最後に不審船に対する威嚇《いかく》射撃にくわえ船体射撃も認める改正海上保安庁法の採決がおこなわれた。古賀は、ふたたび本会議場にもどり、これに賛成した。古賀とすれば、いずれも筋を通しての投票行動であった。

古賀のほかに、いまひとり、同じ行動を取った議員がいた。古賀が尊敬する野中広務元幹事長である。

野中は、十七日の橋本派幹部会でぶちあげていた。

「テロ対策特別措置法案の採決にあたって起立採決ではなく、記名採決でおこなうべきだ。政治家の責任だ。それが受け入れられないなら、採決を欠席したい」

野中は、そう公言したとおり、テロ対策特別措置法案の採決直前に退席したのだ。

古賀は、野中と事前に打ち合わせしたわけではなかった。

いっぽう、民主党の熊谷弘国対委員長は、この問題は、あくまで国益の問題である、与党も野党もなく、真摯《しんし》に話し合っていかなければならないと思っていた。そして、まとまるならまとまるところまでいこうという話をした。民主党も、これだけの幅広い政党になっている。右側と左側に、ブレがあったことは事実である。熊谷としては、党内の説得に力を尽くした。最初は、民主党の決定に対して、党内に二十数名の反対者がいた。特に右寄りの若手の議員に多かった。ものの考えとして、「後方支援に出てなにが悪いんだ」ということである。

熊谷は、かれらにいった。

「党内でそう決めた以上は、結束しようじゃないか」

若手議員も、納得してくれた。

結果として、自衛隊法と、特別措置法に一人ずつ反対しただけであった。

自民党の一部の勢力には、このことによって民主党がばらばらになることを期待した向きもあった。この結果には、がっかりしたかもしれない。

今回、結果として、自民党と民主党は「賛成」と「反対」に分かれた。が、その差は極めてわずかであった。おたがいの政党の本来の状態であれば、どちらが譲ってもかまわないくらいであった。自民党の石破茂は、民主党から造反して賛成にまわったのが二人だったことに、がっかりした。

〈記名採決ではなく起立採決なのだから、民主党の良識派がもっと賛成してくれると思ったのだが……。結局、「民主党はテロ対策に反対した」という印象が残るだけなのに、もったいないことをしたものだ〉

石破には、安全保障問題の本質的議論を避ける国会に忸怩《じくじ》たる思いがあった。

さかのぼること十一年前の一九九〇（平成二）年八月、イラクがクウェートに侵攻し、湾岸危機が勃発した。自民党本部では、日本の対応策をめぐって連日議論が交わされた。クウェートで人質となった邦人を救出するため、法整備も整わないまま自衛隊機を派遣すべし、との議論が起こった。当時、二回生であった石破、新井将敬、渡海《とかい》紀三朗、三原朝彦ら同期生と話し合った。

「そうなったら、何の役にも立たないかもしれないが、立法府の人間の責任としていっしょに湾岸行きを志願しよう」

結局、実現はしなかったが、石破には、そのときの思いがいまだにあった。

〈いい加減なことで、自衛隊を派遣するべきではない。行くのは政治家でも、役人でもない。あくまで自衛官なのだ。政治の妥協でいい加減な法律を作ってはならない〉

しかし、石破のような考えは、いまだに主流たりえてはいない。

今回の法案は、特措法である。が、仮にパキスタンに医療チームを派遣ということになった場合のことを考えれば、国会の承認をかけておいた意味が生きてくるかもしれない。

十月十八日の夜七時半から、小泉首相は、港区南麻布のイタリア料理店「イ・ピゼッリ」で、いわゆるＹＫＫの仲間である山崎幹事長、加藤紘一らと会食した。

小泉首相は、鳩山との党首会談が決裂したことについて民主党との情報交換が足りなかったとの認識を示した。

「あのときは、おたがいに思い違いがあった」

民主党の岡田克也は、その報道を耳にし、思った。

〈小泉首相は、山崎さんから「最終的には民主党は乗ってくる」とまちがった情報を与えられていたのだろう。気がつけば、与党三党が「事後承認」でがっちりと固まり、どうにもならなくなった。その意味では、山崎さんの責任は重い。ただし、山崎さんも、民主党の協力を得たかったにちがいない。そうでなければ、加藤さんを衆議院国際テロ防止・協力支援活動特別委員会の委員長に据えないはずだ。山崎さんとしても、自分の意に反して与党の力学を受け入れざるをえなかったのだろう〉

岡田は、民主党が法案に反対したことに違和感はなかった。そもそも、民主党は、小泉政権と全面的に連携を取っていこうとは考えていない。今回、若手のなかには、自由党が安全保障問題を契機に自自連立を組んだようなケースを期待したものもいる。

が、岡田にはそのような考えはない。民主党の使命は、野党第一党としての責任を果たすことだ。いいものは賛成し、駄目なものは反対する、是々非々《ぜぜひひ》でのぞんでいく。それに、自衛隊の海外派遣という問題は安全保障政策の大きな転換であり、あまり政局にからめてはいけない。しかし、与党、なかでも公明党は過剰反応をしすぎたように岡田には思えた。PKO法案も、周辺事態法も、公明党は、事前承認を求めてきた。それは、自衛隊を海外に出すときのルールであった。今回の審議でも、質問に立った公明党の多くの議員は、事前承認が必要だというニュアンスで質問していた。

だが、結局、公明党は自らそのルールをぶち壊してしまった。その背景には、なんとしても中選挙区を復活させたいという思いがあるのだろう。まさに党利党略であった。

岡田は、憤りをおぼえた。

〈自衛隊の人は、命を懸けて海外に出る。それなのに、選挙制度改革や政局にからめるのは、大変失礼な話だ。わたしには、理解できない。目的のためには手段を選ばないという姿勢は、国民に大きな不安感を与え、大きなマイナスイメージになった。公明党の歴史にも、汚点として残るにちがいない〉

むろん、民主党は、中選挙区復活案に反対であった。小選挙区比例代表並立制は、国会で長時間議論し、最終的に与野党合意のもとで成立した。それを与党の都合だけで壊すことはできない。しかも、住んでいる場所によって選挙制度がちがうということになれば、法の下の平等に反するという意見もある。このようなことを許せば、日本の民主主義とは何なのか、ということが問われる。選挙制度は、国民の有する一票が、どのように議席に反映されるか、それをつなぐ仕組みである。国民のもっとも基本的な権利に関わる問題だ。そもそも、政党が勝手に選挙制度を変えるなどというのはおかしい。非国会議員による選挙制度審議会で協議し、国会での長い議論を通じて国民に理解を求めていくことが必要である。与党だけで強引に決めるなどというのは、論外だ。

十月二十四日、自民、公明、保守の与党三党は、幹事長会議で、衆議院選挙制度見直しについて行政区が分断されている選挙区を合区して定数三の二選挙区と定数二の十二選挙区を新設し、そのための公職選挙法改正案を国会に提出することで合意した。

翌二十五日、その対象となる三十選挙区が新聞紙面で明らかになった。自民党無派閥二回生の平沢勝栄は、怒りに打ち震えた。

〈なんだ、これは！〉

平沢の選挙区・東京十七区も、その対象区であった。が、そのことで頭に血が昇ったわけではない。たとえ、どのような選挙区になろうとも、絶対に当選する自信はある。

怒りをおぼえたのは、中選挙区の一部復活などという筋の通らない制度改革をゴリ押ししてきた公明党であった。そもそも、小選挙区は、非自民非共産八党派による細川政権が導入したものである。八党派は、のちに新進党として合流するが、新進党を隠れ蓑《みの》として議席を増やそうともくろんだ公明党は強力に小選挙区を推進した。ところが、新進党は解党し、ふたたび公明党として復活した。公明党単独では、小選挙区で勝つのは厳しい。そこで、今度は「中選挙区を復活させろ」の大合唱である。おまけに合区の対象区は、すべて公明党候補が当選できそうなところばかりだ。まさに党利党略以外のなにものでもなかった。

平沢は思った。

〈これは、まちがいなく創価学会の池田大作名誉会長の指示だろう〉

ここ最近、池田名誉会長のインタビューを掲載した新聞の記事を読むと、「いまの選挙制度はおかしい」といった記事がやたらと眼につく。公明党にも、一部だけ選挙制度を変えるなど無茶だと思っている議員もいるが、池田名誉会長の指示には逆らえない。

自民党は、消費税の導入のように国の将来のために必要と思えば、たとえ自分たちの選挙にマイナスになろうとも、あえておこなってきた。だが、自分たちや支持者のことしか考えていない公明党と連立を組んで以来、その美学が薄れつつあった。

平沢は、そのことに危機感を抱き、警鐘を鳴らしつづけてきた。が、党内の理解は得られなかった。

しかし、今回のような無理難題を公明党に吹っ掛けられ、ようやく党内は公明党との連立を疑問視しはじめた。党内の大勢は、一部中選挙区復活に反対一色となったのである。

今回の案は、伏線がある。公明党は、まず定数三の百五十選挙区案を提案した。これが潰れると、今度は九十選挙区ほどの中選挙区復活案を提案。その案も潰れたため、三十選挙区の部分復活案を打ち出したのである。

執行部とすれば、公明党と連立を組んでいる以上、さすがに三度は断れない。そう判断し、やむなく受け入れたのだろう。

十月二十五日午後一時から、執行部は、自民党本部四階の幹事長室に合区の対象となる選挙区の支部長を召集し、一人ひとりにヒアリングをおこなった。執行部側は、山崎幹事長、町村幹事長代理、細田博之総務局長、中山正暉《まさあき》選挙制度調査会長が顔をそろえた。

冒頭、山崎が平沢にいった。

「次の選挙は、保証するよ。だから、なんとか呑んでくれ」

二人区になれば、ひとりはどこかにはじきだされる。そこは、きちんと比例区で保証するということだ。しかし、平沢は、受け入れなかった。反対意見を滔々《とうとう》と述べた。

山崎は、押し黙ったままであった。

やはり、ヒアリングを受けた東京都選出の議員によると、山崎にこういわれたという。

「東京の比例区の当選が無理なら、北海道でも、九州でも持っていって、きちんと比例区で保証してやる」

平沢は、その話を聞き、吐き捨てるようにいった。

「何をいっているのか。そんな話に、国会議員が乗るわけがないじゃないか。東京の国会議員が、なぜ地方の比例区から出なければいけないんだ」

さらに、内心思った。

〈比例区から現職議員を全員追い出すというなら賛成するが、そんなことはできるはずがない。こんな馬鹿な選挙制度改革を呑んだら、笑われてしまう〉

いっぽう、公明党と創価学会は、これだけはどうしても通さなければならないと懸命に動いた。平成十二年六月の総選挙で公明党が推薦した自民党議員に、今回の案に賛成するよう地域の公明党と創価学会が、しゃかりきになって働きかけた。

しかし、いくら働きかけても効果はなかった。自民党執行部は、十月十一日、中選挙区制度一部復活案などについて所属代議士にアンケート調査用紙を送付していた。調査結果は明らかになっていないが、反対意見が圧倒的であることはまちがいなかった。

平沢は、自民党を見直した。

〈自民党は、腐っても鯛《たい》だ。選挙では、創価学会の票は欲しい。が、このような筋の通らない制度改革は譲れないということだ〉

公明党は、さらなる圧力をかけた。

「連立を離脱する」

「PKO協力法案の改正に協力しない」

「与党三党幹事長のパキスタン訪問には行かない」

しかし、平沢は冷めた眼で見ていた。

〈公明党は絶対に連立を離脱しない。離脱をちらつかせ、脅しに使うだけだ。公明党が連立を出てくれたら、こんなにありがたいことはない〉

十月三十一日夜、与党三党の党首は首相官邸で会談し、現行制度の抜本的見直しをおこない、今後一年以内に成案を得るとの合意文書をまとめた。今回の案を白紙撤回したのである。

マスコミも、国民も、すべて公明党の党利党略に猛反対した。しかし、それ以上に大きかったのは小泉首相の存在だと平沢は思う。今回の一連の騒動が起こる前、平沢らは、小泉首相と首相官邸で食事をした。

選挙制度改革が話題となり、小泉首相はきっぱりといった。

「選挙制度の改正なんか、できるもんじゃないよ。おれは、中選挙区から小選挙区に変えるときに猛反対した。しかし、いったん小選挙区になったものを、もう一度中選挙区にもどすなんてことはできない」

小泉首相は、その理由について触れた。

「中選挙区では、自民党の複数の候補が鎬《しのぎ》を削って戦っていた。自民党支持者も、おたがいの陣営に分かれて戦った。小選挙区になったからといって、これまで敵対していた候補を応援できない。だから、小選挙区には反対だった。しかし、小選挙区になって二回も選挙をおこなった。これまで応援をひかえていた他の候補の支持者も、しょうがない、自民党候補者だから応援するか、とやっとまとまりはじめた。それなのに、また複数の候補者が出るようになればどうなるか。また別々の候補者の応援とはとてもいかない。だから、もうこれでいく以外にないんだ。山崎幹事長に、早く公明党に中選挙区復活はできないといってやれということをいっているんだ」

さらにいえば、小泉首相は、四月の総裁選のときから公明党と距離があった。その非は公明党にある。橋本派とのパイプが太い公明党は、小泉が総裁になれば政権を離脱する可能性もあると脅しをかけた。小泉とすれば気分は良くない。総裁選の最中に小泉は、連立の枠組みを見直すとまで口にした。

小泉首相は、今回も、キーパーソン的な役割を果たした。

「連立を離脱してもらって結構」

というニュアンスの発言をしたのである。

これは、公明党にとって決定的であった。これ以上突っ張ると、小泉首相は本気で政権離脱を迫るかもしれない。それゆえ、白紙撤回を認めたのである。

公明党は、テロ対策特別措置法案では、創価学会の中にいろいろな意見があったにもかかわらず、自民党に譲歩し、政権与党として協力した。その思いが選挙制度改革の実現に走らせた。

冬柴幹事長は、制度改革がまとまらなければ、与党三党の幹事長のパキスタン訪問にも行かないと駄々をこねた。しかし、これは、さすがに国民の反感を買った。公明党本部に、非難の声が殺到したという。

「選挙法とは、関係ないではないか。いったい何を考えているんだ」

その非難に耐えきれず、公明党は折れた。

しかし、公明党は、PKO協力法案の改正には応じないことを明らかにした。公明党にしてみれば、選挙法とPKO協力法案の改正はバーターだったのである。

平沢は憂慮している。

〈アフガニスタンの戦争が終われば、PKOを出すことになる。しかし、いまのままではアフガニスタンに出せない。いずれ、改正をやらざるをえない。そのとき、公明党はまた駆け引きをしてくるかもしれない……〉

第5章　素人に決められてたまるか！

小泉純一郎首相は、全省庁に「廃止・民営化」「国費ゼロ」を前提に特殊法人の見直しをおこなう方針を示した。各省は、九月三日までに各法人の民営化案を内閣の行革推進事務局に提出することになった。

特殊法人改革の目玉のひとつは、国土交通省が所管する道路四公団であった。扇千景国土交通相は、頭を悩ました。

〈この宿題を、どう片付けようか〉

四公団のうち、日本道路公団、首都高速道路公団、阪神高速道路公団の三公団は、建設中や未着工の工事が残っている。しかし、本州四国連絡橋公団は、すでに工事が終わっている。しかも、本四公団は三兆八千億円を超える膨大な債務処理を抱えている。四公団をいっしょにすれば、その大きな荷物を背負わされ、他の三公団の工事もできなくなるだろう。石原伸晃行政改革担当相の私的諮問《しもん》機関「行革断行評議会」は、四公団を統合し、六社に分割民営化する案を発表していた。

しかし、本州と四国に三本も橋を架《か》けたのは政治責任である。そうであるならば、政治判断する時期があってもいい。本四公団は別に考えなければ、小泉首相の求める民営化の時期が、かえって遅れてしまう。扇国交相は、決断した。

〈三公団を統合し、民営化するのは、ある程度可能かもしれない。しかし、本四公団は別にさせていただこう〉

八月二十六日、扇国交相は、テレビ朝日の「サンデープロジェクト」に出演し、その方針を明らかにした。

さらに、民営化の時期について言及した。

「日本道路公団で合計九三四二キロの供用は必要で、民営化には二十年かかる」

扇は、道路公団が担う整備計画区間九三四二キロを完成させることは当然のことだと考えていた。そもそも、この計画は平成十一年十二月、国土開発幹線道路自動車審議会、いわゆる国幹審で決まったものだ。

国幹審は、国家行政組織法八条に基づいて設置された。有識者が合議制で審議する、いわゆる「八条機関」である。総理大臣が会長をつとめ、全閣僚がメンバーに名を連ねている。それだけに重みがある。その指示を受けたのが、国土交通省の前身旧建設省だ。指示どおりに達成するのは当然のことである。試算では、完成までに二十年かかる。そこで、その数字を包み隠さず、正直に示したのである。

八月二十八日午前十一時三十分過ぎ、扇国交相は、小泉首相に呼ばれ、首相官邸に出向いた。総理執務室に入ると石原行革担当相の姿があった。小泉首相が、同席を求めたのである。

しかし、そうとは知らない扇は思った。

〈話が終わったら、出ていってくれればいいのに。それとも、わたしが早く入りすぎたのかしら〉

石原は、扇がそう思ったほど、まったく発言しなかった。

小泉首相は、強調した。

「国土交通省は、特殊法人改革の抵抗勢力の権化ともいわれているが、改革の先頭といわれるようにいい案を出してほしい」

さらに、道路四公団にくわえ都市基盤整備公団、住宅金融公庫の廃止・民営化案を作成するよう指示された。

〈また宿題が増えたわ〉

扇は、苦笑しつつも、了承した。

「九月二十日ごろをめどに、まとめます」

その際、扇は、小泉首相に釘《くぎ》を刺した。

「総理は、高速道路整備計画について、『凍結』という言葉をおっしゃいますが、それはやめていただきたい。手術するには、点滴も輸血も必要です。それを用意しないで、ただぶった切るというのは無理です。手術するには、準備期間がいる。『凍結』という言葉は使わないでほしい。これからは『見直し』といっていただきたい」

「そうだなぁ……わかった」

小泉首相は、それから二度と「凍結」という言葉を使うことはなかった。

小泉首相は、九月七日の午後三時二十六分から、河野太郎ら当選二回の自民党代議士ら二十一人と首相官邸の大食堂で懇談した。小泉は、特殊法人改革について語気を強めた。

「まだ役所は本気にしない。そのうち小泉は退陣すると思っているが、おれは本気でやる。道路公団（の廃止・民営化問題）などを、通常国会で最初にやる」

さらに強調した。

「おれは、絶対ぶれない。靖国（神社参拝）でぶれたから、総理はぶれるんじゃないかという人がいるが、靖国と構造改革はどっちが大事か。それは当然、構造改革のほうが大事だ」

扇国交相は、九月二十一日午前十時四十分、首相執務室で、六法人を国などが出資する特殊会社として民営化する改革案を小泉首相に提出した。その柱は、「日本道路と首都、阪神の両高速道路を一年をめどに統合し、約十年後の民営化」「住宅金融公庫と都市基盤整備公団は、速やかに十年程度で民営化」というものであった。

小泉首相は、これを了承した。さらに、内閣の下に特殊法人民営化のための第三者機関を設立し、特殊会社化へ向け法案の準備をすることを示した。

ところが、小泉首相は、十月一日、高速道路の現行整備計画をいったん白紙にもどし、ゼロベースから検討しなおすよう扇に指示してきた。

「道路公団の借金の償還期間を現行の五十年から三十年をめどに短縮し、道路公団への国費投入中止で検討してほしい」

扇は、了承したうえで要請した。

「総理のおっしゃる第三者機関ですが、わたしのもとにも、なにか勉強会をつくらせてください。そのかわり、第三者機関という言葉は使いません」

国土交通省は、小泉首相の宿題に対して第一回の答案用紙を提出した。が、提出さえすれば、あとは何もしなくていいというわけにはいかない。道路四公団の民営化には、なにが必要なのか。民営化といっても、特殊会社なのか、完全民営化なのか、あるいは民間会社なのか。さらに、株式はだれが、どのようなかたちでもつのか。その研究が必要だと考えたのである。

小泉首相はうなずいた。

「それは、かまわない」

扇は、ただちにメンバーの人選に入った。勉強会のスタイルは、数十人を集めたいわゆる審議会方式ではなく、少数精鋭の懇談会方式にするつもりであった。

座長をだれにするか、すでに心のなかで決めていた。太平洋セメントの諸井虔《もろいけん》相談役である。諸井は、日本道路公団の改革委員会のメンバーであり、内情に詳《くわ》しかった。

扇国交相は、諸井に趣旨を説明し、要請した。

「座長として、お入りいただきたい」

諸井は、当初嫌がった。

「ぼくは、地方分権の委員会もやっているし、とてもそんなことはできない」

扇国交相は、あきらめることなく、懸命に説得した。

「諸井さんは、道路公団の内情をよくご存じでいらっしゃる。一般の常識を入れていただくためにも、一番の適任者です。ぜひ、お願いしたい」

諸井は、ようやく了解してくれた。

「わかりました」

自民党の古賀誠道路調査会長は、十月二十二日、日本テレビの報道番組で、特殊法人改革の焦点となっている日本道路公団の民営化問題についていいきった。

「高速道路建設は、今後も国の責任でやる。高速道路整備計画九三四二キロの建設については、凍結は絶対にあってはならない」

そのうえで、すでに開通している高速道路の維持管理・サービス部門は切り離して民営化するいわゆる「上下分離方式」も容認する考えを示した。

自民党道路族議員の代表として、建設部門は基本的に公団形態を存続させ、管理部門だけを民営化する「上下分離方式」を初めて提唱したものだ。

民主党の菅直人幹事長は、十月二十二日、大阪市内で講演し、政府・与党が進めている特殊法人改革について語った。

「小泉首相が道路公団の改革などで自民党の七、八割が反対するような法案を出せば、民主党は賛成する。それでも否決され、首相が伝家《でんか》の宝刀を抜いて衆院を解散すれば、自民党は真っ二つに割れる」

政界再編につながる可能性があるとの見方も示した。

十月二十六日、諸井虔を座長とする「高速自動車国道の整備のあり方検討委員会」の第一回委員会が開かれた。委員には、トヨタ自動車の奥田碩《ひろし》会長、早稲田大学の杉山雅洋教授、日本公認会計士協会の高木勇三理事、東京大学の森地茂教授と錚々《そうそう》たるメンバーが顔をそろえた。

昼におこなわれる委員会は、マスコミにオープンした。が、朝八時からおこなわれる懇談会は、マスコミを入れなかった。

扇国交相も、毎回立ち合った。ただし、質問されたことに答えるだけのオブザーバーとしての参加であった。同席する大石久和道路局長にも、命じた。

「わたしたちは、一切ものをいってはいけない。訊《き》かれたことだけを答えるようにしましょう」

扇は、奥田に訊かれた。

「完全民営化というのは、株式を一般公開して、そして何年か後には配当するというのが普通の民間会社です。そんなこと、できるんですか」

扇は答えた。

「日本道路公団だけでも、これだけのことができるように努力をするということで話し合っていただきたい」

論議の結果、「完全民営化」とは、確かに奥田が主張するようなものが「完全民営化」であった。日本道路公団は、採算は取れている。ところが、債務償還をすると赤字となる。ただし、民間のいわば子亀、孫亀会社は黒字だ。

日本道路公団の仕事は、道路管理、料金の徴集、補修、維持保全の四業務がある。道路公団から取り寄せた資料を調べると、少なくとも四業務の子亀、孫亀会社は百六十三社もあった。そのうち四十六社は、日本道路公団のファミリー企業である。しかも、国土交通省の役人の九〇%がその四十六社のいずれかに天下りしている。道路公団にぶら下がっているファミリー企業の余剰金は、一社あたり十四億円だ。民営化し、そのまま食い逃げされたら何にもならない。

扇は、一部で提案されている建設部門と管理部門を分ける上下分離方式には、絶対にしてはいけないと思っていた。

〈上の利益を上げているパーキングエリアやガソリンスタンドは民間で、下の金のかかる建設だけを国にやらせるというのはおかしい。収入と支出が一体でなければ、民間企業ではない。それだけに、責任の所在、コストダウンの会計検査を明確にしておかなければいけない。が、上下分離方式では、そこがあいまいになる。しかも、上下分離方式では役人の天下りを増やすだけだ〉

いっぽう、十月中旬、自民党森派会長の森喜朗前首相、森派代表幹事の中川秀直、橋本派の村岡兼造会長代理、橋本派幹部の青木幹雄の四人は、赤坂の料理屋で夕食をともにした。国会のテーマは、テロ対策特別措置法案が衆議院を通過したことで衆議院選挙制度改革に移っていた。彼らの話題は、特殊法人改革へと移った。特殊法人改革の最大の焦点は、道路四公団の民営化であった。ただし、この席では、具体的な話し合いはおこなわれなかった。

「道路四公団の問題は、選挙制度改革が決着した後の話だな」

道路族の幹部で、元道路調査会長でもある村岡がいった。

「官邸との連絡は、中川さんに取ってほしい」

中川は答えた。

「わかりました。ただし、村岡先生、小泉さんの決意は相当なものなので、ふところ深くお願いします」

それから一週間後、中川のもとに村岡から連絡が入った。

「例の件で会いたい」

「それじゃ、二人で話しましょう」

二人は、衆議院第二議員会館五三一号室の村岡の自室で話し合った。村岡は、独自の案を示した。

「国費三千億円の投入がゼロでも、償還期間が五十年なら、未完成区間の相当の部分が建設できる。そのかわり、コストを削減しないといけないし、工法も変えないといけない。やめる地区もある。残りの区間の三分の一くらいは、やめないといけないところが出てくる」

この村岡私案は、「国費ゼロ。その代わり償還期間は五十年。四公団は、分割民営化」というものであった。

中川は、厳しい表情になった。

〈小泉さんは、償還期間を三十年に短縮したいといっている。この案を呑《の》ませるのは、容易ではない〉

村岡は、十一月初旬、国会内で、古賀誠道路調査会長に切り出した。

「国費投入額を削るとかチマチマしたことをいってもしょうがない。国費はゼロ、その代わり、償還期間は五十年だ」

古賀は、うなずいた。

村岡は「道路族のボス」。小泉首相とは慶大同窓の縁で親交がある。表舞台に立つ古賀に代わって「着地点」を探る村岡の私案だった。

これと並行して、橋本派会長であり、党行革推進本部の橋本龍太郎最高顧問も動いた。

橋本は、十一月七日午後二時五十四分、小泉首相を官邸に訪ね、単刀直入に切りこんだ。

「道路公団改革でこだわる条件は、何なのか」

同席した福田官房長官や石原行革担当相は、かたずをのんで小泉の反応を待った。

小泉は、率直に答えた。

「一番は、国費投入ゼロ。二番目は、償還三十年だ」

太田誠一本部長が、助言した。

「だったら、償還期間はいわなくていい」

小泉首相は黙って聞いていた。

結局、決着へのレールは、この場で敷かれた。償還三十年は、未開通区間全面凍結を意味し、道路族の反発の的《まと》だった。「首相は最後は償還三十年にこだわらない」との見方が一気に広がった。

中川は、十一月七日午後七時五分、首相官邸に小泉首相を訪ねた。小泉首相に村岡私案を伝えた。

小泉首相は、憮然《ぶぜん》とした。

「どこの地域をどうするなんて話まで、いっているのか」

中川は、切り返した。

「枠組みを決めるためには、中身の話まで入らないといかんじゃないですか」

「おれは、そういう内容は第三者機関で作業させたい。それに、四公団は、分割ではなく一体だ」

つまり、村岡私案は認められないというのである。五十年償還を認めれば、道路建設コストの圧縮で未完成区間の大部分が建設できる。世論の高支持率に支えられる小泉首相にとって「骨抜き批判」を浴びることは避けたかったのであろう。

中川は、村岡に報告した。

「小泉さんは、なかなか頑固ですよ。もうちょっと、おたがいに考えましょう」

中川は、十一月十四日、電話で小泉首相に提案した。

「償還期間のところだけは、多少幅をもたせたほうがいいですよ。中身については、第三者機関で話をしていただくにしても、その部分の結果次第で、変わってくる部分もある。その〝償還期間最大五十年〟だけは、我慢してもらいたい」

「うーん……そうか」

中川と小泉のつきあいは古い。中川は、小泉の性格を熟知している。小泉は、一度こうと腹を決めたら、なかなか妥協しない。考えを明確にし、貫くところは貫く。が、そのいっぽうで現実政治家でもある。

中川は、あうんの呼吸で小泉の真意を読み取った。

〈小泉さんは、なんとなくわかってくれたようだ。落としどころは、ここだな〉

中川は、ただちにその旨《むね》を村岡に伝えた。

中川からの報告を受けた村岡は、古賀を議員会館の自室に呼んだ。

「金利も低い。これでいこう」

首相と道路族が、大筋で合意した瞬間だった。

首相の翻意は「（族議員らとの）戦争覚悟（償還三十年）か、政局回避（償還五十年）か」の中でギリギリの判断を迫られた結果だった。青木幹雄らの進言もあった。ただ、償還五十年受諾《じゅだく》は一方的な譲歩と映りかねない。「あとは、支持率との折り合い」となった。

小泉首相は、十一月十八日、東京丸ノ内の国際フォーラムで開かれたタウンミーティングで表明した。

「道路四公団の統合・民営化と日本道路公団への国費投入は、中止する」

各紙とも翌日朝刊トップであつかった。「国費投入ゼロ」は見栄えのする改革のシンボルになった。そのいっぽうで、世論の批判を浴びかねない「五十年償還」は、おくびにも出さなかった。

中川秀直のもとに、森前首相から電話がかかってきた。中川は、この間の動きを森前首相にも逐一《ちくいち》報告していた。が、森は、さすがに心配になったのだろう。

「小泉があんなことをいっているけど、どうなっているんだ」

中川は説明した。

「いやいや、国費投入中止については、村岡さんたちとも、いろいろと相談しております。そこは、ご心配いりません。問題は、償還期限のところですよ」

「そうか」

なお、森派は、小泉首相を全面的にバックアップしている。中川のもとには、「なんで、おれたちのいっていることがちゃんと官邸に伝わらないんだ！」との怒りの声も届く。中川は、かれらに理解を求める。

「小泉さんは、変えるところは変え、抑えるところは抑えてやらせていただきます。しかし、これだけ多くの国民が小泉さんに期待している。永田町だけでなく、世論にも応えていかなければ、政治がおかしくなる。政界が信用を失う。やるべき改革ができなくなる。政策基盤がなくなり、液状化してしまう。そこは、ぜひともご理解ください」

小泉は十一月二十日夜の七時三十七分、「秘書官と食事」との名目で国会近くの紀尾井町の赤坂プリンスホテルに入った。中川を通じて首相と道路族との妥協を探った森と、「最大の抵抗勢力」とされる橋本派幹部の青木幹雄との極秘の三者会談のためだった。

小泉首相に向かって、青木は、こう注文した。

「自民党をないがしろにするようなことは、すべきではありません」

「わかっています」

これが、小泉首相の返事だった。同じ赤坂プリンスホテルの別室には古賀誠と古賀が師と仰ぐ野中広務も待機しており、いつでも連絡できるようになっていた。

小泉首相はこの席で、日本道路公団が借り入れた債務の償還期間を当初主張していた三十年ではなく、最長五十年とすることを認めた。この発言によって、道路公団民営化問題をふくむすべての特殊法人改革問題は、「終局」に向かって走り出した。

青木は、小泉と橋本派が長年取り仕切ってきた道路族をなんとか「和解」に向かわせたかった。民主党は小泉の特殊法人改革を支持している。カネ、利権、選挙すべてが絡むこの問題で党内がこじれれば、政権の枠組みどころか自民党自体がおかしくなる。青木はこの三者会談に賭《か》け、なんとか合意に持ち込んだ。酒豪で知られる青木はこの夜、一滴も酒を飲まなかった。

同じホテルの別室にいた古賀は、小泉首相との会談は、「会えば立場上、（首相に）反対をいわざるをえなくなる」との古賀の意向で見送られた。

が、小泉首相は、この夜のうちに古賀に電話を入れ、伝えている。

「国費投入は中止するが、公団の借入金の償還期限は五十年以内」

なお、翌十一月二十一日に小泉首相が扇国土交通相に渡した道路四公団民営化の指示書からは「統合」の文字が消え、代わりに「第三者機関が四公団を一体として検討」との表現が盛り込まれた。小泉首相の与党への配慮だった。

国会で、十一月二十一日午後三時から、党首討論がおこなわれた。

鳩山代表は、小泉首相が前日、赤坂プリンスホテルで青木らと話をつけていたことを知らなくて、政府・与党内の亀裂を浮き彫りにすることを優先し、首相との対決色をトーンダウンさせた。

「小泉を代えないと自民党がなくなると思っている人は、小泉を代えると自民党がなくなると気がついていないようだ」

「わたしたちは野党だが、小泉首相の改革の姿勢、政策が国民の視点から見てやらなければならない話であれば、支持するのはやぶさかではない。もしあなたがたじろいだり、後ろを振り返ったり、自己保身に走ったりすれば、口先で改革といっても支持できない」

小泉首相は、大見得《おおみえ》を切った。

「わたしの所信を実現に移す段階に入ってきた。『総論賛成、各論反対』というのはいつもの例だが、そろそろ各論の反対が出るころだなあと思っていた。案の定、出てきた。前進すればするほど抵抗が強くなっている。所信は、断固として貫く」

小泉首相は、したたかであった。党首討論で、鳩山のいう「振り返れば抵抗勢力ばかり」という自民党の党内事情に言及したうえで、小泉首相は日本道路公団への国費投入中止や、道路関連四公団や住宅金融公庫、都市基盤整備公団、石油公団の廃止・民営化などの方針を改めて強調した。

さらに、鳩山が指摘した「抵抗勢力対小泉首相」という構図を認めたうえで、「（抵抗勢力は）一部にすぎない。大多数はわたしの主張に賛成する」と党内の反対論者を挑発する発言すらおこなった。

小泉首相は、十一月二十二日の夕方四時から、首相官邸で与党党首会談を呼びかけた。その会談に、保守党幹事長の二階俊博も同席することになっていた。二階は、官邸に向け車を走らせていた。

古賀と親しい二階は、小泉首相の道路四公団の民営化問題の方針に不満を募らせていた。

〈このまま、まっとうできるわけがない。道路整備は、国土の均衡《きんこう》ある発展、都市も地方もともに発展するために必要不可欠だ〉

整備計画は、簡単には決まらない。それぞれの地域は、国幹審で整備計画が決まるまで何年も何年も地道な努力をつづけてきた。高速道路と空港との接点、港湾との接点、市道や県道などの結接点など高速道路を中心にした地域の発展計画を長い時間をかけて議論し、もちろん、交通量、採算性の問題点などに合格して、はじめて国幹審に提出されるのだ。それなのに、それぞれの地域に何の了解もなく、大上段にふりかぶり、ただちに凍結する、あるいは中止する、などということはあってはならない。現行の日本道路公団の整備計画段階の九三四二キロは、法律に則《のっと》っているものだ。凍結するには、法律上の変更手続きが必要である。その理由を、どう説明するのか。「都会の道路は正しいが、地方の道路はまちがいだ」といった単純で理不尽な理由では、とうてい呑めるものではない。

二階の地元和歌山県では、紀伊半島を一周する道路計画が進められている。現在、三分の一が完成し、残りは、三分の二だ。日本最大の断層線である中央構造線に沿って東西に連なる和泉《いずみ》山脈を北限とし、紀和果無《はてなし》山脈の西斜面にある和歌山県は、大部分が紀伊山地の山岳地帯である。西、南は海に迫って絶壁となるところが多い。電車は、そんな狭小地の間を縫《ぬ》うように走っている。さらに、その空間に道路を建設するのだ。容易ではない。広い平野に道路をつくるのとわけがちがう。それだけ、用地買収に、建設費に、金も時間もかかる。地域からの「早くつくってほしい」という要望を、旧建設省や道路公団に陳情を重ねているだけでは能がない。政治家として、積極的に行動しなければいけない。そのような思いから、二階は、野党時代に「用地先行取得制度」の実現に動いた。

この制度は、野球にたとえるならタッチアップのようなものである。これまでの三塁走者は、外野がボールをキャッチしてから、あわててユニフォームに着替え、スパイクを履《は》き、スタートを切るようなことをしていた。準備不足のため、一区切り五年ほど無駄な余計な時間がかかった。四区切りなら、二十年の無駄だ。それでは、いつまでたっても道路はできない。そこで、外野手がボールをキャッチした瞬間、三塁走者はすぐさまホームに向かってスタートが切れるように準備しておく。それが、用地先行取得である。

二階は、この法案をまとめ、議員立法で提出した。その国会では、成案とならなかったが、自民党から共産党にいたるまですべての政党が理解を示し、本会議の採決で継続審議となった。その後、旧建設省、旧大蔵省、旧自治省などが相談し、法律によらなくてもできるという判断をくだし、「特定大規模道路用地等取得事業」が創設された。二階の努力が、実を結んだのである。

現在、和歌山県では、「特定大規模道路用地等取得事業」を活用し、先行取得をしている。それなのに、いきなり問答無用で「凍結だ」「見直しだ」という議論が起これば、先行取得の意気込みも萎《な》えてしまう。道路は、産業振興にも重要な役割を担っている。農産物や海産物は、新鮮さが重視される。市場に出回るのが早ければ早いほど、新鮮さで勝負できる。が、運搬車が県道で渋滞に引っ掛かっているうちに、新鮮さはしだいに失われていく。花だって、運ぶ途中に萎《しお》れてしまえば価値を失う。品物によっては、半分の値段になることもある。農業、漁業にとっては死活問題だ。その競争条件を都市周辺といっしょにしてほしいというのが、二階たちの願いだ。一部の学者たちがいうような「道路の建設会社の仕事を増やしてやろうと考えてやっている」いう馬鹿なことを考えているわけではない。

観光振興にとっても、重要だ。和歌山県は、美しい海岸線をなし、白浜温泉、勝浦温泉など海、山、川の特色を取り入れた温泉が多い。大阪から車でやってくる観光客は、帰り際、ホテルや旅館の従業員に決まって口にする。

「いい景色だね。温泉もいい。だけど、道がもっと便利にならないと駄目だね。早く高速道路が紀伊半島を一周すればいいのに」

二階は、そのような声を聞くたびに、道路整備の必要性を痛感させられる。

また、高速道路は、産業振興や観光振興だけではなく、救急患者の移送など地域住民の命にも関わる問題でもある。慢性的な交通渋滞で、救急車もすぐに駆けつけられない。そのため助かる人も助からないという例が、しばしばあるという。二階は、ヘリコプターを活用することも検討している。ドクターヘリである。が、よほどの緊急、救急の場合でなければ、患者をみなヘリコプターで移送するわけにはいかない。高速道路のような基幹的な道路をつくり、医療施設の整った中央病院にただちに移送することが必要だ。

二階は、和歌山県議会議員時代、地域住民に「地域の発展のためには、高速道路が必要だ」との意識を高めてもらうために、自分たちで金を出し合い、「高速道路を紀南に早く」という看板を立てた。昭和五十年に高速道路紀南延長促進議員連盟をつくり、自ら初代事務局長も買って出た。それ以来、どの地域の選出議員からも毎月千円ずつ会費を徴収している。

それだけではない。商工会議所、農協などの団体が東京に足を運び、「紀南に早く高速道路をつくってほしい」という陳情運動を何度してきたか。東名高速道路は、一定の交通量がある。だれしもが、この道路は大事だ、と認識している。さらに、第二東名高速道路の建設も進んでいる。しかし、それでも、紀南の住民は我慢してきた。そして、整備計画に格上げされて、ようやくチャンスが訪れようとしているのに、「地方の道路は、無駄な公共事業だ」というのか。

一部の学者や都会に住む評論家は、「地方に高速道路をつくっても、車は走らない。猪や猿が通るだけだ」ともいっている。

二階は、これは、基本的人権の侵害だと怒りをおぼえている。

〈許しがたいことだ。猪が通る、猿が通るなどというのは、心の奥底で地方を軽蔑《けいべつ》している証拠だ。「おまえたちの先祖も、そのようなところに生まれたのではないか」といいかえしてやりたい〉

経済、産業、文化の中心地である都会が大きく発展し、地方を引っ張る牽引《けんいん》車の役割を担っていくことは必要だ。が、それがゆえに地方は辛抱《しんぼう》してきた。地方によっては、三十年も高速道路の建設を待ちつづけ、ようやくこれからというときに、その期待や希望を踏みにじるようなことはあってはならない。

高速道路建設は、借金を生むという。が、これまでの建設で借金を積み重ねただけだ。これから建設する道路の借金ではない。そこをごちゃまぜにして議論することは、結果的に地方の切り捨てになる。それは、政治として正しい姿ではない。

二階は決意している。

〈われわれは、抵抗勢力といわれようと、なんといわれようとも、断固、このような無責任な議論と戦っていく〉

和歌山県の行政需要の六〇％は、道路である。山また山の地勢ゆえ無理もない。道路さえ便利になれば、いくらでも観光客が訪れてくれる。市場に品物を早く届けることができる。

二階は、巨大な橋桁《はしげた》が立ち並ぶ立派で画一的な道路をつくろうと考えているわけではない。安全さえ確保できれば、形はどうでもいい。予算を節約できるところは、当然、節約していく。そもそも、高速道路も、道路は無料であるべきだ。が、有料道路にしているのは一つの知恵である。高速道路を走る人たちが、五十年かけて、その費用を分担し、償還していく。財政困難な今日、受益者負担による有料道路制度は優れた制度だ。それでも、ときには制度を見直すことは必要である。無駄を除くことも重要だ。が、「道路公団には公務員の天下りが多いから問題だ。だから、凍結したほうがいい」などというのは、道路建設のうえで枝葉末節の意見である。多くの国民に反感を持たせるために、わざと問題視しているにすぎないと二階は思う。

旧建設省の道路局長経験者が、道路公団の総裁になる例は多い。が、大病院の院長や現役の裁判官、あるいは、政府の審議会の委員をつとめている大会社の社長が、いまの仕事を辞め、道路公団の総裁になってくれるというのか。よしんば総裁になってくれたとしても、本当にその能力があるか。二階は、口は達者でもそうたいした能力はないと思っている。

小泉首相は、国費三千億円をゼロにすれば高速道路はできないだろうなどと考えたかもしれない。しかし、償還五十年なら高速道路はできる。地方に情熱があり、工夫をこらせば、残り二四〇〇キロは実現することは不可能ではないと二階は確信している。

〈整備計画は、国民に約束したものだ。かならず実現しなければならない。社会資本の整備は、そのとき、そのときの気分で左右されるようでは駄目だ。景気が良いときには公共事業を増やし、税収の少ないときは事業を減らすというのもおかしい。もし景気対策で考えるのならその逆でなければならない。もとより、公共事業を景気対策の道具に考えるのはまちがいで、やるべき事業は計画的に推進しなければならない。小泉さんが登場し、改革の旗を振り、国民を改革の方向に引っ張った功績はきわめて大きい。しかし、だからといって何でも総理のいうとおりにできるとは限らない。万機《ばんき》公論に決すべきだ〉

さて、二階は、午後四時半に、首相官邸に入った。会談場所には、小泉首相、公明党の神崎代表、保守党の野田党首の与党三党首に、山崎幹事長、二階幹事長、公明党の冬柴幹事長の与党三幹事長、それに福田官房長官が同席した。

小泉首相は、道路公団民営化について、方針を示した。

「毎年三千億円前後に上る公団への国費投入を、二〇〇二年度から中止」

「公団の財政投融資からの借入金の償還期限は現行の五十年を上限とし、できるだけ短縮する」

神崎は、指摘した。

「約三兆八千億円の債務を抱える本四公団と、他の道路三公団との統合は難しい」

小泉首相は語った。

「一括で（民営化を）考えているが、第三者機関で検討したい」

二階幹事長は、これからつくられる第三者機関について小泉首相に面と向かって釘を刺した。

「色のついた人がメンバーになるのは、よくない。公平な人選を」

総理の方針であれば、「第三者機関」の設置も仕方がない。ただし、二階は、客観的かつ公平な審議を確保するため、その委員は、中立・公平な学識経験者から選定することが大事だ。大きな権限を持つのであれば、国会の同意を得るのは当然のことである。建設行政のエキスパートの意見や、今日までとりすすめてきた地方の声などをすべてを委ねることになる。その期待に応《こた》えられる人、信頼に応えられる人でないと駄目だ。はじめから、この人ならこんな意見が出るだろうと思われる色のついている人、都会の感覚だけで地方を揶揄《やゆ》するような無責任な議論をするような人は失格だ。二階は、国土交通省の役人が責任をもってやるべきだと考えている。第三者機関で何もかもやるというのなら、国土交通省はいらないということになる。時間がかかる、あるいはマンネリに陥っているという批判もあたらないわけではない。この際、反省も必要だ。しかし、国土交通省、道路公団、あるいは県の土木部の人たちは、世界に冠たる堂々たる土木技術をもって今日まで道路を建設してきた。

民営化、国費投入ゼロを堅持した小泉首相は、この日夜、記者団にこれまた勝利宣言をした。

「難産だと思ったんだけどね。案ずるより産むがやすし。もっと抵抗が強いと思ったんだけど、自民党もみなさん、良識を発揮していただいた。改革に、はずみがついた」

小泉首相は、午後七時五十四分から、自民党五役と赤坂プリンスホテルで会食した。小泉首相は、「お世話になりました」と礼をいった。

道路族の中核である橋本派幹部の青木幹雄参院自民党幹事長がいった。

「わたしも首相も細かいことは知らんから、細部はこれから詰めればいいですね」

同席した山崎拓幹事長ら一同が、笑った。

自民党道路調査会長の古賀誠は、この日、道路族幹部の会合で語った。

「われわれは（整備計画のうち）残された二四〇〇キロを、これからも造りつづけていく」

これまた勝利宣言だった。

古賀は、さらに強調した。

「第三者機関で組織形態を議論するのは構わないが、（高速道路の）個別路線の着工を決めることまで委《ゆだ》ねるべきではない」

路線ごとの見直しは、あくまで与党と国土交通省がおこなう決意を示した。

いっぽう、菅直人民主党幹事長は、この日、横浜市でのシンポジウムで、道路公団の借金の償還期間が五十年になったことに怒った。

「玉虫色、ごまかし、大うそつきだ。もはやまったく信用できない。（自民党の）野中（広務）さんと手を打とうなんて、見え透いたことをしている」

いっぽう扇国交相は、「高速自動車国道の整備のあり方検討委員会」で粛々《しゅくしゅく》と話し合いをつづけるなか、テレビ局からさかんに要請された。

「テレビに出て、中間説明をしてください」

しかし、扇はあくまでオブザーバーの立場であると認識していた。それなのに、自分の思いを途中で伝えるのは諸井委員会に対して失礼だ。

扇は、断りつづけた。

「すべてはっきり決まるまで、出演は遠慮させてください」

その姿勢を貫いたがために、自民党内のいわゆる抵抗勢力が騒ぎはじめた。諸井委員会で何が論議され、どのような結論になるかさすがに不安になったのだろう。自民党の部会に出席を求められた国土交通省の大石道路局長などは、罵詈雑言《ばりぞうごん》を浴びせられた。

「おまえの教育が悪いから、素人の扇千景があああいう勝手なことをいうんだ!」

あるいは、わざと廊下にいるマスコミに聞かせるよう、大声で怒鳴ることもあった。

「小泉とか扇千景とか、道路の素人に決められてたまるか!」

そのような声が、しだいに大きくなってきた。小泉首相としても、法案をつくって出したところで、与党の賛成が得られなければ何にもならない。グズグズしていたのでは、議論が余計に沸騰してしまう。予算編成にまでかかってしまえば意味がない。

そこで、あらゆるところから情報を入れたうえで、自分で断を下し、結論に持っていこうと考えて十一月二十二日に党首会談を呼びかけたのであろうと扇は読んでいる。

ただし、扇は、具体案づくりをおこなう第三者機関の位置づけをどうするのか疑問であった。国家行政組織法三条に基づいて設置され、独立性が高く、強い監督権限をもつ「三条機関」にするのか、それとも、国幹審のような「八条機関」にするのか。仮に八条機関にするのであれば、前の列車である国幹審に衝突してしまう。それなら、前の列車を廃止するのか。そこがはっきりしない。さらに、その人選もむずかしい。

第三者機関ができれば、国土交通省は下請けになってしまう。これまで、国土交通省が路線を決め、日本道路公団に「この区間を建設してほしい」とボールを投げていた。その上に第三者機関ができれば、国土交通省に命令が下ることになる。それは、少しおかしなことだ。

いずれにしても、日本道路公団を民営化することで、どれだけ身軽になり、どれだけけいきとどいた収支、支出を管理できるかにかかってくる。年間三千億円の国費投入がゼロでも、五十年償還であれば、なだらかに着地できるのではないか。そして、真にどこの道路が必要なのかをはっきりさせる。

扇は、第三者機関の事務局は、国土交通省の役人がつとめるしかないと考えていた。道路建設にもっとも詳しい者がつとめなければ、事務局にならない。

四公団は、一体で民営化という基本方針となったが、それぞれを民営化したうえで最後に一体化するのか、そこは定かではない。ただし、ここは曖昧《あいまい》のほうがいい。そうでなければ、第三者機関で論議をするときに幅が狭くなってしまう。

諸井委員会をつくったときも、扇はきっぱりといった。

「わたしたちは、白紙委任です。どうぞ、煮て食おうと焼いて食おうと、かまいません。

さい」

民間の意見を出してください」

これが、本来の姿である。

これまでの審議会のように、役人がすべて答弁をつくり、「ハイ、これで承認してください」ということでは改革にならない。

今回の改革は、一気には無理だったが、最終目標は、「償還五十年以内で国費ゼロ」ときちんと出ている。そこにいく過程で、どのように進んでいくのか。最短距離で大手術をするAコースなのか。少し時間はかかるが、体力もつけ、輸血をしながら手術するBコースなのか。小泉首相は、最長限度が五十年、できれば前倒しといっている。そこは、第三者機関が決めることだ。決められた会社で、どれだけの工事ができるか。

小泉首相は、扇、諸井の三人で会ったとき、第三者機関の人選について冗談めかしていった。

「諸井さん、どうですか」

扇も、同調した。

「わたしも、諸井さんがいいと思いますよ」

諸井は、手を振った。

「いやいや、路線を決めるなんて恐ろしいことは、勘弁してください」

扇は、「道路特定財源は、一般財源化するべきだ」と世間に発表しているような人では駄目だと思う。やはり、公平に物を見て、そして国民の側にも立ち、政府のいままでやってきたこともわかっている人であって初めて将来の図がかける。そのような第三者機関ができればいいと念じている。

この間、小泉首相の姿勢は、絶対にぶれなかった。扇は、小泉首相は、余分な言葉を使わないところがいいと思っている。国会で何度執拗《しつよう》に訊《たず》ねられようとも、きっぱりという。

「聖域なき構造改革！」

「改革なくして成長なし！」

これは、常人では、なかなかいえない。しかし、小泉首相は平気で口にする。

扇は感心している。

〈たいしたものだ。普通なら、ちょっと色づけしようかなぁとか思うところだけど、それは絶対にしない〉

それに、選挙で公約したことを絶対に守ろうとする姿勢も評価できる。

小泉首相は、十一月二十七日午後七時十六分から、赤坂プリンスホテル内のフランス料理のレストラン「トリアノン」で、中曽根康弘元首相、石原慎太郎都知事と会食した。中川秀直も、同席した。森前首相も、八時十九分からくわわった。

中川は、小泉首相に冗談めかしていった。

「小泉さんは、ついてますよ。あれだけいいたいことをいっても、国会はちゃんと動いている。これ、森内閣だったら大変ですよ。国会は、そのたびに止まりますよ」

全員、大笑いした。

小泉首相も、上機嫌でいった。

「そうかなぁ」

中川は思った。

〈小泉さんは、じつに強運の持ち主だ〉

小泉首相は、毎月一回、参議院の与党三党の幹部と昼食をともにする。十一月は、二十八日〇時五十六分から、赤坂プリンスホテルでおこなわれた。

小泉首相は、出席した扇にいった。

「みろ、半年前に、だれがこんなものができると思った。みんな、『言葉だけで、小泉は何もしてない』っていうけども、ここまで来れたっていうことだけでも、偉いことだぞ」

扇も、評価している。

〈小泉さんは、改革ということを目玉に総裁選に立候補し、当選した。七月の参院選でも勝利をおさめた。自民党も、総理がおっしゃっているところまで、よくぞ来た。普通だったら、「扇千景呼んでこい！」「こんなものやらせない！」とまだおさまっていなかっただろう。しかし、いまはなんとなくおさまっている。小泉さんが振れないことが大きい〉

扇は、小泉首相に一度いったことがある。

「総理は、民営化をすればこうなる、という十二単《じゅうにひとえ》の奇麗《きれい》な着物を着た最後の姿をおっしゃってください。十二単といっても、十二枚着ているわけではない。襟だけ重ねているのもあるし、色もいろいろ、青だったり黄色だったりする。その細かな作業は、国土交通相のわたくしの役目です」

十一月二十八日、自民党総務会がひらかれた。この日の総務会は、小泉首相の方針を批判する声の大合唱となった。

長老で一言居士《いちげんこじ》の山中貞則が、麻生太郎政調会長を質《ただ》した。

「だいたい、道路公団の民営化の手続きは、いつ、だれがやったんだ？　麻生、おまえ、知っているのか」

「いや、知りません」

「政調会長が知らんで、どこで、だれとだれが、決めたんだ」

「いや、まだなにも正式には決まっておりません」

与党三党の党首会談は、十一月二十二日におこなわれ、七つの特殊法人の廃止・民営化で合意した。が、自民党の政調会、たとえば国土交通部会でも、政調会の全体会議でも、党の意思決定機関である総務会でも、その案は了承されていない。小泉首相は、党の手続きをまったく踏まず、トップダウンで勝手に決めてしまったのだ。

小泉首相へのたまりにたまったフラストレーションが、ついに爆発した。

「党を信頼しない、信用しない総裁なら、自民党から出て行ってくれ！」

そのような声が、大勢を占めたのである。

総裁の女房役である山崎拓幹事長は、押し黙ったままであった。党内には、山崎は気の毒だという声すらあった。小泉から幹事長を任命してもらった恩義から、小泉のいいなりで一方的に使われている。

「歴代の幹事長のなかで、もっとも弱い幹事長ではないか」

という声すらある。

江藤・亀井派四回生の松岡利勝は思った。

〈手続きを踏んでいないので、法案を出す段階で、もう一回もめるにちがいない〉

十一月二十一日、政府が二十二日に国会に提出する「自衛隊派遣の国会承認案の基本計画と実施要項」が明らかになった。が、暦《こよみ》の上では、二十三日の「勤労感謝の日」から二十五日の日曜日まで三連休となっている。

民主党の鳩山由紀夫代表は、役員会で主張した。

「これは、大事な話だ。休日であっても、会議を開き、話し合ったほうがいい」

しかし、党内には、「三連休は、地元に帰る議員も多い。休みの日に招集するのは、申しわけないからやめよう」という声が強かった。二十二日の外務・安保部門合同会議で賛成で対応を協議することを決めた。この判断が、結果的に「議論が詰まっていないのに、賛成できない」との批判を浴びることになる。

しかし、鳩山は考えていた。

〈民主党が主張してきた趣旨の範囲内に収められているのであれば、賛成する道もある〉

基本計画、実施要項には、「憲法の範囲内での国際協調」「自衛隊活動は海上行動が主体」「武器使用に至らぬよう派遣地域に配慮」など党の主張が盛り込まれている。

鳩山は読んだ。

〈これなら、まとまる〉

週明けの十一月二十六日、急遽《きゅうきょ》、衆議院テロ対策特別委員会で承認案の採決がおこなわれることになった。が、この段階では、まだ民主党の賛否は決まっていない。

旧社会党系の横路孝弘は、いぶかしんだ。

〈月曜日に、急に採決をするなんておかしな話だ。おそらく、国対の独走だろう。自民党と話をつけたんだな〉

なにしろ、菅幹事長ですら、「まったく知らなかった。いつ、どこで、こんな日程が決まったのか」と、不満そうであった。

民主党は、この日午後の役員会で「党が主張してきた趣旨の範囲内に収められている」として賛成する方針を正式決定した。

鳩山代表は、役員会後、党が主張してきた①憲法の範囲内での国際協調②自衛隊活動は海上行動が主体③武器使用に至らぬよう派遣地域に配慮、などの内容がテロ対策特別委員会の審議で確認されたとして、国会承認に賛成するとした文書を所属議員に配布した。

横路は、憮然とした。

〈党内論議をほとんどしないまま、賛成するのはおかしい〉

テロ対策特別措置法案の議論では、「中身は基本計画実施要項で明らかにする」として政府は答弁を避けた。だが、基本計画には、「自衛隊は、インド洋に部隊を派遣し、アメリカ兵の輸送と武器・弾薬の輸送、燃料の補給をする」とあるだけだ。いったい、どこで、どのような活動をするのか、具体的なことは何も明らかになっていない。そもそも、自衛隊はテロ対策特別措置法に基づいて派遣される。法案そのものに反対した民主党が、なぜ賛成するのか。民主党は、集団的自衛権の行使は認めないことを決めている。承認案に賛成するのであれば、その方針に反するではないか。しかも、国会の事前承認が大事だというならば、基本計画実施要項をきちんと見てから対応を決めるべきだ。ところが、基本計画実施要項の発表前に、鳩山代表や岡田政調会長は賛成の意向を表明した。

鳩山代表は、これまでもたびたび「集団的自衛権の行使を認めるべきだ」と発言してきた。が、集団的自衛権の行使とは何を意味するのか。アメリカが自衛権を発動すれば、日本はどこへでも出向き、協力するということである。アメリカがテロ支援国家をすべて叩《たた》くとすれば、日本も、その都度、行動をともにしなければならない。

横路は、態度を決めた。

〈党内の議論は、不十分だ。党の決定はまちがっている。承認案には、反対しよう〉

民主党は、十一月二十七日午前、役員会を開いた。この日午後、衆議院本会議でおこなわれる自衛隊派遣の承認案採決では「賛成」する党議拘束をかけることを確認した。

採決の直前、鳩山は、横路を民主党本部の代表室に呼んだ。横路はいった。

「われわれは、反対です。しかし、みんなを説得して、欠席でまとめたい」

鳩山は、やむをえないと判断した。

〈採決で反対されるのは困るが、欠席ならいい。五、六人なら、仕方がない〉

鳩山は、礼をいった。

「それは、ありがとうございます」

ただし、鳩山は、横路自身に「あなたも欠席ですね」とは確認しなかった。「欠席でまとめたい」という以上、横路自身も欠席するものだと思い込んでいたのである……。

横路は、さっそく慎重派の議員の説得にかかった。

「反対したら、処分される。あなたは、いま重要なポストにいる。そのポストに残ってがんばってもらわないといけない。座って反対ではなく、欠席したほうがいい」

説得を受け入れたものもいるが、態度を明確にしたい、と突っぱねるものもいた。

午後一時四分、衆議院本会議が開かれた。鳩山は、議場に入るや、オヤッと思った。なんと、横路の姿があるではないか。

〈あれッ?! 欠席のはずなのに。これは、危ないなぁ〉

やがて、起立採決がおこなわれた。横路は、椅子に座ったまま身じろぎもしない。党議拘束に反し、反対にまわったのである。

鳩山は、さすがに怒りがこみあげてきた。

〈わたしにとってみれば、裏切りだ。さきほど話をしたときに、自分は反対するけど……といってくれればよかったではないか。それなら、「あなたの影響力は大きいから」と説得することもできたのに〉

結局、本会議の採決では、横路をはじめ十二人が反対、山元勉ら九人が棄権し、合わせて二十一人もの議員が造反した。

横路は、意外であった。

〈思ったよりも、多かったな〉

鳩山は、この造反にショックを隠せなかった。

〈党として決めたことは、どんな結論であっても従ってもらわなければいけない。そうでなければ、政党として成り立たない。国民に向かって、「民主党は、政権担当能力のある政党です」といえなくなる〉

反対しそうな議員の説得は、基本的には幹事長の役目であった。代表自らがバタバタと動くよりも、幹事長を信頼して任せたほうがいい。そう考え、鳩山は、菅幹事長に説得役を任せた。が、菅幹事長にすれば、今回は強権的におこなう必要はないと判断したのであろう。厳しい引き締めはおこなわなかった。

鳩山は、反省した。

〈事後に苦しむよりも、事前に苦しみ、必死で説得すべきだったのかもしれない〉

岡田克也政調会長は、造反者の多さが残念でならなかった。

〈たしかに、時間は短かった。だが、テロ対策特別措置法案は、国会の事前承認さえ取れれば党は賛成する方針を決めていた。自衛隊を出すこと自体、根本的におかしいという議論は成り立たない。われわれは、政権を取るために民主党をつくった。その原点を忘れないでほしい。党で決めたことには従う文化をつくらないといけない。「自分の考えは、党の方針と違う。だから従わない」というのは、万年野党の発想だ〉

十一月三十日、参議院本会議で自衛隊承認案の採決がおこなわれた。衆議院につづき「賛成」の党議に反し、「反対」の二人をふくむ七人が造反した。が、執行部は事前に造反議員を十人程度と分析していただけに、混乱の拡大は抑え込むことができた。

鳩山によると、参議院議員は、執行部の方針に反対であっても、党で決めたことには従うという人たちが圧倒的に多い。そういう意味では、大人であった。だが、衆議院議員はみな、「自分は一国一城の主だ」という意識が強い。それに、ある意味では派閥的な行動を取るものも多い。

鳩山は、集団的自衛権や憲法問題などに積極的に取り組もうとしている。鳩山は思った。

〈そのようなわたしを快く思わず、早く代表の座から降ろしたいと思っているグループにしてみれば、このようなときに暴れたほうが自分たちにとって有利になると考えているの

であろう〉

十二月四日、民主党は、常任幹事会で党議決定に造反した横路副代表、ネクストキャビネット（次の内閣）の金田誠一厚生労働担当相を「役職停止三カ月」とするなど、衆参両院議員計二十八人の処分を決めた。

鳩山は、当初、反対議員を解任する方向であった。が、菅幹事長や角田義一参議院議員会長らが慎重姿勢を示したため、党内融和を優先し、期限付きの役職停止とした。

ただし、鳩山は、事実上の解任に等しい処分との認識を記者団に示した。

「（横路らの復職について）可能性としてはあるが、自動的ではない」

横路は思った。

〈それなら、はじめから解任にすれば良かったのだ〉

横路は、承認案に反対した理由について執行部の対応を批判した。

「党内の議論は、不十分。党の決定は、まちがっている」

やはり反対した生方《うぶかた》幸夫らも、記者会見で指摘した。

「一日だけの委員会審議では、シビリアンコントロールは果たせない」

民主党の中野寛成副代表は納得した。

〈妥当な処分だ〉

厳しい処分を受けた横路は、行動に出た。

〈いまの日本は、日本の歴史はじまって以来最悪の状況にある。それだけに、小泉内閣は高い支持率を維持しているが、いきなりばったり倒れる可能性もある。そのとき、野党が政権の受け皿になれるのかどうか、いまのうちにいろいろな政策を突き合わせし、確認しておく必要がある〉

横路は、自由党の小沢一郎党首とひそかに会談した。意外にも、小沢の安全保障政策についての考え方は以前とだいぶ変わっていた。小沢は、それまで「自衛隊は、自衛権の行使としては出さない。その代わり、国連の要請に基づけば、どこにでも出す」と主張していた。ところが、今回、「自衛隊は、集団的自衛権の行使であろうと、海外には派遣しない。千人ほどの別組織をつくり、国連の要請に基づいて派遣する」というのである。別組織は、自衛隊や警察官から募る。行動形態は、陸上が中心となり、国連の要請に応じてPKO（国連平和維持活動）やPKF（国連平和維持軍）に派遣する。将来、国連軍ができたときには、国連職員として行動するという考えであった。横路は、理解を示した。

二人は、「自衛隊は専守防衛に徹する」「自衛隊とは別組織を作り、PKOなどに派遣する」などの政策合意をまとめた。

いっぽう、横路は、社民党の土井たか子党首とも会談した。土井は、別組織構想に反対しなかった。

「議論する価値はある」

横路は、感触を得た。

〈三党が議論する土台は、できた〉

横路は、選挙協力も視野に入れていた。野党の選挙協力は、むずかしいといわれている。が、たとえば同じ選挙区から民主党候補と社民党候補が出れば、おたがいに足を引っ張りあってしまう。が、どちらかが引けば少なくとも足の引っ張りあいだけは避けられる。そのような協力は必要だ。

十二月二十五日、横路は、執行部に批判的な議員十六人と都内で会合を開き、勉強会「新政局懇談会」を発足させた。会長に横路、世話人に赤松広隆、鉢呂吉雄、大橋巨泉、齋藤勁《さいとうつよし》の四人を選出した。

これに先立ち、横路は、党本部で菅直人幹事長、羽田孜特別代表と会い、政府・与党との対決色を強めるよう申し入れた。

「小泉政権に対抗するため、野党間の共闘態勢を強めるべきだ」

さらに、自由、社民両党と新たな勉強会作りの準備を進めていることも伝えた。

「小泉内閣が潰れた後、野党が自民党に代わって政権を担えるのかどうか、その政策のベースくらいは、いまのうちに検討しておいたほうがいい。そのときになって、ウロウロしても仕方がない」

菅はいった。

「院内共闘、選挙協力、政権構想、この三つは、党と党の仕事です」

「それは、そのとおりです」

「それを、党でやるようにするから、党的な動きは少し抑えてほしい。年明けの役員会でいずれにしても方針を決めます」

横路は、民主、自由、社民三党による勉強会の発足を見送った。ただし、若手議員の勉強会は非公式でおこなうことにした。

民主党には、横路孝弘ら旧社会党系の横路グループ、旧民社党系グループ、枝野幸男ら旧さきがけ系の「高朋会」などグループの輪があり、ときおり会合を開いていた。ただし、保守系のグループだけは存在していなかった。一口に保守系といっても、自民党出身議員もいれば、平成五年七月の総選挙で初当選した旧新生党や旧日本新党出身議員もいる。まとまりに欠けた。

民主党は、旧社会党系の議員がいることでどちらかといえば労働組合依存体質の左の政党と見られている。だが、国民が安心して政権交代を見届けることができるのは保守二大政党である。民主党にも、保守改革派の議員がいることをアピールしなければいけない。

新進党出身の松沢成文は思った。

〈保守二大政党を目指す仲間たちと、保守系グループを立ち上げよう〉

しかし、保守系議員には、羽田孜特別代表や石井一副代表らベテランが多い。かれらを前面に出せば、旧来の自民党型の派閥というイメージになってしまう。そこで、松沢は、三期生以下の議員に呼びかけることにした。同期生の吉田公一、樽床《たるとこ》伸二、上田清司ら四人が幹事となり、十月十七日、五十人ほどで「政権戦略研究会」を立ち上げた。

中野副代表は、代表幹事の吉田公一に要請された。

「民主党に失望している人たちがいます。その人たちを勇気づけ、悪い言葉でいえば囲いこまないといけません。先生にも、顧問になっていただきたい」

中野が顧問になれば、旧民社党系議員の参加を了解したということになる。中野は、引き受けた。

「わかった」

中野は、羽田孜、熊谷弘、石井一、鹿野道彦、岩國哲人《てつんど》とともに顧問となった。

政権戦略研究会の参加メンバーは、五十人ほど。だが、おつきあい参加の議員もいるので、求心的なメンバーは二十人ほどである。

松沢成文らの「政権戦略研究会」の動きに対抗したのか、横路ら旧社会党系グループも、「新政局懇談会」を発足させた。さらに、伊藤英成を中心に旧民社党系の勉強会も正式に発足した。旧さきがけ系の「高朋会」と力を合わせ、四派閥が活動をおこなっている。

松沢によると、このように、民主党内で派閥活動が活発になったのは、いくつか理由があるという。現在の民主党は、わずか三年で解党した旧新進党の末期状態に近い。自民党内の抵抗勢力と対決し、政界再編の引き金を引くのではないか……と期待した小泉首相も、妥協をはかっている。

民主党は、かならずしも一枚岩とはいえない。自民党政権がつづけば、何かの拍子に割れる可能性もある。仮にそうなった場合、たった一人で行動するのは不安だ。それなら、いまのうちに親しい仲間で固まっておいたほうがいい。たとえ政界再編の荒波が訪れようとも、まとまって行動ができる。そんな人間の弱さが出たのである。

いまひとつの理由は、九月の代表選挙に向けての動きである。民主党が割れないのであれば、自分たちの考え方に合う代表を選びたい。そして、その代表のもとでしかるべきポストに就く。自分たちの考え方とまったく合わない人が代表になり、干されるのだけは避けたい。そこで、ひとつに固まっておく。そのうえで、自分たちのグループから候補を出すのか、あるいは自分たちに近い派閥と連携し、統一候補を出すのかを決めていくことになるだろう。

このように、民主党に、次々と新たな勉強会が発足していることを岡田克也は苦々しく思った。

〈勉強会もいいが、あまり幹部が関与すべきではない〉

岡田は、新進党解党という苦い経験を味わっている。新進党は、執行部がバラバラであった。旧党派のグループがそれぞれ勝手に活動し、政党の体をなしていなかった。そんな新進党時代に比べれば、現在の民主党は、はるかに政党らしい。

　岡田は新進党のようなことを、二度と繰り返してはいけないと胆《きも》に銘じている。

〈腹を据え、政権を取りにいくのだという強い姿勢でまとまらなければ、何もできない〉

　いっぽう横路らは自由党の小沢一郎党首が十二月二日に提唱した民主、自由、社民三党による野党共闘路線、いわば「政権の受け皿」づくりに呼応した。中野寛成は、苦笑した。

〈小沢さんは、毎年年末になると動く。いうなれば、〝年末の男〟だ〉

　小沢は、国連中心主義者である。その前提で協調できないか、という考えであろう。自由党は、七月の参院選で小沢党首が出演したテレビCMをうまく活かし、なんとか戦うことができた。が、このままでは、一人区の次期総選挙は戦えない。そこで、民主党と社民党を巻き込み、労働組合の支持を得ようという計算なのであろう。だが、国連中心主義といっても、社民党は自衛隊の海外派遣そのものに反対だ。民主党内の横路グループの何割かも、絶対に賛成しない。ましてや、内政問題も自由主義と社会主義の意見が一致するはずがない。

　中野は思った。

〈この構想には、無理がある〉

　横路ら「新政局懇談会」は、民主、自由、社民三党による選挙協力をふくめた野党共闘路線を掲げ、勉強会を発足しようと動いた。自由党や社民党の勢力は、小さい。自分たちの力だけでは、政権は取れない。当然ながら野党第一党である民主党の力が必要だ。しかし、多くの国民は、「自由党と社民党の政策は、両極端ではないか」という認識でいる。政権を取りたいがために、政策を変えてしまうのか、と見られることは決して得ではない。胡散臭《うさんくさ》さが先に出てしまう。

鳩山代表は、横路の動きに渋い表情になった。

〈野党共闘を否定するつもりはない。が、最初から三党で政権の受け皿をつくろうという動きはいかがなものか。まずは、国会運営で協力していく。そのうえで、一つひとつの政策についてすり合わせしていけばいいのではないか〉

結局、横路グループは、自由、社民両党との勉強会の発足を見送った。

十二月二十六日、中野のもとに羽田孜特別代表から電話がかかってきた。羽田は、小沢に説得されたのか、野党共闘路線に前向きであった。その口ぶりから察するに、小沢サイドから、旧民社党系グループも了解している……との報告を受けているらしい。

中野は、きつい口調でいった。

「わたしは、同調できません。それに、いま鳩山代表はアフガニスタンを訪問中だ。言葉は悪いが、空き巣狙《ねら》いみたいなことはやめてください」

羽田は、中野の剣幕に、あわてた様子であった。

暮れも押し迫った十二月二十七日、民主党本部で、菅、羽田、横路の三者会談がひらかれた。当初、羽田は、中野にも声をかけ、四者会談にするつもりでいたらしい。が、中野の剣幕に押され、声をかけることができなかった。

民主、自由、社民三党による野党連合構想を推進する横路は、主張した。

「選挙協力もおこなうべきだ」

野党の選挙協力は、すでに平成十三年七月の参院選でおこなっている。小泉旋風に煽《あお》られ、一人区の当選者こそ少なかったが、選挙協力は進んだと菅幹事長は見ている。

菅幹事長は、うなずいた。

「わたしも、選挙協力を否定しない。民主党を中心とする政権交代を視野に入れた野党間の協力という議論はあってもいい。ただし、まずは自前で衆議院の三百小選挙区に三百人の候補を立てる努力が必要だ。そのうえで、ある段階にきたら野党協力について話し合うことになるかもしれない。が、現時点ではまだ選挙協力を詰める段階ではない」

菅と羽田は、横路に自重をうながした。

「拙速《せっそく》は、いけない」

十二月二十八日、中野は、自由党の呼びかけで小沢一郎と赤坂で会談した。名目は、中野の「永年勤続表彰を祝う会」である。旧民社党系議員二人、自由党議員二人も同席した。仲介役は、旧民社党議員で、現在は自由党に所属している中井洽《ひろし》であった。

小沢はいった。

「国連中心主義を前提に、勉強会を旗揚げしたい。PKOの派遣については、自衛隊ではなく、別部隊をつくるということで横路さんとは話がついている」

中野は、首をかしげた。

「でも、結局、最後は集団的自衛権の問題で意見が合わなくなる。やめたほうがいい。小沢さん、あなたは、原理原則を大事に貫く人だから評価されている。かれらといっしょにやるとなれば、あなたは信念を曲げたように思われるよ。それに、民主党の大勢はまとまりません。あなたは、民主党の分断を狙っているわけじゃないんでしょう。結束した民主党と社民党と自由党とで組みたいんでしょ。しかし、その構想でやった場合、民主党は割れざるをえませんね。それは、あなたの望むところではないんでしょう」

「もちろん」

「本来、これをやるとすれば、国会対策でしょ。一致する政策でパーシャル（部分）連合を組むのはいい。しかし、各党はベースとなるイデオロギーがちがいますよ。そこは、きちんと線引きしないといけない。少なくとも、われわれ旧民社党グループは協調できません。どうしても強行されるというなら、グループのみんなに、『参加しないように』といわざるをえませんよ」

小沢は、側近の情報とちがうのか、びっくりするような表情で答えた。

「ああ、そうですか」

中野は、想像した。

〈おそらく、側近の山岡（賢次）さんあたりが、「民社系も同調するだろう」と吹き込んでいたのではないか〉

旧民社党系グループが同調しなかったことで、年末に予定していた三党有志議員による勉強会は流れた。ただし、横路グループの行動は、鳩山の小泉政権に対するスタンスに少なからず影響を与えることになる……。

年の明けた平成十四年一月八日、民主党の役員会がひらかれた。岡田政調会長は、横路と自由党の小沢一郎党首が国連待機部隊創設などを柱とする外交安保政策で合意したことについて、不快感をあらわにした。

「そのような動きは、認められない。党の政策は、政調でやるべきだ。他党との勉強会でやる話ではない」

民主党の一部が他党と連携し、何かを決めるなどということはあってはならない。

また、他党が党ぐるみで民主党の一部に接触したとすれば、それは民主党に対する完全な背信行為である。厳しく対処していかなければならない。岡田は苦々しく思った。

〈そのようなやり方は、両党にとって何のプラスにもならない。馬鹿げたことだ〉

ただし、岡田は、野党共闘そのものを否定しているわけではない。これまでも、野党間協力はおこなってきた。これからも、協力できるところは協力していく。選挙協力についても、はたしてどこまで可能なのか話し合うべきであろう。入口で否定する必要は、まったくない。しかし、その前提は、あくまでも党対党でなければいけない。また、理念なき協力でもいけない。政策がまったくちがうのに、選挙だけ協力するというのでは、有権者の理解は得られない。政策面でしっかりと協力をしていくことが大事だ。たとえば、有事法制の論議も、社民党は同じ土俵の上に乗ってもらいたい。入口の段階で、「それは駄目だ」などといっていては野党協力は前に進まない。自由党も、経済政策問題では民主党とだいぶ考え方がちがう。「国連決議さえあれば多国籍軍に自衛隊が参加して武力公使することをふくめ何でもできる」という考え方も、なかなか受け入れにくい。

岡田は思う。

〈おたがいの党が、そのような難題をいかに乗り越えていくかということだろう〉

いずれにしても、年末年始の横路グループの動きは、党にとってマイナスであった。このまま、うやむやにしてはいけない。役員レベルでは話し合ったが、全体で議論していない。反省すべきところは反省するというケジメをつけるべきだと岡田は思った。

いっぽう鳩山代表は、小泉政権発足当初、小泉改革に淡い期待を抱いていた。小泉首相は、それまで民主党が主張してきた構造改革を断行すると言明。さらに、「自民党をぶっ潰し、日本を変えてみせる」とまで豪語した。

小泉首相が、本当に自民党を壊し、民主党が主張する構造改革に取り組むのなら反対する術《すべ》はない。仮に反対すれば、民主党が抵抗勢力になってしまう。民主党は、抵抗勢力として存在しているわけではない。あくまでも改革推進政党として存在しているのだ。鳩山は、小泉改革にエールを送った。

しかし、小泉首相は、しだいに馬脚を現しはじめた。道路特定財源の見直しも、道路四公団の民営化も、大見得を切るが、すぐに引いてしまう。

小泉首相は、抵抗勢力に対抗するため「民主党との連携」というカードをちらつかせてきた。民主党側にすれば、利用されてきたのである。そうすることで、本当に改革が進むならいい。が、実際には、三歩前進、三歩後退で何も変わっていない。このままでは、改革は実現しない。

決定的だったのは、小泉首相がはじめて手がけた平成十四年度予算の政府案である。どのように組むかによって、構造改革の真髄を見極めることができる。ところが、政府案は、これまでとまったく同じであった。新規国債発行額こそ公約の上限の三十兆円にとどめたが、ＮＴＴ株を売却することでごまかした。各省庁の予算も、縦割り行政そのもので、これまでと何ら比率は変わっていない。

鳩山は、小泉首相を完全に見限った。

〈これでは、構造改革と呼べない。もう小泉首相には、期待できない〉

鳩山の小泉首相に対する期待感は、ガラガラと崩れ去った。

〈小泉改革は、時間がたつにつれて色が褪《あ》せてきた。小泉首相自身がどんどん後退をしていく以上、われわれは信頼を置くことができない〉

菅幹事長も、平成十三年十二月七日、臨時国会が閉会した段階で、小泉首相に見切りをつけた。

〈これは、もう駄目だ。この内閣では、構造改革などとてもできない〉

民主党は、小泉政権が誕生したとき、確かにとまどいがあった。小泉首相は、民主党が主張してきた「構造改革」に取り組む姿勢を見せたからである。

菅幹事長も、多少の期待を持ち、エールを送った。

「小泉首相の足を引っ張っているのは、抵抗勢力で、頭を引っ張っているのは、われわれ民主党だ。小泉首相が具体的な構造改革案を法案の形で出すなら、賛成してもいい」

しかし、この八カ月間で小泉首相は馬脚を現した。小泉首相は、いますぐできることをやらない。たとえば、長崎県の諫早《いさはや》湾の干拓事業である。この事業は、だれがみてもやめるべきものだ。小泉首相が一言、「水門を開けるべきだ」と指示すれば、中止になる。熊本県の川辺川ダムも同じだ。

ところが、小泉首相は腰が引ける。

「それは、地元の問題だ」

構造改革にしても、同じである。道路四公団の改革案は、当初主張していたこととまったくちがう結論となった。医療改革も、妥協の産物で玉虫色の決着に終わった。

小泉首相は、「自民党を壊してでも改革を進める」と威勢だけはいい。が、結局は、口先だけである。自民党によって育てられ、自民党によって総理となった小泉首相は、自民党をこよなく愛している。その自民党を壊すなど、ありえない。より正確にいえば、小泉首相は「壊す」とはいわない。決まって「壊すぐらいの覚悟で取り組む」と口にする。常に、逃げ道を残しているのである。

菅は思う。

〈小泉さんは、織田信長を気取っているけれども、信長にとっての焼き討ちした比叡山は、小泉さんにとっての自民党だ。信長のようなことが、できるわけがない〉

鳩山代表も、当初は、小泉首相にエールを送っていた。が、小泉首相に何度も騙《だま》されつづけた。小泉首相は、十一月二十一日の党首討論で構造改革断行を求める鳩山代表の訴えに応じ、特殊法人改革の実現にあらためて自信を表明した。だが、その前日、すでに赤坂プリンスホテルで抵抗勢力の青木幹雄らと話し合い、妥協していたのである。

鳩山代表も、思ったにちがいない。

〈これ以上、小泉首相に期待しても無理だ〉

平成十四年一月十五日、鳩山は、国会内でひらかれた党の政策決定機関であるネクストキャビネットであいさつし、小泉政権への対決姿勢を鮮明にした。

「昨年末の予算編成でもわかるとおり、構造改革は大幅に後退した。金融・経済はますます厳しいが、経済政策がまるで見えてこない。痛みだけをまず味わいなさい、といっているように思えてならない。日本経済は、大きな正念場で、野党第一党の果たすべき役割はきわめて重、かつ大だ。どのような改革の道筋を示すべきか議論してほしい」

一月十九日、民主党は、港区虎ノ門のホテルオークラで党大会をひらいた。鳩山は、あいさつの締めくくりで、明治維新になぞらえて政権打倒に全力を上げる考えを強調した。

「小泉首相は、（徳川幕府最後の将軍である）徳川慶喜《よしのぶ》そっくりだ。本人は改革の意思をもって古い殻を破ろうと努力しているが、古い体質は変わらない。だから、倒幕しかないと西郷隆盛は決起した。民主党は、西郷隆盛になる」

党大会後の記者会見では、小泉改革を真正面から否定した。

「昨年末の予算編成で、改革が本物がどうか見えた。国民を幻想から解き放つ」

第7章　田中眞紀子外相更迭

田中眞紀子外相は、「陰の外相」とまでいわれている衆議院議院運営委員長の鈴木宗男が、外務省の野上義二事務次官に圧力をかけ、政府のいうことをきかないNGO（非政府組織）を一月二十日の「アフガニスタン復興支援に関するNGO会議」に参加させないようにした、といい張りつづけた。

一月二十四日、衆議院予算委員会がひらかれた。質問に立った民主党の菅幹事長は、田中外相に切り込んだ。

「ところで、鈴木さんがいろいろ圧力をかけたといわれてますが、どうなんですか」

田中外相は答弁した。

「野上次官に、最後のセッションにはNGOが出席できるよう強く指示し、実現しました。次官と話をしたが、そういう（鈴木の）名前があったと確認している。名前をいっていた。二十一日の電話でも、今朝も具体的な名前をいって認めていました」

しかし、田中外相と外務省事務方の答弁は食い違いを見せた。野党は採決を拒否し、予算委員会は紛糾した。

一月二十八日、衆議院予算委員会がひらかれた。

田中外相は、意を決したようにいった。

「わたしは、決意してますから」

やがて、予算委員会がはじまった。

田中外相は、きっぱりと口にした。

「わたしは、今日、決意を持ってこの場にのぞんだ。政治不信を払拭し、外務省改革ができるかだ」

野党議員からは、歓声が起きた。

田中外相は、そう述べたうえで、アフガニスタン復興支援NGO会議初日の二十一日に、「鈴木さんはむずかしいひとだ。前からの経緯もある。NGOは絶対出席させられない」と突っ張る野上次官に、「職を賭してでも反対するのか」と迫ったことを暴露した。

民主党二回生で、田中外相と親しい五十嵐文彦は、眞紀子の攻撃に感心した。

〈狙いすました一撃だな〉

五十嵐は、あらためて眞紀子の演出力に舌を巻いた。

〈やるもんだなぁ。タイミングの良さ、演出のうまさは、相当なものだ〉

この日午後五時から、自民党の役員会がひらかれた。役員会終了後、橋本派の実力者であり、参議院自民党の青木幹雄幹事長が、ボソリとつぶやいた。

「大臣、次官、鈴木君の三人とも辞めるのが、一番仕上がりがきれいだなぁ」

補正予算審議を円滑に進めるには、三人がそろって責任を取る以外、決着を図る方法はないという意味である。橋本派としても、派内で調整し、鈴木の辞任はやむをえないと判断したようであった。

町村信孝幹事長代理も納得した。

〈ここまできたら、それしかないだろう〉

森派代表幹事の中川秀直は、一月二十九日午後二時五十一分、首相官邸をおとずれた。中川が執務室に入ると、小泉首相は、森派会長で前首相である森喜朗と話しこんでいるところだった。森が、顔をほころばせた。

「おお、こっちに来いよ」

森は、小泉内閣発足以来、田中外相に対しては批判的である。中川にも「(小泉首相が)あんなに苦労しているんだから、もう眞紀子はいかん」と繰り返している。しかし、小泉の自主性を大切にしている森は、一般論としていうことはあっても、「やめさせるべきだ」というような形で小泉に直接いうようなことはそれまでもなかったし、その日もなかった雰囲気だった。

中川は、森もふくめて三人でしばらく話した。

中川は、自民党総務会で、小泉首相の任命責任を問う声、官邸が第三者的に振る舞っているとの批判が飛び出したことを話した。そして、いった。

「この状態を官邸が打開しないといけない段階にぼちぼち来ましたね。このままでは予算審議に重大な影響をおよぼしますから、最終的に肚くくってかからないといけないと思いますよ」

「みんなが騒ぐな騒ぐなというから、触らなかっただけだ。それだったら、おれは、いつでもやるよ」

森は、三人で五分ほど話してから、席を立った。

「じゃあ、あまり三人で話していると、またいろいろといわれるから、おれは帰るよ」

中川は、小泉首相とともに森の背中を見送った。

ふたたび席についた小泉首相は、なかば困った顔でいった。

「いや、官邸にいっぱいメールが来ているんだよ。もう、眞紀子さんがかわいそう、外務省けしからん、鈴木さんけしからんばっかりだよ。だいたい九対一で、みんな眞紀子さんだよ」

「それは、そうでしょうね。まあ、国益、国会の状況、時期など総合的に考えないといけないでしょう。総理も、そうお考えなのでしょう」

小泉はいった。

「もちろん、そうだよ」

中川は、しばらくして執務室を出ながら思った。

〈あとは、総理がどう決断されるかだけだ〉

一月二十九日、NGO問題に関する政府見解をめぐり、与野党が全面対立した。この日中に平成十四年度補正予算案の衆議院通過を目指す与党と、本会議開会に応じない野党が激しくぶつかり、本会議の開会は見通しが立たなかった。

午後十一時、ようやく本会議が開会した。

本会議は、約二十分ほどで終わった。野党欠席のまま、与党単独で補正予算案は可決した。

田中外相は、本会議を終えて帰宅する途中、電話で首相官邸に呼び戻された。

午後十一時五十分、首相官邸の執務室に入った。そこには、小泉首相、山崎幹事長、福田官房長官の三人がいた。

田中は、小泉首相の口から、まさに外相更迭を告げられたのである。

わずか五分ほどの会談だった。

田中は、小泉首相との会談を終えて官邸の一階に降りた。記者団にどっと取り囲まれた。

田中の眼は、真っ赤だった。テレビカメラもまわっている。

田中は、心の動揺を抑えるかのように一言づつ区切りながら話した。

「いま、総理と官房長官と山崎幹事長のいらっしゃるところで、『今予算を通さなければいけないので、これから先審議もあるので、わたしの人事を、身柄を預けてくれ』とおっしゃいました。『人事とは、だれのことですか』と、わたし、もう一度うかがいましたら、『あなたのことです』と。それで『事務次官もそうだ』とおっしゃいましたので、『事務次官(人事)は、わたしにしっかりとさせていただけませんか』と申し上げましたら、わたしの人事と野上さんのことだというふうにおっしゃりまして。『更迭のことでしょうか、わたしの更迭ですか』とお聞きしましたら、『そうだ』とおっしゃいました」

記者が訊いた。

「それは、総理がいったのですか」

田中は答えた。

「総理の口から、小泉総理大臣から『わたしを更迭する』という言葉がございました。わたしは『長いことお世話になりました』とお礼を申し上げて席を立ちました。そうしたら、官房長官が紙を出されて、『いますぐ署名をしてくれ』というふうにおっしゃったので、『それは今日は急なことなので、今日はいたしません』と申し上げて出てまいりました」

小泉首相は、一月三十日午前一時過ぎ、田中外相の更迭問題で記者会見にのぞんだ。首相官邸の会見場に姿を見せた小泉首相は、顔を少し紅潮させ、慎重に言葉を選んで経緯を説明した。

「政府内の問題で、国会審議が紛糾して大変な迷惑をかけたことに責任を感じる。この事態を一日も早く打開して、二〇〇一年度第二次補正予算案、二〇〇二年度予算案を通さなくてはならない。田中外相、野上事務次官にこの事態打開に協力していただけないかと話した。外相からは『わかりました』、野上次官も『事務方の責任者として混乱の責任がある』として辞意を申し出た。鈴木議運委員長は、昨日から、進退のけじめをいつでもつけたいので用意をしてくれとの申し出があった。これからは山積する外交上の問題を外務省と一体となって外交政策に邁進する姿勢をつくりたい」

田中外相更迭による政権基盤への影響についても、触れた。

「政権基盤への影響はあると思う。外相のいままでの努力を多としながら国益を考えると、やむをえなかった。混乱の責任は、すべてわたしにある」

中川秀直は、今回の田中外相、野上事務次官の更迭、鈴木宗男の辞職について思った。

〈小泉首相は、肚をくくったな〉

三人に協力してもらって事態修正する方向を選んだ。もしも田中外相だけは切らずにおいておけば、自民党内の、いわゆる抵抗勢力が田中更迭を迫ってくるのは当然だった。ふたたび国会が空転紛糾するのは、火を見るよりもあきらかだった。田中外相を切ったことで、少なくとも、大混乱の芽は摘んだ。臭いものにフタをするとの思いもない。九か月もの間に指摘されてきた田中外相の外相としての資質、田中外相更迭論、日本の外交の空白化など、もろもろのことをふくめて、国益を第一に考えた決断だった。

外務大臣としての田中眞紀子、小泉の提唱する「聖域なき構造改革」の看板としての田中眞紀子。ふたつに分けられれば、これほど楽なことはなかったろう。外務省改革に敏腕をふるう田中は評価が高い。そのいっぽうで、外務大臣としてはどうかということになれば、議論はむしろ逆となる。田中外相の処遇に決断を下すギリギリのところに来ていたのは確かだった。小泉首相も、そのことを素直に口にすれば、理解も得られるのかもしれない。しかし、それをいわないところが、小泉首相の、田中に対するせめてもの情なのだろう。

中川は思った。

〈いずれにしても、永田町的な判断からすると、外相として、日本のステイツマンとして、力を発揮できない田中眞紀子を切ったことは、当然のことでもある〉

国民も、じつは、田中の外相としての力量、資質は国益に対して適任ではないとわかっているはずである。それでも、国民は、小泉首相に対して、怒りをぶつけた。小泉首相の決断を「大岡裁きではなく、非大岡裁きだ」と批難している。

七〇％後半だった小泉内閣の支持率は、田中外相更迭により、一気に三〇％近く落ちこみ、五〇％を割った。中川は、さすがに五〇％を切るとは思ってもいなかった。

二月二十日午前、衆議院予算委員会が開かれた。田中眞紀子は、アフガニスタン復興支援会議へのNGO参加拒否問題で参考人として出席した。参考人席に座った田中は、グレーのスーツに白いブラウス。開会直後は、やや緊張した様子だったが、話すにつれ、落ち着きを取り戻し、ときおり笑顔も出た。

田中は、胸のつかえを吐き出すように、小泉首相と福田官房長官への批判を一気にまくしたてた。

「妨害している外務省とつながっている人が、官邸にいる。その者を排除してほしいと総理にいうと、総理は『（わたしは）聞かなかったことにしてくれ』。自由にやれ自由にやれというから動こうとすると、スカートをだれかが踏んづけているようで、前に出られない。だれが踏んでいるのかと思って見ると、いっている本人じゃないかとずっと思ってた」

田中は、深夜の官邸で突然告げられた自身の更迭劇についても、小泉首相をバッサリと切り捨てた。

「総理の判断は間違っている。そういうピンチの時に判断がきかなかったのは、総理のためにも残念だ」

野党席から「そうだ！」と大きな声が上がった。

極めつけは、小泉首相の評価であった。

「古い体質というか、六十歳を過ぎておられて、一見新しいことをおっしゃるし、格好はいいが、対応をみていると、自分がおっしゃっている『聖域なき構造改革』とか『とらわれず』とかではなく、逆にとらわれて、ご自分自身が抵抗勢力であることに踏み切ってしまった。取り巻きが悪すぎる。政治改革なくして構造改革なし。まず隗より始めよだ。もう少し、主体性をもつべきだ」

この夜、午後七時三十分過ぎから、赤坂の全日空ホテル内の日本料理の店「雲海」で、小泉首相と自民党幹部による会食がおこなわれた。この日おこなわれた参考人質疑での田中の「首相も抵抗勢力」の発言が話題に上った。

小泉首相が、ぼやいた。

「おれも、とうとう抵抗勢力にされちゃった」

橋本派幹部の青木幹雄参議院幹事長は、笑顔で慰めた。

「そりゃあ、いいことだわね。ぼくもいつもいわれている」

青木は、小泉首相にさらに声をかけた。

「ぼくもいいたいことをいうから、あんたも好きなようにいえばいいわね。たまには喧嘩をするのもいいが、話が一致するときは、仲良くやろう」

小泉首相が、あらたまった口調でいった。

「おれが本気になったら、大変だよ。ただでは済まないよ」

同席した山崎拓幹事長らの笑いが弾けた。

青木は、前年の十二月の会合で、小泉首相に「抵抗勢力が本気を出したら、こんなもんじゃないわね」とすごんだ。小泉首相は、そのときのセリフにひっかけていったのだ。

前年、青木がそういうセリフをつぶやき、緊張した雰囲気とは一変、今や「共通の敵」となった田中眞紀子のおかげもあって、終始和やかだった。

外務省出身で自由党の達増拓也は、田中外相が更迭《こうてつ》された直後、若手の外務官僚と会った。田中外相が在任中は、その官僚たちが田中外相を責めた達増と会っていたとなると、田中外相から責められかねない。それを恐れて、達増は外務官僚たちとは接触していなかった。

達増はいった。

「つぎは、S議員をやるか」

S議員とは、鈴木のことである。外務官僚たちは、鈴木を恐れていて、とてもまともに名字で呼ぶことができず、イニシャルで「S」と呼んでいた。達増もそれにならったのである。官僚たちは、うれしそうな顔をした。

小泉首相は、二月一日の参院予算委員会で、外務省のNGO排除問題をめぐり関与を指摘された鈴木宗男について、断言した。

「今後、鈴木議員の外務省に対する影響力は格段に少なくなるだろう」

小泉首相はまた、「簡単にいえば、（鈴木氏の）影響を受けすぎた。そこが外務省のだらしないところだ」とも指摘し、そうした外務省の体質を批判した。

自民党無派閥の平沢勝栄は、二月初旬、テレビに出演し、NGO問題で鈴木を批判した。

「鈴木宗男は、影の外務大臣だ。野上事務次官は、いっそ鈴木宗男の秘書になればいい」

その発言を聞いた鈴木の兄弟分の松岡利勝が、総務会で平沢を批判した。

「平沢のテレビでの発言は、けしからん！」

「ムネオハウス」をはじめとする鈴木宗男スキャンダルがまだ出てくる以前のことで、そのころ、平沢のように鈴木宗男の批判をする議員はほとんどいなかった。怖くて批判できないのである。鈴木宗男が、なぜ強いのか。その後ろに野中広務がいる。江藤・亀井派ながら鈴木が若手を集め、選挙資金などを援助している「ムネムネ会」のメンバーでもある松岡利勝もいる。他にも、後ろ楯《だて》が数多くいる。多くの敵をつくってしまうことになるので、怖くて鈴木宗男に対する批判はできなかったという。

自民党は、二月十五日、鈴木宗男と田中眞紀子の衆院予算委員会への参考人招致に応じることを決めた。予算審議を連日紛糾させている鈴木と外務省との「政官癒着」の問題について、二十日の集中審議で幕引きをはかる思惑からだ。

鈴木は、十五日、与党三党の国会対策委員長に対し、自ら参考人として予算委に出席する意向を表明した。

「逃げているといういい方をされるのは、嫌だ。国会審議には、進んで協力する」

このため、鈴木の参考人招致に難色を示していた自民党の大島理森国対委員長らも招致受け入れを最終的に決断した。

鈴木が所属する自民党橋本派も当初、「何をいっても悪く取られる」と、鈴木の参考人招致には反対だった。しかし、鈴木自身が「疑惑には反論できる」と自信を示したため、「隠している印象を与えるのは良くない」と応諾することにした。

おそらく、鈴木には、なんとか乗りきれるだろう、との自信があったのだろう。ただ、橋本派内では、悲観的な見方も出ていた。

「ワイドショーと週刊誌に悪者扱いされており、事態はいまさら収まらない」

「ほかの疑惑も出てくるのではないか」

民主党の鳩山由紀夫代表は、鈴木の疑惑をさらに徹底的に追及していくつもりでいた。

〈鈴木宗男のような人物が政治家であること自体、ひどく恥ずかしい。国政から追放するのが、わたしの役割だ〉

鳩山は、鈴木と同じ北海道を選挙区としている。それだけに、以前から鈴木の傍若無《ぼうじゃくぶ》人《じん》な振る舞《ま》いを目の当たりにしていた。鈴木の行動は、目にあまるものがあった。

たとえば、平成十二年三月三十一日に噴火した北海道・有珠山《うすざん》の復興策を利用した鳩山の地盤の切り崩しである。鈴木は、自民党新人の岩倉博文とのジョイントで鳩山の支持者、なかでも建設業界に圧力をかけた。

「鳩山は、『公共事業は必要ない』といっている。しかし、あなたがたは公共事業が欲しいだろう。鳩山に頼っていても公共事業はこないのだから、わたしの後援会に入ったほうがいい。会費を納めてくれれば、仕事をあげることができるかもしれない」

つまり、自民党を頼りなさい、自民党を応援しなさい、そうでなければ復興できないという脅《おど》しである。アメとムチを使い分ける典型的な自民党的手法であった。ただし、鈴木の後援会に入っても、すぐに仕事が回ってくるわけではない。それでも加入せざるをえないのは、「おまえのところだけ出さないじゃないか」と鈴木に睨《にら》まれ、仕事の邪魔をされたくない、という保険の意味もあった。

さらに、鈴木の親分である野中広務も参戦してきた。野中は、鈴木の要請で鳩山の地元に入り、鳩山を徹底的に攻撃した。テレビ番組に出演した際も、鳩山攻撃を繰り返した。

「鳩山さんは、公共事業はいらないといいながら、工事費一千億円をかけて役に立たない橋をつくった。この橋は、年間一万台しか通らない。閑古鳥《かんこどり》が鳴いている」

野中のいう役に立たない橋とは、室蘭にある全長千二百メートルの白鳥大橋のことである。が、白鳥大橋の架設は、鳩山が代議士になるはるか前に決まったものだ。しかも、利用車は、年間一万台ではない。一日一万台である。とんでもない、いい加減な話であった。

平成十二年六月におこなわれた総選挙で、鳩山は苦しい戦いを強《し》いられた。これまで金《きん》城《じょう》湯池《とうち》であった有珠山の麓《ふもと》の地区で惨敗し、自民党の岩倉にわずか二千五百票差まで詰め寄られた。まさに、薄氷を踏む思いであった。

ことほどさように、鈴木は、ある意味で国民の歓心を買う術《すべ》がうまい。ロシアとの関係も、ロシア人の心をうまく買った。が、現実は、お金で人心を収攬《しゅうらん》してきた。ただし、鈴木の後援会組織は、薄く広くで、一企業一社月一万円という資金の集め方をしていたので、一つひとつの金額の桁《けた》はそれほど大きくない。それだけに、これまであまり目立たなかったのである。

鈴木の疑惑問題に火をつけたのは、田中眞紀子の功績である、と鳩山は評価している。眞紀子・宗男バトルが起こらなければ、鈴木も、ここまで追い詰められなかったであろう。ただし、そのきっかけをつくったのは民主党であると自負している。鳩山は、NGOの排除問題が明るみに出たとき、党の両院議員総会でぶちあげた。

「この問題は、徹底的に追及しなければ駄目だ！」

それを受けて、菅幹事長が田中外相と接触し、鈴木疑惑が大きな広がりを見せたのである。

決定的だったのは、田中眞紀子と鈴木が参考人として出席した二月二十日の衆議院予算委員会の集中審議である。野党各党は、民主党の熊谷弘国対委員長の指導のもと、鈴木が関与する疑惑をうまく分担して追及した。

二月二十日、衆院予算委員会がおこなわれた。参考人招致に応じた鈴木は、田中眞紀子が答弁中の午前九時四十分過ぎに登院。十時に田中への質疑が終了した後、笑みを浮かべながら第一委員室に入った。

質問がつづき、共産党の佐々木憲昭の番になった。佐々木は、鈴木を追い詰めた。

「わたしは、ここに外務省の内部資料を持っておりますが、これは『国後《くなしり》島緊急避難所兼宿泊施設（メモ）』というものであります。九九年五月二十八日につくられたもので、『秘無期限』、こうなっている資料でありますが、九九年五月二十七日に鈴木宗男官房副長官と外務省がこの、いわゆる『友好の家』、地元では『ムネオハウス』と呼んでいるものであります」

「ムネオハウス」発言に、委員会場に笑い声が起こった。

衆議院予算委員会で、共産党は、「ムネオハウス」の工事入札に絡《から》む疑惑を突いた。この内部文書は、じつは、民主党も手に入れていた。が、その追及は共産党に任せた。

民主党は、鈴木の私設秘書ジョン・ムウェテ・ムルアカ（コンゴ民主共和国出身）が外交官身分を持っているのではないかという問題を突いた。他国の外交官を国会議員秘書として活動させることは、国家機密保持の観点から国益を損なうおそれがある。

また、七年近くにわたって国際情報局分析一課に在籍している佐藤優主任分析官の人事の背景に、鈴木の介入があったのではないかという問題も指摘した。

自由党は、外務政務次官経験者で、元国連職員の東祥三が、内部を知る立場から、鈴木と外務省の密接な関係を暴き、北方四島問題などの外交政策を曲げてきた点を突いた。

鳩山は思った。

〈各党が連携し、いろいろな角度から疑惑を追及したからこそ、鈴木宗男を絶体絶命のところまで追い込むことができた〉

三月十日、ついに鈴木の証人喚問がおこなわれることになった。鈴木は、午前九時前、衆院内の控室を出て、落ち着かない様子で予算委員会が開かれる第一委員室に入った。

「答弁に先立って、国民のみなさまに、わたしに関することで迷惑をかけたことについて、おわび申し上げたい」

津島雄二委員長の総括質問の冒頭、鈴木は神妙な表情で頭を下げた。

喚問は北方四島支援事業で建設された国後島の「友好の家」の入札資格に介入した問題を中心に進められた。鈴木は、連日の喚問への準備からか、やつれ気味で、顔色は少し赤みを帯びていた。

鈴木は、親しい若手議員に順番に、「おれは大丈夫。元気だ」と電話し、闘争心をかき立てていた。が、師と仰ぐ野中の説得に折れざるをえなかった。

野中はついに、鈴木の離党で事態を収拾することを決意した。野中は、親しい公明党の冬柴幹事長に電話し、「自民党でちゃんと離党処分をするから、党内を押さえてくれ」と要請した。野党提出の鈴木の議員辞職勧告決議案に同調論が出ている公明党に、離党で矛《ほこ》を収めさせる必要があったからだ。

三月十四日、公明党中央幹事会がひらかれた。冬柴幹事長が発言した。

「野中氏が『立件されていないのに辞職勧告はどうだろう』と話している。率先して辞任を迫るのはいかがなものか」

ところが、逆に若手から突き上げられた。公明党内には余震が続いた。

鈴木は三月十五日朝、師と仰ぐ野中に電話を入れ、涙ながらに最終的な離党の決意を伝えた。

「政治倫理審査会の審査が終わったら、自分から党を離れる決意をいいたい」

「政治家として君の美学であり決断だ。正々堂々と立派にやれ」

この日正午、鈴木は一連の疑惑を弁明するため、自民党本部でひらかれた党政治倫理審査会に出席した。

政治倫理審査会は、党所属議員の行為が政治倫理に関する各規定に違反するかどうかを調査する機関である。衆議院議員八人、参議院議員四人、党員二人、民間四人の計十八人で構成されている。林義郎会長の「北方四島支援事業での入札関与」「外務省職員への暴行」「北方四島返還不要論への言及」「コンゴ人私設秘書に旅券偽造」「ロシア外交官監視の中止要求」などに関する質問に対し、鈴木は説明した。

鈴木議員は、政倫審を終えると、離党届を出した。その後の午後二時半、自民党本部四階の会見場に姿を見せた。普段は早口だが、この会見では、硬い表情で一語一語嚙《か》みしめるように離党を決意した経緯を説明した。まず謝罪を繰り返した。

「国民に多くの疑念を持たれ、申しわけない」

「言動が圧力ととられ、厳しい指弾を受けたことも深くおわびする」

口調に力がこもり、目が潤《うる》み始めたのは、自分の「圧力」を記した内部文書を次々と公表した外務省の姿勢に触れたときだった。

「田中眞紀子・元外相の更迭後、六、七年前の一方的なメモが次々と使われ、わたししつぶしというか、何がしかの意図や思いがあって今の事態に至っているなと考えている。政治家として、北方領土返還運動をライフワークとして取り組んできたわたしが、北方領土不要論という言葉は使うわけがなく、地元の中にこういう声もありますよといったことが、一方的に鈴木宗男がいった、こう表現されたメモが出てきた」

鈴木は、不満をぶちまけた。

「一方的な思惑や、あるいはメモというのは、公平ではない。国民の悲願である北方領土返還を実現するためにも、ぜひともみなさん方にわたしの取ってきた行動だけはおわかりをいただきたい」

「昭和五十八年、最初に国会に出るべく手を挙げたときのことを思い起こしながら、一からスタートしたい」

鈴木は、そういって顔を上げると、大きな目から涙がこぼれ出した。十分間の会見中、白いハンカチで何度もぬぐった。

鈴木の離党会見をテレビで見届けた野中は、思わずつぶやいた。

「こんなことなら、眞紀子を辞めさせなければよかったんだ……」

野中は、三月十七日夜、地元の京都府園部町で開かれた会合であいさつし、鈴木宗男の一連の疑惑について、陳謝した。

「(鈴木氏の)周辺にいた人間として、政治の信頼を失っていることに心からおわび申し上げる」

野中が鈴木の疑惑について公の場で言及するのは初めてであった。

野中は、釈明した。

「鈴木氏に『言葉を慎めよ』『行動を慎めよ』『われわれの二十倍もするような政治資金を集めて、どうするんだ』と注意してきたが、残念ながら注意がいたらなかった」

自民党無派閥の平沢勝栄は、鈴木が失墜したことは、自民党内にも大きな影響が出ると見ている。百二人と自民党最大派閥の橋本派は、額賀福志郎、藤井孝男、鈴木宗男が三プリンスとして後継者リーダーと見られていた。が、額賀はKSD事件で傷がつき、鈴木は、自民党を離党した。残るは、藤井ひとりとなった。

もうひとつは、橋本派に属しているというだけで選挙で苦しい立場になる。橋本派に入っていて、鈴木宗男から金を受け取っていたということは、選挙の際にダブルのマイナスである。橋本派に属していることが選挙にまったくプラスにならないとわかると、若手議員の橋本派からの脱退もあるだろう。特に、都会の若手は厳しい。いずれにしろ、非常に苦しい戦いを強いられるのではないか。自民党内における橋本派の力にしても、数の論理で力はある程度あるにしても、かつてのような力はもはやない。今回、野中の力の失墜も大きい。

平沢は、毎日新聞で講演を頼まれ、福岡で一時間講演した。その中で、語った。

「今度の鈴木宗男の事件は、鈴木宗男個人の問題ではない。自民党体質の問題だ。そのなかでも、鈴木宗男の保護者である野中の責任は免れない」

野中に言及したシーンが、テレビのニュースで何度も放映された。すると、ただちに党の幹部から平沢に電話がきた。

「ほかのことはどう発言してもいいが、野中さんのことだけはいわないでほしい」

保護者の責任は免れない、といってもいいが、「野中」という個人名は出さないでくれ、と頼まれた。

野中は、自分の地元の選挙区である京都で、「鈴木宗男の件は申しわけない」と発言した。が、平沢からいわせれば、選挙民に謝っても、国民に謝らないのであれば意味はない。平沢は、橋本派は今後のことを考えると、かなりつらい立場に立たされていると見る。橋本派が自民党を動かす時代は終わったといってもいいとさえ思っている。

橋本派にとっても、野中の力が弱くなることになれば大きな痛手である。青木は、強いといっても参議院である。村岡兼造にしても綿貫民輔、藤井孝男にしても、おとなしい。次の橋本派を強引に引っぱる人材がいない。総裁候補をすぐに出せない以上、橋本派は終わっていると平沢は厳しく見ている。

橋本派の三プリンスの一人の藤井孝男にいわせると、額賀福志郎、藤井孝男、鈴木宗男の三人のタイプは、それぞれちがう。額賀は、政策能力に長《た》けている。小渕内閣では官房副長官に就任するなど政策面で活躍をしている。藤井は、議運や国対などいわゆる国会運営を中心に政治活動を送ってきた。参議院議員時代も、副幹事長、参院議員運営委員長、国対委員長を歴任。平成五年七月の総選挙で衆議院に鞍《くら》替えしてからも、副幹事長、経理局長、国対筆頭副委員長、議院運営委員長を歴任し、現在予算委員会の筆頭理事である。

鈴木は、アグレッシブな行動力を持っていた。その行動力は、藤井らにはとても真似《まね》ができない。なかでも、北方領土問題をふくめた外交政策に長けていた。さらに、多額の政治資金を広く集め、若手議員の面倒をみた。そのことが逆にマスコミから旧来型の政治家だと批判されることにもなった。

ただし、藤井と額賀は、田中派の流れを汲《く》む、いわば直系である。いっぽう、鈴木は、無派閥から小渕派に入会した、いわば外様《とざま》だ。鈴木が、後継候補として藤井や額賀と肩をならべるためには、ある程度の無理をしなければならなかったという見方も一部にある。

総理総裁を目指すため、派閥の領袖《りょうしゅう》が政治資金を集め、子分の面倒をみるという、いわば田中角栄的スタイルの時代は終わったと藤井は思う。多額の政治資金を集めようとすれば、どうしても無理をせざるをえない。

藤井は、数年前、ある人物にいわれた。

「藤井さんも、ムネさん（鈴木）を少しは見習ったらどうか」

鈴木は、全国に後援会組織をつくり、月々一、二万円の会費で広く、薄く、政治資金を集めていた。平成十一年には、四億四千三百五十四万円の政治資金を集め、一位の加藤紘一、二位の山崎拓に次ぐ三位であった。加藤や山崎のように派閥の領袖でもないのにこれほど集めていた。

しかし、藤井には、無理に全国的な組織をつくるつもりはない。政治には、金も必要だ。が、ひとりの政治家が「よし、おれが」といって集められるような時代ではない。これからは、党が中心となって、政策・人物本位で総裁候補を育てていくシステムが必要だと考えている。

橋本派二回生の桜田義孝は、鈴木は、田中角栄元首相を目指したのではないかと思う。

田中元首相が、総理大臣まで登りつめ、キングメーカーとして永田町に君臨したのは、金の力と、情に篤《あつ》いという才能を持ち合わせていたからだ。鈴木は、角栄的な政治の信仰者であった。自分も角栄のような道を歩もうと懸命に努力したのではないか。可能な限りの自分の選択肢を進んできた。

ところが、田中角栄の娘である田中眞紀子は、鈴木が自民党を離党したとき、「自民党には、まだ鈴木宗男的なるものが残っている」と、まるで人ごとのようにコメントした。

桜田は、苦々しく思った。

〈鈴木宗男なるものとは、すなわち『田中角栄的なるもの』ではないのか。決して褒《ほ》められたことではない〉

加藤派幹部の森田一と川崎二郎は、平成十四年三月六日、谷垣禎一《さだかず》に声をかけ、千代田区霞が関の大東ビル八階にある加藤派事務所に集まった。谷垣が同席のもと加藤紘一会長と面会した。

平成十二年十一月、自民党の加藤紘一元幹事長は森内閣の倒閣に動き、いわゆる「加藤の乱」を起こした。野党との連携を模索した加藤に対する自民党議員の信頼は失墜し、総理の目はなくなったと見られていた。ところが、平成十三年四月、加藤の盟友であるＹＫ

Kの一人小泉が総理となり、山崎拓が幹事長に就任した。森田は、加藤にも、ふたたび総理の目が出てきたと心をはずませた。別の見方をすると、「加藤の乱」があったからこそ、小泉が総理になれたとも思っている。

加藤は、平成十三年十月、テロ対策特別措置法案を審議する衆議院国際テロ防止・協力支援活動特別委員会の委員長となり、久々に表舞台に立った。復権への第一歩を踏み出したのである。山崎派幹部の甘利明によると、委員長の人選は、山崎幹事長が加藤のためを思い、復帰に向けてのリハビリと考えたものであるという。小泉首相も「それは、いいじゃないか」と賛成したようだ。このポストをステップに傷を癒《いや》し、党内の信頼をとりもどせば、田中外相が更迭された後、後任の外相になっていたかもしれないと甘利は思った。

森田も、個人的に思った。

〈小泉さんは、一内閣一閣僚の方針を掲げている。内閣改造は、なかなかできない。しかし、外務省と対立する田中外相は、そう長くは持たないだろう。仮に眞紀子さんが退任したら、加藤さんを後継の外相に起用してもらいたい。そうなれば、復権への第二歩となる。それから先のことは、じっくりと考えればいい〉

ところが、加藤事務所代表の佐藤三郎の脱税疑惑が加藤の復権に暗い陰を落とした。

加藤派幹部の原田昇左右《しょうぞう》は、マスコミから佐藤の風評を聞かされ、平成十三年十月ごろ、加藤に忠告したという。

「佐藤を、切ったほうがいい」

だが、加藤は、なにも返事をしなかったという。佐藤の疑惑が明るみに出たとき、加藤は原田に謝っていた。

「せっかく、ご忠告をいただいたのに」

加藤は、金の面は、すべて佐藤に任せていたようである。加藤は、金を集めるのが得意ではない。自分で集めたくないという気持ちもあったのではないかと森田は思う。

森田と川崎は、すでに佐藤の脱税疑惑が浮上した平成十四年一月の段階で、佐藤逮捕後の対応を練っていた。佐藤が逮捕されると同時に加藤に会長を辞任してもらい、谷垣禎一を後継会長に据えるという構想であった。

加藤と面会した森田、川崎、谷垣の三人は、提案した。

「佐藤が逮捕されたら、会長を辞任していただき、谷垣会長でどうでしょうか」

加藤は答えた。

「二、三、相談する人がいる。ちょっと考えさせてほしい」

その晩、加藤会長、小里貞利会長代行、谷垣事務総長、原田座長、森田の五人で幹部会をひらくことになった。秘密を要するため、場所は加藤派事務所ではなく、ホテルオークラ本館五階の日本料理店「山里」に設定した。

幹部会の前、森田は、加藤会長と個別に会い、進言した。

「今晩、決断するべきですよ」

午後六時、幹部が顔をそろえた。加藤会長は、少し遅れてやってきた。

幹部会は、翌日の七日に佐藤が逮捕されるという前提のもとでおこなわれた。加藤の監督責任や離党問題などは、三月二十五日以降にヤマがくるとの認識で一致した。

さらに、それとなく、加藤の会長辞任、後継会長問題なども話し合った。加藤が会長を辞任した場合、谷垣を会長に据えるのではなく、会長職を空席にし、小里会長代行のもと集団指導体制で運営していこうという雰囲気でまとまった。

午後九時過ぎ、幹部会は散会した。午後九時四十五分、衆議院本会議が開かれた。平成十四年度政府予算案は、与党三党などで賛成多数で可決された。

深夜零時半ごろ、森田は、加藤に呼び出された。

「ちょっと、来てほしい」

森田は、キャピトル東急ホテルの一室に出向いた。加藤は、苦渋の表情でいった。

「いろいろな人に電話をしたけれども、今晩すぐに決断するのはむずかしい」

その後、加藤は、山崎幹事長と会談した。

三月七日午前十時、佐藤は、東京地検特捜部に出頭。午後一時までの三時間、取り調べを受けたが、逮捕には至らなかった。三月八日、佐藤は平成十二年までの三年間に約二億七千七百万円の所得を隠し、約一億円の所得税を脱税したとして逮捕された。

この夜、加藤は、加藤派事務所で記者会見した。

「国民に対する説明責任がある。公の場で説明する努力をし、質疑にお答えすることが必要だ。一番重要なものは国会での説明だ」

加藤派会長の辞任については、「いずれ仲間と相談したい」と述べるにとどまった。

森田は思った。

〈佐藤の逮捕と同時に、会長を辞任したほうが良かったのではないか〉

あくまでも加藤をかばった。

加藤の乱で加藤と袂《たもと》を分かった自民党堀内派の古賀誠は、佐藤三郎の脱税容疑が明るみに出てからの加藤の態度に、いささか不満を抱いていた。

古賀は、佐藤三郎とは、二度か三度ほどしか会ったことはなかった。加藤と会うのは、たいてい党本部か、会合を開く場所だけで、個人事務所に行くことはほとんどなかった。

古賀は、風聞で、佐藤という秘書は危ういことをしているとの噂《うわさ》を聞いたことがあった。

野中広務も、心配していた。

「加藤さんには、忠告しなければな」

古賀は、あくまでも風聞であり、関《かか》わりはもたなかった。ところが、いまとなってそれが噴き出して、加藤を窮地に追い込んでいる。

加藤としては、平成十二年十一月の、いわゆる、加藤の乱での失敗は、そうとうイメージダウンとなった。しかし、決定的な致命傷にまではいたらなかった。

〈加藤さんは、いずれ復活してくる〉

古賀は、そう思っていた。いくら自民党が人材豊富といっても、加藤のようなさまざまな経験や政策的にきわだった人材はそうはいない。「加藤は、自民党にとって財産である」との気持ちは変わらなかった。「加藤の乱」を契機に加藤と袂を分かったとはいえ、むしろ、加藤が復活する日を、待ち望んですらいた。

古賀は、かつて加藤紘一という希有《けう》な政治家を総理大臣に据えることが大きな夢であった。そのチャンスは一度や二度ならず、何度もあった。だが、いまや、その夢は状況的にしぼみつつある。古賀は、あらためて思う。

〈加藤先生は、政局はやらないほうがよかった〉

党人政治のもっともわかりやすい言葉として、「駕籠《かご》に乗る人、担ぐ人、そのまたわらじを作る人」という言葉がある。加藤は、どう考えても、駕籠に乗せられるタイプの政治家であった。それが、なぜだか、政局にはまってしまった。野中との関係を密にさえしていれば、かならず首相への道は開けたはずだった。

佐藤の脱税容疑が明るみに出てからの加藤の態度は、離党するまでの間、揺れに揺れた。離党をするのかどうか。その決断までに、時間がかかりすぎた。加藤の乱のときと、まったく同じである。その決断力の鈍さが、加藤の乱を失敗に終わらせる結果となったといっ加藤は、乱を起こしたとき、日本の政治の建て直しを心からのぞんでいたにちがいない。いくら野党が出した内閣不信任案が、連立与党によって否決されると決まっても、あの場面では信念を貫くべきだった。自分についてきた議員たちには反対票を投じるように説得し、自分だけは賛成票を投じて自民党を離れる。自民党から外に出てでも、自民党を変えなくてはならない、との気概を見せるべきではなかったか。ひとり無所属で辛抱《しんぼう》していれば、国民からも、ヒーローとして賞賛される。自民党内からも、いずれ声がかかったろう。

「加藤先生、どうか帰ってきてください。先生の力が必要なのです」

早ければ「加藤の乱」からわずか半年ほど、ポスト森をめぐっての総裁選前には、声がかかったろう。もしも加藤がその総裁選に出馬すれば、顔ぶれも変わったにちがいない。

加藤は、楽々当選できた。

佐藤容疑者をめぐる疑惑問題にしても、自分の秘書が脱税容疑をかけられたからには、さっさと離党を決めるのが筋だった。ところが、加藤は、あやふやなことを口にしていた。

「離党するかどうかは、党にまかせる」

「派閥の問題は、後援会、同士と相談してから」

トップリーダーの資質がありながら、トップリーダーとしての決断力に欠けるように、古賀には見えてならなかった。

橋本派の藤井孝男も思う。

〈加藤さんは、クリーンなイメージで総裁を目指していたが、実際は、旧来型の手法で資金集めを佐藤三郎にやらせていたということではないか〉

橋本派二回生の桜田義孝は、もともと加藤紘一を評価していなかった。

〈加藤さんは、総理の器ではない。「加藤の乱」を起こしてもらって、かえって良かったのではないか〉

仮に「加藤の乱」がなければ、ポスト森は加藤だったろう。が、「加藤の乱」を起こしたことにより、前もって能力がないことが世間にもはっきりとわかった。

桜田から見ると、政党人として、野党の菅直人あたりと携帯電話で連絡しあい、連携しようとするのはおかしい。おまけに、自派もまとめることができず、三分の二は、自分のもとを去った。天下取りの戦略を、仲間に相談もせず、野党に相談する者がどこにいるのか。戦略のないものが、一国の総理になったとすれば、大変なことになる。

加藤派幹部は、三月六日におこなったホテルオークラでの会合で、二十五日以降にヤマがくるとの認識で一致した。が、事態は急速に動きはじめた。

三月十一日、鈴木宗男の証人喚問がおこなわれた。これを受け、党内には鈴木の離党を望む声が強まった。鈴木は、十五日におこなわれる党政治倫理審査会に出席後、離党する意向を表明することになった。

三月十四日昼、加藤派の総会が開かれた。加藤は、離党をふくめ進退問題に結論を出す考えを示した。

「捜査の進展を見ながら、党の政治倫理審査会や国会の場で国民への説明責任を果たしたい。自分自身の出所進退はわたしが判断してお伝えしたいので、しばらく時間を貸してほしい」

三月十八日午後、加藤は、党本部で開かれた党政治倫理審査会で脱税事件について弁明した後、記者会見を開いた。

「わたしの事務所代表のことで、監督不行き届きの責任が政治的、道義的にある。けじめをつけて離党したい」

三月十八日夕方、加藤派の臨時総会に出席し、離党と会長辞任を報告した。

「小里会長代行を中心に、結束してほしい」

加藤派は、会長ポストは空席とし、小里会長代行を中心とする集団指導体制で派閥を運営していく方針を確認。谷垣会長構想は、ひとまずお蔵入りとなった。

谷垣が加藤派の後継者であることは、衆目が一致している。ただし、加藤が復党する見通しは厳しいものの、一縷《いちる》の望みを残しておいたほうが残った十四人がまとまりやすいという判断であった。

佐藤三郎による脱税事件で、東京地検特捜部は、三月二十九日、平成十二年までの三年間に約二億六千五百万円の個人所得を隠し、九千八百万円を脱税としたとして、佐藤容疑者を所得税法違反の罪で東京地裁に起訴した。佐藤には、脱税事件で摘発された芸能プロダクション「ライジングプロダクション」から一億五千万円の資金提供を受けていた疑惑や、資金管理団体の経理捜査で加藤のマンション家賃など九千数百万円を捻出していた疑いも浮上している。特捜部は、今後こうした疑惑の解明を進める。

小泉政権にとって、疑惑にまみれた加藤は「重荷」でしかなかった。加藤が議員にとどまれば、内閣支持率にはね返る。参議院新潟補選など四月二十八日のトリプル選への悪影響は避けられず、選挙を統括する山崎の責任問題にまで発展しかねない。

山崎は、このころ、加藤の問題について、漏らしはじめていた。

「規正法違反ならまだしも、脱税となると深刻だ」

小泉首相も、いっていた。

「再起を期して逃げ回って命をまっとうして目的を果たすか、潔く切腹するか。それはその人の人生観にかかわる。本人が決める問題だ」

それは、遠回しに辞職をうながすシグナルでもあった。

加藤は、四月八日におこなわれた衆議院予算委員会に出席した。

森岡正宏が質問した。

そのやり取りの最中に、加藤が思わぬことを口にした。

「すべての社会的、政治的、道義的責任をとって、わたしは衆議院議員の職を辞したい」

「議員辞職は考えていない」と粘りつづけてきた加藤が、突然辞職を表明したのである。

「議員を簡単に辞めていいとは思わない。明治維新以来の重要なことを考えなければならないときに、議員をつづけ、発言しつづけたいという気持ちもある。しかし、そんなことをいっても、わたしのいうことに（有権者が）信頼感を持って耳を傾けてくれなければ、議員をつづけている意味もない。出直そうと。それが今回の決断だ」

小泉首相は、この日、首相官邸で加藤の参考人質疑を中継するテレビを新聞を広げながら見ていた。この突然の加藤の辞職表明に驚き、秘書官に、加藤の言葉を確認した。

「今、なんていったんだ⁉」

小泉首相は、この日夕方、加藤の議員辞職について淡々と記者団に語った。

「残念だったと思う。見識もあるし、将来に対する抱負も持っていた方だから」

が、その心中は、相当の衝撃であったろう。

小泉首相は就任後、党内の「抵抗勢力」に対抗する手段としてYKKを活用してきた。が、YKK崩壊で、今後は、橋本派、公明党との関係の再構築が重要になるとの見方が出ている。

山崎幹事長の立場も、微妙になる。山崎は、長い間、「加藤政権を誕生させ、その後加藤から禅譲《ぜんじょう》を受ける」という政権戦略を描いていた。加藤政局の失敗でこのシナリオが狂った後も、ポスト小泉を狙《ねら》うために加藤の政治力に期待しており、幹事長就任後も加藤と深夜、政局を相談することも多かった。

山崎はこの日、つとめて冷静に語った。

「小泉首相は、『YKKは打算と友情の二重構造だ』といったが、これからは友情だけの関係になる」

が、言葉とは裏腹に、加藤を失ったことで政権への道が遠のいたとの思いもにじんでいた。

加藤の自民党幹事長時代、幹事長代理をつとめ、「魂と魂が触れ合う仲」とまで公言していた野中広務は、この日、地元京都の府知事選からの帰京に際し、わざわざ参考人質疑と重なる時間帯を選んで新幹線に乗り込んだ。

東京駅に着いて記者団に囲まれると「参考人として出る姿は、テレビを通じても見たくなかった」といい、加藤の辞職については、「万感、胸につかえて言葉にならない……」と固く唇を結んだ。

参考人質疑終了後、すぐに加藤派の小里貞利の議員会館の自室に加藤から電話がかかってきた。

「さきほど、テレビでごらんになったと思うが、辞職を表明しました。だれにも相談していません。わたし自身で決めました」

さばさばとした声であった。

小里は思った。

〈このような判断は、自分で決めなければできない。人から勧められて、できるものではない。人から勧められて決断したら、後日かならず悔いが残る。これでいいのだ〉

加藤の乱のとき、ひんぱんに携帯電話で加藤と連絡を取り合い、鳩山ともども加藤が森内閣への不信任決議案に同調することをのぞんでいた民主党の菅直人は、複雑な思いを吐露した。

「個人的には残念だが、自民党の構造的問題は否定していく」

菅は、分析してみせた。

「派閥を率いるため無理な政治資金集めを強いられた結果だ。結局は自民党というシステムの中にいたということだ」

加藤は、議員辞職を表明した夜、五、六人の若手議員と銀座で酒を呑んだ。三回生の山本公一も、その一人であった。

加藤は、さばさばとした表情でいった。

「しばらくは、外からこの国の政治を見てみたいと思っている。それに、これからこの国にとって一番大事な国である中国を、もう一回、研究し直してみたいんだ。おそらく、いろいろな意味で中国がこの国の将来のキーポイントになる。もう一回、この機会にじっくりと勉強したい」

山本は思った。

〈将来、政界に復帰したいという取り方にも取れるが、ひょっとしたら、この人は政治の世界から身を引く可能性すらあるのではないだろうか〉

山本は、さらに思った。

〈加藤紘一という人物は、この国の一級の政治家だ。不祥事があり、議員の座は失われたが、これからも教えを請《こ》うていきたい〉

マスコミは、加藤派の旗揚げや加藤の乱で袂を分かった堀内派、旧加藤派、河野グループが再結集する「大宏池会構想」をしきりに報じている。しかし、森田一は、大宏池会構想は絵に描《か》いた餅だと思っている。加藤派の議員は、選挙区に帰ったとき、「仮に大宏池会構想なるものが現実味を帯びたとき、わたしは無派閥でやります」と、それぞれ宣言している。選挙を考えれば、派閥に属し、おたがいに助け合ったほうが有利だ。が、加藤派の多くは地盤が磐石である。一人でも、十分にやっていける。それゆえ、選挙については動揺していない。

小里会長代行が山崎派との連携を強調し、反響を呼んでいる。「加藤派と山崎派の合流を考えているのではないか」とも報じられている。

が、それもないと森田は思っている。

小里の真意は、これからは、より両派の意思疎通を図っていこうというものだ。以前から両派の年次の近い議員同士はたびたび会食を開いている。仲がいい。仲良くしようという話と合流の話は、まったく別問題だ。巷間《こうかん》、かつて宏池会で同じ釜《かま》の飯を食った堀内派、河野グループ、旧加藤派が再結集する「大宏池会構想」が噂《うわさ》されている。しかし、実際には、情報交換なり、あるいは行動を起こしている人はいない。言葉だけが一人歩きしている。

河野グループの河野洋平も、言下に否定している。

「大宏池会構想は、まったく意味がない」

堀内派の切り崩し工作もない。堀内派幹部の古賀誠も、そのような次元の話にこだわる人でもない。かつての同志たちが少人数のグループとなり、しかも、領袖の加藤がつまずいてしまった。このようなときに、後ろから背中をかじるような真似をしてはいけないという惻隠《そくいん》の情がある。

小里は思う。

〈これからも、十四人が一致結束して行動していく。やがて、このグループから首班候補を推せる状況がくれば、そのときには会長になってもらえばいい〉

山崎派幹部の甘利明は、「大宏池会構想」が成り立つとは思えない。そうかといって、すぐに山崎派との合流もないという。加藤が政界に復帰する可能性は、ゼロではない。が、ふたたび派閥の長になり、総理を目指すという道は、ひどく厳しいのではないか。旧加藤派は、身を寄せ合っていけば不自由はない。仮に不自由があるとすれば、幹事長派閥である山崎派に助けてもらおうという方針ではないか。両派は、定期的に合同勉強会をひらき、兄弟派閥としてさらに緊密に連絡を取り合っていくことになるだろう。両派ともに、合併構想に関してはもう少し先の話だという意識でいる。

五月十六日、マスコミは、加藤の政治資金流用疑惑で、東京地検特捜部は加藤本人について所得税法違反（脱税）容疑での立件を見送る方針を固めた模様だ、と報じた。自ら政治資金を私的に流用したと認め、修正申告することで決着する見通しとなった。

これについて、小里の周囲から、「司直の判断は甘いのではないか」という声はほとんど聞かれなかった。意外にも、「起訴されずにほっとした」という声が多かった。

小里は思った。

〈加藤紘一という人物は、国民からまだ見捨てられていない〉

後日、小里は、加藤に電話を入れた。

「これで、ホッとしましたな。ひとつ、再起を期してがんばってください。あなたは、貴重な経験であり、苦渋の経験をなさった。しかし、これ以上落ちるところはないのですから、がんばってください。それから、もうひとつは、世間からもわりと同情をいただいてますよ」

加藤は、落ち着いた声でいった。

「ありがとう。自重し、一生懸命に本を読みますから」

加藤は、再起を狙って、地元で「お詫び行脚」をつづけている。

第9章　相次ぐスキャンダルの反動

江藤・亀井派会長代行の亀井静香前政調会長は、江藤・亀井派の江藤隆美会長とともに、三月二十五日午後三時二十分、首相官邸を訪ねた。経済危機を突破するための当面の方策を申し入れるためであった。

日本経済は、きわめて深刻な状況に直面している。平成十四年二月の中小零細企業の倒産件数は、過去最高を記録した。亀井は、暗澹《あんたん》たる思いに陥《おちい》った。

〈このままでは、死屍累々《ししるいるい》となり、日本は滅びてしまう〉

金と物が集まる東京は、まだいい。銀座でホームレスをしても、糖尿病になるような恵まれた環境だ。しかし、地方の経済状況は深刻だ。東京に本社を置く企業は、地方の支店を次々と閉鎖している。県庁所在地ですら、支店を引き上げているという。いま儲《もう》かっている企業は、皮肉にも航空会社だけである。地方に仕事があれば、東京から飛行機で向かい、日帰りで帰京する件数が増えているからだ。公共事業も、バサバサと切られている。地方の建設会社は、生きるか死ぬかの瀬戸際でもがき苦しんでいる。

昨年暮れ、亀井の身近で痛ましい出来事が起こった。亀井の地元広島県庄原市の建設会社・比婆建設の社長が、自殺したのである。真面目《まじめ》な人物で、亀井の支持者であった。知らせを受けた亀井は、すっ飛んで地元に帰り、弔問《ちようもん》に出向いた。未亡人の話では、金融庁が銀行と結託し、比婆建設への前渡金を抑えたため従業員二十六人の給料が払えなくなったという。真面目な人物だけに、その責任を感じて自殺をはかったのだ。亀井は、怒りが込み上げてきた。

〈とんでもねぇことだ!〉

怒りに震えながら、その場で金融庁の森昭治長官に電話をかけた。

「また、中小企業の経営者を殺したな。おまえたちは、ひでぇことするな。そんなことをして、いいのかい!」

それから数日後、亀井のもとに夫人から電話がかかってきた。

「『従業員に、お給料の六割を払うことができました。従業員が、亀井先生にお礼をいってほしいというので参りました』と専務がこられました」

亀井は、ひとまず胸をなでおろした。

〈よかったなぁ〉

ところが、その翌日、今度はなんと専務が自殺をはかったのである。比婆建設は、同族会社ではない。従業員は、ナンバー2の専務に社長になるようながした。しかし、社長になれば、個人保証をしなければいけない。会社が苦しくなったときは、自分が身ぐるみをはがされてしまう。その重圧に耐えきれず、死の道を選んだのだ。

　亀井は、胸が痛んだ。

〈これが、いまの日本の中小零細企業の実像なんだ〉

　亀井は、先日、福井県で講演した。講演を聞きにきた葬儀屋の話では、東尋坊《とうじんぼう》での自殺者は、例年二十人ほどだが、今年はすでに四十人だという。日本全体でも、自殺者数は、例年一万人であった。が、平成十三年の自殺者数は三万二千人を越え、なんと三倍に膨れ上がった。緊縮財政をしなければ、日本は生きていけないのか。亀井は、そうではないと主張している。亀井は、政調会長時代に経済成長路線を取り、経済は一・〇%まで成長した。ところが、小泉首相の緊縮財政でマイナス成長となってしまった。しかし、国民には、小泉首相を批判する資格はない。平成十三年四月の自民党総裁選で勝利した小泉首相は、こう訴えた。

「財政構造改革路線を取ることで、二、三年はマイナス成長となる。国民に痛みを分かちあってもらう」

　小泉首相は、その方針を貫いているだけである。国民は、そんな小泉首相に拍手喝采《かっさい》を送った。小泉内閣の支持率も、九〇%を超えた。それなのに、いまさら悲鳴をあげるのはおかしいと思う。

〈居直るわけでないが、おれは経済重視の方針を打ち上げて総裁選を戦った。それが受け入れられなかったのだから、仕方がない〉

世間には、「亀井は、公共事業推進の権化だ」というイメージがある。亀井は、不愉快でならない。

〈おれは、政調会長時代、二百二十三件、総額二兆八千億円もの無駄な公共事業をぶった切った。明治以来、そんなことをやった政治家がいるか。亀井静香だけじゃないか。おれは、無駄な公共事業は絶対にやってはいけないと徹底している。そこを見ないで、公共事業推進の権化のようにいわれるのだから、面倒みきれない〉

小泉首相は、国債発行額を三十兆円以内に抑えると公約した。いうなれば、風船に乗っかり、ヒマラヤの頂上を目指そうというのである。しょせん、無理なことだ。案の定、暴風雨に遭い、景気がバンと落ち込んだ。さらに、外相を更迭された田中眞紀子の蜂《はち》の一刺しを受け、風船がピューンとしぼんでしまった。いま置かれた立場で、小泉首相はどうすればいいのか。シェルパを雇い、ベースキャンプを張りながら着実に山に登ろうというのなら、いまのルートでは頂上につけない。景気を良くし、経済を自力安定の軌道に乗せていくルートを取り、しかも、別の山に登らなければならない。それが嫌なら、登山をあきらめなければいけない。つまり、退陣だ。それは、小泉首相にとってミゼラブルである。できることなら、みんなと協力し、新しい山に登ることがベストだ。仮に内閣を改造して顔ぶれを変えたとしても、現在の方針では頂上にたどりつけない。

亀井には、内心忸怩《じくじ》たる思いがある。平成十三年四月の自民党総裁選に出馬した亀井には、本選挙に出て決選投票に持ち込み、橋本龍太郎を支持する選択肢もあった。が、亀井は、本選挙を辞退した。亀井が本選挙を辞退したことにより、小泉は総理総裁となった。小泉が野垂《のた》れ死にすることになれば、亀井にも、政治家として責任がある。

〈小泉さんが、別の山を登るというのであれば、全面的に協力する〉

さて、江藤と首相官邸を訪れた亀井は、小泉首相に経済危機を突破するための当面の方策を申し入れた。

小泉首相は、元気なら、ピシピシいう。

「これは、やりましょう」

「これは、検討しましょう」

ところが、この日の小泉首相は、妙に声が小さく、元気がなかった。ぼそぼそした口調で答えた。

「後で検討し、返事をします」

亀井は、さすがに心配になった。

〈自信を失っているのかもしれない。国会の答弁でも、バッと訴えるものがなくなってきている。パワーもなく、まるで普通の総理のようになってしまった〉

四月四日の夜七時過ぎ、小泉首相は、渋谷区広尾のイタリア料理店「アクアパッツァ」で、自民党の古賀誠前幹事長、石原伸晃行革担当相、自民党行政改革推進本部の太田誠一本部長ら幹部と、ワインを酌《く》み交わした。会合は、今後の行政改革についての党側の協力を要請するために開かれたものである。

この日の朝日新聞の朝刊には、四月一日、二日の両日に実施した全国世論調査の結果が出ていた。小泉内閣の支持率は、四〇％と田中外相更迭から下がりつづけるのに歯止めがきかない。いっぽう、不支持率は、四四％と、平成十三年四月の小泉内閣発足以来はじめて、支持が不支持を下回った。しかも、自民党を離党した加藤紘一や鈴木宗男の問題で、小泉が自民党総裁としての指導力を「発揮していない」との答えが全体の八六％を占めるなど、首相の政治姿勢に対する批判は強い。経済政策への不満も重なった。

由緒あるイタリアの赤ワインを楽しむ小泉首相に、出席者の一人がいった。

「シーザーも、飲んでいたかもしれませんね」

小泉首相は、にやりとした。

「味方と思ったら敵。ブルータス、おまえもか」

ローマの政治家・軍人であるジュリアス・シーザーは、紀元前六一年にガリア遠征で名をあげ、エジプトでは愛人クレオパトラを女王として独裁政治をおこなった。が、ブルータスや共和派に暗殺された。小泉首相は、シーザーが暗殺されたときに口にしたという、シェイクスピアの悲劇の一つ「ジュリアス・シーザー」の有名な台詞「ブルータス、おまえもか」を引き合いに出したのである。

小泉首相は、ワインを傾けながら、橋本派への対抗意識を剝《む》き出しにした。

「自民党が寄ってたかっておれを降ろそうとしても、総辞職はしない。仮に自分の不信任決議案が通っても、内閣総辞職はしない。やるなら解散だ。自分が首相を辞めるのは、選挙に負けたときだけだ」

「政権の求心力は、今が一番強い」と豪語する首相だが、BSE（狂牛病）問題の責任を追及されて野党に問責決議案を突きつけられた山崎派の武部勤農水大臣をかばう山崎幹事長を守り、「橋本派・公明党」連合を押し切ったことで、公明党幹部からは、「この政権は秋まで持たない」との反発の声も漏れるだけに、「抵抗勢力」への牽制《けんせい》の意味合いもあるのか。

また、小泉首相が以前提携を匂《にお》わせていた民主党も政権批判を強め、支持率が低迷するなかで首相が解散に打って出る可能性を指摘する声は少ない。

民主党の菅直人幹事長は、この夜の小泉発言を聞き、記者会見で強調した。

「解散は、大歓迎だ」

さらに、指摘した。

「小泉首相は、与党内での求心力が極めて低下していることを、解散を匂わすことで引き締めようとしている」

四月五日午前、閣議後の閣僚懇談会で、小泉首相は、前夜の解散発言を釈明した。

「任期満了が筋だ。よっぽどのことがなければ、解散なんてことは考えているわけじゃない。責任を放棄したり投げ出したりするのはいけない、ということを強調したかっただけだ」

小泉首相は、あらためて「小泉流辞め方の美学」を披露した。

「途中で投げ出すのは楽かもしれないが、無責任。政治家として一番わかりやすい辞め方は、選挙で負けたとき。だから、わたしは総辞職ではなく、国民に信を問うて『小泉いらない』といわれたときに辞めるのが、一番いい。内閣不信任案が可決されたら、総辞職はない。解散だ」

ただし、強調した。

「任期満了まで精一杯改革するために全力投球。（幹部には）そういう意味でいった」

解散については、否定した。

「まったく（考えていない）。その前に、任期満了だ」

もし支持率が八〇％近いときなら、いくら酒の席とはいえ、小泉首相の口から冗談にも「解散」の言葉は出なかったろう。状況は緊迫している。

亀井は、小泉首相が景気対策重視の方針に転換することを願っている。もし、転換しないのであれば、年内にも政権を投げ出さざるをえない状況に追い込まれる。この不況下では、伝家《でんか》の宝刀である解散権も抜けないだろう。仮に解散を打ったとすれば、「ヤケクソ解散」となり、小泉政権は崩壊することになると読んでいる。

ポスト小泉には、このころしきりに東京都の石原慎太郎都知事の名前が浮上した。亀井は、仮に解散になれば、石原新党構想は現実味を帯びてくると考えている。

〈こんな経済状況だからこそ、〝太陽族〟が新鮮に映るかもしれん〉

石原新党には、都市出身議員だけではなく地方出身議員も呼応するだろう。現職は、自民党から十数名、民主党から十数名の計三十人、新人議員を合わせれば、四、五十名ほどの党になると亀井は見ている。与党が大幅に議席を失えば、政権の枠組みのキャスティングボートを握るだろう。

亀井は、石原と親しい。石原が国会議員時代、「自由革新連盟」「黎明《れいめい》の会」の同志である。石原首班構想が浮上すれば、そのキーパーソンとなると見られている。

しかし、亀井は、やみくもに石原を支持するつもりはない。石原が、都市を重視し、地方を切り捨てるという方針であれば、断じて支持することはできない。大事なのは、政策で一致するかどうかだ。

亀井は思う。

〈いずれにしても、いまからどうのこうのいっても、しょうがない。ただ、石原首班にな

った場合、社会党と連立し、村山政権をつくったときのような大変なエネルギーは必要ないかもしれない〉

江藤・亀井派三回生の小林興起は、小泉首相がこのまま経済政策に手をつけなければ、失業率は高まり、貿易収支は悪化し、倒産件数は増え、株価は暴落する。景気は、デフレにむかってスパイラル現象を起こし、今年の秋には最悪のケースも予想される。

支持率が下がれば、小泉首相も解散はできない。支持率が下がったまま二年後の平成十六年六月に任期満了選挙となり、自民党は大敗するだろう。そうなれば、自民党から総理は出せない。自民党政権は、終焉《しゅうえん》を迎えることになる。そうなったとき、東京都の石原慎太郎都知事が名乗りを上げれば、一気に石原政権が誕生する可能性もある。石原知事の任期は、平成十五年四月だ。一期で退任すれば、総選挙に打って出ることもできる。

だが、こればかりは石原本人の決断しだいだ。本人にやる気がなければ、机上《きじょう》の空論にすぎない。が、本人にやる気があり、石原首相しか国を救う道がないと判断すれば、小林は積極的に動こうと考えている。

自民党は、地方部が圧倒的に強い。総選挙の結果、過半数を割っても、比較第一党である可能性がきわめて高い。地方出身の議員は、民主党をはじめ野党が連立政権を組んで自民党が野党になっても、すぐに崩壊すると高をくっていられるだろう。しかし、都市部出身の議員はそうはいかない。その間、落選している可能性が高い。自分たちが落選するような選択肢は、考えたくもない。総選挙前、「このまま自民党にいては、みすみす落選するだけだ」という状況になれば、都市部中心の保守新党を立ち上げる可能性もある。

さらに、民主党が保守系グループと労働組合系グループに分裂すれば、自民党、自民党を飛び出た保守新党、民主党保守系グループが安定政権を志し、連携する可能性もなくはない。その見通しさえ立てば、石原知事も動きだすのではないか、と小林は読む。

石原本人も、その気は十分なようだ。

平成十三年十二月、石原の著作『宣戦布告「NO」と言える日本経済』にブレーンとして関わった一橋総研のメンバーの一人、鈴木壮治日本リスク管理研究所所長は、石原と港区麻布台の一橋総研の事務所で金融関係の勉強会をした。一橋総研のメンバーを合わせて二十名ほどが参加した。

勉強会が終わると、石原は、勉強会のメンバーとともに事務所近くにある「おいどん」という郷土料理屋に移動した。石原は、この勉強会の後、この店で酒を呑《の》むことが多い。日本各地の地酒がならび、鹿児島や八丈島、富山などの自慢の郷土料理がならぶが、値段は居酒屋なみである。

石原は、この夜、この店でよく食べる好物のキムチ鍋を食べ、ワインを飲みながら、日本の経済戦略を練った。アメリカ、中国に気兼ねしてか、日本には国益を追求する大胆な国家戦略がない、と一橋総研の面々が嘆いた。

鈴木は、店内に流れるジャズの音に負けないように力強く、声を大にして発言した。

「この大変な状況にあって、日本を救う政治家は、戦略もガッツもある石原さんしかいない」

鈴木の正面に座っていた石原が、満面に笑みをたたえ、冗談半分にいった。

「それなら、早く、総理にさせろよ」

むろん、酒の席であり、総理はなろうと思ってなれるものではない。時代が生み出すものである。

しかし、鈴木は思った。

〈気力、体力が充実し、国のためなら、いつでも命を投げ出す覚悟だな〉

石原知事は、三月一日の定例記者会見でひとつのエピソードを紹介した。ロシア人記者から「自民党は崩壊前のソビエト共産党に似ている。小泉さんは、ゴルバチョフ（元大統領）。（石原さんは）エリツィン（前大統領）になれますか」と質問されたというのである。

その後にいった。

「かといって、（自民党に）代わる政党もないしねえ」

そう溜《た》め息をつき、にやりとしてつづけた。

「石原新党なんてこと、いっているんじゃないですよ。勘違いしないでね」

中曽根康弘元首相は、三月二十一日、江藤・亀井派の総会で語った。

「党も因習や実績にとらわれず、思い切った改革をやることが必要だ。終身比例第一位をいただいているが、早く返上したほうがいいと思っている」

平成八年の総選挙以来つづく、比例区での「終身一位」の特権を返上する考えを表明した。

中曽根は、総会後、次期総選挙についてあらためて出馬に意欲を示した。

「比例選で出るか、小選挙区で出るかは、これから考える」

その真意をめぐり、党内にさまざまな憶測を呼んでいる。石原を担いだ「石原新党」構想とのからみで、「石原と関係の深い中曽根が身を軽くしておこうということではないか」との見方さえ浮上している。

石原知事は、三月二十八日、首相官邸を訪ねた。午前十時二十七分から小泉首相と北朝鮮による日本人拉致《らち》疑惑について意見交換した。

「ある手だてを講じれば、（行方不明者が）帰ってくることはありうる。政治家が乗り出して人質を思い切って取り戻すことができれば、小泉内閣は十年ぐらいつづく」

石原は、会談後、記者団に語った。

「（東シナ海の）不審船を夏前に引き揚げる決定をしないなら、小泉内閣を倒す」

石原知事は、四月十一日、十三日放送分のニッポン放送「堀越孝の土曜ニュースアドベンチャー」のインタビュー収録にのぞんだ。

「国政復帰」の可能性を問われると、こうかわした。

「アイム・トゥー・オールド（わたしは年をとり過ぎた）」

政界で噂されている「石原新党」結成についても、その気がないことを強調した。

「迷惑な話。基金でも作ってくれれば（気持ちが）グラグラするかもしれないが、加藤紘一君みたいに、若くはない」

もっとも、国政の現状への不満を次々に表明した。

「政党のレゾンデートルがあるのは、公明党と共産党くらいだ」

「小泉内閣もおおまかなことはまちがっていないが、設計図が見えてこない」

まだ老け込むわけには……という様子もうかがえた。

石原知事は、四月十八日夜、自民党の野中広務、亀井静香と、赤坂のうなぎ屋「重箱」で会談した。その席で石原の中央政界復帰が話題になった。亀井は、石原にあらためて決起をうながした。

「自民党も民主党も、国民の信頼を得られていない。永田町全体の危機を救えるのは、石原新党しかない」

石原は、言葉を濁した。

「都知事に専念する。中央は中央でやってくれ。そんな馬鹿なことは考えていない。今の政治は、確かにおかしくなってはいるが、（新党は）そんな単純じゃねえよ。おれはまだ、天下の様子を見ているから」

しかし、まんざらではないという表情を見せた。

石原は、翌十九日の記者会見で、記者に中央政界への復帰や新党結成の可能性が取り沙《ざ》汰《た》されていることについて聞かれた。

が、明言を避けた。

「真意なんて、話すもんじゃない」

五月二十四日夜、亀井静香は、彼のいきつけの赤坂の料亭「外松」で、石原知事、土屋義彦埼玉県知事、堂本暁子千葉県知事と会談した。土地再生事業やゴミ対策などを政府・与党と三都県が協力して推進する考えで一致した。

会談は亀井が呼びかけたもので、土屋によると、「中央政界の話は出ていない」というものの、新党結成もささやかれる石原をはじめ国会議員出身の三知事が集まったことは、政局の動向をにらんだ動きとも見られている。

森政権が行き詰まったときも、石原新党への待望論が湧き上がった。いままた小泉政権の支持率低下で、石原待望論がくすぶりはじめた。

自民党は、平成十四年一月八日の持ち回り選対委員会で、真島一男の死去にともなう四月十一日告示・二十八日投・開票の参議院新潟補欠選挙について、新人で新潟県議の高橋正を公認候補にすることを決めた。自民党新潟県連は、国政選挙ではじめて公認候補の公募を導入。昨年十二月に高橋を公認候補に決め、選挙準備を進めてきた。

民主党は、一月二十二日の常任幹事会で無所属新人、黒岩宇洋《たかひろ》の推薦を決めた。黒岩は、民主、自由、社民三党の統一候補となる。

民主党の菅直人幹事長は、三月二日、新潟市内で開かれた党新潟県連パーティーであいさつし、今後の政局に関連して訴えた。

「小泉政権の支持率は、二カ月後もっとひどくなり、とどめを刺すのが新潟の補選ではないか。新潟の力で、とどめを刺していただきたい」

自民党は、新潟補選を控え、小泉首相が応援のため現地入りすることの損得を計りかねていた。新潟県は、小泉首相が更迭した田中前外相の地元である。「かえって県民の反発を増幅するのではないか」との懸念があるためだ。

田中の更迭や、鈴木宗男らの一連の疑惑で小泉内閣の支持率が急落。自民党本部が補選について独自に実施した世論調査で、「高橋では勝てない」との結論に達し、候補を差し替えることになった。表向き公募というかたちをとったが、実際には話し合いで、県会議員の実力者を選んだ。しかも、六十五歳の新人というのは、やはり県民にはアピールできない。さらに、県議出身の高橋には、「公共事業を期待する建設業界に近い」など旧来型の政治家との評が立ち、「知名度が上がるにつれて悪評が広がる」という悪循環に陥っていた。

自民党新潟県連は、田中の父である田中角栄・元首相の銅像の前で首相が応援演説する案も検討した。

「首相と田中氏との和解を演出できる」

が、「効果は薄い」との否定的な見方が続出した。

結局、県内世論を調べたうえで判断することになった。

三月二十三日深夜、新潟市のホテルオークラ新潟の一室で、県連会長の栗原博久が候補差し替えの経緯を自民党県議団に説明しはじめた。高橋は、さすがに憤りを隠しもしなかった。かねて国会議員団としっくりしない県議団からは、栗原への非難が噴き出した。

栗原が、つい口にした。

「(高橋を) 降ろさないと、眞紀子に落選させられる」

出席者には、栗原が「眞紀子」を持ち出したのは、そうでもしないとその場が収拾できないと焦《あせ》ったからのように映ったという。田中は、この補選について、表舞台ではほとんど沈黙を守ってきた。外相更迭を機に政権との距離が決定的になっただけに、自民党県連は公認候補に対する支援をあてにしないばかりか、「じっとしていてくれさえすればいい」と、田中の動向にかたずを飲んでいた。そこに、今回の騒動である。

「眞紀子に落選させられる」という栗原のおびえが、何を指すのかははっきりしない。

自民党は、三月二十六日、新しい公認候補として塚田一郎を決定した。塚田は、父親の十一郎が自治、郵政相や新潟県知事をつとめたことや、自民党の麻生太郎政調会長の秘書をつとめ、中央政界とのパイプが太いことなどが選考の決め手となった。しかも、三十八歳と若い。

対する野党は、連日、県内各地で街頭に立った。民主、自由、社民の三党統一候補擁立の主役となった民主党県連代表の筒井信隆は、一時、「眞紀子さんと考え方は近い。ぜひ応援してもらいたい」としていた。さまざまな田中への憶測が自民党関係者に伝わった。

「差し替え劇が密室政治だと怒っている」

「小泉さんが来たら、横で批判する」

小泉政権に厳しい田中が、自民党批判で動いたら、という危機感だ。

有権者は、約二百万人。田中は前回総選挙で約十四万票、夫の直紀も平成十年の参院選で約三十一万票と「田中王国」は健在だ。だが、「とにかく、じっとしてくれればいい」と自民党県連の幹部は思っていたという。

いっぽう、民主党の黒岩陣営は、「更迭されたからこそ〝眞紀子人気〟にあやかれる」としてきた。選挙事務所の壁には、田中のスカートの裾を踏んで胸を張る小泉首相の風刺画が描かれていた。

告示前に応援に駆け付けた菅直人らは演説で田中に触れるケースも多い。しかし、筒井信隆は「田中の名を出すことに今は様子を見ている」という。

いっぽう、桑原陣営は、「ムネオハウス」問題で鈴木宗男を追い詰めた佐々木憲昭衆院議員が、長岡市の集会で訴えた。

「NGO問題は、眞紀子さんが正しい。眞紀子さんが正しいと思う人は、同じことのできる桑原さんに投票してほしい」

塚田陣営は、さすがに歯ぎしりした。

「田中眞紀子を、野党が利用した」

しかし、田中眞紀子本人は一度も塚田候補の応援に姿を見せない。田中の事務所は「今のところ塚田候補を応援する予定はないが、他党の候補を応援することも考えられない」としている。そして、公設秘書の給与流用疑惑の浮上で、表面的には田中へのラブコールは鳴りをひそめたが、集票最前線の自民党関係者からは「一度応援してくれれば、出遅れは取り戻せるのに」との声も漏れた。

自民党の選挙対策小委員会で四月十日、新潟で田中の協力をどう取り付けるかが議論になった。出席者からは、今も衰えない田中眞紀子人気を当てにする意見が出たが、田中は、小泉首相を痛烈に批判中。いっぽう、田中の公設秘書給与流用問題では党政治倫理審査会が田中に質問状を出すなど執行部とは冷戦状態にある。結局、どう依頼するか方法は見当たらず、「夫の直紀参院議員には協力してもらうことになるだろう」と期待するしかなかったという。

田中眞紀子は、告示前日の四月十日、夫の直紀の秘書を通じて党県連に伝えてきた。

「今回の補選では、いっさい動きませんからね」

旧越山会系の建設会社社長は、その言葉をこう深読みしていた。

「動かないどころか、自民党候補の支援をするなというメッセージではないか」

四月十一日に告示された参議院新潟補選は、自民党新人で公明、保守両党推薦の塚田一郎の苦戦が伝えられていた。

自民党は、三月下旬、公認候補に決まっていた高橋正県議に、告示わずか十九日前に出馬を断念させ、塚田を擁立した。この候補者差し替えが、苦戦の要因と見られた。保守党の二階幹事長は思った。

〈最初に決めるときに、慎重に選ぶべきだったのではないか。人の心は、そう簡単には動かない。差し替えられた前の候補者の支持者たちは、かならず複雑な思いをする〉

しかし、二階には、それだけが要因ではないように思えた。

〈運動量が不足している〉

四月十一日の塚田の出陣式には田中眞紀子の夫の直紀参院議員の代理人が出席した。田中事務所から後援会メンバーに塚田のポスターなどが郵送されたこともあって、自民党県議は、最終盤で田中眞紀子が遊説《ゆうぜい》したら逆転は可能と期待している。その一方で、「眞紀子さん本人が応援演説しなくても、相手候補を応援するなどの妨害をしないでじっとしてくれていればいい」との声もあった。

自民党山崎派の岸本光造代議士の死去に伴う和歌山二区補選について二月十二日、自民党県連二区内の県議や首長らによる役員会が開かれた。

岸本の長男で中学校教諭の岸本健と海南市の石田真敏市長の公認について協議。参加者による無記名投票をおこなった結果、石田が多数を占めた。自民党和歌山県連は、石田を公認候補として擁立する方針を固めた。三月一日、自民党は、和歌山二区補選で石田の公認を決定した。岸本健も、この日、無所属での出馬を表明し、自民支持層は分裂することとなった。

徳島県知事選が参議院新潟補欠選挙と同じ四月十一日に告示された。民主党徳島県連は、前県議の大田正を推薦した。共産党県委員会、社民党県連も大田を推薦した。民主党は、この勝敗が今後の政権運営に大きな影響を与えると位置づけ、全力をあげて選挙応援に取り組んだ。

自民党と自由党は、大塚製薬徳島板野工場長で、県教育委員の河内順子を擁立した。

小泉首相は、四月二十日、他の与党二党首とともに参院新潟補選の応援のため現地入りした。

小泉首相は、新潟市の中心部の万代で声を張りあげた。

「内閣支持率が下がっても、改革への取り組みに揺らぎはない。『米百俵』の精神を新潟県民のみなさんにはわかっていただけると思う」

聴衆約五千人が沸いた。小泉首相の傍らには公明党の神崎代表、保守党の野田党首が寄り添う。

「すごいじゃない。昨年と同じだよ」

小泉首相は演説後、人気は健在といわんばかりに記者団に語った。

田中の地元長岡市内にも入った。小泉首相が、街頭で演説しようとすると、小泉首相にいきなりヤジが飛んだ。

「眞紀子さんを、なぜクビにした！」

小泉首相は、切り返した。

「今日は眞紀子さんもいっしょに来てくれると良かった」

いっぽう、「追い風と条件がそろっている」と意気込む野党側は、まさに「眞紀子」で揺さぶりをかけた。民主党の菅幹事長は、小泉首相の入ったその日、上越市に入り、訴えた。

「小泉さんが田中さんを更迭したことがよかったのかを、新潟県民に問う選挙だ。みなさんの一票にかかっている」

県会議員や党関係者の田中への怒りは頂点に達している。市内の田中の事務所には公認候補のポスターすら張られておらず、田中に詰め寄った党関係者もいた。

「この選挙は、眞紀子対純一郎の戦いじゃないんだ！」

民主党筆頭副代表の石井一は、選挙期間中、黒岩の応援で三回ほど新潟県入りした。佐渡島にも足を運び、黒岩の応援演説をおこなった。投票日の一週間前の四月二十一日、新潟市の新潟ホテルに宿泊した。ロビーを歩いていると、数人の中年女性から声をかけられた。

「石井先生ですよね。なんで、新潟に来られたんですか」

石井の地元は、兵庫県である。新潟県には馴染《なじ》みが薄い。が、テレビの討論番組や国会中継での出演が多く、新潟でも顔が知られていた。

石井は答えた。

「いや、黒岩の応援できたんだよ。あなたたちは、新潟の方？」

「ええ、そうです。さっき、吉田先生の会合があったんです」

吉田とは、新潟一区選出で自民党江藤・亀井派二回生の吉田六左エ門のことである。彼女たちは、思わぬ言葉を口にした。

「会合で塚田さんのことを頼まれたんですけど、今回は、黒岩さんに入れますよ」

彼女たちは、無党派層ではない。吉田の後援会員であり、れっきとした自民党支持者だ。

それなのに、野党の推す黒岩に票を入れるというのである。

せっかく黒岩に入れてくれるという彼女たちに、「どんな理由で入れるの」とは、さすがに聞けない。

石井は、礼をいった。

「それは、どうもありがとう」

さらに、彼女たちに自分の名刺を手渡した。記念写真にも応じ、精一杯のサービスにつとめながら確信した。

〈今回、新潟には、自民党を避けようという空気が流れている。これは、相当、黒岩に票がいくな〉

しかし、慢心はしなかった。

黒岩選対の幹部が、石井にいっていた。

「今日が投票日だったら完全に勝ちますけども、これから一週間、自民党が必死になって追い込んできたら怖いですよ。やはり、自民党には根強い組織がありますからね」

黒岩選対は、自民党以上に懸命に追い込んでいった。演説会には、かならず民主党、自由党、社民党の代表が顔をそろえた。野党の連携をアピールすることで、さらなる票の掘り起こしをはかったのだ。

与党には、さらなる逆風が吹いた。四月二十三日、「週刊文春」が山崎幹事長の女性問題を報じることがわかったのである。与党幹部らは、会合や電話で、影響や懸念について意見交換をおこなった。

青木幹雄参院幹事長と野中広務元幹事長が二十三日夕に会談した際も、山崎の女性問題報道が話題となった。

女性問題報道以前から、山崎幹事長には補選対応などで、党内からの厳しい批判があった。

山崎派の故岸本光造の死去に伴う和歌山二区補選では、公認候補の一本化に失敗、故岸本の長男が民主党などの推薦で出馬。新潟でも候補者選びが成功せず、候補者差し替えのはめに。狂牛病問題で山崎派の武部勤農水相の辞任要求が強まった際は、森派幹部からは、「幹事長が自発的に辞めさせられないようでは」と反感を買った。

鈴木宗男の議員辞職勧告決議案をめぐり、国民への説明を求める小泉首相の指示を受け山崎が動いた結果、与党が混乱。自民党幹部は、「幹事長が入ると、話がややこしくなる」と批判された。与党内に反対の根強い郵政関連四法案の調整でも、自らが乗り出す姿勢は見えず、自民党若手からは、「幹事長の手腕では、まとめるのは無理」との評もあった。

山崎がこのような苦境を乗り切るカードと考えたのが、大型連休中の与党三党幹事長による米国と中東三カ国の外遊。「個人的関係を深め、与党内の立場を固めたい」と狙った。

ところが、「週刊文春」に山崎の女性スキャンダルが載ることになった。二十三日午前の三幹事長協議で、中東三カ国は山崎の単独行とすると決定。公明党の冬柴幹事長は二十三日午後の代議士会で、同時期に神崎武法代表と浜四津敏子《はまよつ》代表代行が訪中するため、「三人が不在なのは問題なので、〝ドタキャン〟した」と説明した。だが「結果次第で山崎の責任が問われる補選直後だけに、いっしょに〝逃亡〟したとされかねない」というのが本音と見られた。

民主党の鳩山代表は、この日夜のパーティーで、山崎幹事長の女性問題報道をやり玉に挙げ、山崎が政権の致命傷となると指摘した。

「山崎氏は生き残れず、そうなれば政権は崩壊寸前だ」

当の山崎は、この日午後、女性問題報道を否定、山崎派幹部を集め、告訴をふくめた善後策の検討に入った。

だが、与党幹部の間では、「補選連敗ならば、首相も幹事長交代に応じるのでは」との見方も出始めていた。

「深刻な事態だ。補選にも大きな影響が出る」

「（女性問題は）公明党や創価学会の婦人部がもっとも嫌うところだ。新潟では婦人部の力が強い」

参議院新潟と衆議院和歌山二区両補選と徳島県知事選のトリプル選のうち、特に与野党が注目するのは国政に直結する両補選であった。二敗となれば、まちがいなく浮上するのが、選挙責任者である山崎幹事長の責任論だ。

小泉首相周辺も、四月二十五日に語った。

「(保守地盤で)どっちも本来なら落とす選挙じゃない。両方負けたら、幹事長はきつい」

ＹＫ体制が崩れる展開も予想される。小泉首相自身にも、火の粉《こ》はおよぶ。

保守党は、四月二十四日に新潟県新潟市の「ホテルオークラ新潟」で塚田の個人演説会を開催することになった。しかし、保守党は新潟に何の足掛かりもない。マスコミの世論調査による保守党の支持率からいけば、「保守党が新潟で百人も集められるものか」とみくびられていた。保守党は、そのような見方に対して、常々腹に据えかねていた。

個人演説会の開催は、「新潟でも、きちんと集めてみせる。そのかわり、自民党も実力を発揮して懸命に応援してほしい」と発奮をうながす気持ちの表れでもあった。

保守党は、知り合いから、その知り合いに頼むかたちで懸命に参加者を集めた。議員や秘書を新潟に派遣して準備を進めた。当日は、野田毅党首、扇千景国土交通相をはじめ東京に残らなければならない国会議員以外はすべて個人演説会に動員した。

個人演説会にはなんと千四百人もの参加者が詰めかけた。会場は、満杯となった。塚田が秘書をつとめていた自民党の麻生政調会長をゲストに呼んだが、事前に告知したわけではなかった。

二階は思った。

〈われわれでさえこれだけの参加者を集めることができた。大政党である自民党は、この百倍の運動をする力があるはずだ〉

しかし、自民党の動きは鈍かった。

選挙というものは、「××さんや××さんに頼まれて、この間も演説会に参加した」という重なりがあってこそ、盛り上がりを見せる。が、二階が確認したところ、はじめて演説会に参加した人のほうが多かった。

二階は、眉《まゆ》を曇らせた。

〈もう一つだな〉

二十八日投・開票の参議院新潟補選は、無所属新顔の黒岩宇洋が、五十四万千八百八十一票で三十四万二千二百七票の自民党公認の新顔塚田一郎に二十万票近い差をつけ、初当選した。

この日、徳島県知事選の投・開票もおこなわれた。大田正は、十六万六百五十六票を獲得し、十四万三千六百三十七票の河内を振り切り、初当選を果たした。

衆議院和歌山二区補選は、七万千六百三十一票で石田真敏が当選し、六万三百九十八票を獲得した岸本健を破り、与党はなんとか三敗を免れた。

新潟六区選出の自民党の高鳥修は、選挙直後の自民党役員連絡会で敗戦の原因を語っていた。

「一つは、鈴木宗男議員、加藤紘一議員をはじめとした中央政界における自民党のスキャンダル。それから、新潟県民の感情からすれば、田中眞紀子外相更迭、そして、その眞紀子さんが動かなかったことの反映もあるだろう」

マスコミは、四月二十八日の結果は自民党の「一勝二敗」だと、結果だけをおもしろおかしく書きたてた。しかし、徳島知事選に限っていえば、自民党は党を表には立てないで選挙戦を戦うとの方針だった。徳島県連にしても、党本部にしても、大田正を推薦はしていない。むしろ、自民党は国政選挙にだけ全力を注ぎこんだ。その意味では、一勝一敗という世論調査どおりに終わった。

町村信孝幹事長は、残念であった。

〈できれば、自民党が負けるといわれていた参院新潟補選を逆転して勝ちたかった。さすがに、そこまではできなかった〉

町村は、思った。

〈田中眞紀子が選挙区に応援に入っていたとすれば、変わっていたにちがいない〉

新潟県連会長で、田中眞紀子を総理にしようとしている栗原博久が、再三にわたって選挙応援の要請をした。にもかかわらず、田中はついに選挙応援にはおとずれなかった。要請をまったく無視していた。田中の夫で新潟選挙区から出ている田中直紀も、塚田一郎の出陣式に顔を出しただけで、あとは入院してしまった。そのために、田中の選挙区である長岡市では惨敗を喫《きっ》してしまった。新潟市でも、惨敗した。

田中眞紀子は、自分の意に沿うか沿わないかで、応援するかしないかを判断している。ましてや、町村は、彼女がこんなことをいっていたということを耳にした。

「自分の選挙に悪影響が出るから、選挙応援には行きたくはない」

その発言が真実であるならば、議員のモラルとして問題がある。ただ、これまでの例を見ていると、応援活動をしなかったという理由で処分されたケースはない。だから、処分理由には該当しない。しかし、議員として問題がある。

田中眞紀子は、さらに自民党執行部の神経を逆撫《さかな》でした。五月九日夜、都内で開かれた「ジャガイモの会」で、居合わせた民主党の鳩山代表に対しエールまで送ったのだ。「（新潟補選は）勝ってよかったわねぇ」

小泉首相は、四月二十八日、訪問先のインドネシアのデンパサルで、今回の選挙結果について記者団に訊《き》かれたが、応じなかった。

「山崎幹事長が談話を出している」

女性スキャンダルの渦中にある自民党の山崎幹事長は、二十八日午後九時過ぎから約二時間、自民党本部の幹事長室にこもった。報道陣の前には、ついに一度も姿を現さなかった。

参議院の青木幹事長は、この夜、自民党本部で山崎幹事長の肩をたたいた。

「これからもあんたを支えていくから、がんばらなければだめだ」

だが、本音はちがう。ある自民党幹部は、語っている。

「国会には大事な法案が山積している。小泉さんの顔は立ててやらなければいけない。あとは、執行部の責任だ」

すぐに山崎のクビは取らないが、国会で重要法案が暗礁《あんしょう》に乗り上げたら、それもふくめて責任を問えばいい、というのであった。

第10章 郵政民営化への攻防

四月二十五日、中国の江沢民国家主席の側近で、次世代の指導者候補の一人である中国共産党の曽慶紅中央組織部長が来日した。翌二十六日に大分県大分市の県立綜合文化センターで開かれる「日中国交正常化三十周年記念式典」に出席するためである。森派代表幹事の中川秀直も、記念式典に出席するため大分県入りした。中川は、この二月に発足した「日中国交回復三十周年を成功・発展させる議員の会」の事務局長をつとめている。

この夜、中川は、やはり「日中国交回復三十周年を成功・発展させる議員の会」の中心メンバーである野中広務、古賀誠と三人で曽慶紅と会談する予定であった。

森前首相は、四月、橋本派幹部で参議院自民党幹事長の青木幹雄と後半国会などについて意見交換した。そのとき、青木が、森にいった。

「郵政の問題については、中川秀直さんに小泉首相と野中さんの間に入ってもらいたい。よく調整してください」

郵政三事業の公社化は、四年前の橋本政権時に成立した中央省庁改革基本法で、来年の平成十五年四月一日に発足することが決まった。政府は、その法整備となる郵政関連四法案を今国会に提出することになった。

ところが、自民党総務会を中心とする郵政族議員が法案の提出に反発。政府と自民党間の調整は難航し、対立が先鋭化した。だが、郵政公社化は既定路線である。この法案が成立しないようなら、小泉内閣の実行力が問われてくる。総務省も、特定郵便局の局長も、郵政公社化の準備をしなければいけない。この法案が成立しなければ、かえって事態を混乱させることになる。そこで、中川は、小泉首相と郵政族のドンともいうべき野中との調整役を任されたのである。

中川は、小泉が負けを承知で初出馬した平成七年九月の総裁選をはじめ、過去三回の総裁選で小泉選対の責任者をつとめた。小泉との絆《きずな》は、深い。そのいっぽうで、野中とも信頼関係で結ばれている。中川をおいて、小泉首相と野中の間を調整をできる人物は他にはいない、という青木の判断であった。

中川は、会談先のホテルに出向いた。そこで、野中と古賀にばったり出くわした。会談の予定時間まで、まだ余裕がある。

中川は、野中らに声をかけた。

「ちょっと、いいですか」

三人は、ホテルの一室で会談した。

中川は、二人に協力をもとめた。

「ここで、ある程度小泉改革の政策を成功させていかないと、国際的にも日本は遅れてしまう。少子高齢化もますます進むし、体力がなくなり、十年後は改革すらできなくなってしまうでしょう。日本は、まさに危機に陥《おちい》っています。野中先生、古賀先生、ぜひご協力をお願いします。小泉さんのためというよりも、日本のためですよ」

野中は、大きくうなずいた。

「そりゃ、そうだ。二、三年は、どんなことあっても、小泉首相でいかないと駄目だ」

古賀も、野中に同調した。

「小泉首相も、抵抗勢力だとか、協力勢力だとか、そんなあつかいをせずに改革を進めてほしい」

中川は答えた。

「それは、よくわかっています。今後の進め方については、みんなで協力できるようにやっていきましょう」

二人に、異論はなかった。

中川は、確かな感触を得た。

〈二人には、協力してもらえる〉

この夜、記念式典に出席するため森前首相も大分県入りした。中川は、森前首相に報告した。

「野中先生も、協力いただけそうです」

森は、相好《そうごう》を崩した。

「そりゃ、良かったな。しっかり、調整してくれ」

小泉首相は、民間の郵便事業参入を可能にする郵政関連四法案の今国会での成立を目指していた。郵政関連四法案とは、日本郵政公社法案、日本郵政公社法整備法案、信書便法案、信書便法整備法案である。

しかし、自民党の担当部会である総務部会長の荒井広幸は、断じて認めるわけにはいかなかった。

〈民間を参入させて、サービスの質や料金がいまよりも良くなるのか。競争すれば、劣化するだけだ。アメリカはじめ世界のほとんどは、それがわかっているから信書の部分は国が独占している。構造改革の優等生といわれたニュージーランドだって、郵政改革は失敗し、郵便貯金がこの二月に復活したではないか〉

小泉首相は、郵便事業を民営化しても郵便局は残るという。しかし、民間と全面競争している小包市場は、民間の宅配業者に約三割のシェアを食われている。これを信書市場にあてはめると、五千四百億円の減収となる。現在、二万四千局ある郵便局のほとんどが廃局せざるをえなくなる。ここが問題だ。

自民党内の八、九割が、郵便事業の民営化に反対している。そればかりか、野党の多くの議員も反対であった。参議院議員の二百四十人中、百六十人が反対の会に参加している。しかし、小泉首相はかたくなであった。党側の了承が得られない場合でも、四月二十六日に閣議決定する決意を再三、片山虎之助総務相に指示し、国民に公言した。

二十八日には、衆議院和歌山二区補選、参議院新潟補選の投・開票がある。それでなくとも、不祥事つづきで自民党候補は逆風で苦戦している。荒井は、決意した。

〈われわれが騒いだら、自民党内は目茶苦茶だと思われ、取れる票も取れなくなってしまう。この際、大人の対応をとり、内容は反対、つまり法案は認めないという部会総意を確認して提出することだけは認める。勝負は、国会に入ってからだ〉

四月二十五日、自民党は、法案の内容にはふれず事前審査なしで郵政関連四法案の国会提出を容認した。賛否留保したまま法案提出だけを認めるのは、異例のことである。

だが、じつは、荒井らは事前審査権を放棄したわけではなかった。衆議院総務委員会で採決する前に、もう一度、党総務部会で協議する。そして、党の政審、総務会を経て、最終的な決定を下すことにする。これは、野中広務、青木幹雄両大物はじめ、党幹部合意の手続きであった。

荒井は、記者会見で法案提出だけを容認した経緯を説明し、吐き捨てるようにいった。

「総理総裁と党が対立すれば、補選に悪影響が出る。そうしないために、どうするか。普通、総裁が考えることを、なぜ部会のわれわれが考えなければいけないのか。どっちが総裁なのか、小泉首相に聞いてほしい！」

小泉首相は、周囲に、こう漏《も》らしたという。

「荒井君たちは、もっと騒がないのか？」

あえて抵抗勢力を挑発し、対決の構図をつくることで国民の支持を得ようとする、小泉首相のいつものパターンであった。

が、荒井は、冷静であった。

〈そんな手には、もはや乗らない〉

四月二十六日、政府は閣議で郵便事業への民間参入を可能にする信書便法案と、来年発足する日本郵政公社の業務内容などを定めた日本郵政公社法案の二法案を決定し、衆議院へ提出した。

総務省は、郵政関連四法案の一括提出を目指していた。が、信書便法の整備法案と、日本郵政公社法の整備法案は、事務作業が遅れた。そのため、五月七日に閣議決定し、国会提出することになった。

この日、小泉首相は、首相就任一周年にあたり、首相官邸で記者会見した。冒頭、郵政関連法案について決意を語った。

「郵政関連法案は、与野党ともに改革の姿勢が問われる法案だ。国会に出したからそれだけでいい、後は潰《つぶ》す、ということにはならない。郵便事業の民間参入を自民党が潰すなら、小泉内閣を潰すのと同じだ。自民党が小泉内閣を潰すか、小泉内閣が自民党を潰すかの戦いだ。これは、構造改革の本丸だ」

そう意気込む小泉首相をよそに、荒井は冷ややかな視線を送っていた。

〈国営で設計した郵政公社に、信書の全面参入を認めるなど世界に例がないことだ。こんな矛盾の多い法律を出すこともさることながら、四法案が間に合わないので、二法案しか出ないというのは内閣として大失態だ。いうなれば、この法案は、小泉首相の「自分だけの思い込み法案」だ〉

四月二十七日の自民党の総務部会は、大荒れであった。小泉首相に対する不満が、爆発した。

「小泉さんは、なにをいってるんだ！」

「ほんらいなら総裁が心配しなくてはならない選挙を、おれたちが心配して大人の対応をしたのに、ふざけるな！」

「党の配慮に感謝する、というべきだ！」

ゴールデンウイーク明けの五月七日、後半国会がいよいよはじまった。後半国会は、「郵政公社法案」、メディア規制法といわれる「個人情報保護法案」、海外からの武力攻撃などに対する自衛隊の行動などを定めた「有事関連法案」、医療改革のための「健康保険法改正案」の四大法案の審議が目白押しである。最大の焦点は、「郵政公社法案」と「有事関連法案」である。この二法案は、郵政の〝郵（ユウ）〟と有事の〝有（ユウ）〟の語呂に郵便小包の「郵パック」を合わせて「ユウパック法案」と呼ばれている。元郵政相の八代英太が名付け親らしい。

五月七日の衆議院本会議終了後、荒井が議場から退席するとき、元郵政相の野田聖子や浜田靖一から声をかけられた。

「荒井さんが、解散権を握っているのね」

荒井は、小首をかしげた。

「どういう意味？」

「だって、あなたが郵政関連法案を突っ張れば突っ張るほど、小泉さんは意地になるでしょう。それで、小泉さんのことだから解散をするということになるかもしれないじゃない」

「なるほど、そういうことか」

さらに、荒井は、小泉首相側近である森派の伊藤公介にも呼び止められた。

「荒井ちゃん、なんとかまとめてよ。このままじゃ、解散になっちゃうよ」

伊藤は、冗談めかしてつづけた。

「小泉首相にしてみれば、田中眞紀子を外相に起用した問題よりも、荒井ちゃんを総務部会長に任命したことのほうが大失敗だったかもしれないなぁ」

荒井は苦笑した。

「おそらく、そうでしょうね」

五月八日、中川秀直は、本会議の審議を抜け出し、野中と院内の控室でひそかに会った。

中川は、野中に申し出た。

「郵政関連法案の件ですが、なにか、具体的なご注文、ご意見などはありますか」

「いや、わたしは、亀井（久興）君と二人で手分けをして、荒井君たちを集めて話をした。もう一度、話し合って説得するよ」

野中は、郵政族議員でつくる「郵政事業懇話会」の会長、亀井は、幹事長を、それぞれつとめている。「郵政事業懇話会」のメンバーで党総務部会長をつとめる荒井は、反対派の急先鋒《きゅうせんぽう》であった。

中川はつづけた。

「青木さんからもいわれているのですが、参議院には法案に反対する超党派の議員の大きな会ができています。野中先生からも、その会のメンバーに話をしてくださいますか」

「それも、やる。十八日には、金沢で全特（全国特定郵便局長会）の総会のレセプションがある。そこで、ちゃんと全特の人たちにもいってくるから」

「よろしくお願いします。ところで、なにか郵政族のほうから法案修正という議論が出ているようですが」

「いや、そんな期待を持たせてはいかん。この原案どおりでやらないといけない」

「わたしも、大島国対委員長らとしょっちゅう意見交換しているんですが、国対には、郵政関連法案は衆議院での可決が精一杯だし、継続審議とし、秋にも臨時国会を開き、参議院を通し、衆議院で成立させれば小泉首相の顔も立つではないか、という考えがあるようですね」

野中は、きっぱりといった。

「この法案は、片山さんが苦労を重ね、二年もかけてまとめてきたものだ。従って、片山さんの手でなんとか通さないといけない。継続審議という考え方ではなく、今国会でやるべきだよ」

中川は安堵《あんど》した。

〈ありがたい話だ〉

五月九日午後六時五十分から、丸の内の東京国際フォーラムで「日中友好文化観光交流式典」がひらかれた。日中国交正常化三十周年を記念し、両国政府が実施している友好文化観光交流事業に参加するため、約五千人の中国人が来日していた。

小泉首相、扇国土交通相、「日中国交回復三十周年を成功・発展させる議員の会」の橋本龍太郎会長らが、次々と壇上に上がり、あいさつした。

この式典の実行部隊ともいうべき野中、古賀、中川、保守党の野田毅党首、二階俊博幹事長、公明党の冬柴鐵三幹事長らは、最前列にならんで座った。

古賀が、ふと口にした。

「この後、みんなで食事でも行きませんか」

話がまとまり、式典終了後、ホテルオークラで夕食をともにした。

世間話で盛り上がるなか、冬柴が、野中に確認した。

「信書法案は、あのとおりでいいですね」

野中は、大きくうなずいた。

「原案どおりで、いいでしょう」

中川は、胸を撫《な》で下ろした。

〈これで、いい方向に進む〉

いっぽう、自民党森派参議院議員で小泉側近の山本一太は、四月五日の新聞各紙の朝刊に掲載された記事に、眉《まゆ》をひそめた。

〈小泉流の辞め方の美学を語ったのだと思うけど、まったく説得力がない〉

その前日の四月四日夜七時過ぎ、小泉首相は、渋谷区広尾のイタリア料理店「アクアパッツァ」で自民党の古賀誠前幹事長らとワインを酌《く》み交わした。

小泉首相は、橋本派への対抗意識を剝《む》き出しにした。

「自民党が寄ってたかっておれを降ろそうとしても、総辞職はしない。仮に自分の不信任決議案が通っても、内閣総辞職はしない。やるなら解散だ。自分が首相を辞めるのは、選挙に負けたときだけだ」

山本は、いま選挙をしても、国民は、候補を選ぶ判断基準がないと思った。なぜなら、だれが小泉改革を支持し、だれが小泉改革とちがう方向を考えているのか、まったくわからない。解散するなら、もう一度、小泉改革のレゾンデートルを高く掲げ、政策の優先順位、予算の配分、雇用創出など具体的な公約を明記した英国型のマニフェスト（選挙綱領）を作るべきである。党内には、そのマニフェストと考え方のちがうものもいるだろう。が、突き放すのではなく、説得の努力をする。どうしても受け入れてもらえないときには、小泉改革を支持するものを対立候補に立てる。本当に小泉改革を支持する議員と、そうでない勢力をしっかりと色分けする冷徹な覚悟が必要だ。

平成十三年七月の参院選では、小泉改革に真っ向から反対している人も、あるいは哲学が百八十度ちがう人も、小泉首相と握手している写真をポスターにし、「小泉改革を支持する！」と訴え、当選してきた。そのようなまやかしをつづけるべきではない。

山本は決意した。

〈総論賛成、各論反対という中途半端な姿勢ではなく、小泉改革を覚悟をもって支えるグループをつくろう。人数は、少なくてもかまわない。あと数年で日本の命運は決まる。自

〈小泉首相を応援できる胆力《たんりょく》を持った五、六人がいればいい〉

山本は、これはと思う若手議員に声をかけていった。メディアで有名な議員やきら星のごとく光る、いわゆる政策新人類にこだわる必要はないと思った。どれだけ政策に明るくても、どれだけ官僚並みの豊富な知識があっても、要領よく右へ左へと立ち回るタイプの議員は、その趣旨には合わない。

山本の呼びかけに八人の硬骨漢が呼応した。参議院議員からは、山本をふくめ、世耕政隆元自治大臣を叔父に持つ森派の世耕弘成。祖父が愛知揆一元蔵相、父が愛知和男元防衛庁長官と名門政治家の系譜を持つ無派閥の愛知治郎。伊藤忠商事常務を経て経団連特別顧問、経済同友会幹事をつとめた山崎派の近藤剛。松下政経塾出身で森喜朗前首相の外交アドバイザーをつとめた無派閥の小林温《ゆたか》の五人。

衆議院議員からは、無所属での出馬ながら、保守党幹部であった故中西啓介を破って当選した森派の谷本龍哉。いわゆる加藤政局では、加藤紘一と最後まで行動をともにした旧加藤派の佐藤勉。中尾栄一元建設相の息子であり、水野清元総務庁長官の女婿《じょせい》である江藤・亀井派の水野賢一。河野洋平元外相の息子で河野グループの河野太郎の四人。

山本は、自ら呼びかけたこのグループに、秘《ひそ》かに名称をつけた。党内には、「小泉改革を応援する」と口ではいうものの、具体的な行動を起こす議員が少ない。今後、小泉内閣の支持率がさらに落ちたり、郵政関連四法案などをめぐる鬩《せめ》ぎ合いになったとき、本当に小泉首相を応援している議員がいることを世に示すには、わかりやすい名称がいい。森政権時代、山本ら数人の若手議員は「勝手補佐官」として森首相を支えた。その名づけ親も、山本であった。

山本は、ふと思いついた。

〈改革……決死隊……〉

山本は、「改革決死隊」と思いついた理由を説明した。

他のメンバーにも異論はなかった。

山本は、官邸に小泉首相との面会を申し出た。が、小泉首相は多忙をきわめている。なかなか日程が取れない。やがて、官邸から連絡が入った。五月十四日午後五時ころに会うということであった。

山本らは、五月十四日雨の中を新しい首相官邸に向かい、午後五時六分に入った。が、なにしろ、急遽《きゅうきょ》日程が決まった。参加できたのは、山本、世耕、愛知、谷本、水野の五人だけであった。

新首相官邸は、四月三十日から業務を開始していた。旧首相官邸西側に隣接する新官邸は、鉄骨鉄筋コンクリート建ての地上五階、地下一階。首相や官房長官らの執務室は、五階。閣議室は四階にある。二階は迎賓《げいひん》用のホール。一階は記者会見場。地下一階は危機管理センターとなっている。

山本らは五階で小泉首相と会った。山本は、決死の覚悟で小泉首相に迫った。

「総理が本当に覚悟を決めるなら、われわれは最後までついていきます。ここまできたら英国型のマニフェストを作って、本当に小泉首相を支持する議員と、そうでない勢力をしっかり色分けして突き抜けてください！」

小泉首相は、力強く答えた。

「原理原則は、決して譲らない。自分が突き抜ければ、党内はかならずついてくる。だから、よく見ていてくれ。この国会が終わったらわかる。抵抗勢力は、協力勢力になっているんだ！」

山本は、その迫力に圧倒された。

小泉首相は、さらにつづけた。

「きみらは、まだ若いからちょっとわからないかもしれないが、敵を敵と思ってはいけないんだ。これまで反対していた人も、だんだんわかってくれているだろう」

小泉首相は、気性が激しい。すぐに激昂《げっこう》する。が、個人的な悪口や中傷は、いっさい口にしたことがない。

面会時間は、三十分であった。

山本は、最後にいった。

「総理の気持ちは、わかりました。自信のある言葉を聞いて、すごくうれしかった。しかし、原理・原則を貫くうえで、万一反対する人がいたら、そこは中央突破してください」

　小泉首相は、ニヤリとした。

「それは、いまいう必要ないんだ」

　帰り際、小泉首相はいった。

「また来てくれよ！」

　山本は、ひどく思い詰めて押しかけただけに、やや肩透かしを食ったような気持ちであった。が、そのいっぽうで小泉首相の政治センスに舌を巻いた。

〈総理は、われわれが考えているよりもずっと戦略的であり、したたかだ〉

　五月十六日昼、平林鴻三元郵政相、自民党総務部会長の荒井広幸ら郵政族の幹部五人は、永田町近辺の日本料理屋で郵政族のドン・野中広務元幹事長と極秘裡《り》に会合を開いた。この会合は、野中が呼びかけたものである。各派の派閥総会は、昼の十二時からそろって始まり、番記者たちはみな派閥事務所に張りついている。その直後のこの時間は、いわゆるエアポケットで、もっとも目立たない時間帯であった。

　野中は、荒井らに理解を求めてきた。

「今度の日曜日（十九日）に、金沢市で全特の総会がある。前夜祭にしか顔を出せないが、その際、郵政関連四法案を今国会で通すといいたいのだが、どうだろうか」

　決して、高圧的ではなかった。

「総会の前夜祭とはいえ、またしても全特が舞台になってしまいます。それは、いかがなものでしょう」

荒井は、この席で実力、見識ある野中にひるまず、度々《たびたび》指導をあおいだ。都合で四度も、反対論をぶった。野中は、黙って耳を傾けつづけている。これが野中の素顔だ。

荒井はつづけた。

「それに、総理は本当に四法案を通しただけで呑むんですか。成立後、省令やガイドラインで勝手にされることが問題ではないですか」

ゴルフにたとえるなら、法律はゴルフ場である。ところが、小泉首相と相談したはずのヤマト運輸が、四月二十六日に参入断念を表明し、「プレーをしない」といい出した。

そこで、小泉首相は、国会の代表質問で「省令やガイドラインで入れるようにする」と答弁した。つまり、四法案を通した後、ガイドラインでグリーンの穴を大きくしてやろう、というのだ。行政の裁量で、直系二メートルに広げることもできる。青天井だ。

荒井はいった。

「われわれは、ゴルフボールを簡単に入れさせないよう、小さな穴に限定する重大な修正をしてもいいんですか。総理は、その段階で呑むでしょうか？　結局は、難しい話だと思います」

野中は、大幅な修正は考えていなかった。ヤマト運輸は、すでに参入を断念している。

それなら、このまま法案を通してもいい。「ガイドラインは、このような中身にする」という付帯決議で縛るという考え方であろう。が、付帯決議は法律ではない。拘束力は、弱い。

荒井は、さらに野中にいった。

「党総務会では、総務部会で議論し、国会で議論し、そして結論を出すと決めています。今、上から通すなどといったら、先生が窮地に陥るんじゃないですか。党の手続きを曲げるようなことをしたら、五五年体制にもどってしまいます」

つまり、自民党の密室型政治を認めるわけにはいかない、という意味であった。

野中は、諭《さと》すようにいった。

「荒井さん、稲葉さん達みなさんが両手の拳《こぶし》を突き上げてがんばってくれたから、首相がここまで階段を下りて歩み寄った。こちらから、歩み寄らないのはどうか」

稲葉大和は訊《き》いた。

「それは、どういう意味ですか？」

「総理は、初め第三者機関で許認可を与えるといっていたが、荒井さんらががんばってくれて総務大臣が許認可を与えることになっただろう」

小泉首相は、当初、郵政を監督する立場にある総務省が民間参入の許認可を降ろすのはおかしいという観点から、第三者機関、たとえば国土交通省に許認可を降ろせと指示していた。が、郵政族の猛反対により断念し、総務省に落ちついた。野中の解釈では、これが妥協だというのだ。が、荒井にいわせれば、妥協でも何でもなかった。小泉首相にとって、この問題はたいしたことではない。それよりも、一日も早く郵政関連法案を提出させたほうが得だという判断であった。

山口俊一や他の議員も、ほとんどが慎重論であった。

「部会と国会で並行して議論をしていくべきです。一方的にいうのは、いかがなものでしょうか」

野中は答えた。

「わかった。じゃ、全特のあいさつでは、粛々《しゆくしゆく》と公社化をスタートさせ、四法案はじっくりと議論するという程度にしよう」

荒井は、渋々ながら引き下がった。

「それならば、仕方がないですね」

別れ際、この会合の内容は、外部に漏《も》らさぬよう申し合わせた。

ところが、この夜、午後十一時五十分、荒井のもとに、テレビ朝日の記者から電話がかかってきた。

「うちの朝日新聞の朝一番です」

荒井には、何のことかわからなかった。

「いったい、なんですか？」

「夜回りしたら、野中さんが会合で四法案を通すといったそうです。で、荒井さんは反対されたそうですが、今日、そういう会合はあったのですか」

記者の話では、野中が午後九時前から番記者と懇談会を開いた。その際、会合の内容を話したという。荒井は驚いた。

〈約束が、ちがうなぁ〉

翌十七日朝、荒井は、九段宿舎の郵便ポストから朝刊を抜き取った。会合の様子を報じている。

議員会館に出ると、自室には、国会議員からひんぱんに電話がかかってきた。

「とんでもないことだ！　総務会で決めたことなのに、野中は何様だと思っているのか」

「それを、きみは、了承したのか！」

荒井は、三人の大物議員に呼ばれ、説明を求められた。

そのうちの一人が、おかしなことを口にした。

「いま、野中さんと電話で話をしたが、そんなことはいっておらん、といっているぞ」

荒井は、不可解であった。

〈どういうことなんだ？〉

午前十一時、自民党本部で、党総務会がひらかれた。野中は、新聞報道を否定した。

「今朝《けさ》の新聞報道は、事実ではない」

総務会終了後、荒井は、野中と同じ橋本派の笹川堯をはじめ総務のメンバーから声をかけられた。

「荒井君、野中さんは、そういう事実はなかったといっていたぞ。とりあえずよかった」

ある議員はいった。

「荒井君だけ梯子《はしご》を外されたのかと思って、心配していたんだ。良かったなぁ」

荒井は、数人から声をかけられて、正直うれしかった。

〈みなさん、郵政のことを心配してくれている。ありがたい〉

このころ、小泉首相は、ここのところ疲れているのではないかという指摘もあった。総理の仕事は、とにかくハードだ。中川秀直は、もっと強力に支えていかなければいけないと思っている。

〈国会運営は、総理の意を体して、われわれが万端な体制をつくり、こういうかたちにしておきましたよ、と総理に報告をするだけでいい。細かいことまですべて総理の判断に頼っていては、体がもたない〉

小泉首相は、国会でも、「いま、一番力が乗っているときだ」といっている。強がりではないように中川には思えた。小泉首相の口から「疲れた……」などという言葉は、これまで一言も聞いていない。

それでも、中川は、ストレス解消になればと思い、小泉首相を映画鑑賞に誘った。

「あさま山荘事件を描いた映画があるんですが、見に行ったらどうですか」

元内閣安全保障室長の佐々《さっさ》淳行の原作にもとづき、昭和四十七年二月に長野県軽井沢町で起きた連合赤軍による人質立てこもり事件を映画化した「突入せよ！『あさま山荘』事件」は、地元の長野県警と警視庁の対立や二人の殉職《じゅんしょく》者を出すなどの困難を経て人質を無事救出する様子が描かれていた。

小泉首相は、乗った。

「いっしょに、見に行こう」

しかし、総理が一般の映画館に行くわけにもいかない。そこで、中川は、試写室で鑑賞する日程を組んだ。

五月十八日の土曜日、中川は、小泉首相と銀座の東映会館の試写室で「突入せよ！『あさま山荘』事件」を観賞した。原作者の佐々も同席した。

鑑賞後、小泉首相は、記者団に感想を述べた。

「敵は、正面だけじゃない。後ろにもいれば、内部にもいる。縄張り主義は、どこの世界にある。今も昔も変わらない」

五月十八日、石川県金沢市で全国特定郵便局長会総会の前夜祭のレセプションがひらかれた。野中が別席に全特の幹部を集め、郵政関連四法案を後半国会の最優先課題と位置づけ、一括して成立させる考えを正式に表明した。

「来年四月に郵政公社がスタートすることを考えれば、この国会で関連四法案を最優先で成立させておかないといけない」

さらに、民間業者が現在おこなっている事業を規制するような信書の範囲拡大を考えていないことも明らかにした。

「（民間会社が）現在おこなっていることまでなくすということは約束できない」

郵政族のドンともいうべき野中が今国会成立への意欲を表明したことで、党内世論が一変し、成立へ向けて動きだした。

荒井広幸は、この野中発言についてのマスコミの取材に、きっぱりと答えた。

「野中先生が、どのようなご発言をされようとも、党で手続きを決めているし、総務部会としてはガイドラインも示されていない法案を認められないといっているわけです。その姿勢は、一歩も変わりません」

永田町では、荒井が野中に喧嘩《けんか》を売ったかたちとなった。

小泉首相は、五月二十日午後〇時四十分、首相官邸でドイツの民間郵便会社「ドイツポスト」のツムヴィンケル会長と会談し、つい口にした。

「今度の法案は、外堀は埋めた。次は、本丸だ。抵抗勢力が賛成してくれた。民営化への一里塚だ」

この発言は、「公社化」でまとめようとする野中を、当然のごとくひどく刺激した。

五月二十一日午前十一時、自民党本部で、自民党の総務会がひらかれた。

野中は、怒りに震える声でいった。

「あまり先々のことをいっては、協力できない！」

午後一時過ぎ、衆議院本会議が開かれることになった。郵政関連四法案の趣旨説明と質疑がおこなわれ、いよいよ審議入りすることになった。

中川秀直は、衆議院本会議場に入る直前に、小泉首相の「一里塚」発言に野中が総務会で怒ったことを知らされた。さすがに、眉を曇らせた。

〈それは、まずいなぁ〉

中川は、本会議場に入ると、小泉首相の自席に眼をやった。すでに、小泉首相は席に座っていた。

中川は、小泉首相のもとに駆け寄り、進言した。

「総理、ドイツの方に『郵政民営化への一里塚だ』といわれたそうですが、みんな苦労しているのですから、このあとの答弁でも、あまり刺激的なことはいわないでくださいよ」

小泉首相は、ムッとした表情で答えた。

「いや、主張は、主張だからな。おれは、いうよ」

中川は、つい語気を強めた。

「そんなことといったって、まず、この法案を通すことが大事じゃないですか！」

やがて、開会のベルが鳴った。

小泉首相は、自席から立ち上がり、雛壇《ひなだん》に向かった。その途中で、後見人を任じる森前首相に呼び止められた。

「純ちゃん、みんな汗を流しているんだから、そこはわかってやらないと駄目だよ」

中川が自席に座ると、麻生太郎政調会長が飛んできた。

「さっき、総務会で野中さんから厳しい意見が出た。中川さん、なんとかしてくれ」

「さきほど、その話は聞きました。いま、総理にも釘《くぎ》を刺しておきましたよ」

「そうか、ありがとう」

衆議院本会議では、郵政関連四法案の趣旨説明と質疑がおこなわれた。民主党の荒井聰ら野党議員は、民営化論について小泉首相に質問をぶつけた。

小泉首相は、夏ごろまでに民営化の叩《たた》き台をつくり、各方面の意見や知恵を聞いて改革を進めていきたいと答弁した。が、その時期については明確にしなかった。

しかし、挑発に乗せられ、興奮しきった口調で何度も口にした。

「この法案は、郵政民営化への一里塚なんですよ！」

中川は、思わず天を見上げた。

〈いま注意したばかりなのに、参っちゃったな〉

中川は、野中の席に眼を向けた。野中は、眉間《みけん》に皺《しわ》を深く刻み、なんとも険《けわ》しい表情をしている。明らかに怒っている。

自民党筆頭幹事長甘利明も、小泉首相の発言に、さすがに頭を抱えた。

〈そこまで、はっきりいわなくともいいのに〉

甘利の背後の席に座っている麻生太郎政調会長が、我が耳を疑うという思いで、身を乗り出してきて甘利に確認した。

「甘利さん、いま総理は、『民営化の一里塚』といったか？」

「はい、確かにいいました」

「あちゃーッ」

麻生は、思わず両腕を交差して、×のマークを示した。

その後の小泉首相の答弁でも、再三再四、そのフレーズが飛び出した。甘利は、さすがに不安になった。

〈せっかく動きだしたのだから、わざわざ神経を逆撫でることもないのに〉

案の定、野中は激怒した。本会議場から出たところを記者団に取り囲まれ、吐き捨てるようにいった。

「せっかくまとめようと努力しても、自分で壊すなら責任をもてないッ！　物事は、独裁者で決められるものではない」

野中は、郵政族議員から批判されながらも法案を容認し、小泉首相と郵政族議員との円満決着を模索していた。それだけに、憤懣《ふんまん》やるかたなかったのであろう。

ところが、この野中発言について記者から質問された小泉首相は、きっぱりといいきった。

「わたしは、譲らないッ！」

対抗心剝き出しであった。

甘利は、渋い表情になった。

〈弱ったなぁ。うまくいきそうもなければ、喧嘩を吹っ掛けてもいい。しかし、総理の面子《メンツ》が立つようなかたちでうまくいきそうなのに、わざわざ挑発するなんて、いったいどういうつもりなのだろう。小泉首相のことだから、これから何をやらかすかわからない。郵政族議員と激しくぶつかれば、「解散だッ！」なんてこともありうるぞ〉

山崎幹事長も、麻生政調会長も、みな頭を抱え込んでいた。今国会の会期末は、六月十九日である。残り一カ月を切った。郵政関連法案以外の重要法案も、それぞれ見通しをつけなければならない。なかでも、有事関連法案は、絶対に衆議院を通過させなければならない。ところが、郵政関連法案を成立させようと腹をくってくれた野中を挑発し、喧嘩してしまったのである。甘利は危惧《きぐ》した。

〈小泉首相は、内なる敵をつくり、抵抗されてもめげないという姿勢で支持率を上げ、推進力にしてきた。が、あまりにもそのスタイルに固執しすぎると、本当にやるべきことを見失ってしまうのではないか。そこは、側近の飯島さんあたりが、きちんと見極めてアドバイスを送るべきだ〉

飯島勲首相秘書官は、小泉首相がもっとも信頼を寄せるブレーンのひとりだ。小泉首相はもちろんのこと、山崎幹事長に対しても、臆《おく》することなくズケズケと物をいう。周囲には、「一介の秘書風情《ふぜい》で、よくそこまで政治家に対して平気でものがいえるな」という声すらあるほどだ。

小泉首相は、飯島秘書官を国民の声を知るためのアンテナ役として重用しているのかもしれない。八〇%を超える圧倒的な国民の支持があれば、それでもいい。が、小泉内閣の支持率は、このとき、四〇%台と急落していた。それだけに、小泉首相を懸命に支える山崎幹事長を中心とした党執行部を信頼したほうがいいのではないか。

野中の怒った模様は、テレビでも繰り返し放映された。中川秀直は、野中にさっそく電話を入れた。野中は、怒りを抑えているのか、つとめて冷静な口調でいった。

「いや、もう、わたしが汗をかく必要はありませんな。もう、流れに任すしかない」

中川は、懸命になだめた。

「野中先生が、ご努力されてきたことを知っているだけに、いまのお気持ちはよくわかります。また話にまいりますから」

荒井広幸は、この数日間のダッチロール現象について思った。

〈足して二で割る政治、裏取り引きの政治の終焉《しゅうえん》のはじまりだ〉

小泉首相は、〝変人〟である。妥協することなどない。荒井ら省庁再編にたずさわった若手議員は、そのことをよく知っている。しかし、野中たちの世代は、そこがわかっていないようであった。小泉首相は、郵政民営化については足して二で割るようなタイプではない。従来の手法で水面下で妥協案をはかろうとしたが、ものの見事に失敗に終わった。

荒井は、これからは、密室政治は通用しないと見ている。

〈党の手続きを踏み、議論の中身を詰め、国会で堂々と決めるという新時代が到来した。国民の利益がかかっているからこそ、中途半端な妥協はできない〉

ドン・野中は、なぜ小泉首相に歩み寄ったのか。永田町では、こう分析されている。郵政族との対立が激化すれば、小泉首相は伝家の宝刀である解散権を抜きかねない。橋本派の衆議院議員六十人のうち、一、二回生は三十人と半数を占めている。橋本派は、中堅幹部であった鈴木宗男の数々の疑惑問題でイメージが悪い。選挙基盤の固まっていない若手は、苦しい戦いを余儀なくされるだろう。いまのうちに橋本派を飛び出たいという議員も多い。このままでは、野中の力の源泉である最大派閥という足場がなくなってしまう。そこで、鈴木問題が風化するまでなるべく解散を伸ばそうと考え、小泉首相との対立を避けたのだろう。

荒井が見るところ、それに、道路公団の民営化問題がそうだったように、「名を捨てて実を取る」という手法を使えば、面子にこだわる小泉首相は解散をしないと踏んだのではないか。

さらに、使命感である。戦争を体験した野中は、平和主義者である。荒井は、そういう野中を高く評価し、好きである。野中のような政治家がいなくなれば、自民党はタカ派路線に突っ走るだろう。野中も、そのことを感じている。自分が永田町を去れば、大変なことになるという思いがある。任期満了までの二年間で、自分がやるべき仕事を片づけたいという使命感にちがいない。

五月二十二日、赤坂プリンスホテル「新緑」の間で八代英太元郵政相のパーティーがひらかれた。荒井は、そのパーティーで、野中とばったり出くわした。荒井は、頭を下げた。

「ここのところ、野中批判を申し上げてすみません。しかし、先生個人を批判しているわけではなく、総務部会長として手続きを守るという意味で申し上げています」

野中は、右手を横に振った。

「いや、いいんだ、いいんだ」

荒井は、やはり野中の度量の大きさを感じた。

「総理がああやって先生の力水《ちからみず》を蹴《け》っちゃって、困ったものですね」

その構図は、五月二十二日の朝日新聞朝刊三面に針すなおのイラストにも描かれた。土俵の上に相撲まわしをつけた小泉首相と荒井が上がり、「郵政族」の荒井が、野中から力水を受けようとしたが、杓《しゃく》の柄《え》が長すぎて、小泉首相に力水をつけようとしていた。

野中は唸《うな》った。

「うーん……」

中川秀直は、五月二十三日午後五時四十四分、首相官邸に小泉首相を訪ねた。中川は、強い口調で小泉に進言した。

「戦国時代に徳川家康が豊臣家を滅ぼした大坂冬の陣、夏の陣じゃあるまいし、本丸だ、外堀だ、といっている場合じゃないですよ。総理の主張はわかるけども、本会議での答弁だって、国民的議論をしていただくための叩き台をつくるとおっしゃっているわけだし、二年や三年で簡単に民営化できるものでもありません。それなら、そんないい方をしなくともいいじゃないですか。まずは、この法律を通していかないと小泉内閣の実行力が問われますよ。とにかく通さなければいけません」

小泉首相は、黙って耳を傾けている。

中川はつづけた。

「この法案を今国会で通そうと思えば、有事関連法案もあるし、国対とも話をして国会を相当延長しないと衆参両院で通りません。それに、参議院自民党は毎年七月に人事をおこなっている。青木さんも、参議院全体の人事を考えているし、片山さんの手で通さないといけませんよ」

片山総務相は、参議院自民党の閣僚枠で平成十二年十二月の第二次森改造内閣で入閣し、すでに一年半が経過していた。

小泉首相は、ようやく口を開いた。

「有事関連法案と個人情報保護法案は、法案の性質上、野党出席のもとでの審議にしてくれ。それ以外は、与党単独でも審議をしてほしい。とにかく、今国会で提出された全法案を成立させる。成果を上げずに国会を閉じることは、絶対にない」

「わかりました。ところで、『改革決死隊』とやらが官邸にきて、改革が断行できなければ解散すべきだといったとか、どこかの新聞のコラムに載っていましたが、そういうことも考えておられるんですか」

森派の山本一太ら「改革決死隊」の若手議員が五月十四日に首相官邸を訪ね、改革を断行するよう求めていたことを指している。

小泉首相は、きっぱりと答えた。

「その考えは、まったくない。逆に、『きみらはまだ若いからわからないだろうけど、反対勢力を協力勢力にしていくことが政治では大事なことなんだ』と諭《さと》したんだよ」

「それでは、解散は考えてないんですね」

「考えていない」

首相執務室から退室するとき、中川は、念を押した。

「総理が、今国会で絶対に法案を通すといっても、総理の思いだけで成立するわけではありません。みなさんの協力が、必要なんですよ。ですから、努力されている方をあまり怒らせるような発言をしてはいけない。感謝しなければいけませんよ」

「いや、おれは感謝しているよ」

「それなら、その思いをきちんと表でいわないといけません」

「きみが官邸を出るとき、記者たちに『感謝しているけども、主張は主張として曲げられないといっていた』と伝えておいてくれ」

「いや、それは、わたしがいうよりも、ご自身の口からおっしゃったほうがいい」

官邸を出るとき、中川は、記者団に囲まれた。

「今日は、どのような話をしたのですか」

中川は、無言で通した。

「いや、別に……」

その後、小泉首相は、首相番の記者たちに中川との会談の内容を質問され、コメントした。

「別に怒らせるつもりで、いっているんじゃない。苦労している方々には感謝しているが、主張は主張として、曲げるわけにはいかない」

五月二十四日午後一時過ぎ、中川は、野中を議員会館の部屋に訪ねた。小泉首相と野中の間にできた溝を埋めようと、一時間ほどかけて懸命に説得した。

「昨日、総理に会いました。総理には、抵抗勢力と協力勢力を分けて解散しようという考えはまったくありません。そのことは、きちんと確認しました。わたしは、『二、三年で民営化まで決めるということはできないと思います。やはり、国民的な議論をし、意見を聞いてやっていかないといけない』ということを申し上げてきました。総理は、そのことについて反論はしてませんでしたよ」

野中はうなずいた。

「それは、そうだよ。昔のことをいえば、国鉄だって鉄道省だった。電電公社だって、逓《てい》信《しん》省だった。それが、公社化になり、民営化となった。そういう手続きというか、時間をかけた議論が必要だよ。それも、ひとつの流れだ」

中川は感じた。

〈たいしたもんだなぁ。野中先生も、民営化を頭から否定しているわけではない〉

中川は、重ねて協力を要請した。

「とにかく、この法案を通さなければいけません。協力をお願いします。四年前、橋本内閣で決めた郵政公社化が実現できないとなれば、党全体の責任問題になりますからね」

「それは、わかっている。だから、おれも一生懸命やっているんだ。なのに、ああいうい方をされるとな」

「そこは、よく総理にいっておきます。総理はああいう人となりだから、おれの主張だけは曲げられんという思いが強烈にあるものですから」

「しかし、おれも中途半端な立場は取れないよ」

中川の感触では、野中がこの法案を自ら動いて潰《つぶ》すということはなさそうであった。ただし、現在のところ、自ら汗を流してまとめるという気持ちもないようであった。

山本一太ら「改革決死隊」は、五月三十日午後四時三分、ふたたび首相官邸に小泉首相を訪ねた。参加者は、山本、世耕、愛知、十七日に公務復帰した河野の四人であった。激務の毎日で疲れているなか、小泉首相は山本らを笑顔で迎えてくれた。山本は、おどけた口調でいった。

「『改革決死隊』なんて、子どもみたいな名前ですみません」

「いや、わかりやすくていいよ」

「大変僭越《せんえつ》ですけど、原理・原則を貫いてがんばってください。前回お会いしたとき、総理からいわれた『抵抗勢力を抵抗勢力と思ってはいけない。協力勢力になってくれるんだ』という言葉を胸に刻んでおきます。われわれは、総論賛成、各論反対ではなく、総理が本気でやろうとしていることについて本当に応援するという政治家が自民党にいるということを折にふれて示したいと思います」

小泉首相は、ひどくよろこんでくれた。

「それが、大事だ」

経済対策、内閣改造について語り、山本は、小泉首相を激励した。

「これから、いろいろな重要法案が目白押しですが、がんばってください」

「うん。『郵政（郵政関連四法案）』と『健保（健康保険法改正法案）』はどんどん進める。それから『有事（有事関連法案）』と『個人（個人情報保護法案）』は、十分時間をかけてちゃんと議論してくれ、と山崎幹事長にいってある。とにかく、すべて重要法案。四本とも同じように全力で取り組む」

郵政関連四法案は、小泉首相のレゾンデートルである。健康保険法改正法案も、厚生族議員と激しい火花を散らしながら、ようやくここまで持ってきた。が、油断すれば、引っ繰り返そうという勢力がまだいる。

だが、小泉首相は、抵抗勢力らとの対立を度胸試しの「チキンレース」にたとえる見方を否定した。

「マスコミは、おれと抵抗勢力がチキンレースをやっているというだろう。でも、おれが止まると思ったらおおまちがいだよ。チキンレースというのは、崖《がけ》から落ちないようにどちらかが止まることを想定しているわけだろう。だけど、おれの場合は、そのコンセプトはあてはまらない。だって、おれは、改革路線一直線で止まらないんだから。チキンレースと考えている人は、少し頭の構図が古いんじゃないか」

山本は思った。

〈おもしろいことをいう〉

首相官邸を出るとき、マスコミに取り囲まれた山本は、その話を披露した。

山本は、あらためて思った。

〈小泉首相は、きわめて戦略的で、したたかだ〉

このまま真っ直《す》ぐに突き抜けていけば、かならずクラッシュが待っている。小泉マニフェストを掲げて総選挙を打てば、自民党の構図は崩れるかもしれない。野党になる可能性もあれば、与野党を巻き込んだ政界再編が起こるかもしれない。小泉首相は、その覚悟がある。だからこそ、真っ直ぐに突き抜けようとしているのだ。しかし、だからといって最初から抵抗勢力に対し「あなたたちのことなど知らない」という必要もない。いずれ、自分の考えを理解し、仲間になってくれるかもしれない。個人的な悪口をいわないのも、そのような戦略でいるからだと思う。

現在のところ、小泉改革を全面的に支持する議員は少ない。みなファジーである。それは、考えてみれば自然の流れだと思う。なぜなら、小泉首相がやろうとしている改革は、究極的には現在の自民党の権力基盤をぶっ壊すことにほかならない。小泉改革がすべて実現すれば、旧来の自民党の体質では存在できなくなる。それゆえ、小泉首相より上の世代が小泉改革に逡巡《しゅんじゅん》するのは当然といえる。

ただし、自民党の選挙基盤は、右肩上がりの経済成長のなかで完成した。自民党と産業界の関係が良好で、国民一人ひとりの利益に結びつき、みんなが幸せだった時代のなかで生まれた制度である。だが、景気が低迷する今日、自民党が自由主義経済を標榜《ひょうぼう》し、産業界からの支持を得て政治献金や票をもらうシステムは崩れつつある。企業献金で後援会をつくり、多数の運動員を動員した候補が、街頭で声を嗄《か》らしながら改革を叫ぶ無名の若い候補にボロボロと負けているではないか。

小泉改革が進めば、自民党が後生《ごしょう》大事にしてきた地方重視の伝統的な選挙基盤はますます壊れていくにちがいない。が、それを飛び越えれば、時代にマッチしたもっと大きな受け皿の上に乗れるかもしれない。

山本は、日本の政党政治を変え、日本という国を救うためにも、小泉首相に突き抜けてもらいたいと願っている。

〈小泉首相には、既存の制度をぶっ壊し、あらたに創り上げるまでやってほしい。たとえ憤死しても、やってもらう以外にない。突き抜けて倒れても、そこからかならず新しい政治の流れが生まれてくる。創りあげるところまでできなかったら、われわれの世代がその後を継がなければいけない〉

六月十一日の午前中、衆議院総務委員会がひらかれた。郵政四法案について、民間人参入最有力候補と目されてきたヤマト運輸の有富慶二社長も出席して参考人質疑をおこなった。

有富社長は、郵便事業へ参入しない方針をあらためて表明した。

「いまでもやろうと思えば、全面参入できる。ただ、信書便のはっきりしない概念がつくられ、規制強化法案となっている。国と数社の民間事業者との寡占《かせん》状況をつくるだけで民間活力がはっきりできない可能性がある。そこに参入しても国民のためにならないし、社員の意欲につながらない」

午後には、小泉首相も出席して審議した。

荒井広幸と小泉首相の、法案提出後初の「直接対決」だった。

小泉首相は、この前日、参議院自民党幹事長の青木幹雄に釘を刺されていた。

「明日は、穏やかにやったほうがいい」

小泉首相も、「わかっている」と応じていた。

荒井も、野中に「キリキリするな」と忠告され、「冷静にやる」と公言していた。

荒井は、質疑の先陣を切って小泉首相と一対一で戦った。荒井は、小泉首相を激しく批判した。

「法案は省令、ガイドラインで決めることが非常に多く、裁量行政そのものだ。ヤマト運輸さえ参入しないのに、参入法案とは矛盾です」

荒井は、小泉首相はマスコミに「妥協ではないか」と書かれるのが嫌なので、強気に出てくるのではないかと読んでいた。いつものように「民営化への一里塚だ」とはいわなかったが、およそ穏やかではなかった。

小泉首相は、色をなして反論した。

「民間にできることを民間にやらせないという、あなたがたの意見が、いかにおかしいか、反省してもらいたい。そう思わないか！」

荒井は、語気を強めた。

「思わないかという答弁ですが、思いません！」

荒井は、本当は、「まったく」という言葉を付け加えようと思った。が、さすがにそれは口にしなかった。

小泉首相は、質疑が終わって委員会室を出るときに、荒井の席に歩み寄ってきた。困惑気味の荒井に、握手を求めてきた。荒井も、スポーツマンシップといっしょで「今日は、出席してくださってありがとうございます」という礼儀で握手に応じた。しかし、おたがいに腸《はらわた》が煮えくり返っている。荒井には、小泉首相の握手は、なんとも緩《ゆる》やかな、力の無いものに感じられた。

郵政関連四法案の目玉であり、最大の焦点は、法案成立後に総務相が法律外のガイドラ

イン で定める「信書」の定義である。これは対立を先送りするため小泉首相自身が定義を法案に明記することを避けたと見られている。このため、ヤマト運輸が、「民間企業を官業化する法案だ」として参入断念を表明したあと、今度は「信書」の定義をとっぱらうことを主張してきた。

荒井ら郵政族は、法案修正でダイレクトメール（ＤＭ）を「信書」と法案に明記することを主張している。ヤマト運輸は、現在も、「メール便事業」として雑誌などの大口配達業務を請け負っている。が、このＤＭ、クレジットカードなどは「信書」と見なされ、集配できない。ただし、グレーゾーンでは取りあつかっているのが実態といわれている。信書の定義が明確になれば、「メール便」の名でＤＭが運べなくなる。それを恐れて信書の定義を撤廃すべきだと主張。小泉首相も、それを受け入れ、ガイドラインで参入できる条件を整えようとしているわけである。

しかし、民間企業が合法的に参入してくればどうなるか。儲《もう》かるＤＭだけを扱い、個人からの五十円、八十円のはがき、手紙は取りあつかわず、加えて採算の取れる地域だけで営業し、採算の取れない地域を切り捨てることになる。これをクリームスキミングとして、アメリカでさえそうさせないよう国営であるＵＳＰＳに独占させているのだ。

東京駅前にある中央郵便局は、ＤＭだけで八百億円をあつかっている。北海道にある全郵便局のＤＭを含む信書は七百六十億円だ。民間企業に中央郵便局のＤＭの半分を食われたら、北海道の郵便局の半分は倒産するわけだ。採算の取れない地方から郵便局がなくなれば、全国均一サービス、すなわちユニバーサルサービスが崩壊してしまう。それゆえ、世界的にも、信書分野は国が独占しているのがほとんどだ。世界に例のないことをやろうとするには、無理がある。

荒井は、競争原理一辺倒では、人は幸せになれないという確信を持っている。

〈市場原理の失敗や暴走を補う国の役割が必要だ。郵政三事業は、国民生活のセーフティネットである。加えて、全国津々浦々の郵便局は、どんな過疎地も国は見捨てないという証《あかし》であり、防人《さきもり》であり、灯台だ〉

小泉首相の本音は、郵便貯金と簡易保険の民営化だ。が、これを口にしたとたん、小泉内閣の支持率は、さらに急激に下がるにちがいない。そうでなくとも、銀行の体たらくで十兆円も公的資金を導入し、利ざやを稼《かせ》がせている。つまり、小泉首相の考えは、銀行救済策だ。いわゆる財務族なのである。荒井の不信感がそこにある。財務省を通じて特殊法人に資金を流す財政投融資は、昨年から自主運用となった。かつてのように垂れ流ししているわけではない。

現在のような金融不安の時代に、「郵便局に貯金するな」など小泉首相でさえいえない。だから、まず郵便を狙ったのである。

小泉首相と郵政族の対立が激化すれば、小泉首相は、衆議院を解散するのではないかといわれている。しかし、国民は、郵政問題にそれほど関心を持っていない。

世論調査でも、景気対策七〇％。雇用問題が六〇％である。郵政民営化は、わずか一〇％にすぎない。優先順位をそもそもまちがえている。抵抗勢力第一号の荒井の主張の根拠はここにある。郵政民営化を旗印にし、解散を打てば、逆に「景気対策から逃げて、何をやっているのだ」と国民から批判を受けるだろう。郵政民営化には、多くの野党も反対だ。

荒井は、自分たちが「族議員」ではなく、あくまで「政策提言議員」であったということを見せつけてやろうと思い、実質民間が参入できる「部分参入」案を考えた。

信書便法で、①一般信書便事業を削除②EU並みに特定信書便事業に追加修正する。五〇〇グラム以上か、五百円以上の信書を自由に扱える。

この案なら、郵便ポストを新設する必要もないし、いますぐに、全国にできる。第一目的の郵便局のユニバーサルサービスも達成でき、国民に不利益を与えない範囲で民間が参入することができる。郵便局は、民間会社においしい儲けとなるダイレクトメールをあつかわせ、いいとこどりされると困る。そのDM、つまり、特定信書便事業のうち、五〇〇グラム以下、五百円以下は、公社しかあつかえないようにする。公社は、そのDMをあつかえば採算は取れるとの判断である。公社は、そのDMの利益で、これまでどおり、過疎地の郵便局が過疎地へ配達できる。福祉割引もできる。五〇〇グラム以上、五百円以上のDMについては、公社が民間会社とぶつかるが、それは、まさに小泉首相が望む競争原理の導入である。

荒井は、六月二十七日、麻生政調会長にこの「部分参入案」を示した。麻生政調会長も、呑んでくれた。

「この『部分参入案』と『全面参入案』のいずれを取るか。小泉首相に、二者択一を迫ることで、問題解決する道を模索してみよう」

六月二十八日、麻生は、郵政族の幹部たちと、この「部分参入案」について協議した。

野中は、反対した。

「時代の針をもどすようなことは、駄目だ」

野中は、将来、部分参入が段階的拡大されることを懸念したらしい。

幹部の一部からは、こういう声もあった。

「小泉は、名を取る政治スタイルだ。全面参入といいながら自ら参入不可能な法律を出してしまった。それは、内容をよくわかっていないからだ。参入できないお題目だけを唱えているのだから、このまま唱えさせてやれ。荒井の案でいけば、民間が実質的に参入してしまう。荒井案は、むしろ危険だ」

この案は、小泉首相も呑まなかった。

荒井らは、六月二十七日、総務部会で法案修正を念頭に六項目の「論点整理」をまとめた。その中身は、公社法は、①「あまねく全国」に郵便局設置を明記。②国庫納付金「積立金増加額の一部納付」に限定。③郵便業務の事業に出資する——を追加。信書便法は、④DMは信書と明記。ただしガイドラインで一部を信書から除外も。⑤一般信書便事業の参入条件では引き受けは信書差出箱、人口集中度を勘案した公社並みの設置。全国同時スタートの事業計画であること。⑥三・四種割引福祉割引等で無料の明記——というものであった。

荒井は、警戒感をあらわにしていた。

「小泉首相は、何をしてくるかわからない。法案を修正しない限り、安心できない」

いっぽう、小泉首相は、カナダ・カナナスキスで開かれた主要国首脳会議（サミット）閉幕後の六月二十七日夜、カルガリーで同行記者団を前にあくまで強気の姿勢を見せた。

「片山総務相と自民党の山崎幹事長に『修正なしで成立するよう努力してくれ』といってある。郵便の民間参入を潰すことは、小泉内閣を潰すことだ」

サッカー・ワールドカップ（W杯）の決勝当日の六月三十日の午後四時四十二分、中川秀直は、小泉首相を首相公邸に訪ね、迫った。

「何も譲らずに党内はおさまる状況にない。多少の譲歩は必要です」

小泉首相は、最初は反論した。

「総理大臣としての面子は、どうなるんだ」

が、小泉首相は、最終的には折れた。

「わかった」

 この日は、中川や麻生ら与党幹部の多くもワールドカップ決勝を観戦することになっていた。中川は、事前に麻生に伝えていた。

「会場で会ったとき、わたしの顔が暗かったら、衆議院解散と思ってくれ」

が、中川は、横浜国際競技場で、麻生を見つけることができなかった。麻生はVIP席にいて、中川は自分でチケットを買って入場していたため、会えなかったのだ。中川は、会場で、麻生に何度か携帯電話をかけた。が、この日会場は携帯電話が通じないようになっていた。

麻生は、中川から連絡がないので、さすがに不安が頭をよぎった。

「小泉首相が妥協を拒否したのではないか」

麻生は、場内の喧騒《けんそう》をよそに片山総務相と妥協点を探った。飯島勲首相秘書官も、その協議にくわわった。

その夜遅く、中川は、帰りの車のなかで麻生にようやく電話で連絡が取れた。

「反対側のスタンドにいたんだ。首相の感触はいい」

小泉首相は、七月一日午前十一時三十一分、首相官邸で片山に会い、言明した。

「民間参入が後戻りする修正は駄目だが、技術的な点は任せる」

小泉首相は、この日夕方の五時三十八分から首相官邸で麻生と会い、伝えた。

「細かいところは任せる」

事実上、政府・与党の合意が成立した瞬間だった。

七月二日夕方、自民党総務会、総務部会が開かれた。荒井はそこに、「郵政四法案の扱い」と題する二枚の文書を持ち込んだ。その五項目に「郵政公社の中期経営計画が四年間であることから公社の基盤づくりのためにこの間は経営形態の見直しの論議をおこなわないこと」ということを盛り込んでおいた。

郵政公社は、四年間の中期経営計画を決める。したがって、四年単位で考えなければなかなか見直しはできないビジネスモデルだ。しかも、荒井は、七月一日の党総務部会、政務調査審議会双方で、その項目をふくむすべての項目を読み上げ、解説した。問題の五項目目の文も、「自民党として」という文言《もんごん》を頭に入れ、「四年間見直しはしない」とすることも了解されていた。

七月二日のこの総務部会でも、その五項目目をふくめた項目が通過した。

そこで、麻生政調会長が、夕方の六時五分に首相官邸に小泉首相を訪ね、小泉首相にその二枚の文書を手渡し、説明した。

じつは、荒井によると、小泉首相が五項目目で怒るのは折り込みずみであった。狙いは、別のところにあった。一ページ目には、民間参入条件をさらに厳しくするための限定項目を入れていたのである。「差出箱設置基準は、郵政公社と同水準のものとし」などがそうである。小泉首相が、そのペーパーのいくつかの項目に眼を走らせたとき、どの項目にもっとも眼がいくか？　五項目目の「四年間は経営形態の見直しの論議をおこなわないこと」に決まっている。荒井の読みどおり、小泉首相の眼は、その五項目に素早く走った。その前の厳しい条件については、素通りしてしまったのである。

小泉首相は、麻生に激怒した。

「四年間見直ししないとは、何たることか！　党の総裁は、わたしだ。認めない。それが嫌なら、解任しろ！」

荒井の狙いどおりに、事が運んだのである。荒井は、今では、「さすが、総務部会と部会長はしたたかだ。知恵がある」といわれて苦笑いをしている。

小泉首相が、「四年間は経営形態の見直しの論議をおこなわないこと」という要求に怒っている、という話は、またたく間に永田町に広がった。

青木幹雄から、ただちに荒井に電話がかかってきた。

「なんで、あんな項目を入れたのか」

荒井は釈明した。

「あくまで党の立場としての話で、五項目目は、削ってもらっていいです」

「だったら、なんでそういう風に、始めから書かないんだ」

荒井は、すべて党幹部の了解を得てやっている。青木は、その手順を踏んできていることを知らなかったのである。しかし、それを荒井がくわしく口にすれば、それを了解した党幹部たちは面子が立たなくなる。したがって、荒井は、電話で話せる範囲で、青木に事情を話した。

青木は、事情を聞くと、「それは、幹部の責任論が出るわな」といった。

その日夜、麻生と、与党三党幹事長、国対委員長との協議が緊急におこなわれた。

物議をかもした「民営化論議は四年間おこなわない」という条件については、「党内論議であって政府は拘束しない」という解釈で一致した。

信書便法案については「これまでの議論をふまえ、委員会審議にのぞむ。政府の誠意ある答弁を望む」という、すべての争点を先送りする玉虫色の内容とした。

小泉案への六項目の修正要求のうち、小泉首相は、公社法の三項目は修正を呑んだ。が、信書便法の三項目は、ついに呑まなかった。つまり、結果として小泉首相は法律のかたちでは修正案を呑まなかった。

しかし、荒井は内心ほくそ笑んでいる。

〈本当のところは、おれたちが完全に中身を取ってしまった〉

それだからこそ、七月四日の朝日新聞二面にも、「首相に花『族完勝?』」という見出しが躍ったという。

荒井から見ると、結局、無傷に近い、郵政族の完勝である。六項目の修正案のうち、三項目しか法律にできなかったが、法律にならない問題点は、最後の委員会で大臣に確認答弁を引き出し、付帯決議で縛っている。加えて、ヤマト運輸は、「どんなことをしても、参入しない」といっているわけである。

小泉首相は、あくまで自分のいってしまったことにこだわった。荒井によると、「名を取って実を捨てる」のではなく、「名を取って、実はわからない」ということだという。

七月五日の午後一時三十分からの衆議院総務委員会で、ようやく郵政公社関連四法案が可決された。小泉首相は、採決前の質疑では慎重な答弁に終始し、過激な郵政民営化推進発言を危惧していた周囲を安心させた。

小泉首相は、質疑が終わって委員会室を出るときに、郵政関連法案をめぐり対立している荒井の席に歩み寄ってきた。前回とちがい、今回は余裕を持って荒井に握手を求めてきた。

小泉首相は、午後三時五十八分に首相官邸にもどると、記者団に語った。

「荒井さんとは、前から親しいんだ。政策論はちがうけど、個人的にはなんのわだかまりもありません」

いっぽう、政府は、道路公団民営化や郵政事業民営化とならぶ小泉改革の目玉である石油公団廃止問題について、平成十三年十二月、閣議決定した「特殊法人等整理合理化計画」で、①石油公団は廃止する②石油開発に出資する機能は金属鉱業事業団に統合する③

子会社などの資産は清算のための組織を設置して処理した後、特殊会社を設立して民営化する——ことを決めた。

これを受け、経済産業省は、平成十四年四月上旬、石油公団廃止法案、独立行政法人を新設して石油公団の機能の一部を移す法案、特殊会社を設置して石油公団の資産を継承する法案で構成する「石油公団廃止関連法案」をまとめた。

しかし、経産省の法案は、資産清算について、公団自ら清算にあたり、清算基準も経産省の審議会が作成するという内容のものだった。さらに、公団が廃止される前に特殊会社が設立できることになっていることから、公団の子会社も全面的に整理されない可能性があった。

自民党の堀内光雄総務会長は、怒りに震えた。堀内は、通産相時代から三年あまりにわたり、国民の税金を無駄遣いしている石油公団の廃止を強く訴えつづけてきた。

〈この原案は、昨年十二月の閣議決定に反している。石油公団の資産や天下り先を温存しようとするものであり、小泉改革を頓挫させるものだ〉

堀内は、四月十五日午後六時十一分、首相官邸に小泉首相を訪ねた。小泉首相に、強い口調で法案の見直しを迫った。

「資産整理を石油公団がやると、整理、売却が徹底せず、赤字会社をふくめて多くの会社が新たな特殊会社に引き継がれることになる。焼け太りである。特殊法人廃止の最初のケースが『この程度か』となると、行革はドミノ倒しですべて駄目になる」

一度まとめた法案を変えるなど、前代未聞である。が、改革に燃える小泉首相は確約してくれた。

「わかった。経済産業省の事務次官に来てもらい、閣議決定どおりにするよう申し渡す」

しかし、首相官邸と経済産業省の調整は難航した。そこで、福田官房長官が調停に乗り出した。

五月十四日、平沼経産相は、閣議後の会見で、与党内の調整が難航していた石油公団廃止関連法案について十七日に閣議決定し、国会に提出する方針を明らかにした。

この日、自民党総務会がひらかれ、石油公団廃止関連法案を了承した。

五月十七日、政府は、経済産業省が策定した石油公団廃止関連法案を閣議決定した。法案は、「石油公団法及び金属鉱業事業団法の廃止等に関する法律案」と「独立行政法人石油天然ガス・金属鉱物資源機構法案」で、石油公団を廃止し、石油開発のための資金供給や備蓄の管理業務などを金属鉱業事業団に統合、新たに独立行政法人を設立する。

七月五日、石油公団の廃止関連法案が衆院本会議で賛成多数で可決し、同じく七月十九日、参院本会議で可決、成立した。これにより、石油公団は平成十六年三月末を目標に主業務を資産管理や処分に限定し、平成十七年三月末をめどに廃止。並行して公団保有の石油開発会社株などの資産は首相と協議を経たうえで石油公団が処分を進めることになった。

いっぽう、平成十六年三月末までに独立行政法人「石油天然ガス・金属鉱物資源機構」（仮称）を設立。石油公団の機能のうち石油開発案件への出資はつづけるが、債務保証については残高限度額の規定を整備。累積赤字の拡大につながると指摘された減免付き融資は直《ただ》ちに廃止することになった。

また、石油公団のもう一つの大きな機能である国家石油備蓄については、平成十五年四月をめどに、現在は石油公団系の国家備蓄会社が手掛けている事業を国の直轄に変更。国家備蓄会社は廃止し、安い料金で民間のサービス会社に業務委託するなどして高コスト構造を是正していくことになる。

堀内会長は、一つの大きな使命を果たした気持ちでいっぱいであった。

〈これで、小泉改革の大きな目玉の一つができた。この改革は、小泉首相でなければできなかっただろう。石原行革担当相も、よくやってくれた〉

第11章　税制改革をめぐる議論百出！

平成十四年五月二十一日、「経済財政諮問《しもん》会議」がまとめた税制抜本改革の論点整理「平成の税制改革―公正・活力・簡素」の最終案が明らかになった。法人税や所得税など主要税目の最高税率引下げを強く滲《にじ》ませ、改革の開始時期にまで触れていた。

財務省や「政府税制調査会」は、多くの個別税目のあり方にまで言及したことに関し、強く反発した。

「自民党税調」も、批判を強めた。

「改革の開始時期や期限に触れているが、政策的に身動きが取れなくなる」

「政府税調は、財務省のいわばダミーだ。石さん（弘光・会長）は石さんで、原理原則を主張すればいい。しかし、経済財政諮問会議は、国の重要な施策について調査、審議する機関だ。あくまで、大筋のことをやればいい。細かい項目について、ああだ、こうだ、というのは余計なことだ」

小泉首相は、さかのぼること平成十四年一月四日、年頭会見に羽織袴《はかま》で登場し、七〇％

を超える内閣支持率を背景に、自信に満ち満ちた口調で税制改革への意欲を見せていた。

「タブーは、つくらない。消費税も当然議論の対象になる。予見なく、予断なく、あるべき税制を議論する」

小泉首相は、「政府税制調査会」と「経済財政諮問会議」の二つの諮問機関に同じ税制改革を諮問した。

これまで税制問題を協議する機関は、政府税制調査会と党税制調査会の二つであった。経済財政諮問会議が具体的な項目をならべると、三つになってしまう。経済財政諮問会議に対して、批判が相次いでいた。

「経済財政諮問会議は、経済政策の基本的方向を決めるのが役割と心すべきだ。個別の税制を議論する場ではないはずだ。税に関する法案の提出権は、経済財政諮問会議にはない。役割を逸脱している」

「民間議員の単なる意見が、首相が議長である諮問会議の決定であるかのように伝えられるのは、問題だ」

自民党税制調査会の相沢英之会長も、小泉首相の方針を憂慮していた。

〈小泉首相は、党のしかるべき意見にも耳を傾けるべきだ〉

戦後、権力機構のトップは、政治家の手に移った。が、実際の行政運営は、官僚組織に握られた。立法権は国会にあるが、大部分の法律は政府の手で作られる。その立案者は、行政テクノクラートとしての官僚であった。そこで、小泉首相は、自ら議長をつとめる経済財政諮問会議で基本的な方向を決める方針を取った。民間の意見も十分に採り入れるため、ウシオ電機の牛尾治朗会長ら四人の民間委員を配した。これは、従来のテーゼに対する一種のアンチテーゼである。相沢は、その存在意義をかならずしも否定しない。自民党は、昭和三十年十一月の結党以来、すでに五十年近くたっている。企業でもそうだが、組織が古くなれば自由闊達《かったつ》な議論ができなくなり、硬直化していく。

しかし、その方針がプラスの方向に進めばいい。が、いたずらに党との摩擦を強めるのは得策ではない。さらにいえば、諮問する側の責任者と、決める側の責任者が同じというのもおかしい。

小泉首相は、「改革が阻止されれば自民党を潰《つぶ》す」と公言し、「従来の自民党の政策とはちがうことをやるのだ」という旗印を掲げている。それが、高支持率のゆえんだ。「党側と妥協し、かつてのようなナーナーになってしまった」という批判を浴びれば、レゾンデートルがなくなってしまうと思っているのだろう。

相沢は、小泉首相を支えていきたいと考えている。党内には、小泉政権を早く潰したいと考えている議員もいないわけではない。しかし、それは、自民党という大きなコップの中の問題だ。対外的にみれば、日本の政治に対する信頼、党に対する信頼をつなぐには小泉政権を守《も》り立てていくしかない。

小泉内閣の支持率は、今年一月の田中眞紀子外相の更迭以来、急激に下がりつづけている。現在のように官邸と党の関係がギクシャクしていては支持率も上がらない。小泉首相にも、面子《メンツ》があるだろう。が、いくら旗印を掲げても、政策が実現しなければ意味がない。政策を実現するためには、党側の意見も聞き、調整をはかるべきである。

小泉首相は、「道路四公団」や「郵政事業」の改革を推進している。自民党江藤・亀井派六回生で、党税制調査会副会長でもある伊吹文明は、それも大切なことだと思う。しかし、自らの政治理念で大局的に現在を考え、自らの政治理念で一つひとつの制度や法律を改革した結果、どのような日本社会をつくろうとしているのか。歴史の流れを自らの政治哲学や物差しで考え、こういう〝日本のかたち〟にしたいと提言するのが政治家本来の姿である。道路公団の現状が税金の無駄遣いだからどうする、郵便事業は民間参入させたほうがサービスがよくなるから、という個別の問題としてとりあげるのは国民にはわかりやすいが、それは〝日本のかたち〟を創る一つひとつの部品にすぎない。

アメリカには、ヨーロッパの慣習を背負った人、アフリカの慣習を背負った人、いろいろな国の慣習を持った人達が移民してきている。とても、一つの国の慣習でコントロールできない。そこで、公平な条件のもとで競争させ、トラブルが起こった場合は、話し合いではなく、裁判で解決をはかる。

日本も、当然、競争社会の方向へ舵《かじ》を切らなければ国際社会のなかで生きていけない。

怠けものを放っておけば、みんなが乗る船が沈んでしまう。そこは、伊吹も、小泉首相と同じ考えだ。だが、競争社会の欠点、嫌な影響の抑止装置や国家の存立と競争原理の答えがちがったときにどうするかの視点が必要なのだ。たとえば、抑止装置としての良き慣習を伝達していく家族制度をどう護《まも》るのかの提案がほしいのだ。哲学や歴史などを教えている大学の先生の給料は、月五、六十万円だ。かたや、デリバティブ（金融派生商品）で数兆円を儲《もう》けるものもいる。かれらが、銀座のクラブで札びらを切るような国家で本当にいいのだろうか。そのような感覚が、小泉首相にもっとほしいと伊吹は願う。

小泉首相は、「政府税制調査会」と「経済財政諮問会議」の二つの諮問機関に同じ税制改革を諮問した。昭和二十四年のＧＨＱ（連合国総司令部）の所得税を中心とした直接税中心主義のシャウプ税制使節団の勧告発表以来、五十三年が経過している。一ドル＝三百六十円、平均寿命六十歳の時代の税制が、消費税五％、法人税の引き下げなどの継ぎはぎでつづいてきた。しかし、もうこの税制は耐えられなくなってきている。そこで、小泉首相は、長期に安定的な税制に変えてほしいという発想で二つの諮問機関に諮問した。これは、当然のことだ。日本は、いまデフレ状態にある。景気も悪い。デフレ対策のため今年度中にチマチマと税制を改正するという話と長期税制に分けたい――この小泉首相の姿勢を伊吹も高く評価している。

いっぽう、自民党の町村信孝幹事長代理は、税制問題について思っている。

〈税制問題に限らず、政府と党の意見がちがい、喧嘩したり、いっしょになって議論するケースは常にある。騒ぐ必要はない〉

問題とされるのは、政府の中に「政府税制調査会」と「経済財政諮問会議」の二つのお座敷があるという点だ。

経済財政諮問会議は、森喜朗前首相時代の平成十三年一月、中央省庁再編にともなって内閣府に設置された。政府の経済財政運営の基本方針を策定し、大きな政策の方向づけをするという主旨の機関である。平成十三年六月には、小泉首相のもと「骨太の方針―第一弾」を発表し、その機能を果たしてきた。

ただし、「大きな政策の方向づけ」といっても、実際には各論もなければ政策も議論できない。税制改革など、その最たるものである。大きな方針を出したとしても、消費税率の引き上げ、あるいは課税最低率の引き下げなど、すぐに具体論に結びついてしまう。それゆえ、経済財政諮問会議に対し、「個別論に入るな」というほうが無理である。なかでも、税制改革案は、どうしても政府税制調査会とバッティングしてしまう。これは、避けることができない。

出発点である現段階で、短期的、中・長期的をふくめて双方の税制改革案がばらけているのはやむをえない。学者でも、マスコミでも、いろいろな議論があるように、出発の時点でそろっていたらかえっておかしい。

そこは、町村も心配していない。

〈いまの時点でバラけているのは、ある意味では当然だし、議論がそこから活発に起こるという意味では悪いことではない。そのほうが、国民にもよく見えてわかりやすい〉

問題は、詰めの段階だ。経済財政諮問会議が、企業の活力、国民の活力を重視するなら、おそらく減税指向になるだろう。いっぽう、政府税制調査会には、財政健全化という伝統的な旧大蔵省、財務省の発想がある。減税を無視するわけではないが、財政のバランスを念頭におけば増税となる。その方向は、東と西を向いている。ここを、どう調整していくか。まさに、小泉首相の力量が問われてくる。

いまのところ、小泉首相は、「税制改革については、もう少し自由に議論したほうがいい」という考えでいる。

町村も、それでいいと思っている。

〈いまから、背骨がないとか、バラけているとかいう批判は意味がない。ここは、おおいに談論風発、議論したほうがいい〉

いっぽう、「政府税調の答申を受ける側の首相が、経済財政諮問会議の議長というのはおかしい」という声もある。町村によると、その議論は、経済財政諮問会議を設立したときからすでにあったという。が、行政改革の最大の眼目は、総理大臣の権限の強化、官邸機能の強化である。

経済財政諮問会議が、政府税制調査会と同じようにどこかで議論をし、その答申を総理がポンともらうのでは、総理の機能強化につながらない。ときには、矛盾が起こる場合があるかもしれない。が、それを調整して乗り越えていくのが官邸機能の強化、総理大臣のイニシアティブということではないか、と町村は思う。

経済財政諮問会議のメンバーは、議長の小泉首相をはじめ五人の閣僚、日本銀行の速水優総裁、トヨタ自動車の奥田碩会長、ウシオ電機の牛尾治朗会長、大阪大学の本間正明教授、東京大学の吉川洋教授ら四人の民間人が名を連ねている。

若手議員の一部には、「国会議員も入れるべきだ」という声もある。が、ここに政治家が入れば、かえっておかしくなると町村は思う。党と政府の関係というよりも、別の次元の問題が出てくる。

江藤・亀井派三回生の小林興起は、いま、なぜ税制改革なのか、それを考えなければならないと、腹立たしくてならない。

〈もちろん、財政再建の立場から中・長期的に税負担はどうあるべきかの議論は大事だ。しかし、短期的には景気回復策が必要ではないか。いま、税の活用なくして景気回復などありえない〉

需要が不足している今日、普通なら財政出動である。しかし、小泉首相には依然財政出動をしたくないという気持ちが強い。それならば、税の活用しかない。法人税の減税だ。

ただし、一律ではない。研究開発投資などを減税し、結果として景気回復につなげていく。だが、政府税調にしても、経済財政諮問会議にしても、さらにいえば党税制調査会にしても、どこもそういうことを積極的に発言していない。そもそも、政府税制調査会は、財政均衡論者である財務省の回し者だ。そのような案が出てくるはずがない。

経済財政諮問会議は、たしかに、そのニュアンスに触れてはいる。が、実際に文章を書いているのは財務省の役人だ。いうなれば、大学院生の卒業論文である。本来ならば、ここは党税制調査会が、「さすが、税調だ！」という案を打ち出さなければいけない。が、税調の幹部は、政治経験の長いベテランが多い。それだけに、政府はどうだ、財務省はどうだ、といろいろな方面に気を遣いすぎる。

小林は、苦々しい思いでいる。

〈そんなことに気を遣わずに、国民が「なるほどな」と思う案をどんどん出すべきだ〉

税の論議にしても、ここに小泉内閣の長所と短所がすべて表れていると小林は思う。小泉首相は、内閣に優秀な人材を配し、自民党を改革すると訴えた。が、改革の実は上がっているとはいえない。なぜか。答えは簡単だ。官邸のスタッフを役人で固めているからである。かれらに、すべて文章を書かせている。それゆえ、財政均衡論から一歩も出ない。小泉首相は、そのことに気がつかなければ駄目だ。現在の政界の構図は、役人対政治家だ。つまり、小泉首相は役人の上に乗っかっているだけである。仮に政治家側に軸足を置くとしても、古い殻の下にいる議員では駄目だ。いずれも、改革の糸口は見えてこない。いまのままでは、なかなか党改革は進まない。かといって、小泉改革もまったく進んでいない。それが国民の間に渦巻く閉塞《へいそく》感となっている。現状を打破し、改革を進めるには、たとえば自民党の優秀な若手議員を経済財政諮問会議の補佐官に抜擢《ばってき》する。そうでなければ、小泉改革は名ばかりとなる。

小泉首相は、官僚主導型ではなく、政治主導型を目指すと主張している。そうである以上、選《よ》りすぐった国会議員の側近を持たなければいけない。経済財政諮問会議に、一人や二人の学者がいてもいい。が、学者の意見だけで世の中が動くのなら、議会制民主主義は誤りだということになる。つまり、選挙で選ばれる国会議員は低能児であり、役に立たないということだ。しかし、そうではない。国会議員のなかには優れた人材がいるという前提に立たなければ、改革などできるわけがない。小泉首相は、いったいだれと改革を進めようとしているのか。そのことを考えなければ、小泉改革の旗は折れてしまう。改革を志す多くの自民党若手議員は、ひどく心配している。いまのままの体制では、改革の実は上がらない。

経済財政諮問会議が、五月三十日午後五時十四分から、首相官邸で小泉首相出席のもとにひらかれた。税制改革をめぐって、政府税制調査会の石弘光会長と経済財政諮問会議の本間正明阪大教授、吉川洋東大教授ら民間メンバーが対立し、激論を展開した。

石会長は、「基本方針」の骨格メモを提出した。バブル崩壊後に積み重なった法人税や所得税の減税措置を見直して課税範囲を拡大し、税負担を「薄く広く」する方向性が柱となっていた。

が、増税色が強い政府税制調査会の基本方針案を打ち出す石会長を、吉川教授や本間教授が、猛然と批判した。

「この案は、増収策ばかりが目立つだけだ。国際的に、恥ずかしい」

「志が低い」

石会長は、経済財政諮問会議の減税志向に、反発した。

「それは暴言だ」

石会長は、強調した。

「減税しても、デフレ下では投資、消費は動かない。税率引き下げは、(平成十一年度税制改革などで)すでに終了している。税率構造はすでに『薄く』なっていて、今後は『広く』が必要だ」

所得税の課税最低限引き下げなど課税ベースを拡大し、所得税や、企業の国際競争力強化に向けての法人税の税率引き上げには否定的な見解を示した。

石会長は、売り言葉に買い言葉になり、持論を展開した。

「安定した財源を確保して、民間の創意工夫に予断を与えない税制が重要だ」

論争の最中、石会長は会議を退席して、財務省に向かった。憤懣《ふんまん》やるかたない様子で、記者団に経済諮問会議の不満をまくしたてた。

「最後には（民間議員と）和解してきた。が、感情的なシコリも残る」

六月五日午後六時過ぎ、首相官邸で塩川正十郎財務相や竹中平蔵経済財政担当相らが税制改革の詰めの協議をおこなった。

席上、塩川が関西弁で「こんなものを作ってみたんや」と、A四判の一枚紙を取り出した。いわゆる「塩川五原則」である。

財務省は、諮問会議などが主張する法人税の基本税率である三〇％の引き下げ要求に、強い警戒感を抱いていた。それをかわすために生み出された作戦が、法人事業税（都道府県税）への外形標準課税導入を主張する「総務省案」の活用で、五原則に盛り込まれた。しかし、外形課税は、赤字企業でも課税されることになる。

六月六日、党税調幹部がキャピトル東急ホテルの一室に集まった。経済財政諮問会議事務局長役の竹中経済財政担当相が、近く打ち出す税制改革案「骨太の方針―第二弾」を説明し、閣議決定を求めてきた。

しかし、税調幹部は猛反対した。

「閣議決定など、するべきではない。党としても、閣議決定なら無視するわけにはいかないが、そのとおりにいくとは限らない。閣議決定の権威を落とすことになる」

竹中は、税調幹部にずいぶんと絞られた。

相沢英之会長は、竹中にいった。

「これは、経済財政諮問会議の決定ということでいいじゃないですか。世の中には、いろいろと審議会があり、好きなことをいっている。政府の方針とはちがうこともある。それでいいんです。政府とまったく同じことをいうなら、経済財政諮問会議は、いらないでしょ。どうしても、総理にやらせたいなら、指示にしてくれ。これに沿って検討するという指示を出せばいい」

竹中は、しばらくして、緊急の用があるということで、引き上げた。それからしばらくして、今度は、塩川財務相が姿を現した。

相沢は、指摘した。

「閣議決定すると、党と内閣との関係が深刻になりますよ。だから、塩川さん、あなたも竹中さんや総理にいって、閣議決定させないほうがいいですよ」

塩川財務相は、大きな声を張り上げた。

「そんなことはわかっている。閣議決定なんか、絶対にさせますかいな！」

それも、一度でなく、二度も大声でいいきった。

翌七日早朝、相沢の携帯電話に塩川から電話がかかってきた。相沢は、車で移動中であった。

「昨日はああいったけど、総理に話したら、どうしても閣議決定したいといっている。なんとかひとつ、項目だけのものやから認めてやってもらえんか」

相沢は、憮然《ぶぜん》とした。

「塩川さん、これは、あなたがみんなの前で公言されたことですよ。わたしひとりが、いいとか、悪いとかいって済む話ではありません。そういうことなら、みんなの前で、もういっぺんいってください」

六月十三日、相沢会長は、税調幹部を党本部に集めた。塩川財務相は、竹中経済財政担当相を引き連れて説明にやってきた。

塩川は、頭を下げた。

「この前、絶対に閣議決定をしないといったけど、総理がどうしても決定してくれといっているから、ぜひ了解してもらいたい」

党税調最高顧問の山中貞則が、皮肉をいった。

「塩川、おまえは、君子だな」

塩川は、山中のいうことの意味が一瞬わからなかった。

山中はつづけた。

「豹変《ひょうへん》す、だ。どうぞ、ご自由に」

税調幹部は、しぶしぶながら、閣議決定を受け入れた。ただし、中身については了解していない。党には税制改革を十分に検討し、精査し、責任をもって法制化する責任がある。閣議決定は受け入れるが、具体的な税制改革を決めるときは別だと突き放したのである。

その直後、小泉首相が国会近くの山中の個人事務所を訪ねたという情報が流れた。相沢は、山中に直接訊いた。

「何の話だったのですか」

薩摩隼人《さつまはやと》の山中は、きっぱりといった。

「そんなことは、いちいちしゃべれない。二人だけの話だから、人にしゃべることではない」

山中は、後、周りに、このときの小泉との会談について語っている。

「首相には、五寸釘を刺してある」

政府税制調査会は、六月十四日、中長期的な税制見直し案「あるべき税制の構築に向けた基本方針」と小泉首相に答申した。

○「公平・中立・簡潔」

○租税負担水準引き上げは不可能。

○所得税の「恒久的減税」は廃止する必要。

○法人税率の引き下げは適当でない。

○外形標準課税は早急に導入すべきだ。

○今後、消費税率引き上げの必要。
○相続税の最高税率引き下げが適当。
○納税者番号制度などが検討されるべきだ。

自民党筆頭副幹事長で、党税制調査会副会長でもある甘利明の見るところ、政府税制調査会の案は、小泉首相の財政再建路線を強く念頭に置き、財務省の影響力が色濃く出ている。

これまでの景気対策は、需給ギャップを埋めるために需要追加をしてきた。が、必要のない公共事業にまで追加した。そのため景気は一時的に良くなっても、消化し終わった時点で効果はなく、残ったのは借金だけであった。この何年間で、借金は百兆円も増えた。それが国債の格付けを下げ、やがて金利が上がってきたときには返済不能に陥る。とにかく財政の均衡をとらなければならない。そんな財務省の思いが非常に強く反映されている。

甘利は、六月二十日午後三時二分、党経済産業部会長の伊藤達也と首相官邸に小泉首相を訪ねた。中小企業調査会と経済産業部会でまとめた経済活性化策を提言するためである。

小泉首相は、提言を聞いたあといった。

「いいたいことはわかった。しかし、減税をして、その財源をどうするかまでいってくれる人はいないんだ」

甘利は、進言した。

「それは、歳出削減をやらなければなりませんね。一つひとつには、それぞれ理屈がありますが、強引に一割なら一割、二割なら二割を、一律すべてカットしてしまう。そして、重点再配分するという手法しかないのではないですか。それぞれ理屈はあります。しかし、財務省主計局は、前年度実績主義から脱皮できないでいる。ゼロベースで、毎年、毎年、必要性を査定することができません。それなら、一律みんなカットしてしまい、それを原資とし、何割は財政再建用、何割は重点再配分用とする。そのときは、ものすごい強烈な査定をかけるということで、いいのではないですか」

小泉首相は、黙って聞いていた。

甘利は、さらに提言した。

「それと、民間の金融資産を使ったらどうですか。民間の金融資産は、千四百兆円あるといわれている。そのストックを投資に向けたり、消費に向けたり、それをつないでいく税制を創るという発想です」

小泉首相は答えた。

「よく研究しておく」

甘利は、小泉首相は、デフレ対策と景気対策が必要なことは理解していると見ている。ただし、小泉首相は赤字依存体質に対して強烈なアレルギーを持っている。減税政策はいい。しかし、財源はどうするのか。そこまで辻褄《つじつま》を合わせるべきだと考えている。

甘利は、じつは五月二十七日に党本部で開かれた正副会長らによる党税制調査会の幹部会議でも、このことについて発言していた。

「十二月の年度改正で、翌年度の税制を決定し、それを一月まで遡及《そきゅう》して実行するというのは、国債発行を三十兆円に抑えるという枠にこだわったテクニックだと思います。しかし、ストックを消費や投資に向けるのは税収に実害はないし、試験研究税制をアメリカ型に変えるのは、減税額もそれほど大きくない。実行できるものは、ただちにやるべきではないか」

甘利は、説明した。

「ストックを投資（株購入）に、ストックを消費（家屋購入）にというのは、贈与税、相続税改革です。日本の金融資産は、千四百兆円ですが、そのうちの純資産、つまり借金を引いたネットの分布図は、六十歳以上が七割を占めている。つまり、金融資産の七割は、六十歳以上の高齢者が持っているわけです。その人たちの資産を活用していく。たとえば住宅を建てるとき、その金融資産を建てる当事者の息子や孫に移転した場合でも贈与税は取らない。贈与税は、ごぞんじのとおり、税収にはカウントされてない。贈与が発生しなければ税金が発生しないので、最初から予算に組み込まれていません。贈与税が取られなければ、住宅建設需要が増え、活性化すると思います。また、預貯金から少しでも株式に資金移動すれば、株価は上がり、不良債権処理は一気に進む」

甘利は、試験研究税制についても触れた。

「試験研究税制は、いわばこれから税収を生み出す基盤をつくるための制度です。使ったら終わりというのではなく、永遠に原資を産み出してくれる基盤を創るわけです。これまでの日本の試験研究税制は、過去五年間のうち、多いほうから三年分の平均をした投資金額を超えた分に対して減税の対象となっている。しかし、景気が悪いので研究開発投資は伸びないし、対象企業も少ない。ですから、ゼロベースでいくら研究開発費を投じたら何%税額控除するという、アメリカ型の仕組みにするんです。国にお金がなかったら、民間の金をうまく使わせる。そういう仕組みにしたらどうでしょうか」

相沢英之会長は、松下忠洋副大臣に質した。

「いま甘利さんが発言したことに対して、政府はどう考えますか」

松下副大臣からは、明確な返答はなかった。

いっぽう自民党税制調査会副会長の伊吹文明は、六月二十一日に公表される「骨太の方針─第二弾」がまとまる前、経済財政諮問会議のメンバーである塩川財務相にアドバイスを送った。

「日本の財政は、不況期に国債を増発し、減税したり、あるいは公共事業をしたために国債残高が増えているわけではない。好況期に返さず、国民におもね、同じことを政治がしつづけているから駄目なんです。今日の不況下で、三十兆円枠にこだわることはない。まず、国債を増発し、長期税制の構想のなかでの減税を先にやる。景気が良くなれば、自然増収も上がってくる。それを馬鹿なことに使わない。それと同時に、それで足らなければ消費税率を上げる。そして、銀行借入を返す。これを同じ法律に書き込んで、かつての好況期の誤りを繰り返さない。これが景気対策の基本ですよ」

塩川財務相は、賛同した。

「そのとおりだ」

塩川財務相は、経済財政諮問会議の会合でこの提言をし、了承された。

経済財政諮問会議は、六月二十一日、経済・財政運営の基本方針「骨太の方針―第二弾」を決めた。

○「公正・活力・簡素」

○グローバル化経済で日本の競争力強化を。

○財源は、原則として国債に依存しない。

○法人課税の実効税率引き下げ。

○外形標準課税について検討する。

○研究開発投資を促進できるよう検討。

○金融資産課税の見直しを検討する。

○相続と生前贈与の選択をゆがめない税制。

党税調で小枝をすべて刈り込み、「考慮します」「検討します」に直し、きわめて簡潔な文章に圧縮されていた。

六月二十一日、党総務会が開かれた。竹中経済財政担当相が、この日公表した「骨太の方針―第二弾」について説明にやってきた。竹中は、懸命に理解を求めた。

が、ふた言目には、「総理の考えで……」と繰り返す竹中に、辛辣《しんらつ》な声が上がった。

「総理、総理とふた言目にはいうけど、あんたは、担当大臣なんだろう。総理からいわれたことを右から左に伝えるだけじゃなく、自分の意見を総理にいい、よく相談して決めるべきことじゃないか。なんでもかんでも一方的に、総理、総理といっても通じないぞ」

竹中は、言葉を返せなかった。

相沢は、さすがに竹中が気の毒になった。

〈竹中さんは、議員を経験しているわけでもないし、役人として国会答弁でもまれたわけでもない。党の古い、海千山千の連中にかかると、かわいそうだ〉

この日の総務会で、この基本方針について閣議決定することを了承した。ただ、堀内光雄総務会長は、その後の記者会見で釘を刺した。

「あくまで閣議決定を了承したもので、内容を了承したわけではない」

政府税制調査会と経済財政諮問会議の基本方針が、これで出そろった。その評価はどうか。

経済財政諮問会議は、長期的税制の検討を諮問されているのだ。日本は、これからますます少子高齢化が進む。法人課税の実効税率を下げ、法人税収が足らなくなれば、どこかで社会保障に対する財源を出さなければならない。が、伊吹の見たところ、残念ながら経済財政諮問会議の案は、「財源は、原則として国債に依存しない」とし、また消費税の増税についても触れていない。小泉首相は、首相在任中は、消費税を上げないといっている。これも一つの見識だ。温室の中には、無駄がある。残り二年間の自民党総裁の任期中は、消費税という余分な水を与えず、まずは、無駄の雑巾《ぞうきん》を絞りに絞りたいと考えている。これはこれで、一つの考え方だ。しかし、小泉首相が諮問したのは、あくまでシャウプ税制に代わる長期的税制のあり方だ。長期である以上、消費税に言及しなければならないのではないか。

公共サービスは、政府が負担しているものではない。国民から預かったものを、政府を通じて返しているだけだ。社会保障という設備投資が大きくなり、その設備投資のもとで暮らすことを国民が期待するなら、その財源もまた国民が負担しなければならない。将来的には、それを所得税や法人税で賄《まかな》うわけにはいかない。現在、働いている人の六五％しか所得税を納めていない。法人企業にいたっては、八五％が赤字だ。六五％の勤労者と一五％の法人企業に一〇〇％の負担を負わせるという国で、どうして勤労意欲や活力が出るのか。消費税は、モノを買うすべての国民が少しずつ負担している。すべての国民が年金を受け取り、老人医療保険の恩恵を受け、介護の対象になる可能性がある。だからこそ、すべての人が負担する消費税の方向に切り換えなければ活力など出てこないではないか。経済財政諮問会議の案は、そこが完全に抜け落ちている。伊吹は、率直に考えている。

〈小泉首相は、総理在任中は消費税率を上げないといっている。この不景気に増税の話をすれば、国民の反発を受けるという政治的配慮もあるのだろう。しかし、小泉首相は抜本的、長期的な税制案を諮問しているのだから、この点でこそ、いつもの率直、簡明な発言をしてもらいたいものだ〉

伊吹はその意味で、長期的な税制案としては、経済財政諮問会議よりも政府税制調査会の作品のほうがはるかによくできていると評価している。

ただし、短期的には別だ。日本国民の貯蓄額は、千四百兆円といわれている。その六五%は、六十五歳以上の高齢者だ。傍《はた》からみて、つつましやかに暮らしていると思われる老人に限って、枕の下に一千万円を超える定期預金証書を置いている。これは、日本人の性《さが》だ。勤勉、貯蓄は、決して悪いことではない。高度成長期には、それが設備投資の財源となり、日本をここまで引っ張ってきた。しかし、経済を活性化させるには、その貯蓄を吐き出させるしかない。イギリスの経済学者ケインズは、財産税を課し、貯蓄を動かすという理論を展開した。が、それも民主制の下では難しい。反発も大きい。長期的な税制案でありながら、当面の景気対策に有効なのは、所得税の先行減税と、相続税と贈与税の一体化だ。これは、政府税制調査会も、経済財政諮問会議も打ち出している。現在、相続税の基礎控除は、五千万円である。が、贈与税の控除は、年間百十万円だ。それゆえ、みな枕の下に財産を置いている。たとえば、七十歳の老人に子どもが三人いたとする。一人に年百十万円贈与すれば、三百三十万円だ。十年間生きれば、三千三百万円になる。相続税の基礎控除五千万円と三千三百万円を足せば八千八百万円だ。そこで、相続税と贈与税を合算し、一億円まで税金をただにする。そうすれば、父親が息子に対し、「生前贈与をするから、家を建てろ。そのかわり、老後の面倒を頼む」という流れが起こってくるだろう。貯蓄が住宅投資に流れ、日本経済も活性化する。この相続税と贈与税の一体化は、デフレ対策にも有効だ。自民党側も、おおいに進めるべきだと賛同している。場合によっては、今年度中に成立するかもしれない。

ただし、「オヤジ、家を建ててもらってありがとう」といいながらも、老後の面倒をみないものが多ければどうするのか。伊吹がいっている、良き慣習を失った日本人の下で制度を緩和する怖さとはこういうことだ。人間は、税制をふくめ社会保障制度が変われば、それに応じて損得勘定で動く。同時に、制度を運用するのも人間だ。人間の質が悪ければ、家を建ててもらったのに面倒をみないということが起こりえる。

改革志向者は、制度さえ変えればみなうまくいくと思い込んでいる。が、それはまちがいだ。伊吹は、小泉改革に人間の匂《にお》いが欲しいと考えている。学校教育よりも、地域と家族の復権によって日本の良き伝統などをたたき込む。週休五日制にせず、六日制にもどし、道徳教育の時間を増やしたほうがいい。

相続税と贈与税の一体化は、実現する可能性が大きい。が、××年度税制改正ということが決まれば、その一年間は税制を動かさない。その前提で、国民は行動し、日本の秩序は成り立っている。十二月までに贈与した人は損をし、それ以後は得をするということなら、だれも税、つまり国家の仕組みなど信用しない。最終的には、国家統治のための信頼感が揺らいでも、異時異例のこととして、「もっと大きい国家利益であるデフレ脱却のためにおれはやる」と小泉首相が判断するかどうかだ。

経済財政諮問会議の「骨太の方針─第二弾」には、景気対策の基本が欠落している。会社は、不況で売り上げが伸びず、運転資金が足りないときは、やむをえず銀行から借入するる。つまり、国債に頼る。売り上げが伸び、利益が上がれば、まず銀行借入を返済するののが当然だ。銀行借入を返済せず、従業員の給料やボーナスの額を上げ、株主に配当し、「やさしい経営者だ」「立派な経営者だ」とちやほやされるものは、お粗末な経営者である。

自民党税制調査会は、「骨太の方針─第二弾」については、「うかがっておく」というスタンスである。この案を具体化していくとき、法律や予算は議院内閣制のもとで与党が責任をもたなければいけない。そのときには、党内手続きを取る。今回の提言は、国会に出すものではない。だから、閣議決定をしても、党としてはうかがっておくということでよいのではないか。法律として出すときに、おたがいに調整するという考え方である。

やはり自民党税制調査会副会長の一人である甘利明は、経済財政諮問会議の案は、経済運営を主眼に置き、民間の企業経営者の考えがかなり反映されていると見ている。景気を良くしない限り、ジリ貧のなかで財政再建に取り組んでも縮小均衡に陥るだけだ。まず、返済する体力をつけることが大事だ、という考え方である。

自民党側は、経済財政諮問会議の事務局長役の竹中経済財政担当相に説明した。

「まず、経済を活性化させることが第一である。ただし、元気のつけ方は手法が違う。従来は、需要の追加型だ。新しい考え方は、需要を作り出す構造を強化する。これまでのやり方だと、使い切ってしまったときに効果も終わる。これからは、次から次へと途切れることのない創造力をつけなければならない」

経済財政諮問会議の案は、その考えをくみ取っている。

たとえば、従来の税の基本的な考え方は「公平・中立・簡素」である。これは、政府税制調査会の案にうたわれている。

が、経済財政諮問会議は、「中立」を「活力」に変え、「公正・活力・簡素」を掲げている。「活力」とは、原資を生み出す構造を創っていくという考え方だ。甘利は思う。

〈原資をどうするか、そのせめぎ合いだ〉

もっとも強調しなければならない点は、活力を生み出す財政出動の原資を何に頼るかでである。従来は、赤字国債であった。しかし、小泉流では行政改革だ。平成十四年度予算でも、科学技術を中心とする重点配分をおこなった。それを生み出すのが行革であった。つまり、行革で五兆円を削り、そのうちの三兆円を財政再建にまわし、二兆円を再配分した。その視点は、これからも貫かなければならないと甘利は思う。

〈創造するための原資を赤字国債に頼る、という短絡的な発想ではいけない。行革で無駄を省《はぶ》き、その浮いた金を回す。もちろん、短期的にその原資ではとても足らないというときには、総理のこだわる国債発行の三十兆円枠にとらわれる必要はない。が、基本原資は行革で生み出すという哲学は、たとえそれが原資の半分に届かないとしても忘れてはいけない〉

経済財政諮問会議は、法人課税の実効税率引き下げに触れている。甘利は、現状では第一義的に法人税を下げるべきではないと考えている。しかも、韓国、台湾などASEAN（東南アジア諸国連合）を視野に入れて下げるというのは、いかがなものか。日本は、経済先進国だ。アメリカやヨーロッパと比較して論ずるべきである。ASEANと同列で論じるべきではない。欧米並みの税制でやっていけない企業は、衰退企業だ。下げる余地があるのなら、下げるにこしたことはない。が、優先順位でいけば、投資減税や資産移転税制など他にやるべきことがある。

さらに、法人課税引き下げの原資を外形標準課税で埋めるというなら、やらないほうがいい。そもそも、外形標準課税は、総務省と中小企業庁がすり合わせたのちにおこなうものだ。しかも、「景気の状況が好転した時点で検討する」となっている。現在のところ、総務省と中小企業庁のすり合わせはおこなわれていない。景気も好転していない。二つの縛りを無視してやるには、無理がある。しかも、現在の総務省案では、人頭税になってしまう。人件費率、資本金などを計算するので、労働者の多い企業を直撃する。

甘利は、党税調でも主張したように、住宅取得税制で税制改革をやるべきだと考えている。住宅の取得を対象として金融資産を移転した場合、三千万円までは贈与税をかけない。

もう一点は、株だ。親が子に二千万円を贈与したとする。孫が、その金で株を買った場合は税金を取らない。が、その株はすぐに売れないよう数年間、売買禁止特例をつけておく。日本の個人金融資産は、千四百兆円といわれている。そのうち預貯金は、八百兆円ほどだ。仮に一割の八十兆円が株式市場に流れたら、株価はいくらになるか。株価はあっという間に二万円を超え、金融機関の不良債権処理などただちに済んでしまうだろう。

しかし、甘利のこの案は、なかなか採用されない。住宅取得は、質のいい住宅に住まわせようという社会政策だが、国民に株を買わせる政策は、社会政策ではないからである。だが、日本は資本主義だ。投資する人と事業をする人の橋渡しは株である。そちらに向かわせたほうがいい。それでなくとも、個人金融資産の株式、債券、預貯金に分散したポートフォリオでは、預貯金が多すぎる。もう少し直接金融の株式に向いたほうが健全である。

甘利は思う。

〈いまの時代は、金持ちに金を使わせなければ駄目だ。金を持っていない人に使わせようと思っても、無理がある〉

幹事長代理である町村信孝は、法人税率については、政府税制調査会は引き下げは適当でないとし、経済財政諮問会議は、実効税率引き下げを主張している。法人税率は、国際競争だ。現在の日本は主要国並みになってきているが、仮に主要国が下げてくれれば、対抗上、下げざるをえない。そういう性格のものだ。絶対に下げてはいけないとはいい切れない。が、いま積極的に下げなければいけないほど、日本が極めて高いわけではないと思う。ただし、研究開発税制など法人に関わる税制で下げたほうがいいものもある。

外形標準課税については、二、三年前から自民党も導入を前提にした議論をおこなってきた。地方の税源を充実させるためには、何らかの手段が必要だ。問題は、経済状態である。その時期を見極めなければいけない。外形標準課税について、「赤字企業に税負担を求めるのは不適切だ」という批判的な意見もある。が、町村は、それはまちがいだと思う。本当に赤字企業なら、仕方がない。しかし、昭和三十年代の赤字企業の割合は三割、四十年代は四割、五十年代は五割、現在は六割をはるかに超えている。景気と関わりなく赤字企業比率が増えるのは、日本の経済状態からすればおかしい。昭和三十年代から景気が低下しているならともかく、高度成長してきたではないか。それなのに、なぜ、このようなことが起こるのか。多くの企業の節税がうまくなったということだろう。

町村は思う。

〈企業はみな、道路その他で便益を被《こうむ》っている。赤字、黒字に関係なく、一定の地方税の負担をするべきだ。むろん、大幅増税をもくろむのは無理だが、一定の負担、安定した地方の税収を確保する必要がある〉

自民党税調の幹事でもある小林興起は、現在の日本の政治状況は最悪だ、と憤慨している。

〈税制の問題も、このままでは景気対策の議論など生まれるはずがない〉

そもそも、不況のど真ん中の状況で、なぜ来年度からの実施なのか。短期的な対策ならただちに提言し、ただちに実行しなければならない。それをなくして、どうして日本の経済が上向くのか。そのような点に政治力が働かない現状に、小林は苛立《いらだ》ちを覚えている。

小林は、短期的な対策として、まず税収中立の議論を廃止しなければならないと考えている。減税はするが、片や増税で辻褄を合わせてはいけない。

小泉首相は、国債発行を三十兆円以下に抑えると主張している。それならば、補助金をもっと削っても減税の財源にあてなければならない。減税の財源論を議論し、三兆円、あるいは五兆円を減税する。新規に国債を発行しなくても、いまの予算枠のなかで十分にできる。場合によっては、そのぶんだけ三十兆円枠を超えてもいいではないか。

いずれにしても、財源なくして減税論議はありえない。なぜ、これまでの素晴らしい減税論議が消えてしまったのか。政府税調も、党税調も、最初から蓋《ふた》をするからだ。どのような意見を出しても、税収中立が前提となる。片方で減税すれば、片方で増税だ。今日、増税などしたら大変なことになるではないか。

法人課税の実効税率の引き下げは、けっこうだ。が、外形標準課税を導入し、赤字法人に課税してその分を埋めようとするのはおかしい。いったい、どれだけの赤字企業が払えるというのか。利益をごまかしている企業には余裕があるだろう。が、中小企業の多くは払うことはできない。つまり、「中小企業は、首を吊《つ》って死ね」ということではないか。そのような愚かな案を、堂々と書いている。小林は、あきれはてる。

〈もっと先の議論ならわかる。が、今日の経済状況を、どう見ているのか。実態経済に、暗すぎる。これは、机上《きじょう》の空論で、生活に根ざしていない人の考えだ。赤字企業といっても嘘《うそ》っぱちだ、叩《たた》けば何か出てくるだろうという、かつての高度成長時代のイメージでいるのではないか〉

東京都の石原慎太郎都知事は、銀行にのみ外形標準課税を導入しようとした。銀行側は強く反発したが、当時の銀行にはフローの利益によって払える体力があった。払うことのできる企業と払うことのできない企業では、天と地ほどの差がある。そのような実態経済を踏まえて発言しないといけない。このまま税収中立の議論などしていたら、日本経済は袋小路のなかに追い込まれてしまう。

小泉首相は、口を開けば「構造改革」「構造改革」という。が、税制を活用することにより、構造改革もできる。減税で意欲をもった民間企業が業績を伸ばせば、構造改革も自然と進んでいく。どの国家でも、税制を活用している。が、日本では、その税制活用策がまったく議論されていない。

党税調の一部は、秋以降に議論し、政府税調、経済財政諮問会議の案を引っ繰り返そうと思っているのかもしれない。が、小林はただちに税調を起こし、議論をし、秋にも国会で成立させるべきだと思っている。

ところが、自民党幹部によると、党税調は、毎年十一月にならなければ開かれない。それを改めようという意見もあるが、税の権威である最高顧問の山中貞則がウンといわないのだ。

党の組織的には、党税調は、政調会の下に位置している。が、山中は、「税調は政調の下にある組織ではない。独立している機関だ」といってはばからない。

森喜朗前総裁時代の税調会長は、山中と同じ江藤・亀井派の武藤嘉文《かぶん》であった。小泉新総裁のもとで政調会長に就任した麻生太郎は、税調会長を意思疎通のしやすい同じ河野グループの相沢英之に代えた。

ところが、山中は宣言した。

「税調会長などなんぼ代えようとも、関係ない。わしが〝ミスター税調〟だ。わしが最高顧問でいるかぎり、だれが会長になろうとも、税調の方針は変わらない」

山中には、税制論議はあまり軽々にする必要はない、どっしりと構えて議論するものだという思いがある。党税調副会長の甘利明も、その思いは理解できる。が、時代の要請に的確に答えるのも税制だ。財政、金融は、もはやぎりぎりの段階まできてしまっている。せめて税制は、機動的に考えてもらいたいと考えている。

さらに、自民党幹部は、党税調にある非公式のインナーという組織にも批判が強いという。会長・小委員長と五、六人の顧問がメンバーである。このインナーが動脈硬化を起こしているという批判もずいぶんと聞こえてくる。党税調は、あくまで政務調査会の組織である。自民党の政策の最高責任者は、その会長である政調会長だ。税制も、政策である。政調がインディペンデント（独立）の関係になっていることは、ほんらいおかしい。

しかし、歴代の政調会長は、だれも山中に逆らえなかった。山中は、税制においては首領である。それだけ勉強もしている。かつて大蔵政務次官になったとき、税制を猛勉強し、大臣よりはるかに税制を理解したという。税制というのは、理屈だ。それぞれ一つひとつ理屈がある。山中は、それぞれの税制度がどのような理屈によってできたのか、すべてそらんじることができる。税の世界では、なかなか太刀《たち》打ちできない。いかに強引な政調会長が、税調を開くよう指示しても、「きみは、もうオシメは取れたのかね」と軽くあしらわれてしまうだろう。

その幹部は、党税調は、短期的な検討ばかりしていると指摘する。しかも、毎年、十一月にしか本格的な議論をおこなわない。なぜか。いまから十三年前、消費税の導入というダイナミックな税制改革を手がけ、現在、党税調最高顧問である八十一歳の山中貞則の体調だという。幹部も、古色蒼然《そうぜん》とした長老議員が多い。みな通年で議論する体力がないというのだ。

中堅幹部で大蔵官僚出身も、口では、「抜本改革」といいながらも、口ほどやろうとしない。かれらは、口をそろえていう。

「税制は、おれたちプロが決める」

そのプライドも大事だ。が、もっと広く議論をし、ダイナミックな税制改革をやる必要がある。よりよい税制を望む国民にとって、党税調の幹部は、抵抗勢力であり、邪魔な存在になっている。麻生太郎政調会長がいくら頼んでも、めったに税調を開かない。小泉首相が山中最高顧問のもとに足を運んでも、山中はあしらうだけだ。

党税調の若手議員が、党のある幹部に泣きついてきた。

「早く税調を開くように、幹部のみなさんにいってください」

幹部は、発破《はっぱ》をかけた。

「きみらが、ぼくに『党税調を開くようにいってほしい』というなら、自分たちでどんどん提案するんだ。そして、税調を動かしていく。どんどん、やれ」

しかし、若手議員は、税調幹部に睨《にら》まれるのが嫌なのか、まったく動こうとしない。

その幹部は、情けない思いであった。

〈残念ながら、自民党の能力が落ちてきているということだろう〉

かといって、長老議員を勇退させ、一掃するわけにもいかない。自民党には、政調の部会とは別に、税制調査会、外交調査会、憲法調査会など「調査会」と名のつく機関がある。大臣を歴任し、もはや入閣の可能性のほとんどない長老でもエネルギーはまだ残っている。調査会は、そのエネルギーの発散場所だ。一掃すれば、行き場がなくなってしまう。まるで老朽化した会社のようなものだという。

かれらは、自分たちが長年慣れ親しんできたやり方、制度、発想で、日本はうまくいってきたという自信があるのだろう。が、少なくとも、バブル崩壊後、この十年はうまくいっていない。いまや、通用しない自信にしがみついているだけである。

「いつまでも年寄りがのさばっているようでは、自民党も終わりだ」

という声もある。

幹部は、危機感を抱いている。

〈政治のみならず、経済界でも、そういうところがある。しかし、そういう経営の会社はどんどん倒れている。自民党も、同じようにいずれ倒れてしまうのではないか。小泉首相の構造改革は、その危機感の表れだ。しかし、その主旨が自民党の国会議員に伝わっていない。総論はわかっていても、自分の関心の深い税制や郵政事業などになると、コロッと
もとにもどってしまう。総論と各論が結びついていない〉

いっぽう、甘利によると、党側も、どんどん意見を出さなければいけないが、いくら主張しても、官邸は採用してくれないという不満の声も多いという。

「総理に何を出しても、結局、マスターベーションで終わりではないか」

という厭戦《えんせん》気分になってしまうのだ。

これは、マスコミにも責任がある。マスコミは、党側の意見を官邸が採用すると「党側の主張に譲った」「妥協した」などとかならず報じる。それゆえ、小泉首相は、ひどくナーバスになっている。党側に歩み寄れば、マイナスイメージになるという思いがあるのだろう。無理もない。小泉丸は、強い党内基盤を持っていない。世間の追い風を帆《ほ》にいっぱい受けて進んできた。世間の風を受けなければ、なかなか前に進まない。それゆえ、党と対立することで、小泉流を際立たせるという考え方でいるのだ。

マスコミは、よく口にする。

「三十兆円枠にこだわっていては、景気回復はできませんね」

甘利は訊く。

「それでは、これにこだわらないとなると、どういう紙面になるの。『最後の砦《とりで》が崩壊』

と書くんじゃないの」

「そうですね、そう書かざるをえない」

「いっていることと、矛盾しているんじゃないの」

「でも、そうなってしまうんです」

そのような書き方をされれば、現在の四〇％前後の小泉政権の支持率が、さらに三〇％前後に下がってしまうだろう。小泉政権は、制約のなかで成果を上げていくしかないのだ。

相沢英之によると、内閣支持率が下がったことで、党総務会の雰囲気も変わったという。意見のほとんどが小泉批判であるという。橋本政権の末期、梶山静六、亀井静香、河野一郎、粕谷茂の四人のKが橋本首相の政策転換に対して加藤紘一幹事長ら党執行部を厳しく批判し、ときには重要法案の了承が見送られることもあった。この四人のKは、総務会「4K」と呼ばれた。いま、この「4K」時代の様相を呈してきている。

党税調の幹事である小林興起は、場さえあれば、税の活用策を積極的に発言するつもりでいる。が、税調そのものがまだ開かれていない。これでは、発言することもできない。改革を志す多くの自民党若手は、ひどく心配している。いまのままの体制では、改革の実は上がらない。

自民党税調で発言をすれば、幹部から蓋をされる。官邸にアドバイスをすれば、役人の厚い壁に撥《は》ね除《の》けられる。そろそろ、本当のことを語り、本当の改革を断行するのかどうか、小泉首相は決断しなければならない。言葉だけの改革では意味がない。

税制改革の攻防は、この秋以降に本格化する。政府税制調査会、経済財政諮問会議、自民党税制調査会のなかで、もっとも影響力を持つのは自民党税制調査会だ。なぜなら、少なくとも法律案を出さなければ何もできない。政府提案といっても、党の部会、税制調査会、政策審議会、そして、総務会が了解しなければ出せない仕組みになっている。

党税制調査会会長の相沢は思う。

〈対国会、対国民において、最終的に責任を持つのは、われわれ税調だということを忘れないでもらいたい〉

六月二十一日、注目されていた道路公団改革のための第三者機関「道路関係四公団民営化推進委員会」の委員が決まった。日本経団連名誉会長の今井敬、ＪＲ東日本会長の松田昌士、拓殖大学教授の田中一昭、評論家の大宅映子らの名とともに、作家の猪瀬直樹の名前も挙がっていた。

猪瀬は、昭和六十二年、『ミカドの肖像』で第十八回大宅壮一ノンフィクション賞を受賞していた。特別法人改革に斬り込んだ『日本国の研究』の著作もある。平成十二年には政府税制調査会委員、平成十三年には、小泉政権の行革断行評議会委員となっていた。高速道路建設の凍結を主張するなど道路公団民営化推進の急先鋒《きゅうせんぽう》でもある。

猪瀬は、六月四日、民主党主催の勉強会に出席して、メンバー入りに強い意欲を示した。

「道路公団のことを一番知っているのは、自分だ。わたしが委員になるかどうかは、小泉改革のリトマス試験紙だ」

いわゆる、自民党道路族からは、猪瀬の委員就任への反対論が強かった。麻生太郎政調会長も「猪瀬氏を入れたらたいへんだ」と猛反対していた。

小泉首相は、この日夕方、今回の人選について首相官邸で記者団に強調した。

「改革意欲に富む人を選んだ。反発は、覚悟の上。捨て身の決意で人選した」

自民党道路調査会長で、民営化推進委員会に批判的な自民党の「高速道路のあり方に関する検討委員会」の座長でもある古賀誠前幹事長は、その前段の流れから、猪瀬はかならず委員に選ばれると読み切っていた。委員選定の発表があった翌日の六月二十二日、愛知県名古屋市で開かれた講演で、委員選定について語った。

「首相は、『命懸けで人選を決めた』というが、はたして命を懸けるようなことか。またポピュリズムの人選をした」

そして、つづけた。

「公平・中立から逸脱した方が入ることを、たいへん危惧している」

名指しこそ、あえて避けた。だが、その文脈には、猪瀬を委員に選んだことへの厳しい批判がにじみ出ていた。もちろん、古賀は、猪瀬ひとりを個人攻撃するのではない。むしろ、猪瀬は、意見の軸足がぶれない立派な人物だと思っている。

古賀が批判をくわえたかったのは、道路関係四公団民営化推進委員会そのものである。民営化推進委員会は、道路四公団の民営化ありきではじまって設立された。だからこそ、採算性、合理性がもっとも重要視されている。赤字となると思われる道路は、計画からのぞく。あるいは、着工中でも凍結するという。

採算のとれない高速道路を積極的に建設凍結すると主張しているのは、猪瀬のほかに、JR東日本会長の松田昌士、経営コンサルタントの川本裕子、拓殖大学の田中一昭、評論家の大宅映子である。

経団連名誉会長である今井敬は、どちらかといえば中立的な立場である。武蔵工大教授である中村英夫は、建設続行を主張する立場である。だが、圧倒的に、建設凍結派のほうが意見が強い。

行政改革担当大臣である石原伸晃をはじめ政府側は、推進委員会の意見を最大限に尊重しようと考えている。だが、民営化とは、国家戦略の根幹をなすはずの道路を営利事業として位置づけ、私有財産にしてしまおうという発想である。

古賀は、道路を営利事業として位置づける議論自体が、おかしいと思っている。株式を上場させる議論は、もってのほかだ。民営化して株式まで上場したJRが引き合いに出される。しかし、鉄道と道路では大きく意味合いがちがう。道路は、あくまでも公共財である。償還返済が終われば、当然のことながら国に帰属するものだろう。

ましてや、道路関係四公団民営化推進委員会は、あくまでも第三者機関にすぎない。その第三者機関が、国の意思決定を覆すことはむしろあってはならない。

「道路関係四公団民営化推進委員会」が八月末にまとめた中間報告では、新組織は採算性を確保できる範囲内で建設費用を負担し、不足分は新設の「保有・債務返済機構」や国・地方が負担することを明記。国などからの税金投入に道を開いた。

自民党の「高速道路のあり方に関する検討委員会」が、九月二日、自民党本部でひらかれた。「道路関係四公団民営化推進委員会」の「中間報告」に対し、批判が相次いだ。

「民間会社にするが税金は払わないとは、何だ」

批判が出尽くすと、とりまとめに立った古賀が、むしろ自信を見せた。

「一番の問題は、新組織がどれくらい資金を出せるかだ。十五、六兆円は大丈夫だと思うが、そこが一番大きな民営化の議論であるべきで、あとは枝葉だ」

古賀は、なにも、道路公団に代わる新たな組織をつくることに反対しているのではない。高速道路の保有者と建設者を別々にする「上下分離方式」であろうと、「上下一体型」であろうと、組織形態にはこだわっていない。民営化するのなら民営化してもかまわない。

古賀ら、いわゆる道路族と対立しているといわれる猪瀬直樹とも、組織イメージとしてそう変わらないと思っている。猪瀬は、高速道路の管理と建設を担う民営化会社（上）と、四道路公団の道路資産と借金を引き継ぐ公的組織「保有・債務返済機構」（下）に分離する、いわゆる、上下分類方式を提案している。その手法は、古賀がこれまで主張してきた形に近い。マスコミは、「民営化の急先鋒である猪瀬が、古賀に擦り寄ったのではないか」と騒ぎたてたほど、よく似ている。

その点では、古賀は、民営化推進委員会との距離はそれほど遠くはないと見ている。

古賀はむしろ、国土政策の観点から、高速道路の役割を見直すべきではないかと考えている。閣議決定している高速道路整備計画は、九三四二キロ、国土政策として、高速道路を、ひとつのネットワークとしてとらえたがゆえに、これだけの路線の建設が計画された。現在、そのうち未完の路線、いわゆる、残事業は二三〇五キロにもおよぶ。

古賀は、実際問題として、これら残事業の計画中、着工中の道路の凍結はできないと踏んでいる。それこそ、ロスにしかならない。粛々と建設を進めるべきだ。高速道路のネットワークを完成させ、費用対便益を考えれば、そのほうがかならずやプラスになる。

その道路周辺の自治体にしても、道路計画にしたがって、街づくりを進めている。建設を凍結してしまえば、いきなり梯子《はしご》を外されるようなものだ。国として、国民の信頼を損なう結果となる。

古賀の決意にゆらぎはない。

〈なにがなんでも残事業をやりあげていく〉

たしかに、それらの路線をどう効率よく建設し、国民にサービスが提供できるようにつくるかを考えることは重要だろう。

いわゆる、二三〇五キロにもおよぶ残事業分をすべて建設するのに、二十兆六千億円かかると試算されている。道路公団への、国民からの厳しい批判に応えるためにも、発注の仕方、高速自動車道路の構造のあり方、いろんな分野で見直していく。道路公団の関連事業といわれる点でも、きわめて大胆に見直し、改革する。

合理化を進めていけば、かなりのコストダウンをはかれる。合理化した整備計画を、いまの高速道路料金収入を最大限に生かして推進していく。しかし、これからの需要動向がどう動くか。利子をどれくらいに見るか。それらの要素で、建設投資額というものは当然のことながらちがってくる。

ただ、古賀は、民営化推進委員会がいうような、自動車の需要動向がいきなり下降線をたどりはじめることはないと見ている。十年、二十年といった長期的に見ても、むしろゆるやかに伸びていく。少なくとも、横ばいをつづける。

金利にしても、四％で計算しているが、実際には三％ほどである。デフレのこの時代に、金利が五％、六％までいきなり引き上げられることはない。そのようなことも考えると、少なくとも、十五兆円から十六兆円にまでは絞りこめる。四十兆円もの債務を五十年を上限として償還しながらも、十分に建設投資額として確保できる。

もしも十五兆円から十六兆円では残事業の整備に足りないときには、残された区間は、地方の人たちと話をし、国の責任としてどうつくっていくか。さらにまた新たな整備手法も考えていく。

古賀は、新組織が、建設資金の手当てをして、建設投資をして高速道路の整備を進めていく組織であるならば、道路公団に代わる組織に異論を挟むことはない。整理手法、効率性を重視しながらも、これからも円滑に事業が継続されること、つまり、残事業である二三〇五キロの高速道路を建設していくことさえ保証されればいい。

全国的なネットワークとして建設しなくてはならない道路は、なんとしても建設せねばならない。そこだけは、古賀は曲げることはできない。

第12章　迷走!?　民主党代表選

民主党の熊谷弘国対委員長は、六月十日、都内のホテルで講演し、九月に鳩山由紀夫代表が任期満了を迎える民主党代表選挙では、鳩山と、出馬に前向きとみられている菅直人幹事長とは別の「第三の候補」を擁立する意向を示唆《しさ》した。ただ、具体的な候補者名や、熊谷自身の出馬の可能性については言及しなかった。

熊谷は、強調した。

「民主党の支持率が下がっていることに、寒気がしている。代表選は党が飛躍するチャンスだ。新しい民主党をつくるという指導者をつくれば、党は確実に伸びる。党の中の戦いをやらなければいけない」

いっぽうで指摘した。

「われわれが決別した自民党と戦いつづけた人間は、何人残っているのか。自社さ政権、自自公政権をつくったのは、だれか。そういうメンバーが足し算、引き算で政権を取りたいというから、だれも信じなくなる」

鳩山、菅や、二人と連携を図る自由党の小沢一郎党首らを暗に批判した。熊谷は、新進党時代、小沢批判の急先鋒《きゅうせんぽう》であった。

なお熊谷の若手候補擁立の最大の狙《ねら》いは、対立する菅の追い落としにあると見られている。菅幹事長―熊谷幹事長代理のコンビであったが、菅と熊谷の折り合いが悪く、鳩山が熊谷を国対委員長にし、菅のやりやすいように、前原誠司を幹事長代理に据えた。それ以来、熊谷と菅はいっそう犬猿の仲と見られていた。熊谷は、かつて、菅と鳩山が代表選を争ったときには、鳩山を担いで汗を流している。それなのに、自分を代えた鳩山にも、不満を抱いている。

熊谷周辺では、ささやかれていた。

「鳩山氏は、後輩に道を譲り、名誉あるキングメーカーになってもらいたい」

鳩山は、六月十日、都内で菅と昼食をともにした。二人は、熊谷が「第三の候補」として鳩・菅に代わる第三の候補を出すと発言したことを受け、話し合った。

「本当にいま、交代の時を迎えているのか」

「年齢だけで結論を出すべきなのか。資質や、さまざまなものもある」

永田町では、「若手」に入る五十五歳の二人がどう立ち向かうのか。代表選は、乱戦に突入した。

民主党は衆院百二十四、参院五十九の計百八十三人の国会議員を擁《よう》する。現在の鳩山代表は平成十一年九月の代表選で菅と横路孝弘前副代表を破って当選、十二年九月には、無投票で再選された。今回は、鳩山が九月末に任期満了となるための選挙で、任期は二年。

鳩山は、十一日に政権交代のための「政策マニフェスト（綱領）」案を党に提案した。

菅も、十日発売の月刊「文藝春秋」に「この内閣は私が倒す」と題する政権構想を発表した。

出馬は党所属国会議員二十人以上の推薦が必要である。有権者は党所属国会議員、国政選公認予定者、地方議員、一般党員、サポーター。過半数を得た候補が当選する。過半数獲得がなければ、国会議員らで上位二人の決選投票をする。国会議員は、一人二ポイント、公認予定者は一ポイントで投票。千五百二十人の地方議員は一人一票で郵便投票し、四十七ポイント分をドント方式で比例配分。一般党員と、一千円の本部登録料でなれるサポーターは一人一票で郵便投票し、都道府県ごとのポイントをドント方式で比例配分する。都道府県のポイント、たとえば東京都三十ポイント、島根県二ポイントなどは、五月末現在で総計三百十九ポイントで、人口四十万人に一ポイントで割り振る。一般党員、サポーターには、十八歳以上の日本国民または日本居住の外国人が党費、本部登録料を払えばなれる。五月三十日時点の一般党員三万千五百二十六人、サポーター六万九千二百五人。

民主党の中央代表選挙管理委員会は、六月二十五日、九月に予定される党代表選で本格導入される党員・サポーター票について、国会議員投票がおこなわれるまで開票結果は公表しないことを確認した。

七月二日の党常任幹事会で、鳩山が提案した。

「臨時国会は、九月末、十月初め召集が通例だ。準備期間を考慮し、十六日としたい」

これまで党を支えてきた鳩山、菅に代わる「第三の候補」を担ぎ出そうと画策する熊谷らは、任期切れの九月末より半月も前の投票日設定について批判していた。

「自ら出馬する構えの鳩山、菅両氏が、後発組に不利なように早くやってしまおうとしている」

熊谷が、鳩山の発言に対して口火を切った。

「国対は、そんな要請はしていない。臨時国会は、もっとずれ込む」

熊谷と盟友関係の仙谷由人、川端達夫らが示し合わせたように次々と同調した。

常任幹事会に先立つ役員会では「十六日」を了承済み。地元日程などから役員会を欠席した熊谷が、普段姿をみせない常任幹事会に突然出席、この方針に嚙《か》みついた。

そのため、菅が反論した。

「役員会には、佐藤敬夫国対委員長代理もいたはずだ」

熊谷、仙谷、川端、佐藤の四人は、「四人組」と呼ばれ結束は固い。

結局「どんな候補にも十分な選挙期間を設けるべきだ」という声に屈する形で、鳩山が「わたしも任期が一週間延びたほうがいいですから」と、二十三日を再提案することで決着した。

出席者の一人は、鳩山の姿勢に不満を爆発させた。

「代表は、自分で提案したものをすぐに撤回する。だから、『軽い』といわれるんだ」

党内の二回生が騒ぎはじめた。

「鳩・菅では、駄目だ！」

最初に火の手を上げたのは、安住淳、原口一博、末松義規らであった。かれらは、どちらかといえば鳩・菅に近い。それだけに、鳩・菅の限界がいっそう見えているようであった。

民主党三回生の上田清司も、鳩・菅体制に限界を感じていた。

鳩山は、党首としての座りはいい。が、残念ながら言葉の運動神経が鈍い。テレビ中継される党首討論会も、上田が地元の後援者に感想を聞くと、十中八九は、「鳩山さんは頼りない」「何回やっても、うまくならない」という声が返ってくる。明確なメッセージが伝わらないのだ。

その点、菅は、言葉の運動神経は敏感だ。論戦上手だ。国民の受けも、いい。が、人をまとめるマネジメント能力に欠けている。菅は、長い間、弱小政党の社民連で活動してきた。そのため、組織のルールがわかっていない。たとえば、国会運営を担当する国対の仕組みだ。代表や幹事長は、執行部で決めた方針を国対委員長に伝える。国対委員長は担当の国対副委員長に指示し、そこから現場の理事に連絡することになっている。むろん、緊急時においては、国対委員長や副委員長を飛び越えて現場の理事に直接連絡することがあってもかまわない。が、菅は急を要することでなくとも、しばしば現場の理事と直接やりとりする。議院運営理事三回生の上田清司によると、これでは、任にあたる国対の正副委員長はおもしろくない。みんなシラケてしまうという。

上田は、腹を決めた。

〈鳩・菅の労は、多とする。しかし、このままでは党勢に飛躍的な伸びはない。鳩・菅に代わる第三の候補を応援しよう〉

保守系の若手議員が、「第三の候補」としてまず白羽の矢を立てたのは、党内屈指の政策通である四回生の岡田克也政調会長であった。党内には、二十人ほど四回生がいる。その大半は、旧民社党系、社民党系だ。保守系では、岡田以外に目立つ議員はいなかった。岡田は、たびたび若手議員から出馬をうながされた。が、一貫して固辞しつづけた。

「ぼくは、出るつもりはない」

岡田に、揺らぎはなかった。その最大の理由は、党首の〝重み〟にあった。民主党は、野党第一党であり、数の上で自民党に対抗できる唯一の政党だ。仮に総選挙で過半数を獲得することになれば、党首は総理大臣となる。中曽根康弘元首相は、若いころから総理大臣になることを目指し、その要諦《ようてい》や政策を三十冊ものノートに書きためた。そして、いざ総理大臣になるや実行したといわれている。総理大臣を目指すものは、それだけの気構えが必要だ。さらに、読書や施策を重ねることで理念や哲学を自分のものにし、政策や内外の人脈を積み上げ、リーダーになるための資質を磨いておかなければいけない。

四十九歳の岡田には、自分では、まだそれだけの準備は整っていないと思っている。平成二年二月の初当選から十二年あまり、自分なりに努力をつづけてきた。この二年間は、政調会長をつとめ、政党の運営も勉強した。民主党の党首だけなら、つとまるかもしれない。が、日本国の総理大臣がつとまるかといえば、準備不足は否《いな》めないと思っている。

党首候補として名前が上がることは、たしかに光栄なことだ。が、その理由が単に「鳩・菅では駄目だから、岡田だ」というのであれば、受けるわけにはいかない。政党の党首は、それほど軽いものではない。それゆえ、岡田は、出馬要請を固辞しつづけたのである。

じつは、上田清司の意中の人物は、六回生の熊谷弘国対委員長であった。熊谷と会い、説得した。

「先生、出馬してください」

しかし、熊谷には、その気はなかった。

上田は思った。

〈表に出るのが、嫌いなんだろう〉

菅は、七月五日午後の記者会見で、代表選挙へ向け、若手議員の中から世代交代を狙った「第三の候補」擁立の動きが強まっていることに、苛立《いらだ》ちをあらわにした。

「若ければ若いほどいいなら、オギャーと生まれたゼロ歳児に首相をやってもらえばいい」

菅は、毎夜のように代表選をめぐって会合を開く若手を牽制《けんせい》した。

「国会中は国会活動を最重点にすべきだ」

さらに、菅によると、ある若手議員に電話で注意した。

「心ここにあらずでやってるんじゃないのか。自分の仕事をしっかりやらなければ、だれにも信用されないよ」

が、「いやぁ、まぁ……」と受け流されたことを紹介した。

菅は、若手の動きに理解も示した。

「わたしの二十五歳当時のスローガンは『ドント・トラスト・オーバー・サーティー（三十歳以上は信用するな）』だった」

が、安易な世代交代論に釘《くぎ》を刺した。

「一概に若いからということに内容があるとならないのも当然」

鳩山、菅、横路孝弘前副代表は、七月十一日、代表選挙にそれぞれ出馬する意向を固めた。三人とも国会会期中は国会活動に専念すべきだとして表立った選挙運動はせず、八月上旬に正式に出馬表明したい考えであった。

石井一副代表は、七月十一日、海江田万里、釘宮磐《くぎみやばん》らと都内のホテルで「国民参加の代表選挙を実現する会」を発足させた。その際、記者会見で強調した。

「今度の代表選は、非常に重要だ。党内に若手でなければとの声があるが、若いだけが能ではない。代表選をしくじったら、党の存亡にかかわる。アトラクティブな代表選にするためため、出たい人より、出したい人だ」

石井は、党の現状を憂えていた。代表選の結果いかんによっては、党が分裂するかもしれない。さらに、自民党にはキナ臭い動きもある。弱体な党首が誕生すれば、これ幸いとばかりに小泉首相は思い切って衆議院を解散するかもしれない。そうなれば、民主党は壊滅的な状態になる。

若手議員擁立の背後には、熊谷弘、川端達夫、佐藤敬夫、仙谷由人らいわゆる「四人組」の存在があった。石井は、通常国会閉幕後に開かれた両院議員総会で「四人組」をたしなめるつもりであった。が、司会者の手ちがいで発言の機会を失ってしまった。

民主党三回生の松沢成文は、鳩山由紀夫や菅直人にいいたかった。

「英国首相のトニー・ブレアを見ろ。台湾総統の陳水扁を、見ろ」

ブレアや陳水扁は、彗星《すいせい》のごとくあらわれ、国民をセンセーショナルに巻き込んだ。そして、国民の期待に応《こた》えて、政権交代を実現させた。はたして、六年前にはじまった鳩山、菅の、いわゆる、鳩・菅体制のままで、国民を政権交代の渦に巻きこむことができるのか。松沢は、それはできないと思っている。

民主党を引っ張っている鳩山、菅は、すでにオールド・リーダーとなってしまった。

鳩山由紀夫という政治家は、菅直人とともに民主党を結成した平成八年十月当時、その外見からしても、ニューリーダーとしての資格はあった。ハンサムでスマート、イタリア製のスーツが似合う。それまでの政治家像である恰幅《かっぷく》がよく、脂ぎって、光り物の背広を着るという像とはかけ離れていた。その姿だけで、サラリーマン風の人でも政治家になれるという希望を抱かせた。その意味では、政治世界の壁をぶち壊し、政治を庶民に近づけたと評価できるかもしれない。

鳩山は、平成十一年九月、幹事長代理時代に語った。

「政権の奪取は、次の次の衆議院選挙だ」

その発言から三年、代表となった鳩山は、はたして民主党を政権に近づけることができているのか？　鳩山が目標とする衆議院選挙はまだおこなわれていないものの、自民党に肉薄し、民主党政権樹立への期待感を高めたか？　残念ながら、疑問符がつく。自民党が支持率を落としていた時期にも、歩調を合わせるかのように民主党の支持率もまた落ちた。小泉政権となって以後は、自民党の支持率が上がる反面、民主党の支持率は逆に下がっている。民主党政権は近づくどころか、逆に遠ざかってしまっている。

松沢は、党首討論のおこなわれる議場に何度も足を運んだ。小泉首相に迫る鳩山の声は小さく、あきらかに迫力に欠けていた。こめかみあたりに青筋を立てて反論する小泉首相に、いい返すこともできない。小泉首相に、さまざまな攻め方で挑んでも負けてしまっていた。

鳩山は、テレビ朝日の「サンデープロジェクト」に出演し、こう発言した。

「鳩山一郎時代から、鳩山家の者はお坊ちゃんといわれてきた。そういう家柄ですから、なかなか直すことはできません」

だが、野党はあくまでも、与党に迫るチャレンジャーでなくてはならない。自分の持論に対して突っ込まれたら、「おれはこうだ。ふざけるな」くらいの意欲は必要だろう。

自由党の小沢一郎も、持論を述べるだけでおよそ詰め寄っているとは思えなかった。それにくらべ、社民党党首の土井たか子は、腹から響く声で小泉首相に詰め寄り、堂々と渡り合っていた。松沢は、自分が担ぐリーダーである鳩山の姿を見て情けなかった。政権をとるために戦うはずの野党のリーダーとしては、あまりにも迫力がない。本当に政権をとるつもりなのか？　疑問すら抱いた。

では、もういっぽうのリーダー菅直人は、どうか。たしかに、鳩山とくらべると、喧嘩《けんか》の仕方は数段にうまい。薬害エイズ問題で厚生省官僚を叱《しか》る。諫早湾の干拓事業中止をもとめて農水省の官僚を叱る。公共事業に関して、建設省官僚を叱る。だが、官僚と喧嘩をするだけでは、かつての野党第一党だった社会党と同じになってしまう。国家の背骨となるような大きな政策で、菅ならではの方向性を打ち出しているのか。

国民がもし、生まれも育ちもちがうグループが集まった民主党に政権を預けようと判断するとすれば、国旗国歌、教育基本法、郵政改革……基本政策について基本的なスタンスを提示し、国民に共感をあたえることができたときだろう。菅は、その基本的スタンスを打ち出そうとはしない。あくまでも、対症療法的に、官僚と戦うだけだった。

鳩山にしても、同じである。民主党が割れないように割れないように、つねになだめながら党をまとめようとしてきた。その手法は、逆に党を分裂させる危険性を秘めていると松沢は見ている。むしろ、自民党を外敵とみなして攻撃を仕掛け、「おれについて来い」とばかりに民主党議員たちを引っ張り、自民党と真っ向から勝負をかけつづける。そのことを通じて、一人ひとりの民主党議員たちが、政権がとれる手応えを感じることができれば、政策や理念のちがいがたとえあったとしても割れることはない。バラバラな党が鳩山のもとにまとまっていったはずだ。

さらにがっかりしたのは、鳩山にしろ、菅にしろ、修羅場になると他人を押し出して隠れ蓑《みの》にしてしまう。

菅は、民主党代表だった平成十一年、女性スキャンダルで叩《たた》かれた。そのときに、民主党の支持が落ちたのを心配する菅は、整理回収機構社長であった中坊公平を党の首相候補にするために、独断で中坊に要請した。

また、前回の総選挙直前には、鳩山もこう発言した。

「加藤紘一さんが、自民党を割って出るのであれば、加藤政権を支えることはある」

たしかに、民主党を取り巻く状況は厳しかった。それにしても、野党第一党党首で総理候補になるべき菅が、そして鳩山が、他人を立てることを前提として動くとはどういうことか。その感覚に、松沢はあきれ返った。

さらに、最近、鳩山と菅は、小沢自由党にラブコールを送る。鳩山は発言した。

「単独過半数を取るのは現状では難しいから、自由党とスクラムを組む」

民主党は、あくまでも単独過半数を狙い、単独政権を目指すべきではないのか。懸命に戦った結果として絶対過半数に届かないときがある。そのときにはじめて、自由党や政策が合う政党と連立をつくるという選択肢が生まれる。はじめから過半数がとれないことを前提として戦うのでは、だれもついていかない。そのあたりの迫力が足りない。

鳩山にしろ、菅にしろ、自分に自信がない。だから、人に頼ろうとする。松沢は、いずれにせよ、鳩山、菅の時代は終わったと見ている。若くて元気がよく、行政改革、安全保障、憲法問題と理念、政策を前面に押し出せる、力強さをアピールできるリーダーをつくることが、民主党にとっては急務だと思っている。世論調査でも、鳩山、菅以外の若手が立てば、ニューリーダーに期待したいとの結果が出ていた。

若手議員の中から、民主党政調会長である岡田克也、政調会長代理である枝野幸男に、代表選に出るようながした。だが、二人とも反応は鈍く、最終的には断られた。だれひとりとして若手が名乗りを挙げようとしないことに、松沢はじれた。

〈それならば……〉

松沢は、七月十一日におこなわれた民主党保守系グループ「政権戦略研究会」の運営幹事会で、ぶちあげた。

「(鳩山代表、菅幹事長以外に)だれも出ないようなら、出馬の意欲がある」

が、鳩山支持である吉田公一代表幹事が発言した。

「若ければいいというわけではない。鳩山支持は、一つの選択肢」

吉田は、「会として結論を出したい」と慎重な姿勢を示し、十六日の幹事会で協議することになった。

松沢は、出馬の意欲を表明した後、民主党の中堅である上田清司、樽床伸二らに止められた。

「みんなで話をして神輿《みこし》をつくろうとしているのに、勝手におれがおれがとフライングばかりしていると、ああいう勝手なやつはだめだということになる。おまえは、ちょっと待っていろ」

上田も、樽床も、若手議員が立候補するように基礎固めに動いていた。二人は、松沢で一本化する方向で動いた。

ところが、松沢の一本化には、さまざまな方面から反論が出た。

いっぽうは、労働組合系の議員からだった。

「松沢なんて、冗談じゃない」

ある議員は、いっていた。

「松沢なんかが代表になれば、連合と大喧嘩がはじまるぞ。みんなの選挙も厳しくなる。松沢を代表にしてはいけない」

松沢は、郵政民営化でも教育基本法改正でも、政策的なテーマでつねに労働組合とはぶつかってしまう。

さらに、かつて連合神奈川から、民主党に「川崎、横浜それぞれの現職市長を推してほしい」との要請があったときの因縁もある。民主党の労働組合系の議員は、連合神奈川の要請に乗ろうとした。しかし、松沢が、待ったをかけた。というのは、連合神奈川が推そうとしていた市長候補は、ひとりは七十二歳、もうひとりは七十六歳であった。しかも、二人とも四選を目指している。民主党では、首長選挙におけるルールとして、七十歳以上、四選以上は推薦しないと決めている。あきらかに、その二人の市長候補は、民主党が決めたルールに抵触するのであった。

松沢はいった。

「駄目だ。現職推薦はできない。候補者を立てて戦わなくてはならない」

強引に民主党候補を立てて戦った。

おかげで、松沢は、連合神奈川に出入り禁止となるほど、連合神奈川からは反発を受けている。その労組が、松沢を推すわけがなかった。

さらに、別の方面からは、松沢が小泉首相と近すぎる間柄であることに懸念の声があがった。

「敵将に近い大将をつくる馬鹿がいるか。松沢は、小泉とずっと郵政改革をやっていて、きっといまだにつながっている。あいつがリーダーになって小泉と組んだら、今度は政界再編にもっていかれるぞ。そんなことになったら、地盤の弱い一年生議員なんてどうなるか」

どう見ても、若手候補として、松沢で一本化するのはかなりむずかしい状況だった。しかも、上田に待っていろといわれている間に、野田佳彦、前原誠司、河村たかしといった若手議員が出馬への意欲をあきらかにした。

野田は松下政経塾の一期生で、三期生の松沢の先輩にあたり、八期生の前原は松沢の後輩にあたる。だが、松沢は、出馬への意欲は捨てなかった。

いっぽう岩國哲人副代表が、七月十一日、産経新聞の取材に対し「一般論」としながら、出馬に意欲を示した。

「代表選は国民に政策を訴える良い機会」

菅陣営の三回生の池田元久は、七月二十三日午後六時四十分、円より子を議員会館の部屋に訪ねた。

今回の代表選は、本命不在の乱立模様となり、立候補に必要な二十人の国会議員の推薦が得られるかどうかが出馬への最初の関門となった。菅についても二十人の推薦人を集めることができないという情報が流された。池田は、一笑に付した。

〈今回の代表選では、デマが出回っている。これも、その一つだ。菅さんの推薦人が集まらないわけがないじゃないか〉

二年前の代表選で鳩山に僅差《きんさ》で敗れた菅は、自分を支持してくれた議員たちと同好会的なグループ「国のかたち勉強会」を結成し、毎週木曜日に勉強会を重ねてきた。メンバー登録は四十人ほどだが、常時出席しているコアの議員は二十人前後いる。それだけで、推薦人は足りる。しかし、それでは支持は広がらない。そこで、池田は、参議院議員の円より子に菅支持を要請することにしたのだ。

池田は、与野党対決法案の審議のヤマ場で円が粘り強い折衝をつづけたことも評価し、激励をしたこともあった。そして、円は、旧日本新党出身で人望が厚い。旧日本新党の創設者で引退した細川護熙元首相にも、もっとも信頼されていた。

池田は、円に菅支持を要請した。

円は答えた。

「（七月）二十日に、細川さんの湯河原の別荘に懇談に行きます。返事は、その後にしますから」

池田は、その円の返事を聞くために、この日、円の部屋を訪ねたのであった。

円は、池田の要請を受け入れた。

「菅さんを支持します。細川さんも、『ぜひやりなさい。党を建て直すのは、菅さんしかいないのではないか』といってました」

この瞬間、二十人の推薦人が確保された。

代表選は、推薦人の多い、少ないが問題ではない。支持議員と党員、サポーターを、いかに増やすかが重要だ。それゆえ、必要以上に推薦人集めには力を入れなかった。

民主党五回生の川端達夫組織委員長は、通常国会閉会直前の七月下旬、鳩山に会うことにした。川端は、思っていた。

〈今回の代表選は、わが党にとって非常に大きな節目となる〉

世の中には、閉塞《へいそく》感がある。自民党政治も行き詰まっている。一日も早く、その状況を打破しなければいけない。民主党は、四年前、自民党に対抗しうる政権担当能力を持つ政党として誕生した。国民も、おおいに期待を寄せた。その潜在的期待感は、いまだにある。政権を取るには、たとえれば大学を卒業し、社会人にならなければいけない。が、民主党は講義の単位がいまだ取れず、落第つづきで、なかなか大学を卒業できないでいるような状態である。なぜ、単位が取れないのか。リーダーの責任だけではなく、民主党全体に問題がある。

若手議員は、国民の期待感を吸収して選挙で当選した。が、小泉純一郎という暴風雨にうろたえ、「鳩・菅は、小泉暴風雨に負けない風をどうして吹かせないのか」と文句をいいだした。強烈な向かい風に耐えきれなくなったとき、後ろを向けば追い風になることに気づいた。そこで、ある時期、小泉改革を支持するという行動に出た。しかし、それでは、永久に民主党は政権を取れない。鳩・菅が駄目ならば、自分たちから代表を出せばいい。そう考え、「第三の候補」の擁立に動きだした。川端は、この動きを評価していた。

いまの若者は、政治家に限らず、安易に上司を批判し、権利は主張するが、自らの義務を果たそうとしない。たとえば、サポーターの獲得数を聞くと、平然と「五人です」などと答える。求めることは多いが、やることをやっていない。そんな若手たちが、「第三の候補」の擁立に汗を流すのは、大変な自覚であり、責任感を持ちはじめたといえる。上に頼るだけではなく、おおいに議論し、行動すべきだ。

民主党は、しばしば「寄せ集めのバラバラな政党だ」と批判される。本質的に見抜かれた部分は消せない。が、今回の代表選を通じて「いまは落第しているが、今度は本気で動き出したようだ。期待ができる。いよいよ本物になってきたな」と思われるようにしなければいけない。そうでなければ、代表選の意味はない。

川端は、鳩山代表に会い、忠告した。

「民主党は、いま単位が取れていないというのが現実です。あなたが仮に『わたしは、三年間、この難しい政党を一生懸命にまとめてやってきました。そして、いよいよ自民党も断末魔の状況に陥った。引きつづき党を引っ張っていきたいので、わたしに協力してください』というのであれば、ノーといわざるをえません。昨日までがんばってきても単位が取れていないのだから、これから同じことをつづけても単位は取れない。単位が取れないのは、どうしてなのか？　どこに問題があるのか？　そういうことを総括し、よく考えたうえで行動や発言をしてほしい。国民に『民主党も、本気になった』『いままでとちがう』と思われる部分が、問われてくるのではないでしょうか」

鳩山は、うなずいた。

「おっしゃる意味は、よくわかります」

岡田克也政調会長は、七月二十九日、党本部で記者会見を開き、独自の「民主党新生プラン」を発表した。

岡田は、そのうえで代表選に立候補しないことを明言した。

「出馬はないです。明確に、いっておきます。代表選は、党が変わるための大きなチャンスです。代表をだれにするかも重要ですが、選ばれた代表が何をするかも、それにおとらず重要です。このプランが代表選を通じて、党改革へ向けた建設的かつ具体的な議論の一助になることを期待します」

岡田は、当初から鳩山代表を推す腹を決めていた。

〈冷静に考えれば、ただちに総理がつとまるだけの自覚、実力があるのは、鳩山さんと菅さんの二人だけだ。では、どちらが総理にふさわしいか。やはり、鳩山さんだろう〉

菅の攻撃能力は、たしかに高い。野党のトップとして先頭を切り、血刀を抜いて戦う姿勢は高く評価できる。五人や十のグループなら、それでもいい。しかし、民主党は百八十三人もの国会議員を抱える大政党だ。百八十三の個性や能力を最大限に活かし、組織として最大限の力量を発揮させなければいけない。その意味では、菅よりも、鳩山のほうが適任であると思う。

さらに、リーダーに必要な最大の資質とは私心がないことだ。リーダーは、自分の利益で物事を考えたり、判断してはいけない。岡田は、鳩山には、そのもっともむずかしく、もっとも大事なリーダーとしての資質があると思う。だからこそ、鳩山は、「代表選で負ければ、議員を辞職する」と平気で口にする。鳩山には、政治家を一日でも長くつづけたい、という気持ちがまったくないように思える。そこに、魅力を感じている。

党内には、鳩山に対する批判も多い。今年一月の田中眞紀子外相の更迭《こうてつ》以来、小泉内閣の支持率は急落している。それにもかかわらず、民主党の支持率はいっこうに上がらない。

その責任は、鳩山代表にあるというのだ。岡田も、鳩山にまったく責任がないとはいわない。が、それ以前の問題のほうがはるかに大きい。たとえば、民主党はトップを安易に批判しすぎる。一度決めたことを守らない。それでは、国民から信用されるわけがない。一人ひとりの議員が、それらのことを自己反省し、本当の政権党をつくるという気持ちにならない限り、支持率は上がらない。責任の持っていきかたをまちがえているのだ。

若手議員が「鳩・菅」とは別の「第三の候補」を模索したのは、小泉首相の影響も大きい。小泉は、三度目の出馬となる昨年四月の総裁選で圧勝した。〝永田町の変人〟といわれ、国会議員票では不利であったが、圧倒的な自民党員の支持を得たのだ。そこで、顔の知られている「鳩・菅」ではなく、「第三の候補」で、その再現を狙おうと考えた。一種のギャンブルである。岡田は、それはまちがいだと思う。小泉首相が唱えた「聖域なき構造改革」は、わずか一年で色褪《あ》せた。国民の支持率も、下がっている。一時しのぎの奇手を使っても、やがて化けの皮は剝《は》がれるのだ。

鳩山は、攻撃力が弱いと批判される。しかし、岡田は、あえて鳩山のスタイルを直す必要はないと思っている。通常国会では、二度、党首討論がおこなわれた。その際、鳩山は、菅のような攻撃的なスタイルを取り入れた。が、しょせん真似事は真似事であり、二番煎《せん》じでしかない。菅のような鋭い突っ込みを鳩山に求めるのが、そもそもまちがいだ。

劇場型政治の小泉首相と、同じ次元で勝負する必要はない。ただやみくもに攻撃するのではなく、自らの理念を語り、そして小泉首相にも理念を語らせる。自分の土俵で勝負すればいいのだ。

二回生が中心となり、三十人規模の会合が相次いで開かれていた。上田清司らは提案した。

「バラバラとやっても、仕方がない。とにかく、みんないっしょに集まろう」

七月二十九日午後、上田は、安住淳、野田佳彦らと国会内で会合を開いた。「第二期民主党をつくる有志の会」を設立し、三回生以下の議員に呼びかけた。

「一・草創期民主党の基盤を確立した鳩山代表、菅幹事長の労を高く評価するとともに、二十一世紀初頭における新しい課題に果敢に挑戦し、具体的に改革できる新たなリーダーを選出し、チームワークの再構築により第二期民主党づくりを目指す。

二・第二期民主党づくりは、参加者全員の討議により理念や基本的事項等を合意し、ダイナミズムとスピード感をもって実行する。

三・第二期民主党づくりに参加するメンバーは、出身母体や旧タイプのイデオロギーなどから脱却し、一人ひとりが個人の資格で参加し、九月二十三日におこなわれる党代表選挙が国民的共感を得られるよう一丸となって取り組む」

七月三十日の会合では、選考方法およびスケジュールを決定した。

「一・八月一日十六時から十七時までに候補予定者を推薦名簿を付与して提出。十八時より決意表明・質疑・討議。八月二日十時より選対発足に向けての具体的協議に入れるように努力する。

二・推薦人、党所属の国会議員で一名以上を明記して提出する。

三・決意表明十分、質疑五分を日途におこなう」

七月三十一日、「第二期民主党をつくる有志の会」に所属する三回生の前原誠司と二回生の野田佳彦が、まず立候補に名乗りを上げた。三回生の松沢成文も、立候補する見込みとなった。

さらに、三回生の河村たかしも出馬に意欲を見せた。が、河村は、「第二期民主党をつくる有志の会」には所属していなかった。

上田は、河村を誘った。

「われわれの『第二期民主党をつくる有志の会』に、乗ったほうがいい。みんながあなたの決意表明に感動すれば、あなたに集約する可能性もあるんだ。バラバラに出ても、勝ち目はないだろう」

河村は、了承した。

上田は、前原が名乗りを上げてくるとは思っていなかった。前原は、早い段階で意欲を示していた。が、前原を支持する数人の議員から、「前原は、出ない」という情報を聞かされていたのである。このボタンのかけちがいにより、候補者選びは難航することになる……。

八月一日午後六時、第一議員会館第四会議室で候補者の決意表明、質疑、討議がおこなわれることになった。

上田は、安住や原口と打ち合わせた。

「みんなでだれがいいかを決めて、ある程度集約されれば一本化できる。たとえ深夜になってもいい。とにかく、今日中に一本化をはかろう」

ところが、予想外のことが起こった。前原が、ポリープかなにかの手術を受けるため、欠席し、代理人を立てたのである。

「欠席者には、資格はない」

という厳しい意見も出た。

この日、野田、松沢、河村の三人が、決意表明をおこなった。そのあいさつは、それぞれ感動的なものであった。取材に訪れた記者のなかには、涙を流すものまでいた。

決意表明後、「第二期民主党をつくる有志の会」全員の満場一致で、すみやかに一本化することを決定した。

一本化のルールや協議については、衆議院議員の上田清司、原口一博、安住淳、参議院議員の羽田雄一郎、浅尾慶一郎、松井孝治の六人が事務局として補佐することを決めた。

菅は、八月一日、米政府要人との会談や民間研究機関との交流をおこなうため、八月中旬に米国ワシントン、ボストンを訪問することを決めた。「弱点」とされてきた外交・安保分野での精力的活動を印象付ける狙いと見られた。

菅は、八月五日発売の月刊「現代」に、「救国的自立外交私案」を発表した。非核三原則の核持ち込み禁止のうち、核艦船の「立ち寄り」を対象外とすることや、沖縄からの米海兵隊撤退、国連平和協力部隊創設—が柱であった。六月に発表した政権運営、経済政策に関する論文に続く、代表選に向けた政権構想の第二弾である。

共同通信は、八月六日、民主党の党首にだれがふさわしいかの世論調査を%で発表した。

岡田克也　3・2　河村たかし　2・5　菅直人　31・3　中野寛成　3・0　野田佳彦　1・6　鳩山由紀夫　13・4　前原誠司　1・2　松沢成文　1・1　横路孝弘　6・1　その他　0・1　ふさわしい人はいない　11・7　分からない・無回答　24・8

菅が、鳩山の二倍を超え断トツであった。

八月六日、横路孝弘は北海道札幌市内で記者会見し、民主党代表選に出馬の意向を正式に表明した。

「民主党は、小泉内閣に対する対抗軸がはっきりしない。原点を明確にすべきだ」

マスコミの世論調査によると、民主党の支持率は一〇%を切っている。さっぱり上がらない。その理由は、なにか。

「自民党とのちがいが、わからない」

という声が圧倒的に多い。

民主党は、残念ながら国民に、自民党の一部か、自民党と変わらない政党だと思われている。対抗軸をはっきりさせなければ、支持率は上がらない。対抗軸の一つは、経済政策である。日本はいま深刻な状況に陥っている。失業者は三百五十万人、企業の倒産は二万件と増加の一途をたどり、不況の出口は見えない。小泉首相は、経済構造改革に重点を置いているが、横路は、景気対策と経済構造改革は、二兎《にと》を追うべき課題だと考えている。

いま一つの対抗軸は、外交安全保障だ。小泉政権は、アメリカのいいなりである。日本は主体性を持ち、たとえばアメリカのイラク攻撃に対しても、はっきりノーといえる立場を貫かなければいけない。

横路は、そのことを訴えていこうと考えていた。

〈今回の代表選は、民主党内のちがいをほじくり出すのが目的ではない。鳩山内閣ならどうするのか、菅内閣ならどうするのか、横路内閣ならどうするのか、という自民党とのちがいを明確にし、自民党に代わる別の政策選択を提起することが重要だ〉

今回の代表選には、菅直人幹事長も立候補を表明した。横路は、鳩山にしても、菅にしても、組織の運営があまり上手ではないと思っている。横路が北海道知事時代、もっとも苦労したのは人事だ。ある人物を移動させたことにより、その部署が活発になったり、反対に人を代えたとたんにまったく駄目になったという現実を目《ま》の当たりにしてきた。

エネルギーのある若者と豊富な経験を持つベテランをうまく組み合わせ、それぞれの力を存分に発揮させるようにしなければ組織はうまくいかない。ところが、鳩山も、菅も、自分たちにとって使いやすい人を重用する傾向がある。

中曽根康弘元首相の考え方は、横路とはまったくちがう。が、中曽根の組織の使い方は評価できる。中曽根政権が五年間もつづいたのは、その人事のうまさによる。たとえば、官房長官だ。仮に中曽根が自分の一の子分である佐藤孝行を官房長官に起用していたら、おそらく短命政権に終わったであろう。が、中曽根は、元警察官僚であり、カミソリと恐れられた田中派の後藤田正晴を官房長官に起用した。自民党政権では、他派の議員を総理の女房役である官房長官にするなど考えられないことであった。後藤田は、中曽根を立て、尽くした。しかし、湾岸危機など大事なところでは、きちんとモノをいった。だからこそ、中曽根政権は長期政権となったのである。

いっぽう、森喜朗政権が短期政権で終わったのは、一の子分である中川秀直を官房長官に据えたことだ。森のイエスマンである中川では、チェック機能は果たせない。むろん、中川個人が無能というわけではない。森首相・中川官房長官という組み合わせが、うまくいかなかったのである。

民主党には、人材が多い。一回生は党務に使わず、まずは政策をしっかり勉強してもらったほうがいいと横路は考えている。

民主党二回生の五十嵐文彦が、若手たちの動きよりなお理解できないのは、なぜ今回、幹事長である菅直人が出馬するかであった。菅は、私利私欲で動いているとしか思えない。あまりにも欲が強く、自分が鳩山よりも上だとの意識が強すぎる。

菅は、平成十一年九月の民主党代表選で、鳩山由紀夫との戦いに敗れた。にもかかわらず、民主党でナンバー2の幹事長、つまり、党内をまとめる役割に就いた。本来ならば、菅は、融和の人である鳩山由紀夫がせっかく据えてくれた幹事長として、党のために汗をかき、泥をかぶるべきだった。自分にあたえられた職務を一生懸命に遂行することで、自分の道を開くべきだったのだろう。菅は、自民党から政権を奪って鳩山政権の樹立を目指す。自民党を下野《げや》させたときの幹事長となれば、その功績は大変なものだ。下手に動きまわらなくても、鳩山の次が転がりこんでくるはずである。ところが、菅は、幹事長に就任してからこの方、およそ党のために汗をかき、泥をかぶろうとしたとは思えない。

たとえば、幹事長の大きな役割のひとつに、選挙区調整がある。民主党内でも、現職の候補者がダブってしまう選挙区が全国にいくつもある。次回の総選挙で与野党逆転を狙うのであれば、その調整をして戦う態勢を整える。それが、菅の役割だろう。ところが、菅は、選挙区調整には手をくださなかった。ダブった候補者のうちの片方を切れば、切られた候補者が菅の敵にまわって代表選に不利になると思ってのことだろう。

一般有権者でも一千円を払えば代表選の投票資格を得られるサポーター制度を取り入れ

ようと汲々《きゅうきゅう》としたのも、自分を生かすためであった。一度常任幹事会で差し戻されてもなお、サポーター制度を取り入れたのは、一般有権者の間では、鳩山よりも自分のほうが人気があると菅は読んでいたからである。

八月六日に共同通信が発表した調査結果では、民主党代表にふさわしい人物として、菅直人が三一・三％と圧倒的な支持を受けた。鳩山は、菅の半分にも満たない一三・四％である。たしかに、国民的人気は、菅のほうがあるだろう。だが、一般的に訊いた世論調査と、実際にサポーターが入れる票の動きはかならずしも一致しない。サポーター票は国会議員が集めることが多く、サポーターたちは国会議員が指示する候補者に入れる可能性が高い。その意味では、候補者は多くの推薦人をもっていたほうが強い。菅は、そのことをわかっているのか。

菅が面倒をみてきた幹事長代理の前原誠司は、いまや菅とは距離を置いている。菅は、地元の側近をいじめて菅系自治体議員にその側近に反するような造反をけしかけたといわれている。そのようなことから、若手議員たちからは、菅は自分勝手な怖い人だと見られている。かつてのような信望が菅にはなくなってしまった。菅は、そのことがわかっているのかどうか。おそらくわかってはいまい。

いずれにせよ、菅は、党内における幹事長の仕事よりも、平成十四年九月に開かれる代表選で、鳩山を破り代表に返り咲くことばかりを考えていたとしか思えない。

五十嵐には、菅がどうしてそこまで焦って代表になろうとしているのか、よくわからない。

鳩山は、菅にいったという。

「きみは、ぼくを支えてくれなかったじゃないか」

菅は、いい返した。

「それは、任命権者の責任だ」

その話を聞いた五十嵐は、あきれ返った。菅の理屈は、「不良になったのは親のせいだ」と子どもがいうのと変わるところはない。

菅は、切り込み隊長としては最適だが、少なくとも、一国の首相になろうとする者の言葉ではない。つまり、菅の限界はそこにあると五十嵐は見ている。

若手は、松沢成文、前原誠司、野田佳彦、河村たかしと四人が出馬に名乗りをあげた。

しかし、調査結果はさんざんであった。五十嵐は、一般国民、有権者たちからは「あの人はいったいだれか？」と疑問を抱かれたのも同じであると思う。これでは、推薦人も集まらない。

いっぽう、上田清司らは、各候補に連絡を入れ、四者協議の日程を調整した。前原の回答は、「一番早くて五日」というものであった。そこで、五日午後七時に設定。場所は、ホテルニューオータニの「カトウズ・ダイニングバー」を予約した。ただし、五日中に一本化が決まらないこともある。そこで、予備日として六日の午後十二時の日程も押さえた。

ところが、前原は、五日の日程をキャンセルしてきた。四者協議は、予備日として押さえておいた八月六日となった。

前原は、八月六日の四者協議のテーブルで提案した。

「テーマごとに四回くらいに分けて話をしたほうがいい。今日は、まず国家観について話し合いましょう」

この日中に一本化をはかろうと考えていた上田らの思惑は、外れてしまった。

鳩山は、八月七日午後、国会内で記者会見した。鳩山は、前週末、福井県の禅寺で座禅を組み、出馬を決意したとき、「決して覇道《はどう》を歩んではならぬ。王道を歩めと教えられた」という。

鳩山は、民主党代表選挙に三選を目指して立候補する考えを公式に表明した。

「いま一度、代表選にチャレンジする決意を固めた」

代表をつとめてきた三年間を総括した。

「党を分裂させずまとめてきた。しかし、国民から、党が安全保障など基本政策で十分なまとまりがないとみられたことは、反省しなければならない」

民主党の支持率が上向かないことに関して、分析した。

「党内融和に努め、分裂的状況を避けてきた結果である」

さらにいった。

「党としてバラバラとの批判を打ち消すためにも、党内協議の結論は、みんなで守り抜く信念が必要だ」

党議拘束違反には除名もふくむ厳しい態度でのぞむ考えを強調した。

同時に、自負ものぞかせた。

「それでも党内をまとめきることがもっとも重要で、それがほかの方にできるのか」

鳩山は「十月の衆参両院補欠選挙で完勝を目指し、政権を民主党の手にたぐり寄せたい」として、小泉内閣を早期に総辞職か衆院解散・総選挙に追い込む決意を示した。

代表選に出馬の意向を示している菅直人についても、きっぱりといいきった。

「二枚看板体制は、当然終焉《しゅうえん》を迎えた。もっと鳩山カラーを打ち出さねばならない」

三選された場合は、菅を幹事長など要職に起用しない考えを示唆した。

鳩山は、この記者会見に「出馬宣言」を配布した。

「一、政権奪取まであと一歩。重大局面で采配《さいはい》を振るうため出馬する。

一、政権発足と同時に中央官庁局長以上に辞表を提出させ、基本政策への同意を条件に再任。

一、衆議院選挙区の格差を完全に解消するため区割り見直しを断行。

一、民主党からの同一選挙区の世襲立候補を抑制。

一、党議拘束違反には厳正対処。党方針に従わない場合は党を去ってもらう。

一、自由党党首の小沢一郎氏はわれわれの『自民党倒幕戦線』の一員として頑張ると信じたい」

鳩山は、「政策宣言」も配布した。

「一、国家尊厳の回復　国民の生命と財産と誇りを守る安全保障政策確立。対外追従外交の脱却と対等で健全な日米関係構築。

一、地域・民間尊厳の確立。地方自治体への補助金の一括交付金化。地方への税源・規制権限の大幅移譲と交付税改革。県廃止と道州制の導入。

一、個人・人間尊厳の再生。『学びのコミュニティー』創設と文部科学省からの決定権移譲。自立支援を通じた新規雇用と事業創出。患者本位の医療制度改革。生活者本位の食品安全政策見直し」

鳩山は、さらに、〝闘う鳩山由紀夫〟をアピールするために、次のような決意をも書きこんでいた。

「お忘れかもしれないが、わたしは、『排除の論理』とまで揶揄《やゆ》されながら、六年前、武村正義さんたちのさきがけと決別した男だ。やるときはやる」

川端は、このいわゆる排除の論理に徹する決意を読み、苦笑した。

〈それが、生まれ変わろうとする鳩山さんに求められているわけではないのに〉

鳩山は、この会見の最後に、悲壮な決意まで示した。

「若手候補に敗れたら、議員バッジを外す」

鳩山が記者会見で「二枚看板体制は当然、終焉を迎えた」と強調したことについて、菅サイドは「そんなに急いで結論を出す必要はないのに」と、とまどいを隠さなかった。市民運動から政治の世界に飛び込んだ菅にとって、祖父が元首相という血筋を持つ鳩山とのコンビが、党の政策に幅を持たせてきたとの自負があるからであろう。

鳩山代表が、〝闘う姿勢〟を強くアピールし、「排除の論理」まで口にしたことで、横路は思った。

〈鳩山さんの考え方は、ぶれている〉

民主党は、中央集権的な国家から市民が主役の政治システムをつくることを目標に掲げて結党した。が、今回の鳩山の選挙公約には「尊厳ある国家」と国家主義を掲げている。これは、市民が主役という考え方とはちがう。三年前の代表選のときには、「ヨーロッパの社会民主主義に学ぶ」「総保守化の日本のいまの流れに対して対決する」と主張した。だが、今回は、むしろ保守・中道路線になっている。現在の民主党は、旧民主党、新党友愛、民政党、民主改革連合の四党派が政策や理念などのベースで合意し、誕生した。ちがうベースをつくるのであれば、新しい党をつくるということになる。

〝闘う姿勢〟を打ち出すことは否定しない。だが、国民は多様な意見を持っている。その多様な意見をまとめながら、現状、現実の上に立ち、未来をどうつくりあげていくのかが、政権政党の役割だ。国民に対して「あなたは、ちがう意見だから、日本から出ていけ」とはいえない。民主集中制といわれるような組織、つまり党の指導者が右といえば右、左といえば左というような組織、あるいは党の外に指導者がおり、その指導者のいうことに最後は従うという組織の政党が政権をとれば、民主的な政府にはならない。国民の多様な意見に対応するには、ある程度幅をもった政党が政権を取らなければいけない。いい換えれば、ある程度の幅をもった政党こそ政権を取る資格があるといえる。求心力を持ち、幅の広さを統合できないリーダーなら、政権など担えるはずがない。猿にラッキョウを与えると、その中においしい実があると思い、懸命に皮を剝いていく。が、結局はなにも見つからない。排除の論理とは、そのようなものだ。結党からわずか三年で解党した新進党と同じ道を歩もうというのか。

そのような政党では、支持率は伸びるわけがない。民主党の支持率は、通常、八％ほどだ。が、選挙になると、二十数％まではね上がる。なぜなら、潜在的な支持者が表に出てくるからである。横路の支持者や菅の支持者は、かならずしも現在の民主党の支持者かどうかはわからない。が、選挙では自民党以外の選択肢として民主党を選ぶ。幅の広さを失えば、八％からさらに下がり、固定化してしまう。支持率が上がらない要因のひとつは、地域に根ざしていないことだ。党の地方議員や地方の党組織からは、「いまの民主党は、市民が主役ではなく、国会議員が主役の党だ」との批判を受けている。横路も、まさにそのとおりだと思う。政党交付金は、本当なら党の組織に渡さなければいけない。が、実際には各選挙区の総支部長である国会議員に渡っている。つまり、東京の党本部と三百の総支部があればいいということだ。民主党に期待し、応援してくれる一般の有権者が定着して活動できるシステムになっていない。

民主党のスタンスは、生活者、勤労者、納税者の立場に立った政党活動だ。汗水を垂らして真面目《まじめ》に働く人たちの立場で政策を実行しなければならない。ところが、その匂いがしないと指摘する声も多い。個々の議員は、それぞれいろいろとがんばっている。が、民主党のカラーになっていない。労働組合の依存体質から脱却するべきだという声もある。が、党内には、労働組合の支持をもらっていない議員はいない。また、労働組合だけの支持で当選している人もいない。横路の後援会には、企業、ボランティアグループ、労働組合と、多様な人が名前を連ねている。だからこそ、中小企業の話も、労働組合の話も聞くことができる。労働組合員も市民の一人であり、政治に関心をもつのは当然のことだ。

鳩山は、「労働組合との関係を見直す」といっている。が、逆に労働組合から、「働く人の声も聞かず、痛みを理解してくれない政党ならば、われわれのほうから遠慮させてもらう」という声も多い。自治労の組合員は、それぞれの自治体で仕事をしている。地方自治体は、「生活保護者の増加」「国民健康保険の徴収率の低下」「保育所の待機児童の増加」

など、さまざまな問題を抱えている。その意見を聞くのは、当たり前の話ではないか。アメリカの民主党は、じつに四割が労働組合の代議員である。

横路は、代表に選ばれた暁《あかつき》にはどういう政策をとるかを発表していた。

「外交ではアメリカ一辺倒主義から、国連やアジア外交も大事にしていく。そして、アメリカのブッシュ大統領に、イラクとの戦争はノーだと厳しく迫っていく」

「経済的には、景気回復に重点を置く。大型公共事業を凍結し、まず身の回りの小さな公共事業、たとえばバリアフリー化などに取り組んでいく」

「財政構造改革でいえば、現在、GDP（国内総生産）の八％、四十兆円あまりが公共事業に投資されている。先進国は、その四分の一の二％だ。日本も、先進国なみのパーセンテージに抑え、その分を教育と社会保障投資にまわしていく」

いっぽう、川端達夫の出身政党である旧民社党のグループも、代表選の対応について話し合った。いつまでも候補者が収斂《しゅうれん》せず、だれも名乗りをあげないのであれば、中野寛成を擁立する用意があるという方針を決めた。中野は、八月九日、正式に立候補を表明した。

だが、それに至るまでの間、川端は候補者の一本化を進める若手議員の動きが気になっていた。今回の代表選は、民主党はどうあるべきかが焦点である。そのプロセスを経て選ばれた代表が、どのようなメッセージを発し、どう国民に受け止められるかが大事である。

一本化された若手が、そのような戦いをするのであれば、支援してもいいとさえ考えていた。

が、菅は、一本化に向け協議を続ける若手の「密室性」をけん制した。

「（党内の）コップの中の争いでなく、野党第一党として天下をいかに取るかを考えないといけない。『高崎山のボス猿』になるのが目的じゃない」

陣営には菅を補佐してきた前原誠司幹事長代理、菅グループの事務局長を務めたこともある河村たかしが代表選出馬に名乗りを上げたことで、菅支持票の離反に懸念もあった。

菅は、さらに「四人組が裏で若手を操っている」と批判した。

「四人組」の一人である川端は、不愉快でならなかった。

〈いったい、なにを指して、そのようなことをいうのか〉

若手議員の多くは、そのようなことは受けつけない。仮に裏で操ろうとすれば、その瞬間から反発され、収拾がつかなくなる。裏で操ることなど、できるわけがなかった。

八月九日、菅を担ぐ池田元久は、岩國哲人の衆議院会館の部屋を訪ねた。岩國は、過日、池田の地元横浜市の病院協会で講演した。その後、まもなく病院政治連盟の理事から池田の事務所に電話があった。

「岩國さんの講演に、みんなひどく感銘を受けた。われわれも、代表選のサポーター集めに協力したい」

池田事務所は、さっそく病院政治連盟にサポーターの申込書を届けた。そのお礼をかねて、岩國の部屋を訪ねたのである。

岩國は、池田に熱い口調で訴えてきた。
「代表選に出馬したい。わたしは、実態経済を知っている。出雲《いずも》市長も経験し、地方も農村のこともよくわかっている。今回は、わたしにやらせていただきたい。菅さんは、その後でいいのではないか」

池田は、岩國と仲が良かった。ともに予算委員会に長く籍を置き、政府・自民党の経済対策などを厳しく追及してきた。池田は、これまで岩國を高く評価していた。
「岩國さんは、立派な人だ。できれば、行動をともにしたい」

ただし、菅と岩國の関係は、かならずしも良好とはいえなかった。民主党東京都連の会長の座をめぐって、岩國と海江田万里が激突した。菅グループの支持を得た海江田が、わずか一票差で岩國を破った。その痼《しこり》が、いまだに残っていた。

八月九日、「第二期民主党をつくる有志の会」第二回目の四者協議がおこなわれた。
野田、前原、河村、松沢の四人とも、代表選を戦う決意でこの場に来ているのである。四人の候補者だれもが、自分が退《しりぞ》こうとはさすがにいい出せなかった。

特に、野田と前原の二人は、推薦人の数がそろいそうな勢いであった。なにがあっても降りないと強硬な姿勢をとっている。しかも、旧さきがけ系を中心とする「高朋会」が、早くから前原の名前を出したことに、保守系の若手が反発し、野田擁立に動いた経緯もあった。たがいにゆずろうとはしなかった。

野田を推す議員十三人も、八月九日には、衆議院会館内に選挙対策本部準備会を発足させていた。野田の支持者に対し、野田の立候補を前提としたサポーター集めを指示するほどだった。

一本化は、困難な様相を見せはじめた。だが、松沢は、主張した。

「一本化しなければ、なぜ『有志の会』に集まったかわからなくなる。若手候補がみんな走り出せば、疑心暗鬼になる」

この日は、ついに一本化には至らなかった。

野田と松沢は、提案した。

「お盆前に、決着をつけたほうがいい」

しかし、前原と河村は渋った。

「そんなに焦ることはない」

結局、三回目の四者協議は、盆明けの八月二十日午前九時からおこなわれることが決まった。上田は、焦《あせ》りを感じていた。

〈いくらなんでも、二十日中に決めなければいけない〉

松沢は、八月十二日、有志の会会員五十一人に対し、「第二期民主党をつくる有志の会のみなさんへ」という一本化の重要性を訴える文書を送った。

「（略）さらに、もしわたしたちが候補者一本化に失敗したならば、新しい民主党をつくるという目的を達成できないばかりか、わたしたちの政治家としての評価は地に落ち、民主党全体としても大きなダメージを受けること必至です。

『内輪のもめ事すら解決できない奴らに、どうして民主党をまとめられるのか、ましてや、政権など任せられるはずがない！』

『政経塾出身者は何をやっているのだ、松下幸之助さんが草葉の陰で泣いているぞ！』

こういう批判の声がわたしのもとにいくつも届いています。こうした事態を招いていることに対し、わたし自身深く反省しなければなりません。

問題先送り政治を批判してきたわたしたちが、自らの問題に対して解決能力が全くない、という厳しい批難の中にあります。候補者を一本化するということは、四人のうち三人が涙をのむということです。しかし、その決断を逃げていては、政治家として合意の下に協議のテーブルに着いた以上、責任放棄です。

わたしは、ここまで議論を重ねて結論に至らないのであれば、何らかの公正な選定方法の下に結論を出すべきだと思います。そうしたルールをぜひとも『有志の会』で考え出し、二十日の会談で結論が出なければ、緊急総会を開いて決着すべきです。

わたしたち『有志の会』に集まったメンバーは、それぞれに専門分野をもったタレントあふれる将来有望な政治家ばかりです。わたしたちが力を合わせれば、日本の政治において大きな仕事を成し遂げることができると確信しています。しかし、わたしたちが分裂し、対立してしまったなら、大きな目標を失うばかりか、民主党自体が流動化し、崩壊への道をたどる可能性も否定できません。

同志のみなさん、わたしたちにとって最も重要な局面を迎えたこの時に、わたしたちの大義は何なのか、わたしたちの大きな目標を達成するために、今、何をすべきなのか、もう一度、政治家として原点に立ち返って考えて行動しようではありませんか。

二十日まで一週間余り、わたし自身も己を捨てて、候補者一本化に向けて最大限の努力をする覚悟です。どうか、「有志の会」のみなさん、相互の情報交換によって、候補者一本化が結実しますよう、このお盆休みにそれぞれの立場でのご尽力を心よりお願い申し上げます（略）」

松沢は、その文書を送った八月十二日、記者会見で語った。

「話し合いで決着がつかないなら、早急に『有志の会の総会』を開き、公正な選定基準で結果に全員が従うというルールのもとで調整すべきだ」

若手で党内革命を起こす。その大義を見失って従えないのならば、おそらく、だれもが政治家として一生成功できない。平成維新などなしとげることはできない。

松沢が考えていた、だれもが納得する形での一本化は、もっとも支持の多い者を一本化の候補者とするということだった。その時点で、推薦人の数もだいたいわかっていた。もっとも多かったのは、野田、二番目が前原、松沢が三番、そして、河村が四番目とつづいていた。順当にいけば、野田を推すことに決まることがもっともよかった。

だが、前原陣営は、松沢らの調整には否定的だった。

「話し合いがつかなければ、代表選そのもので決着をつけるしかない」

菅は、八月十二日から十七日までの六日間の日程で訪米した。民主党国際局長をつとめている池田元久も、菅といっしょであった。国際戦略問題研究センターなどの研究機関で集中的な討論をおこない、日本をよく知るエズラ・ボーゲル、ジェラルド・カーチス、マイク・モチヅキなど学者と会って、民主党と菅らの主張に理解を深めた。その合間に池田は岩國哲人の思いを菅に伝えた。

岡田克也は、八月十六日、国会内記者会見し、鳩山を支持することを明らかにした。同調する七国会議員の名前を発表した。

菅は、八月十九日、衆院議員会館で記者会見し、代表選に立候補する考えを正式に表明した。

「代表選に立候補する決意を固めた。沈み行く日本を救い出して未来に希望の持てる日本にしたい。わたしは野党第一党の党首としてこれまで総選挙を戦ったことがない。かならず今度の代表の任期内にある総選挙で政権交代を実現したい。官僚・族議員による既得権益擁護の今の政治を根本から変えていく。厚相として薬害エイズに取り組んだ経験を生かして官僚の厚い壁をうち破って新しい形の内閣を作る」

記者の鳩山代表では無理だと思っているのかという質問に対して、答えた。

「鳩山氏の高い志、存在感を尊敬し、評価している。ただ、党首討論のような場は本人も得意に思っていないのでは」

八月二十日午前九時、衆議院第一議員会館の会議室で四者協議がはじまった。四候補は、一本化に向けての会談を開いた。前原は、松沢らにいった。

「若手が複数出て代表選を戦うことも党の宣伝、政策論議にプラスになる。一本化が望ましいが、一本化ありきではない」

控室で待機していた上田ら事務局のメンバーは、話し合った。

「なんとか、今日中に決着をつけてもらわないといけない」

「今日は、ロングランでやってもらおう」

「一時間半くらいたったら、一度部屋に顔を出そう。場合によっては、助言をしたり、勧告をするべきだ」

その会談では、松沢が主張してきたように「客観的指標」で一本化を図ることで合意したものの、「客観的指標」についての考えもそれぞれの候補者でバラバラだった。事実上、候補者一本化は決裂したようなものだった。各陣営同士の話し合いはあってもいいが、四人による話し合いは決着がつかないとの結論に達した。

午前十時過ぎ、控室の電話が鳴った。上田が電話に出ると、伝えられた。

「話は、終わった。今日は、解散する」

上田は、思わず大声をあげた。

「ちょっと、待ってくれ！　いまから、そっちに行くから」

上田らは、すぐさま会議室に向かった。部屋に飛び込むなり、叫んだ。

「どういうことなんだ！」

かれらは、説明した。

「一人に絞るための選考の基準をおたがいに持ち寄ることを決めた。選考の基準は、これから考える。それから、今後、四者協議はおこなわない。個々の協議で一本化を目指すということになったので、今日は解散する」

上田は、大声で烈火のごとく怒った。

「ふざけるなッ！　いったい、何を考えているんだ。選考基準など、われわれの仲間が今日までかかっていることを心配して、世論調査で決めたらどうだ、推薦人で決めたらどうだ、討論会で決めたらどうだ、などいろいろな案を出している。気の利いたのがみんな集まっているのだから、いますぐ出し合って決められるだろう。何が、解散だ。いまから個別協議をやってくれ。そして、今夜中にも決めてくれ！」

四人は、断続的に個別協議に入った。

野田は、その日の夜に開いた前原との会談で、提案した。

「①推薦人の数②独自の世論調査結果の二項目を五割ずつ考慮し、総合的に判断したうえで、だれを候補者とするかを決める」

前原は、陣営の幹部が海外から帰国するのを待って、二十三日に結論を出すとした。

八月二十一日には、前原と松沢が協議した。だが、進展はなかった。

上田ら事務局のメンバーは、話し合った。

「これ以上、だらだらとつづけるわけにはいかない。四者協議で、今後は個別に非公式に一本化を目指して協議するという合意をした以上、事務局としては機能を停止せざるをえないだろう」

この日、事務局は、この間の経緯を報告し、四人からリアクションがあるまで活動を停止することを宣言した。

四者協議がまとまらなかったのは、前原の非も大きかった。四者協議の日程も、前原の都合でキャンセルされている。もともと、前原は一本化そのものの協議に反対であった。

正式立候補に必要な国会議員二十人の推薦人集めの状況から、四人のうちで有力候補は、野田、前原の二人に絞られている。二人とも松下政経塾ＯＢで、野田が一期生、前原は八期生だ。ただ衆院の当選回数は前原が三回で野田より一回多い。こうしたねじれた「上下関係」に加え、野田が旧新進党と保守系、前原が旧さきがけ出身とリベラル系、「氏素性が異なる」ことが、両陣営対立の背景にある。

四者協議終了後、前原は記者団に「スタンスは変わらない。選挙の準備はしている」と表明。野田も代表選挙用のビラ配布を始め、双方が一歩も引かない姿勢をアピールした。

両陣営間の神経戦は次第にエスカレート、中傷も交じるようになってきた。

「前原氏はリーダーの器ではない。推薦人が集まるわけがない」

「野田氏陣営は、旧新進党のように寄せ集め。いずれ分解する」

四者協議の決裂は、世間の評判を落とすことにもなった。上田が地元の埼玉四区を歩くと、こう声をかけられた。

「民主党は、親方たちもバラバラだが、若手もバラバラですね」

上田は、渋い表情になった。

〈なんとかしないといけない〉

五十嵐文彦は、民主党代表選にむけての各候補者、グループの動きを、疑いの眼を向けながら見つめていた。

〈このままの民主党代表選では、民主党にとってマイナスにしか作用しない〉

五十嵐は、鳩山こそ、新しい政治家の形を体現していると信じている。派閥もつくらず、子分たちをつくってお金を配るようなこともしない。ポストも、公平に配分する。

若手グループは、一年生議員、二年生議員たちと鳩山よりもさかんに飲み食いして、一種、党内政治のようなことをしている。五十嵐から見れば、鳩山よりも若手議員たちのほうが、はるかに体質が古い。

五十嵐は、鳩山と菅の、いわゆる、鳩・菅体制は賞味期限が切れたと訴える若手議員たちに、皮肉をこめていう。

「おまえたちのほうが、鳩山代表よりも、ずいぶん古いじゃないか」

たしかに、鳩山には、いったいどこを向いているのかわからない面はある。

「いまの時代に求められるのは突破力。党首討論などで与党を追い詰める突破力を見せてくれない」

「鳩山氏で次の選挙を戦えるのかという不安が、不満の源《みなもと》だ」

そのような力量不足を指摘する声も多い。

鳩山が八月七日の出馬会見で口にした、「代表選で若手に負けるようなら、バッジを外す」の言葉にしても、なにをいうのかと五十嵐は首をかしげた。しかし、鳩山は、これまで楽な選挙しか経験がなかった。それが、平成十二年六月二十五日におこなわれた衆議院選挙で、自民党新人の岩倉博文に詰め寄られ、わずか二千票差で辛くも当選した。今回の代表選でも、当初は、下馬評で、鳩山不利を告げられていた。そこで、仲間から、「もっと真剣味を見せろ」といわれたために、「バッジを外す」くらいの気持ちで代表選にのぞむと鳩山自身は決意表明したつもりであった。

さらにいえば、党内からやり玉に上がっているように、党首討論で、鳩山は、民主党の存在をもっとアピールできたかもしれない。印象としては、小泉首相に野党の揚げ足をとられ、小泉首相に軍配が上がったかのようにも見える。しかし、野党の党首をおちょくったり、揚げ足をとって非難をくわえるのは、決して一国の首相がとるべき態度ではない。小泉首相は、そのことで、自分自身の値打ち、品位を下げた。

五十嵐は思っている。

〈総理大臣や党首といった人の上に立つ人は、攻撃の名人になる必要はない〉

上に立つものは、攻撃はむしろ、ナンバー2、ナンバー3といったブレーンたちにまかせればいい。鳩山は、王道を歩むべきだと五十嵐は思っている。

鳩山は、一見求心力が弱いようにみえるが、党内での人望は厚い。だれでも公平にあつかってくれるとの信頼感がある。鳩山のまわりにいる新聞記者のだれもが、鳩山のファンとなってしまう。そのような魅力が、鳩山にはある。新聞記者に限らず、五十嵐をはじめとした、鳩山のために働こうという議員が集まる。だからこそ、コアの推薦人だけでも、推薦人集めに四苦八苦している菅の倍にもあたる四十二人が集まるのである。

鳩山の最大の魅力は、私心がないことだろう。総理大臣をつとめた鳩山一郎、外務大臣をつとめた鳩山威一郎とつづく名家鳩山家の長男に生まれた由紀夫は、躍起になって稼ぐ必要はなかった。むしろ、鳩山由紀夫は、アメリカのスタンフォード大学にまで留学し、学者の道が開けてもいた。それを投げ打ってまで政界に飛びこんだのは、国民のためとの思いが強かったからだろう。

ただし、その鳩山のよさが、一般有権者になかなか届きにくい。だから、時として、頼りなげに見えてしまうにすぎない。

五十嵐は思う。

〈新しいタイプの政治家である鳩山がトップに立っているのに、どうして交代する必要があるのか〉

五十嵐が見る限り、歴代の自民党総裁でも、それほど力があるとは思えぬ政治家が総裁となり、自民党はその能力のない総裁でも担ぎ上げてきた。鳩山は、その総裁とくらべて、はるかに優れている。そのような優秀なリーダーを担ぎ上げながら、それを担ぎ切れない民主党の弱さを露呈してしまったようなものだ。

もちろん、五十嵐は、代替わりを主張する民主党の若手たちの行動も理解できる。いつの時代でも、若い者たちは、早く晴れ舞台に立ちたいと願う。民主党の若手もまた、その焦りから出た行動にちがいない。ただ、若手の動き自体も、本末転倒している。彼らには、若手の議員が名乗りをあげれば、さわやかなイメージができて、人気が出るとの錯覚がある。若い世代が立ち上がってきて勢いが出るのは、あくまでも素晴らしい人材がいて、その人材が人の上に立つまで待てないとだれもが判断したときの話である。そのときには、世代交代の狼煙《のろし》をあげてもいいだろう。しかし、今回の世代交代論は、人材ありきの論ではない。執行部のだらしなさを非難することからはじまっている。

さらにいえば、彼らは、「鳩山代表はたしかに素晴らしいが、自分ならば政府とこのように戦う」と自分の戦術戦略を語ればいい。ところが、鳩山のことを「お坊ちゃんだ」「頼りがいがない」と否定的なことばかり繰り返している。「サンデープロジェクト」で、メインキャスターの田原総一朗に「鳩山さんの、どこが悪いのですか」とそそのかされて、鳩山批判を繰り広げた。

若手グループは、鳩山批判を展開することで、人気を上げようとの魂胆がある。その批判も、五十嵐には、鳩山の実像を把握しているものとはとうてい思えない。

しかも、名乗りを上げている若手の野田にしても、前原にしても、執行部のメンバーたちである。前原は党幹事長代理で、鳩山を支える立場にあった。十分に、役割を果たせる場所をあたえられていた。にもかかわらず、責任を果たしてこなかった。野田にしても、民主党の政策全般を検討、決定する機関として発足したネクストキャビネットのNC行政改革・規制改革担当大臣ではないか。執行部にいた連帯責任はあるだろう。

若手たちは執行部を批判する前に、民主党の支持率が上がらなかった責任が、自分たちにもあることを認めなくてはならない。鳩山にばかり責任を押しつけるのは、おかしい。

若手が代替えを叫んだことは、今回の代表選に限っていえば、民主党にもともと漂っていた、各党の出身者たちが寄せ集まったバラバラ感を助長しただけにすぎない。

菅が正式に代表選に出馬を表明した翌々日の八月二十一日午後、菅を担ぐ池田元久のもとに副代表の石井一から電話があった。池田は、石井と党首討論を担当する衆議院国家基本政策委員会の理事をつとめている。気心も知れていた。

「ちょっと、会えんか?」

「いいですよ」

二人は、午後四時、石井の議員会館の部屋で会った。委員会の問題について打ち合わせの後、自然、話題は代表選に移った。

「若手といっても、有権者の前で一本化という勝つための談合、調整を繰り返しており、民主党の人気を下げている」

「自民党と闘い抜ける代表が必要だ」

などの点で二人の時局認識は、ほぼ同じであった。

池田は、要請した。

「先生、ぜひ菅のほうにきて、軍師として采配をふるってくださいよ」

このとき、石井は、自分が出るか、若手の河村たかし、海江田万里のどちらかを推したいと考えていた。

「いや、そうなったら、中に入るよりも、外側から応援したほうがいいんじゃないか」

松沢成文は、八月二十一日、推薦人となってくれている議員たちと、今後どのように行動すべきかを話し合った。推薦人として名を連ねてくれている六人のうち四人がその場に集まった。

四人のうちの二人は、あくまでも強気の姿勢を崩さなかった。

「最後まで、あきらめずにがんばろう。推薦人を、集めようじゃないか」

たしかに、推薦人集めをつづけてあくまでも代表選への出馬の立場を貫くことは、初志貫徹というひとつの方向ではあった。

しかし、実際に、松沢の推薦人となってくれる議員はまだ六人。立候補の届け出に必要な二十人の半分にもいたっていない。これが十八人で、あと二人足りないということであれば、先輩議員のだれかが力を貸してくれたろう。だが、六人ではそれもむずかしい。しかも、松沢が狙う無派閥の議員は、出馬を表明している候補者たちの草刈り場となっていて、すでに推薦人として名を連ねていない無派閥の議員はほとんどいない。そのような状態で、あと十四人もの推薦人を集めるのは至難の業《わざ》のようにも思えた。

残りの二人はいった。

「今回、松沢は二十人の推薦人は集まりそうにはない。現実として無理だ。それならば、公示前のどこかのタイミングで降りなくてはならないだろう。どうせ降りるのなら、松沢が持論として主張してきた若手の一本化を一歩でも進められるような、有効な降り方をして一本化に弾みをつけるほうがいい」

そして、いま降りたほうがいいと主張する議員のうちのひとりがいった。

「降りるならば、いまだ。己を捨てて降りて、支持の高い野田さんの応援にまわると表明すれば、前原もおそらく出にくくなる。河村さんもあきらめなくてはならない。松沢の行動が、一本化につながったと評価される。そうすれば、松沢さんの将来に対する評価も、討ち死にとはならない」

松沢は、一晩考えに考えた。

八月二十二日午後三時、松沢は国会内で記者会見にのぞみ、出馬断念を表明した。

「若手で一本化しなければ勝てない。一本化への努力を進めたい」

上田は、松沢の出馬断念を知り、申しわけない気持ちでいっぱいであった。

〈気の毒なことをした〉

松沢は、早い段階から宣言していた。

「だれも出ないのなら、わたしが出ます」

実際、推薦人集めにも動いていた。しかし、「政権戦略研究会」の仲間二人が忠告した。

「そんなにあわてるな。しばらく、二階に上がって隠れていてくれ。あなたが騒ぐと、まとまる話も、まとまらなくなる。枠組みをつくったあと、堂々と手を上げたほうがいい」

松沢は、その忠告を受け入れ、しばらくじっとしていた。ところが、枠組みをつくる前に野田や前原の名前が浮上した。若手議員の人心は、その二人に散ってしまった。松沢が正式に名乗りをあげたのは、その後である。いうなれば、おいてきぼりを食ってしまったのだ。決して悪意はなかったが、上田は、松沢に申しわけない気持ちでいっぱいであった。

いまでも、松沢シンパの議員は、「二階に隠れていてくれ」といった議員に対する不信感は強い。

松沢は、出馬断念を表明したうえで、野田支援にまわる考えをあきらかにした。松沢支持を表明していた小林憲司衆議院議員、羽田雄一郎参議院議員も野田の支援にまわることになった。

野田は、松沢と、政策的にも政治理念にしてももっとも近い。行革、規制緩和、経済改革の在り方、教育基本法や憲法問題での考え方も似ている。人物としても、野田は、素朴だが信頼感がある。包容力のある、よきオヤジさんタイプである。じつは、松下政経塾時代から野田を知っている松沢は、野田の政治姿勢を高く評価していたし、先輩の野田と候補者として競合することは、とてもつらかった。

そのうえ、野田も、若手一本化構想には積極的だった。松沢に語っていた。

「自分は、代表選に絶対に出たい。しかし、出たいことは出たいが、一本化するという交渉のテーブルにつくからには、九割は出る、でも、一割は譲るというものをもっていなければ話し合いはできない」

野田は、積極的に、前原との会談にのぞんでいた。

おそらく、「有志の会」事務局の上田清司、樽床伸二にしても、野田を候補者としてまとめるのがもっともいいと踏んでいたに違いない。

さて、松沢が、野田支持を決めたことで、野田陣営も勢いづいた。そのころ、十八人だった野田の推薦人が、松沢と、松沢と行動を共にした小林憲司と羽田雄一郎がくわわったことで二十一人となった。野田は、単独でも代表選に立候補できることが確実になったのである。

いっぽう、前原陣営にとっては、状況は厳しくなった。松沢が野田についたことで、若手の一本化を阻止しているのは前原だと見られるようになってしまった。

前原陣営の玄葉光一郎が、八月二十三日午後、国会内で一本化を渋る前原を口説いた。

「一本化しないと勝てない。(参加に意義がある)オリンピックじゃ、だめだ」

鳩山陣営の吉田公一は、八月二十六日夕、東京都内のホテルで、旧民社勢力の幹部で中野寛成を担ぐ玉置一弥に鳩山への一本化を求めた。

中野は、出馬辞退を全面否定するが、中野陣営幹部は「告示前に鳩山か中野に一本化する」と述べ、事実上中野を辞退させることをすでに認めていた。

各種世論調査で野田、前原より支持率が高い三回生の河村たかしは、なぜか一本化調整の蚊帳《かや》の外。立候補に必要な推薦人二十人の確保が困難とみられるためだ。八月二十七日には、石井ら三人の連名で「河村氏推薦のお願い」を関係者に送り、「総理をねらう男気さくな五十三歳」と支持拡大を訴えた。

前原、野田両陣営は、八月二十七日、二人による候補一本化で基本的に合意した。

前原、野田の二人はこれまで出馬姿勢を堅持してきたが、二人の政策に大きな差異はなく、若手が分裂したまま選挙に突入すれば、サポーター票獲得などで先行する鳩山や菅に惨敗しかねないとの危機感で、両陣営が一致した。

確保した推薦国会議員の数、世論調査などによる知名度・有権者の支持——の二つの指標を軸に、代表選候補の一本化を図ることにしたとみられる。

だが、五十嵐文彦は、候補を一本化すれば、人気が上がるということはないと見ていた。

八月二十七日、河村たかしが前田雄吉とともに推薦人集めに国会の池田元久の部屋を訪れていた。そのとき、岩國哲人が入ってきた。岩國は、無念そうな表情だった。岩國は、北澤俊美や釘宮磐らの助けを借りて代表選に出ようと思っていたが、推薦人をそろえるのが難しかったのだ。

岩國には、独自の政策がある。その政策を七十七人もの署名を集めたうえで鳩山代表に提案した。が、店晒《たなざら》しにされていた。

岩國は、鳩山代表の経済政策を支えている岡田克也政調会長への不満もぶつけてきた。

「岡田さんは、冷たい。わたしの提案を取り入れてくれない。財政再建至上主義的で、硬直している」

岩國は、民主党にとってきわめて貴重な人材だ。池田は、なんとか活かさなければならないと考えていた。

池田は、岩國に協力を要請した。

「先生の政策を活かすためにも、この際、菅といっしょにやってください。霞が関（官僚）に強い菅さんと、大手町、丸の内、農村部に強い岩國さんが組めば、強い民主党になります」

岩國は、理解を示した。

「わかりました。わたしと菅さんが組めば、サプライズ効果がある」

池田は、翌二十八日、岩國と会った。菅・岩國会談をセットした。

鳩山を支持するグループは、八月二十八日昼の選対準備会で、党所属国会議員計百八十三人のうち、衆院二十七人、参院十五人の計四十二人の支持を確保したと報告した。また公認予定者八十三人中、三十三人からも支持を得、十四人が前向きとして「新人候補のほぼ半数を固めた」と見ていた。

鳩山はこの日の記者会見で、慎重な姿勢を強調した。

「全体の戦いとして、まだ非常に厳しい。サポーター制度（による得票）は、雲をつかむような話だ」

中野寛成は、八月二十八日、山形市内で記者会見し、衆参両院の国会議員二十二人から支持をとりつけ、立候補に必要な推薦人二十人をクリアしたことを明らかにした。

前原誠司は、八月二十八日、有楽町での街頭演説で出馬への強い意欲を重ねて表明した。

「日本の危機を感じ取り、変える意志を持つ者だけがリーダーになれる。党に魂を入れるため頑張り切ります」

野田も、渋谷で決意を表明した。

「鳩山代表、菅幹事長ほど知名度はないが、志は負けない。若い同志とともに、一丸となって戦い抜くつもりだ」

前原陣営でも一本化を主張する議員はかなりいた。「このままでは、推薦人から外れるかもしれない」と、前原に圧力をかける議員もいたという。

そのうえ、前原陣営に追い打ちをかけたのが、鳩山陣営が推薦人四十二人を集めたという記者会見であった。若手が一本化できない間、鳩山陣営は攻勢をかけた。一本化できれば若手につくことも考えていた中間層までも、鳩山陣営に取りこんだ。前原は、推薦人二十人を押さえることができず、代表選に出られない可能性すら出てきた。

前原、野田両陣営は、国会議員の推薦人の数と、世論調査的な手法を組み合わせた案で競い、上回ったほうを統一候補とすることで、いったん合意した。しかし、この日夕方の段階で、世論調査的手法の「技術的問題」が解決していないことがわかり、一本化の最終合意を二十八日以降に先送りした。

八月二十九日早朝、ホテルニューオータニの日本料理店「なだ万」の個室で、菅・岩國会談がおこなわれた。仲をとりもった池田元久も同席した。

池田は、前日、岩國から文書を手渡されていた。出馬表明で配布する予定であったマル秘の決意文書であった。岩國は、言葉遣いがうまい。表現力も豊かだ。

菅と岩國の主張は、重なる点が多く、政策論について熱く語りはじめた。

三十分が過ぎたころ、池田は口をはさんだ。

「お二人とも、政策論はそのくらいにしてください。その政策を実現するには、どうしたらいいかを話し合ってください」

政策についていえば、金融再生法などをつくり上げた池田にもいうことはいっぱいあった。が、今は「政局」も大事だ。

二人の認識は、基本的に一致した。

その間、岩國は、北澤、古賀一成ら十六人とともに、代表選を党内抗争とポスト争いの場にしてはいけないという「憂志からの緊急アピール」を出した。

重点政策については、池田が岩國と詰めることになり、二人は調整をつづけた。

河村たかしは、八月二十九日昼、国会内で記者会見し、出馬断念を表明した。

「努力したが、〈代表選立候補に必要な国会議員〉二十人推薦の壁は、越せなかった」

前原、野田は、八月二十九日、国会内で会談した。候補者一本化を図ることで最終的に合意した。

その条件とは、合計ポイント百のうち五十ポイントずつを①二十九日現在での推薦人の数の割合②九月一日におこなう世論調査の結果に応じて数値化し、合計が多いほうに一本化するというもの。また、九月一日午前のテレビ朝日の報道番組「サンデープロジェクト」に出演し、政策をアピールすることに決めた。

両陣営の代理人が確認したところ、二十九日段階の推薦人の数は、野田が二十五人、前原が二十一人であった。上田清司は、疑問に思った。

〈前原さんの推薦人は、本当に二十一人もいるのだろうか？　実際は、十七、八人で、下手すると、十五人くらいじゃないか〉

しかし、あくまで一本化に力点を置いている。無用な混乱は、避けねばならない。そのため、野田陣営は詮索《せんさく》はしなかった。

横路は、八月二十九日の宇都宮市内での記者会見で、野田と前原の一本化を批判した。

「野田さんと前原さんは相当考え方が違うはずだが、そこがいっしょになるというのはよくわからない。若い世代でまとまってということかもしれないが、ただ権力志向なだけのような気もする」

野田陣営には、旧新進党出身者、前原陣営には、旧さきがけ出身が多い。

平成十一年の国旗国家法案の採決では、旧新進党出身者が賛成にまわり、旧さきがけ出身者は反対にまわった。夫婦別姓問題などでも意見が大きくちがう。上田ら旧新進党出身者は、旧さきがけ出身者が推進している外国人地方参政権などを潰し、恨《うら》みを買っていた。仮に松沢であれば、前原との一本化は難しい。

しかし、野田は平成八年十月の総選挙で苦杯を舐《な》め、矢面《やおもて》に立っていない。しかも、松下政経塾の一期生であり、八期生の前原の先輩だ。やはり、松下政経塾出身で前原を推す玄葉光一郎らをなだめることができるかもしれない。むろん、野田には器量もある。民主党には、松下政経塾出身者が十六、七人ほどいる。そのうち、十人ほどは野田を尊敬し、慕っている。かれらは、「野田さんなら」とかならずまとまって行動する。

意外にも、保守系で十人ほど固まったグループは野田グループしかない。羽田孜特別代表を中心とするグループですら、「なにが何でも、羽田さんと行動をともにする」という議員は七、八人しかいなかった。

それに、野田は、おっとりしていて安心感がある。鳩山や菅のようなシティーボーイ風にも見えない。やはりシティーボーイ風の小泉首相に対抗するには、野田のようなモサッとした人物のほうがいいのではないか。前原では、小泉首相と同じだ。

野田には、ユーモアのセンスもある。平成十二年十一月に起こったいわゆる「加藤の乱」のとき、森内閣不信任決議案の反対討論で保守党の松浪健四郎が、壇上から水をかけ登院停止になった。その後、野田は、本会議で代表質問に立った。おもむろに水を飲んだあと、すました顔で口にした。

「水は飲むものであって、投げるものではありません」

本会議場は、大爆笑となった。

代表選の話題がちらほらと出はじめたあるとき、「政権戦略研究会」と旧民社党グループの会合が開かれた。旧民社党の議員が、野田にいった。

「今日の新聞で、あなたの名前が急浮上したと出ていましたね」

野田は、遠慮がちに答えた。

「だいたい、急浮上というのは、土左衛門になって回収されるんですよ」

川に沈んだ土左衛門、すなわち死体は、ある段階で浮いてくる。発見されたとたん、警察に回収されてしまう。つまり、急浮上したものは消される運命にあるということだ。

野田は、平成八年十月の総選挙で落選の憂き目にあった。その差は、わずか百五票。野田は、それをあえて百七票とし、こう表現していた。

「わたしは、百七票で負けたが、あの人を選対に入れたから負けたのかな、この人が選対にこなかったから負けたのかな、あの作戦が失敗したのかな、あそこに土下座してでもお願いすれば良かったかな、などとずっと思いをめぐらしました。俗に、人間には百八の煩《ぼん》悩《のう》があるといいますが、わたしの場合は百七の煩悩です」

野田は、政治評論家の鈴木棟一に「外交、防衛政策はどうするのか」と質問されたとき、「どんな大国も、軍事力で永久に勝つことはできません。しかし、小国は、自衛能力をもたないと、これもまた滅びます」と答えた。

鈴木は、「野田という男は、物事の本質を端的にあらわす能力をもっている」と感心したという。

野田は、このようにユーモアのセンスもあり、表現能力にも長《た》けている。それらのことを総合的に判断し、上田は野田に賭けたのである。

候補者一本化で合意した前原、野田の二人は、八月三十日午前、都内のホテルでひらかれた討論会で代表選出馬の理由や政策、政権戦略についてアピールした。討論会は一本化の指標にする世論調査のためにおこなったもので、インターネットで中継された。

午後の演説会で、前原は「鳩山由紀夫代表、菅直人幹事長に任せていては民主党の低迷状況は打破できない」としたうえで、訴えた。

「借金依存、米国依存の自民党政治からの脱却」

野田は「小異を捨てて大同につき、本気で政権を取りに行こうと決意した」と今回の一本化の意義を説明し、強調した。

「自らが党首となり政権を取れなければ、党首も国会議員も辞める」

いっぽう、菅は、インタビューなどで熊谷弘国対委員長を名指しで批判した。

「若手を、裏で操っている。表に出て、堂々とやれば良い」

上田清司は、熊谷が実際に若手の後ろで糸を引いているとは思わない。国会閉会後は地元にいて傍観をつづけてきた熊谷も、さすがにたまりかねたのだろう。上田に不満をぶつけてきた。

「菅の野郎、おれのことをぼろくそいいやがって。おれは、観客席にいるんだ。ボールを投げたり、打ったりはできない」

上田はいった。

「だから、いったでしょう。外にいようと中にいようと、結局、裏でどうのこうのといわれるのだから、立候補したほうが良かったんですよ」

熊谷は、八月二十九日の民主党の委員会で、菅を批判した。

「代表選をめぐる中傷合戦は慎むべきではないか」

その瞬間、菅が遅刻して登場した。鳩山が、菅に熊谷の発言を伝えた。

菅は、にっこりと笑って見せて賛意を表明した。

である。

「大賛成だ」

犬猿の仲で知られる熊谷と菅の二人が、この日の役員会で久しぶりに顔を合わせたわけ

鳩山ら同席者は、苦笑いするしかなかった。

「タイミングが良かったのか、悪かったのか」

八月二十九日午後、池田元久のもとに石井一から連絡が入った。

「ちょっと話がある」

池田は、石井の議員会館の部屋を訪ねた。

石井は、真剣な表情でいった。

「岩國も断念したようだし、河村も、断念した。このままでは、いまの状況を打開できない。こうなったら、おれが出る。協力してくれないか」

池田は、いつにもまして石井の迫力を感じた。

〈出られるなら、出たほうがいい。石井先生の考えは、われわれとまったく同じだ。候補者討論会の場で、あの独特な調子で熱意あふれることをいっていただければ、代表選にプラスになるのではないか〉

池田は答えた。

「われわれが協力するにしても、出馬の態勢を整えてもらわなければいけませんよ」

「わかった」

八月三十一日土曜日の夜、池田の横浜の自宅に石井から電話がかかってきた。石井は、猛然と動き、多くのサポーターも自力で集めていた。

やはりその夜、鳩山陣営幹部は、中野陣営幹部と会談し、合流を呼びかけた。が、中野自身が「自分で集めた数千人のサポーターを裏切れない」としていることもあり、この段階では物別れに終わった。

中野陣営では、若手に野田への合流を検討する動きも出ているが、ベテラン議員を中心に、代表選後の人事を見据え、「中野氏で勝負をかけるより、鳩山氏に恩を売るべきだ」との意見があることが、鳩山陣営の狙い目だ。

中野が出馬をとりやめ、鳩山の支援に回った場合、鳩山がトップとなることも考えられるだけに、中野陣営の動向が代表選の構図を左右する大きなポイントとなった。

九月二日昼、池田は、石井とキャピトル東急ホテルの一室で会った。石井側は、石井、海江田万里、前田雄吉、菅側は、池田、江田五月が顔をそろえた。

石井は、頭を下げた。

「努力するから、側面から応援してくれ」

池田は、励ました。

「いま、われわれも必死でやっています。先生も、推薦人集めを一生懸命やってくださいよ」

石井は、推薦人集めに奔走し、十数人が集まった。テレビ討論会などで顔の売れている石井は、一種のタレントだ。頼まれて遊説《ゆうぜい》する機会も多く、石井に恩を感じている議員は少なくなかった。だが、出遅れは否《いな》めなかった。長年の同志である羽田孜特別代表と、羽田の側近の北澤俊美とも話し合い、結局、断念せざるをえなかった。池田は、状況のむずかしさはわかっていた。

前原、野田の二人は、九月二日夜、国会内で会談した。一本化のルールとした①推薦人となった八月二十九日現在の国会議員数②九月一、二日実施の世論調査結果―をそれぞれ五〇ポイント、計一〇〇ポイントに換算した結果、野田が前原を上回ったことを確認した。

両陣営は一本化の指標になったデータは公表していないが、関係者によると推薦人数で野田二十五人、前原二十一人で約四ポイント野田がリード、世論調査では逆に前原が野田を約二ポイント上回ったが、合計で野田が約二ポイントの差をつけ逃げ切った、という。

一、二日両日おこなわれた世論調査は、コンピューターで六万件に自動的に電話を掛けるシステムで、二人のどちらを支持するか尋ねた。「わからない」をふくむ有効回答数は千九百八十一だった。その回答者に、どちらが代表にふさわしいか回答を求めたところ、約千三百人が名前をあげ、わずかに前原が上回ったという。野田を統一候補とし、前原が野田を支援することで合意した。

二人はその夜、党本部でそろって記者会見した。

野田は、記者会見で語った。

「新生民主党をつくろうという志に前原さんの志を合わせ、先輩たちに立ち向かいたい」

川端達夫は、野田は、将来の日本を担うであろう有能な政治家の一人だと評価している。いろいろなことをよく勉強している。菅のように勢いよくパンパンと発言するタイプではなく、じっくりと考えて発言するタイプだ。それだけに、自分の良さをアピールするには時間がかかる。川端は、それゆえにこそ残念でならなかった。

〈国民は、若手が動きだしたことにとまどう反面、注目した。が、いかんせん一本化に時間をかけすぎた。いつしか、学芸会をやっているつもりではないか、と冷めた眼で見られるようになった。これでは、支持は集まらない〉

中野は、九月三日夜、鳩山と都内のホテルで会談した。その後、記者会見で出馬を断念し、鳩山と連携する考えを表明した。

「決選投票に勝ち残るのは至難の業《わざ》と判断した。保守・中道路線を共通できると考え、鳩山氏の支援を決めた」

その後、中野は、旧民社党グループの会合で説明した。

「鳩山さんが、『三年前の代表選では、中野さんを中心とするグループに支えられ、決選投票で代表になれた。そのことは、大変感謝している。もともと、理念や政策、党のあり方などについて、わたしと中野さんはほとんど差がない。だからこそ、三年前も支えていただいた。それなのに、今日にいたって、二人とも出ることになった。わたしが至らぬばかりに、このような事態を招き、申しわけない。振り返れば、これこれ、こういうことで、さぞかしご不快になり、もどかしい思いをされてきたでしょう』というので、ついでに『これこれ、こういうこともあった』といっておいたよ」

メンバーから、笑いがおこった。

中野はつづけた。

「そのうえで、鳩山さんは『いまあらためて中野さんの主張する政策や党の運営のあり方などをまとめた提言を熟読すると、まったく同感だ。わたしは、まさに、このようなことをやりたいと思っている。思いを共有するものが戦うのは、決していいことではない。この党を本当によくしたいという思いで旗を立てた中野さんに、代表選を降りてほしいというのは心苦しいし、大変なことをいっているのはわかっている。しかし、ここはどうか党のために協力してほしい』と真剣な表情でいってきた。わたしは、それを受け入れたいと思う」

中野は、立候補表明の記者会見で、「退路を断った」と口にした。それだけにつらい決断だったろう。

川端達夫は、中野の心中を慮《おもんぱか》ると同時に、鳩山の思いを評価した。

〈これまで鳩山さんは、みんなに舞台をつくってもらった後、そこに座るというスタイルだった。しかし、若手の一本化により危機感を募《つの》らせた。一皮剝けたニュー鳩山になりつつある。正直なところ、野田君がいま代表になるのは早すぎる。かれを殺すことにもなりかねない。今回は、ニュー鳩山になりかけの鳩山さんを推そう。野田君は、そのもとで力を蓄えるべきだ〉

九月四日、川端は鳩山支持を公にした。

鳩山・中野の連携で、鳩山に投票する国会議員は、鳩山四十五人、中野二十二人と六十人を超すと見られ、国会議員の三分の一を占める。鳩山陣営はサポーター票で菅に出遅れていると見られているが、旧同盟系労組を軸に六万人を集めたとされる中野の協力で、サポーター票の上積みも期待していた。鳩山陣営は、自前のサポーター約七万人と、中野陣営が集めたとされる約六万人を合計すると、民主党が九月三日に約三十万人と発表したサポーターの半数近くを押さえ、陣営幹部によると「第一回投票での一位が射程圏内に入った」との強気の見方もあった。

九月四日午後二時、池田元久は、北澤俊美からの連絡を受けてキャピトル東急ホテルの一室で石井一と会った。海江田万里や前田雄吉も、同席した。

池田は、要請した。

「先生の意思を大事にしたい。先生の考え方を活かすためにも、ここは、菅の支援をお願いします。選挙を戦える党にもっていくためにも、よろしくお願いします」

石井は、訊いてきた。

「いま、どういう状況なんだ」

池田は、正確な状況を包み隠すことなく伝えた。

「菅は、国会議員の数で劣勢だといわれてますが、まったく違います。いまのところ、四十人が支持してます。鳩山さんは、四十二人といってますが、これは大本営発表です。なにしろ、昨日（三日）の鳩山集会には、代理もふくめて三十三人しか集まらなかった。国会議員の数でも、菅は鳩山さんを上まわっています。決選投票についてはまだ見えていませんが、これは、断固としてやるつもりです」

菅は、九月四日夕、札幌市内での記者会見で、中野が党代表選出馬を断念し、鳩山代表支持にまわったことについて批判した。

「なぜそんなことになるのか、というとまどいをかなりあちこちから聞いている。党にとって必ずしもよかったといえないのではないか」

それまで態度を明確にしていなかった熊谷弘は、九月四日、野田を支持する意向を固めた。熊谷の若手候補擁立の最大の狙いは、対立する菅の追い落としにあったとされる。若手候補が野田に一本化されたことで、中野が出馬を辞退、鳩山支持にまわった。これで情勢は菅優位から鳩山優位に変化し、熊谷の戦略は功を奏したといえる。

熊谷は、周辺に漏らしている。

「表に出ると、いろいろいわれるから、ボール拾いに徹する」

九月四日夕方、菅に協力することを決めた岩國哲人の議員会館の部屋で、池田元久は最終的なすり合わせをおこなった。そのうえで、九月五日午前十時半から池田の部屋で合意文書をまとめることになった。菅陣営の政策委員長である筒井信隆も同席し、緊急経済対策などについて合意した。

「①バイオマス・エネルギー、自然エネルギー（風力、波力、太陽、地熱）の資源開発に三年で十兆円の投資②災害および緊急輸送に重点を置いた道路整備の促進③雇用・起業促進のための一兆円ワーク・ファンドを創設④金融政策の転換―二つのゼロからの脱却　金利ゼロ政策は年金者いじめ　金融システムを早期安定、預金ゼロ（ペイオフ）の不安を払拭《ふっしょく》⑤株式キャピタル・ゲイン・タックスの廃止　新証券税制を直ちに撤廃し、一定期間無税とする」

この日、菅が大阪からもどってきたところをつかまえ、池田は合意文書を手渡した。

「こうなりました」

多少の字句の修正をして、菅は了承した。

じつは、岩國の記者会見を二時間後に控えた九月五日午後二時、キャピトル東急ホテルで菅・石井一会談がおこなわれた。石井は、菅を支持してくれることになった。

池田元久は、会議に同席して二人のやりとりを聞きながら、目前に迫った岩國との会見で発表する文書の最終仕上げをした。

菅・石井会談は終了した。ただし、石井は決断の発表の時期については、なかなか踏ん切りがつかない様子であった。

池田は、石井にいった。

「あとで、また来ますから」

池田は、ただちに次の行動に移った。菅と岩國の共同記者会見である。衆議院第一議員会館の第一会議室を押さえ、この日午後四時から記者会見をおこなった。

岩國は、菅を支援し、推薦人になることを表明した。

「十月の衆参統一補選、統一地方選、総選挙に向けて、民主党が勝つことが代表の必要条件だ。勝つ体制をつくれるのは、菅さんだけだ」

岩國の支持は、「菅代表なら党が分裂する」という宣伝に苦しむ菅陣営のウイングを広げるという大きな意味があり、永田町を驚かせた。

いっぽう菅と岩國の記者会見に立ち会った池田は、ふたたび石井が待機しているキャピトル東急ホテルの一室にもどった。

池田は、石井を口説いた。

「なるべく早く会見を開いたほうがいいのではないですか。（九日の）告示後では、候補者の討論会が中心になるし、いまやったほうがインパクトがありますよ」

石井は、ようやく踏ん切りをつけた。

「わかった。じゃ、明日やろう」

池田は、石井と菅の日程を調整し、石井の決意をあらわす文書を用意するよう奨《すす》めた。

石井は、翌六日の午後には地元神戸市にもどる予定であった。そこで、午前十一時半から記者会見をセットした。場所は、第二議員会館の第一会議室を押さえた。

そのうえで、午後八時過ぎ、マスコミに緊急会見のファックスを送った。ただし、石井の名前は伏せた。石井の会見が、不確かなまま明るみに出ると、真意が伝わりにくい。そこで、細心の注意を払ったのである。

この夜遅く、石井から池田の高輪宿舎に「我々の決意」という文書が届いた。

代表選に立候補を予定する鳩山、菅、横路、野田による公開討論会が、九月五日夜、都内で開かれた。各立候補予定者が一堂に会するのはこの日が初めてで、九日の告示を前に憲法問題や経済政策などをテーマに火花を散らした。討論では、憲法観をめぐって四候補者のスタンスの違いがもっとも鮮明になった。

鳩山は語った。

「憲法第九条をふくめた安全保障の議論をすべきだ」

「政権を取ったら改正の議論を大いに発議していきたい」

国会での改正発議を視野に議論を提起していく意向を示した。また、野田も九条見直しもふくめた改正論議をおこなうべきだとの考えを示した。

「九条に自衛隊を戦力として明記する」

これに対し菅は、環境権などを憲法に加えるべきだとして改正の必要性は認めながらも、主張した。

「戦争放棄という第九条の基本的理念は堅持し、自衛隊は海外に出兵しないことを明記すべきだ」

横路は強調した。

「第九条と前文の精神は国連憲章と共通する。理想を持ち現実をどう変えていくかが大事だ」

経済政策では、四候補とも、小泉内閣の対応について「首相は本当に戦う覚悟がない」と批判する点では一致した。

ただ、鳩山はいった。

「あえていえば、小さな政府志向だ」

野田は、「効率的な政府を作る」と、民間需要の刺激や市場原理を機能させるための施策が必要と指摘した。

それに対し、横路は主張した。

「日本の税負担、社会保障給付は米英並みかそれより低い。（現在でも）小さな政府だ」

社会保障を充実させるべきだとの考えを強調した。

菅は語った。

「クリーンエネルギー開発などの新需要開拓に予算を重点的に振り向けるべきだ」

公共事業については、四候補とも従来型の公共事業から転換する必要があるとの考えを示すとともに、計画段階から住民参加型で事業実施の是非を議論すべきだとの認識で一致した。

九月六日午前九時半、池田の議員会館の部屋で、原文づくりに協力した前田雄吉を前に池田は文章に手を入れた。かってNHKのニュースデスクをつとめたこともあったが、石井の思いを考え、思わず筆に力が入った。

九月六日午前十一時半、石井は、河村たかし、前田雄吉と、菅といっしょにならんで記者会見をおこない、菅を支持することを表明した。

石井は、河村らとともに同志として北澤、釘宮らの名前を挙げた。

「わたしの同志の十五人以上を結束して、菅氏を支持する」

菅陣営では、保守系議員へも支持が広がっていることを示すことで、鳩山や野田の陣営からの参加に期待を込めた。

九月九日、民主党代表選が告示された。鳩山、菅、横路、野田の四人が立候補した。

川端は読んでいた。

〈最終的には、鳩・菅の戦いとなり、鳩山さんが勝つだろう。しかし、このご時世では絶対とはいえない〉

上田は、最終的には、鳩山、菅、野田の三人の争いになると見ている。

なお、菅は現職の幹事長であるにもかかわらず、推薦人の人数はぎりぎりだ。この事実は、菅がいかに党内の人望がないかを如実《にょじつ》に表している。しかし、サポーター票では、国民的人気の高い菅が有利だ。菅も、それに賭《か》けているのではないか。

小泉首相は九月二日昼、ヨハネスブルク市内のホテルで同行記者団と懇談し、内閣改造や臨時国会の召集時期は、九月二十三日の民主党代表選後に判断する考えを明らかにした。民主党代表選の結果を受けた新執行部態勢や新代表の党運営などを十分見極める必要があるとの認識を示したとみられる。

小泉首相発言について、鳩山陣営の幹部は、九月三日、警戒感を示した。

「菅幹事長が当選すれば保守系議員が離党すると見て、秋波《しゅうは》を送っている。民主党議員を一本釣りで入閣させることもあるかもしれない」

郵政民営化論で首相に近い松沢成文も、さすがに不快感をにじませた。

「首相は民主党が代表選後に分裂する可能性があると見ているのだろうが、そうはならない」

もっとも、幹部の一人はこう見ている。

「十月末の統一補選は自民党に逆風だから、民主党の新体制を見て、たとえば野田佳彦衆院議員が代表になれば若手を閣僚に起用するという程度で、民主党に手を突っ込むつもりはないはずだ」

いっぽう、菅陣営の幹部は、こう分析した。

「代表選をめぐる党内対立で民主党が弱体化したと見れば、早期の衆院解散もありえるというのが首相の真意だ」

自民党森派の森喜朗前首相、中川秀直・前官房長官と橋本派の青木幹雄参院幹事長、村岡兼造・元官房長官が九月三日夜、都内で会談し、今秋の内閣改造について、二十三日の民主党代表選後の同党内の動きを見極めたうえで実施すべきだとの見解で一致した。

また、自民党内では、保守党を発展解党して民主党から離脱した議員とともに新党を結成する構想も噂《うわさ》されている。橋本派幹部によると、「保守党はこのままでは先細りだ。自民、公明（の二党連立）になってしまうより、ワンクッションあったほうがいい」として新党を連立政権のパートナーとすることを模索する向きもある。

この場合、自民、民主両党の都市部議員が離党して石原慎太郎東京都知事を担ぐ「石原新党」構想と重なるとの見方もある。

とはいえ、自民党幹部は、「小選挙区比例代表並立制のもとでは選挙区に有力な自民党候補がいれば自民党に移ることはできないし、今の自民党には比例選で救済する余裕もない」として、民主党分裂の実現性を疑問視する声も根強い。

こうした構想がこの段階で表面化したこと自体、「代表選で鳩山氏が有力になり、離脱シナリオが消えつつあることの表れだ」との冷ややかな見方が出ていた。

菅は、九月四日、小泉首相が九月十七日に訪朝することに関連し、早期の衆院解散、総選挙がありうるとの見方を示した。

「十月は首相の日程も空いている。首相の頭の中では、訪朝で一時的に人気が盛り返せば、解散・総選挙を考えているのではないか。または新しい民主党代表がくみしやすいと考えた場合には一期に解散・総選挙に打って出ることが想定できる」

菅の発言は、党代表選を控え、総選挙の可能性を強調、与党との対決姿勢をアピールしている自らへの支持拡大を目指す狙いがあるとみられた。

鳩山は、四日の党本部での会見で、早期解散に否定的な認識を示した。

「外交を道具に使う発想は、国民に対して失礼だ。そういう発想は、いくら小泉さんでも持っていないのではないかと思う」

池田元久は、民主党代表選告示の九月九日朝、赤坂プリンスホテルの菅陣営の選対本部で、幹部たちと打ち合わせに入った。

池田は、集まった幹部たちに切り出した。

「サポーターの登録は、すでに九月三日に締め切られていますので、われわれを支持してくれるサポーターを増やすわけにはいきません」

各陣営で、どれほどのサポーター数が集まったかが、各都道府県の支部から徐々に池田らのもとに聞こえてきていた。それらの数を足していけば、全体数もわかる。各都道府県別に、候補者が集めたサポーターの数が、そのままその候補者に投票すると仮定すれば、各都道府県のおおまかな状況がわかる。その時点で、鳩山が菅を上まわっている都道府県は二十。菅が鳩山を上まわっているのが十。菅は、鳩山に負けてしまっていた。

菅が、鳩山の上を行くためには、鳩山とくらべて、支持が弱い県を重点的に、菅が遊説する。あるいは、運動員を多く入れる。そういった方法を提案した。

池田はいった。

「それとともにこれからの問題は、どうやって国会議員の票数を増やすかです」

野田佳彦と話し合って出馬を断念した前原誠司を推していた議員たちが、どう動くのか。素直に野田を推すのか、それとも、ほかの候補者を推すのか。

あるいは、党内には、どの候補を推すかまだ決めていない議員、あるいは、だれを推そうとしているのか、まだ不明な議員もいた。

池田らは、前原グループの議員、まだどの候補への支持も明らかにしていない議員たちを中心に、菅への支持を強く求めていくことを決めた。それも、決選投票で菅に投票してくれというのではなく、はじめから菅に入れてもらう。そのつもりで働きかけることにした。

池田は、毎日のようにリストをつくり、どの議員を押さえたかを確認していた。岩國も石井も、長野県選出の参議院議員の北澤俊美も、積極的に働きかけてくれた。

九月十五日には読売新聞が、九月十七日には毎日新聞が、菅が鳩山を猛追していると書いた。

池田は、心をはずませた。

〈これで、勢いに乗るぞ〉

「鳩山を抜いた」というと気が緩んでしまう。しかし、「激しく追い上げている」といえば、陣営に勢いがつく。

九月十八日に開かれた菅陣営の世話人会で池田は最終的な働きかけ対象のリストを配っていった。

「ここまでくれば、どの議員も、一回戦で投票する候補者は固まってきつつあります。ですから、これからは、決選投票の際に、菅に入れてもらえるように働きかけていこう。特に、野田陣営は一回戦は野田を推しますが、野田が通らなければ決選投票であいてしまう。ですから、野田陣営を積極的に攻めるべきだ」

当初は、決選投票になれば、十一票ほどが足りないと見られていた。鳩山を逆転するのなら、行って来いで、六人の議員を引き入れればよかった。

池田は、同じ予算委員会の理事として親しい原口一博らと会って、決選投票に野田が通らなかった際には菅に投票してほしいと頼んだ。

流れが確実に変わってきた。それまでは菅と疎遠だった議員までが、菅に投票してくれるといいはじめたのである。そのような議員たちは、民主党を鳩山にまかせたままでは非常にか弱い政党になってしまうと大局的に見て、先輩議員たちとの人間関係をも超えてきてくれた。

決選投票では、菅に投票してくれる可能性の高い議員は、野田陣営の前原グループ以外でも、十人まで増えた。

代表選を翌日に控えた九月二十二日の夜、菅陣営は、新高輪プリンスホテルで、国会議員と公認候補の懇親会を開いた。その夜、同じ新高輪プリンスホテルでは、鳩山陣営もまた会合を開いていた。鳩山陣営は、鳩山を支援する公認予定候補者にわざわざ高輪プリンスホテルに部屋までとっていた。

菅陣営では、公認予定候補者の部屋をとるのは、まるでそれでは便宜供与のようでもあると、部屋はとらないことにした。

菅陣営の懇親会の会場には、鳩山陣営の会合を抜け出てきた公認予定候補者も、何人かいた。

池田が会場に入ったとき、前のほうのテーブルには、石井一ら幹部が集まっていた。

池田は、石井にささやいた。

「石井先生、勝てると思う」

「そうか」

石井の表情が、緩んだ。

その後、石井は、壇上に立ってあいさつした。石井はいった。

「参謀長の池田君が、たったいま、この選挙では勝てるといっていた。しかし、まだ気持ちを引き締めないといけない」

池田は、あわてた。まさか、自分が勝てるといったことを、石井が口に出すとは思わなかったからである。

池田は、司会進行役をつとめていた岡崎トミ子に、一言発言を求めた。

池田は、会場にいる同志たちに檄《げき》を飛ばした。

「われわれは、勝つつもりでやっている。勝てると思ってやらないと戦えないのだから、勝てるつもりでがんばろう」

あと数時間後には、民主党の新たな代表が決まろうとしていた大会当日の九月二十三日の午前九時前、池田は、親しい新聞記者から電話を受けた。池田は、午前十時からひらかれる菅陣営の世話人会に出るために、民主党代表選の会場でもある新高輪プリンスホテルに出かける矢先だった。池田が住んでいる衆議院議員の高輪宿舎は、新高輪プリンスまでは隣り合わせである。歩いても、わずか数分であった。

親しい新聞記者はいった。

「つくばでおこなわれているサポーターの開票作業で、菅さんはどうやら少ないようですよ」

「なんだって?!」

池田には、意外な報告であった。池田は、サポーター票の予測はむずかしいといってきた。菅陣営では、菅が集めたサポーターの半分は菅に入れる。ほかの候補が集めたサポーターも、半分はその候補に入れる。そして、残りの半分は、マスコミの世論調査に従って各候補に票が入る。そうした前提のもとに、票数を弾き出していた。

そうすると、サポーター票では、菅が一三四ポイント、鳩山が一一二ポイントで、二三ポイント差をつけて菅が勝つと読んでいたのである。

マスコミの調査でも、NHKこそ一三ポイント差で鳩山が勝つとはじめのうちはいっていた。しかし、ほかの新聞社は、朝日、読売、毎日の各紙がこぞって、二〇ポイント差で菅が勝つと予測していた。

その後、池田のもとに、さまざまな情報が飛びこんできた。菅のサポーター票が伸びていないというかたわら、菅の票は順調に伸びているという情報もあった。

「サポーター票では、菅が優勢だ」と口コミで伝えることはできない状況だった。

池田はいった。

「とにかく、国会議員票を確実にするために、ダメ押しの電話を入れたほうがいい」

その間に、午前十時半ころ、野田陣営の安住淳から電話が入った。

「二、三位連合を組まないですか？」

決選投票に残ったほうを、進めなかった陣営が応援しようというわけである。

池田は、江田五月本部長、東京都選出の参議院議員で事務局長の小川敏夫とともに、ホテル内の一室に出向いた。野田陣営からは、安住のほかに、上田清司、藤村修の三人が来ていた。

しかし、ここにいたるまで、野田陣営が決選投票に進むことがむずかしいことはだいたいわかっていた。しかも、菅陣営は、野田陣営の若手らから、野田が決選投票に進むことができなければ菅に票を投じてくれるとの心証を得ていた。いっぽう、決選投票では、鳩山に流れる議員もかなりいることもわかっていた。二、三位連合を組んだとしても、野田陣営がすべて菅に入れてくれるとはとうてい思えなかった。それに、二、三位連合というやり方はできるだけ避けるべきだ。堂々と単独で勝つべきだと池田は考えていた。だが、わざわざ相手の申し出を無下に断ることもない。

本部長の江田が退席したあと、池田は、上田らにいった。

「菅グループとして、もしも決選投票に残れなければ、いったん部屋にもどって相談するようにしよう」

正式な二、三位連合は組まなかった。

午後一時。新高輪プリンスホテルの会場で、いよいよ代表選がはじまった。

池田は、最前列で、読み上げられる第一回の投票結果を、記入用紙に書き留めた。まず、北海道からはじまって各県ごとに、各候補が獲得したサポーター党員票が読みあげられはじめた。

まもなく、池田の表情が曇ってきた。サポーターのポイントが思うように伸びない。

〈まずいな、これは……〉

朝に親しい新聞記者から、菅の党員サポーター票が伸び悩んでいるとの報告を受けたとおりになってしまっていたのである。二〇ポイント、菅が鳩山を上回るという大方の予想どころか、鳩山が一二六ポイント、菅が九四ポイントと、なんと三二ポイントも差をつけられてしまった。あとの候補である野田は六七ポイント、横路は三三ポイントだった。

少し意外だったのは、横路が国会議員の数で三十一人を獲得したことである。というのも、菅陣営の一部が、第一回戦から一位をとるために、横路陣営に手を突っ込んでいた。それが、横路の逆鱗に触れた。危機感を抱いた横路は、陣営を引き締めた。その結果、むしろ横路陣営の票を伸ばすことになってしまった。

いずれにしても、鳩山の党員サポーター票における獲得票の多さは、菅陣営にとって大誤算だった。結果としては、鳩山が二九四ポイント、菅が二二一ポイント、野田が一八二ポイント、横路が一一九ポイントを獲得した。

一位の鳩山と、二位の菅の決選投票となった。池田は、祈るような思いだった。

〈野田陣営の四十四人の議員票のうち、二十人が菅に投票してくれれば、まだ勝ち目はある〉

決選投票では、国会議員と衆院選公認予定者が、ふたたび投票をおこなう。野田陣営四十四人のうち、十九人が来れば互角、二十人来れば、勝てる。

会場の最前列には、池田のほかに、赤松広隆、安住淳、五十嵐文彦、石井一がならんでいた。

池田は、赤松の隣に座っている、野田陣営の安住のもとに近寄った。

「二、三位連合の話、どうなんだ？」

いつもとちがって安住は元気がなかった。

「もう、駄目ですよ」

池田らに積極的に二、三位連合をもちかけてきた安住が、そういうのである。勝つはずだったサポーター票で、菅が鳩山に圧倒的な差をつけられたのも、野田陣営の若手議員たちの動揺を誘ったようだ。それにくわえて、決選投票になったとしても、一回戦で一位になった候補に投票するとはじめから決めてかかっている議員もわずかながらいた。

それでも、菅は、健闘した。

決選投票で国会議員では一八四ポイントで鳩山を二ポイント、衆院選公認予定者では四二ポイントと鳩山を一ポイント上回った。最初の投票で横路と野田に投票した国会議員の総数一五〇ポイントのうち、九四ポイントを獲得した。また最初この二人に投票した衆院選公認予定者も三六ポイントのうち二〇ポイントを獲得した。

だが、やはり、党員サポーター票の差が大きく響いた。決選投票では、党員サポーターには、もう一度投票をしてもらうわけにはいかない。そこで、都道府県ごとで、菅と鳩山のどちらが多く票をとったかを比較し、上位者に一ポイントあたえられることになっていた。党員サポーター票では、鳩山が三一ポイント、菅が一六ポイントと、鳩山が一五ポイントも差をつけていた。

総合した結果として、鳩山が二五四ポイントを獲得し、二四二ポイントの菅は惜しくも敗れた。

決選投票で、野田陣営から菅支持に回ったのは十六人。国会議員あと三人、菅陣営に来れば二四八ポイントで鳩山と並び、四人来れば逆転できた。

この結果に、池田は、はじめは力が抜けた感じがした。だが、国会議員の票数、公認予定者の票数で勝っている。自民党に対抗できる強い党をつくろうという同志が多数いることがわかった。

〈菅さんが代表になればもっともよかったが、党内でもいい動きができた〉

むしろ、自信につながった。

そして推薦人集めから始まって多くの同志の協力でここまで国会議員の支持を集めることができたことに感慨をおぼえた。

代表選翌日の九月二十三日、代表となった鳩山由紀夫は、新高輪プリンスホテルで開かれた臨時党大会で、幹事長に旧民社党出身の中野寛成を起用すると表明した。

「幹事長には中野寛成さんの起用を承認いただきたい」

鳩山がこう切り出すと、会場内にざわめきが起きた。

中野は、代表選出馬を取りめやて鳩山支持にまわり、旧民社党系労組の組織票をまとめた。しかし、自分のためのサポーターを集めておきながら、鳩山と合流したことで、中野を応援するためにサポーターとなった人たちからは反発を受けた。

池田は、中野とは、平成十年の金融国会でともに金融安定化特別委員会の理事をつとめて以来、親しくしていた。しかし、あまりにも露骨な論功行賞と旧党派維持の人事にはおどろいた。

その人事は、神奈川県五区選出の田中慶秋、茨城県五区選出の大畠章宏、東京都九区選出の吉田公一、東京都二区選出の中山義活の、いわゆる、新四人組が、人事の主導権をとろうと代表選のおこなわれた夜、集まり一晩かかって作成したというのだ。当初は、伊藤英成を幹事長に、岡田克也を特命副代表、吉田公一を国対委員長とするなどの案があったらしい。

幹事長は、あくまでも旧民社党系の議員を据えるつもりだったらしい。

鳩山は、まず伊藤に打診した。だが、伊藤には断られた。そこで、臨時党大会がひらかれる二十四日の朝、中野に連絡をとって、幹事長就任を要請したという。

それにしても、党内のだれもが、中野を幹事長に据える鳩山の感性を疑った。圧倒的な差をつけて代表の座を射止めたならいざ知らず、あそこまで接戦での勝利ならば、党内バランスを重視した布陣を敷くのがふつうだろう。露骨なまでの論功行賞人事をおこなえば、どうなるかがわからないのだろうか。

鳩山は、九月二十五日、代表選に立候補した菅、横路、野田の三人に、四者会談を開くことを呼びかけた。

菅の対応は、素っ気なかった。

「どうぞ、気にしないで人事をやってください」

野田も、記者たちに語った。

「会談してもいいが、わたしの結論は変わらない」

前日、「幹事長のイメージがちがいすぎる」と鳩山からの執行部入り要請を拒んだ気持ちは変わらないことを強調した。

鳩山は、羽田孜党特別代表にもアドバイスを受けたこともあり、中野と会った。

中野にいった。

「わたしが降りるか、あなたが降りるか、あるいは、二人が降りるか。それしか選択の余地はありませんよ」

そういって、中野に降りてもらうことで、幕引きをしようとした。

中野は、そこではじめて真剣になった。親しい人々に相談した。

相談を受けた人はいった。

「すでに決まったことだから、幹事長をまっとうするべきだろう」

中野は、幹事長から降りることを拒否した。

鳩山は、中野を降ろすこともできなかった。いっぽう、民主党内でも、いくらなんでも党大会で了承した以上は、強引に中野を降ろすことはできないとの空気も広がった。

鳩山も、中野以外の人事は、論功行賞の色をうすめ、選挙戦を戦った相手の側からも入れるといった、バランスをとるようにした。

九月二十八日、中野寛成幹事長から、江田五月に電話が入った。

「政調会長に、海江田さんを入れたいと思うのだが、どうだろうか」

海江田万里は、代表選で菅を支持した。しかし、それほど菅に近い存在ではなかった。

むしろ、仲がよかった石井一とのかかわりで、菅を支持したようなものだった。

江田は、いった。

「海江田さんは、菅の推薦人には入っていませんよ」

海江田は、政調会長就任を受けることにした。

横路グループからは赤松広隆が選挙対策委員長として執行部入りすることが決まった。

国会対策委員長には佐藤敬夫が就任した。

その後、党人事は着々と進んだ。

石井一は副代表にとどまり、副代表を外れた岩國は、ネクストキャビネットの行革担当相となった。

池田は、衆議院の外務委員長となった。

しかし、菅のプロパーな人材は執行部に一人も入らなかった。決選投票で菅に投票したのは、赤松と海江田だけである。

自民党参議院議員の山本一太は、枝野幸男や前原誠司ら民主党の若手と仲がいい。山本は、彼らに発破をかけている。

「もうちょっとがんばってほしい。ぼくは自民党と民主党が二つに割れ、それぞれ新しい党をつくるとか、民主党の一部が割れて自民党と合流するとか、そんなケチな考えは持っていない。むしろ、前原さんや枝野さんとは別々の党で競い合いたい。そのためには、一回くらい自民党を政権からひきずりおろしてくれ。そうすれば、自民党も試練を経て生まれ変わり、政権を奪い返すから」

しかし、今回の民主党代表選は、ひどいものであった。

山本は、かれらに強く迫っている。

「なんだ、この状況は。これでは、まったく自民党に緊張感が出てこない。むしろ、みんなよろこんでいる。あなたたちが本気でがんばって、もっと緊張感を与えてくれ。失敗したら政権を失うよ、という匕首《あいくち》を自民党に突きつけてほしい」

第13章　北朝鮮訪問、そして内閣改造

自民党の堀内光雄総務会長のもとに、八月二十九日午後、官邸から緊急の連絡が入った。

「明日の午後三時半から、政府・与党連絡会議をひらきます。かならず都合をつけて出席してください」

堀内は、首をかしげた。

〈いったい、何だろう?〉

八月三十日、「小泉首相訪朝」のニュースが永田町、霞が関を駆けめぐった。

堀内は、おどろきを隠せなかった。

〈これだったのか〉

日本の総理大臣が、国交のない国に自ら乗り込み、首脳会談をおこなうなどきわめて異例である。普通では考えられないことである。

午後三時三十二分、首相官邸の小ホールで政府・与党連絡会議がはじまった。小泉首相

は、いきさつを説明した。

「極秘裡《り》に話を進めてきたので、表にできませんでした」

堀内は、小泉首相の決断を評価した。

〈小泉首相は、使命感を持ち、あえて火中の栗《くり》を拾ったのだろう。それにしても、大変な決断力だ。普通の総理なら、失敗に終わったときのことを恐れて、腰が引けるところだ。しかし、小泉首相は、この時期に、あえて飛び込もうとしている。そんな織田信長的な感覚があるからこそ、さまざまな改革に取り組むことができるのだろう〉

小泉首相は、この後、首相官邸で、九月十七日に北朝鮮の平壌を訪問し金正日総書記と首脳会談をおこなうことを表明した。

「一年前ぐらいから水面下で交渉をつづけ、外相会談、局長級会談、赤十字会談の経過報告をよく見極めて決断した。政治的意思をもって首脳同士が話し合わないと一歩を踏み出すことができないと思い、決めた」

そのうえで、強調した。

「数多くの問題を解決する糸口になればと思う。まず、国交正常化交渉の再開の可能性を見いだしたい」

自民党幹事長代理の町村信孝も、発表されるまで、なにも知らされていなかった。小泉首相が北朝鮮を訪問し金正日国防委員長と会見すると聞いた瞬間、思った。

〈じつにいいタイミングだ〉

北朝鮮は、経済状態もかなり追い込まれている。そのうえ、イラク、イランとならんで北朝鮮を「悪の枢軸」と名指しする強硬なアメリカの姿勢もボディブローのように効いていた。それにしても、よくもこれだけのことが、外に漏《も》れずに秘密を守りきれたものだ。どんな秘密でもぽろぽろと漏れ聞こえてくる政府にしては、めずらしく秘密が保たれていた。

町村は、福田官房長官に、皮肉まじりにいった。

「よく秘密が保たれました。合格点ですな」

じつは、今回の日朝首脳会談の伏線《ふくせん》は、森政権のときにあった。森首相の側近といわれる森派で前官房長官であった中川秀直は、平成十二年十二月、ある要人から打診を受けた。中川は、その要人とは、それまで面識がある程度で、それほど深いつきあいはなかった。

その要人は、中川に切り出した。

「森首相は、日朝国交正常化に、意欲をお持ちだろうか」

そのおよそ二カ月ほど前の、平成十二年十月三十一日、十一月一日の二日間、日本と朝鮮民主主義人民共和国の間で、第十一回日朝国交正常化交渉がおこなわれた。この交渉では、日本の植民地支配に関する「過去の清算」を中心とした協議がおこなわれた。しかし、日本側も、いわゆる、日本人拉致問題の解決を主張。双方の主張は対立し、一定の合意にいたらないまま、次回以降の協議に持ち越された。しかし、次回の交渉については、「双方の準備が整った段階で開く」として、日程、場所ともに決まらなかった。

日朝国交正常化交渉の再開にめどが立たないことに憂《うれ》いを感じたその要人は、森首相に近い中川秀直に話せば、森首相に北朝鮮側のメッセージが届くと考えたのだろう。

要人はつづけた。

「いままで、日本と北朝鮮は、政府間協議で交渉を進めてきたが、なかなか進展しない。首脳同士が話し合わない限り、事態を打開できない。森首相には、首脳会談にのぞむ御意思がおありだろうか」

そして、要請してきた。

「もしも森首相に御意思があるのならば、北朝鮮側からは金正日総書記にもっとも近くて信頼を置いている人を出します。森首相の指定される一番信頼される方と、どこかでお会いできないでしょうか」

中川も、官房長官時代に、北朝鮮に拉致された横田めぐみさんの両親をはじめ、「北朝鮮による拉致」被害者家族連絡会の人たちと会ったことがある。残された家族からの切なる思いは、中川の胸にひびいた。それ以来、一刻でも早く拉致問題を解決したいとの思いは、中川はずっと抱きつづけている。だが、日朝会談が再開しない限り、拉致問題も解決することはないのである。

韓国の金大中大統領も、いわゆる、「太陽政策」で、南北との結びつきを強めようとしていた。平成十二年九月に、静岡県熱海市で森喜朗首相と会談した際に、「日朝国交正常化交渉をつづけるべきだ」との提言もしている。

金大統領は、森にもいっていた。

「自分の経験からいっても、首脳会談をしないと前に進まない」

そのような働きかけもしてくれた。

中川は、その要人にいった。

「そのようなことであれば、森首相にお伝えしなくてはなりません」

中川は、さっそく森首相に、要人が持ちかけてきた話を伝えた。

森首相も、日朝関係を正常化したい思いは、中川と同じだった。中川にいった。

「では、きみが、金正日総書記の側近と会ってきてくれたまえ」

中川は、その要人とふたたび会い、北朝鮮の金正日総書記の側近と会うことが決まった。

中川は訊《き》いた。

「わたしは、シンガポールに行きますが、そういう方は、シンガポールまでお越しになれるのですか」

北朝鮮と国交のある中国の北京、上海ならば、金正日総書記の側近も簡単に来れるだろう。しかし、目立たなくてすむのであれば、観光客の多いシンガポールのほうがいいと中川は判断したのだった。

要人は、はっきりといった。

「かならず、まいります」

側近の名は、姜錫柱《カンソクジュ》。北朝鮮の第一外務次官で、対日外交、対米外交と外交政策については、金正日総書記から一任されている。やり手の外交官だとは、中川も耳にしていた。平成六年九月二十三日から十月二十一日までの、およそ一カ月近くにわたって、スイスのジュネーブで、米朝会談がひらかれた。アメリカ代表とするのは米朝首席代表のロバート・L・ガルーチ。それに対するのが、第一外務次官の姜錫柱であった。姜は、時には机も叩《たた》いて、ガルーチと激しくやりあったという。

だが、中川は、姜の顔ははっきりとはわからなかった。間に立った要人を通じて、たがいの写真を交換はしたが、姜の写真は、ピントがずれているために、顔はぼんやりとしか写っていなかった。

年が明けた平成十三年一月二十七日、中川は、妻とともにシンガポールに発《た》った。まわりには、あくまでも観光だと隠してあった。妻にさえも、本来の目的を伝えていなかった。

中川は、一月二十八日午前九時過ぎ、シンガポール市内の一流ホテルの自室でコーヒー一杯を呑《の》みほすと、「よおし」と自らに気合を入れて、階下に下りた。

姜と会う場所として、そのホテルのビジネスセンターにあるミーティングルームを午前十時から予約してあった。姜は、約束の時間に、通訳をともなっておとずれた。たがいに初対面である。自己紹介からはじめて、わざわざシンガポールまで来た労苦をねぎらい合った。実際に会った姜錫柱は、非常に明るく紳士的で、よくしゃべった。外交官らしく、明快な話をした。

中川は、姜と通訳を通じて話すうちに、手応えを感じてきた。

〈この人ならば、駆け引きではない話し合いができそうだ〉

中川も、率直な性格である。姜とは、話がしやすいとの感触を得た。

姜はいった。

「日本の過去の清算をきちっとしていただけるのであれば、最高指導者は、国交を正常化したいとの意欲をもっている」

中川は、率直にいった。

「そちらのお国では、行方不明としているようですが、拉致問題、八件十一人についてまず解決しなければ、こちらとしても国交正常問題は進めることができません。いままでの政府間交渉が進まなかったのは、あなた方が、日本人を拉致した事実を認めようとしなかったからでしょう。だから、本題に入れなかった。われわれにとって、拉致問題は、絶対に避けて通ることができない。この問題の解決なしに、国民の合意も得られない」

姜は反論した。

「あなたがた日本人は、過去の清算を何もいわない。それでは、おたがいさまじゃないですか」

中川があまりにも拉致問題について強く主張すると、姜もおだやかな口調ながらも反論してきた。

「戦前、従軍慰安婦、強制連行という形で、われわれ人民がどれほど被害をこうむったことか。それは語ることもつらいことだ。それは、歴史的な、朝鮮人に対する、日本人の犯罪です。それにくらべれば、行方不明者たちの問題は小さいのではないか」

さらに、姜はいった。

「戦後、日本は、これだけの長い間、ほかの国とは国交正常化していて、朝鮮民主主義人民共和国とだけはしていない。そのことに対する朝鮮人民の憤りは、大変なものがある」

しかし、姜は、おどろくべきことを口にした。

「過去の清算について、日本側が決断していただければ、この行方不明の問題について、誠意をもって対応できると思います」

拉致問題を認めたに等しい言葉であった。

中川は、突っ込んだ。

「誠意をもってというのは、どういうことですか。健在しているということの確認、家族や両親に会うこと、そして、当然のことながら、原状回復、つまり帰国させる。さらに、謝罪、責任者の処分など、そのすべてができるのですか」

姜は、きっぱりといった。

「過去の清算について日本側が決断すれば、十分に対応ができます。捜し出して、お国に返すこともできると思います」

中川は、その言葉を聞いて、拉致された日本人たちが全員元気にしていると思いこんだ。のちにわかるように、十一人のうち八名もが亡くなっているとは思いもよらなかった。だが、つぎにつなげるためには、いろいろと確認しておかなければならない。

中川は訊いた。

「あなたがたは、過去の清算、過去の清算と繰り返されています。その過去の清算とは、いったい具体的にはどういうことでしょうか。日本の謝罪ということですか?」

謝罪については、村山富市元首相が、平成七年八月十五日に「戦後五十年の首相談話」を読み上げた。

「わが国は、遠くない過去の一時期、国策を誤り、戦争への道を歩んで国民を存亡の危機に陥れ、植民地支配と侵略によって、多くの国々、とりわけアジア諸国の人々に対して多大の損害と苦痛をあたえました。わたしは、未来に過《あやま》ちなからしめんとするがゆえに、疑うべくもないこの歴史の事実を謙虚に受け止め、ここにあらためて痛切な反省の意を表し、心からのお詫《わ》びの気持ちを表明いたします。また、この歴史がもたらした内外のすべての犠牲者に深い哀悼《あいとう》の念を捧《ささ》げます」

中川はつづけた。

「謝罪については、歴代内閣は、村山内閣の公式見解を踏襲している。もちろん、森内閣も、それを引き継いでいます。それと同じことを申し上げます」

姜がいった。

「日本側の公式見解は、それはそれで承りました。問題は、その謝罪と戦前の清算ということで、どういう誠意を示すかにかかっています」

「しかし、賠償や補償といっても、その当時、統治権は日本にあった。日本は朝鮮と戦争をしていたわけではない。それは、韓国の場合でも同じで、一九六五年に国交を回復した際には、韓国が賠償請求権を放棄する。その代わりに、日本が円借款二億ドル、無償資金三億ドルの計五億ドルの経済協力をおこなうことになった。日本ができる賠償の形は、あくまでも経済協力方式です。それでも、いいのですか」

「ともかく、中身が大事です。日本側の主張や面子が立つ形で十分に協議ができると思います」

姜は、経済協力方式を否定しなかった。さらに、過去に一度日本に出した数字をあらためて出し、それから、検討しなおしたという数字を中川に伝えてきた。

中川は、その数字に、思わず眉《まゆ》をひそめた。中川が、日本がおこなった中国への賠償、韓国への賠償などから考えて、想定してきた数字とかなりかけ離れていた。

姜は、きっぱりといった。

「これ以下は、ありえません」

中川は、首を振った。

「日本の主張からは、かなりかけ離れた額ですね。日韓、日中の経済協力の実状はこうです。それと大幅に違うイメージでは、協議は簡単にいかないと思いますよ」

中川らは、さらに話を詰めていった。

「北朝鮮船籍と思われる不審な船が、日本の領海内に侵入してくる。ミサイルのテポドンが飛んでくるという問題があります。日本は、アメリカとは日米安保条約を結び、韓国とは隣国として協力している。北朝鮮とも、国交を正常化するのであれば、安全保障という問題も当然ながら出てきます。それについても、一定の前進を約束していただかなければ、日本のコンセンサスをつくることもできません」

姜はいった。

「過去の清算で、日本の決断もあり、一定の合意を得られれば、ミサイルなどで日本をおどろかすことはいっさいなくなるでしょう。もちろん、船の問題についても同様です。われわれは、ドイツのケルンで開かれたサミット（主要国首脳会議）で採択された合意を、深く受け止めています」

中川は、おっと思った。ケルンサミットは、一九九九（平成十一）年に開かれ、（一）ロシアの改革、（二）雇用を増やすための経済措置、（三）ODAを増やすといったこととともに、前年八月に突然北朝鮮がおこなったミサイル発射実権を憂慮するとの声明もふくんでいた。姜がそのことに触れることは、世界の流れに沿うことを承認したようなものである。

中川は、あらためて訊いた。

「拉致の問題で、拉致された日本人は、本当に探し出せるのですか」

「ともかく、いまのままでは、何回交渉を繰り返しても駄目だという空気が広がっています。ますますそうなる可能性もある。それを解決するためにも、日本側が一定の決断をすれば、それは外交当局同士の接触、外務大臣同士の接触、会談、それから首脳会談もできる。首脳同士で話し合うのが一番重要かもしれない。ただ、日本側にその決断が必要だ」

中川は、念を押した。

「では、包括的に解決できるんですね。われわれの最大の関心事で、懸案事項である拉致問題に対して、そちらの国では過去の清算、謝罪を問題にしている。さらに、ミサイル、不審な船の領海内の侵入といった問題もふくめて、包括的に合意できるのですね。どれを優先で解決するかをいいはじめたら、片方は拉致を認めず、片方は過去の清算を認めないと、いままでと同じことになる。そうではなく、すべていっしょに解決できるわけですね」

「そのためには、首脳会談も必要かもしれない」

中川と姜は、およそ五時間、昼食もとらずに話しつづけた。

中川は、最後にいった。

「メッセージを交換するにしろ、手紙をやりとりするにしろ、いずれにしても、連絡をとりあいましょう。両国間の政治関係がこのような状況にあるのは、決して望ましいことではない。一政治家であるわたしとしても、一刻も早く、両国間の関係を正常化して、双方が平和、安定発展をとげる、両国の国民、人民が幸せな暮らしをしていける、子々孫々《ししそんそん》までそういう状態にしていくのがわれわれの責務です。現状を打開したいというのは、わたしばかりではなく、森首相もそのような情熱をもっている。今日の話は、かならず正確に伝えます。ただ、いくつかの条件がありましたが、その条件を呑めない、見解の相違というのもある。そこが今後、おたがいに乗り越えなければならない点ですね」

中川がそういうと、姜は、中川のメモ帳を指さした。

「その紙をください」

中川は、それまで姜の言葉を、一言も漏らさず書き留めていたメモ帳を渡した。

姜は、そのメモ帳に、さらさらと姜のサインを書いた。

五時間もの長い会談を終えた中川は、宿泊しているホテルへともどった。さすがに昼食もとらずに話し合ったので、腹が空いていた。部屋でさっと着替えて、食事をとるためにエレベーターに乗った。すると、どうだろう。さきほどまで会談をしていた姜が、同じエレベーターに乗っているではないか。たがいに顔を見合わせて、ニヤリとしあった。

「ここにお泊まりでしたか」

しかし、その場は、まわりの目がある。さほど話もしないで別れた。

中川は、翌日の一月二十九日、日本に帰国した。森首相に、さっそく報告した。

中川が、北朝鮮が補償については経済協力方式でかまわないことを伝えると、森首相も、さすがにおどろいた表情になった。

「ほぉ、そうか。そこまでいったたか。じゃあ、どうすればいいのかな」

中川はいった。

「この問題は、短気ではいけません。首相が、構想をひとりでまとめて進めるわけにもいかない。政府をまとめて、外務当局に話して、次官、担当局長にいって、バックアップ体制をつくらなければならないでしょう」

中川は、アジア局長である槙田邦彦に連絡をとった。簡単な概要を話すと、槙田は、飛んできた。克明なメモをとって帰った。

さらに、自民党の訪朝団を結成し北朝鮮の労働党と政党間交渉をすすめた野中広務前自民党幹事長にも話した。森首相に、相談したほうがいいといわれたからでもあった。

野中はいった。

「かなり昔だが、コメ支援問題のときに、シンガポールで北朝鮮の要人と接触したことがあった。そのとき会ったのは、姜ではなかった。だが、そういう接触があることは大事なことだ。大事にしておいたほうがいいよ」

「今後、どうしましょうか」

「あんたの判断のとおり、外務省のバックアップをとるのが大事だろうし、時期も見なくてはならない」

「それでは、時期を見ることにしましょう」

中川は、水面下で、外務省のバックアップをとるために動いていた。だが、中川が、姜と会ってわずか二週間ほどたった平成十三年二月十日、ハワイ・オアフ島沖で、愛媛県の漁業実習船えひめ丸が、米海軍のロサンゼルス級攻撃型原子力潜水艦グリーンビルと衝突し、沈没した。いわゆる、「えひめ丸事故」が起きた。その対処をめぐって、森内閣は総辞職を余儀なくされてしまった。

森首相を継いだのが、小泉純一郎であった。

中川は、小泉首相に、北朝鮮との水面下での交渉について話した。

小泉首相は、まったく知らなかった。

「へえ、そんなことがあったの。わかりました、引き継ぎましょう」

そう口にしてから、いった。

「まあ、それでも、状況というのがあるよな」

中川は、外務省で、このことを知っているごく少数の官僚の名を告げるなど、細かな引き継ぎをおこなった。もちろん、福田官房長官にも引き継いだ。

中川は、伝えておいた。

「むこうから連絡やメッセージがあれば、伝えます」

そこから先は、中川も森も、小泉にすべて任せきった。くわしい報告も求めなかった。ただ、ときどき会ったときに、北朝鮮については話題にのぼることがある程度だった。しかし、中川は、北朝鮮との交渉が再開するには、まだ次期が早いと見ていた。窓口となるべき外務省は、外務省改革を押し進める田中外相との対立でゴタゴタがつづいていた。北朝鮮船籍と思われる不審船も、日本近海にやってくることも、日本国民に北朝鮮への警戒感を強めさせた。

だが、その間も、北朝鮮から、中川にメッセージが来ることもあった。

中川は、相手側に伝えていた。

「日本は、まだ、話し合いの場にあがる状況にはありません。こちら側の都合ばかりいうが、少なくとも前提条件なしに最大の懸案事項に先に答えてもらう。過去の清算についても、かけ離れたところではなく、もっと現実的な姿勢をもってもらう。それが前に進もうとするためのカギですよ」

ところが、平成十四年三月、あきらかに情勢が変わった。平成十三年末に日本人被害者の消息調査打ち切りを表明した北朝鮮の赤十字会が、調査事業を継続するうえに、日朝赤十字会談を開催する用意があると表明したのである。いっぽう、金正日総書記自身が、上海や北京を訪問した。とくに、十年間で、三十階以上のビルを二千棟も建てた上海にはおどろいてかなりのショックを受けたという。

北朝鮮としては、経済状況の悪化にくわえ、アメリカのブッシュ大統領が、北朝鮮を、イラク、イランとならんで「悪の枢軸」と呼んだのも、このままではいけないと思う判断材料になったのかもしれない。

中川は、小泉首相にいった。

「北朝鮮の交渉に向けて、そろそろ動いてもよろしいのではないでしょうか」

「まあな……」

小泉は、そういったきり、それ以上はなにもいわなかった。

ロシアのプーチン大統領も、八月二十三日にいっていた。

「日朝会談で、拉致問題を解決するべきだ」

じつは、外務省は、八月二十五日、二十六日に、平壌で日朝外務省局長級協議をひらいた。アジア大洋州局長である田中均は、その際に、北朝鮮の洪成南首相に、小泉首相からの金正日総書記へのメッセージを伝えた。

「国交正常化に関する諸問題や諸懸案に真剣に取り組むつもりがある。貴国も、誠意をもって真剣に取り組んでほしい」

その後、北朝鮮のアジア局長である馬哲洙が、田中局長にいった。

「わたしの上司に会ってください」

それは予定外のことだった。

馬が田中に引き合わせたのは、中川と事前折衝をした姜錫柱であった。

姜は、二十六日夜のパーティーで、田中にいった。

「小泉首相のメッセージを承りました。総書記にも伝えました。総書記は、『小泉首相のメッセージは、励まされるメッセージであり、勇気づけられるメッセージであり、心から感謝しています。小泉首相によろしくお伝えください』とのことでした」

その際に、漏れ伝わるところでは、姜はこういったという。

「森先生、中川先生、野中先生には、とても感謝しています」

ここまでたどりつくことのできた、中川らの功績を認めているのである。

日本側の出席者の一人は、このとき確信したという。

〈これで、北朝鮮が小泉首相を受け入れる意思は本物だとわかった〉

八月二十八日午後九時過ぎ、小泉首相は、首相官邸で平壌の日朝外務省局長級協議から二十七日帰国したばかりの田中均アジア大洋州局長と真剣な表情で向き合った。北朝鮮の融和姿勢を報告し、「今が訪朝の好機」と訴える田中局長に対し、首相は大きくうなずいた。

首相の訪朝構想の準備が始まったのは、田中が同局長に就任した約一年前にさかのぼる。「交渉のための交渉はせず、厳しい姿勢でのぞむ」のが基本方針だった。平成十三年六月にはブッシュ米大統領が対北朝鮮政策の見直しを完了、北朝鮮と対話を再開する意思を発表し、国際的な対話ムードが生まれていた。

その後、非公式に数十回もの折衝を重ねた。七月末に約二年ぶりにブルネイで開かれた日朝外相会談を経て、八月十八、十九日の日朝赤十字会談で、北朝鮮は六人の「行方不明者」の消息を伝え、日本側はこれを前向きなサインと受け止めた。

北朝鮮は七月から抜本的な経済改革に着手しており、「日本からの経済協力や投資はのどから手が出るほど欲しい」という事情があった。

「米国、韓国と緊密な連携を取りながら、北朝鮮を対話の場に誘い込む」

日本政府は、対北朝鮮政策を実施するにあたって、この原則をもっとも重視した。中でも最大の同盟国である米国に対しては、入念に意思疎通を図った。

外交ルートでの定期的な情報交換のほか、日本側は首相訪朝の計画について、八月二十七、二十八の両日の日米戦略対話のため来日したアーミテージ国務副長官に伝えた。

アーミテージが、八月二十八日の記者会見で「米国も適当な時期に特使を北朝鮮に送ることになる」と発言し、対話ムードを盛り上げたのも、日本側のこの動きを受けてのものだった。

小泉首相がブッシュ大統領に電話で訪朝の意向を告げたのに対し、ブッシュ大統領はこうエールを送った。

「あなたのような意思が堅固《けんこ》で、筋の通った人間が北朝鮮に行くのは正しい」

山本一太には、小泉首相は、アメリカにもぎりぎりまで訪朝を伝えなかったと思われる。来日したアーミテージ国務副長官と会談した八月二十七日に、はじめて伝えたようである。ある意味でいえば、この訪朝は、きわめて稀《まれ》な自主外交的側面があると山本は思う。

小泉首相とブッシュ大統領は、周囲が考えているよりも信頼関係が深い。小泉政権発足から一年五カ月、この短期間に、七、八回も日米首脳会談をおこなっている。しかも、小泉首相はブッシュに、同席者がハラハラするほど踏み込んだ発言をするらしい。

アメリカは、この人物とビジネスができるのか、どれだけの胆力《たんりょく》があるのかを見極める。ブッシュは、小泉首相を「侮《あなど》れず」と評価しているのではないか。いまや、二人は、レーガン大統領と中曽根首相の「ロン・ヤス」関係に匹敵するほどの関係ができつつあると山本は思う。

小泉は、いきなり八月三十日に訪朝を発表した。そのあと、中川秀直にいった。

「いろいろと意見をいってもらったりしたのに、詳しいことをいえなくてすまなかった。まあ、とりあえず北朝鮮に行ってくるよ」

「北朝鮮での首脳会議ができてよかったですね。ただ……」

中川は、小泉首相に、この点とこの点と、この点は、こういっておいたということを伝えた。

「わかっている、わかっている」

山本一太は、北朝鮮側が、森喜朗前政権時代から日朝首脳会談を働きかけていたことを知り、環境が整えば、森前首相も訪朝を決断しただろうと思う。が、森政権は世論の厳しい批判を受けていた。何をやっても批判される状況にあった。それゆえ、森前首相は決断できなかった。北朝鮮側の日本へのアプローチは、小泉政権発足後も水面下でつづいた。

八〇％の高支持率から四〇％台に落ちたとはいえ、歴代の自民党政権よりも支持率は高い。ここのところ、五〇％にもどりつつある。国民の支持を得たポピュラーな政権であることも、小泉首相が訪朝を決断できた理由の一つではないかと思っている。

北朝鮮による日本人拉致事件の早期解決を目指す超党派の議員連盟「北朝鮮に拉致された日本人を早期に救出するために行動する議員連盟」は、九月三日午前、国会内で緊急総会を開いた。小泉首相の訪朝にあたり、拉致被害者全員の救出に全力を尽くすよう求めることで一致した。

総会には、自民、公明、民主、自由各党から十人あまりが出席。冒頭、石破茂会長は、語った。

「拉致問題解決なくして国交正常化なし、という方針を堅持してもらいたい」

石破らは、この日午後、福田官房長官に首相あての申し入れ書を提出した。

申し入れ書の内容は、「〈1〉北朝鮮による拉致事件と認定している八件十一人のほか、拉致の可能性がある数十人についても全員救出を求める〈2〉救出が実現しなければ、強力な制裁措置に踏み切る〈3〉東シナ海に沈んだ北朝鮮船とみられる不審船を早期に引き揚げ、毅然とした対応をとる」などであった。

小泉首相は、九月五日夜、ロシアのプーチン大統領と電話で会談し、十七日の北朝鮮訪問について語った。

「訪朝の際には、北朝鮮が拉致問題や安全保障上の問題について前向きな対応をすること、朝鮮半島の緊張緩和のため関係国との対話を促進することが必要であるとの考えを説明し、金正日総書記の誠意ある態度を求めたい」

プーチン大統領は、小泉首相の訪朝を支持する考えを示した。

「小泉首相が北朝鮮訪問を決断したことを高くかつ肯定的に評価する。自分は金総書記との会談の際、日本と北朝鮮の関係が正常化することを望んでいることを強調した。首相の決断は、まことに正しい」

小泉首相は、九月十五日午後一時から、高輪プリンスホテルさくらタワーで福田官房長官、安倍晋三、古川貞二郎両官房副長官、外務省の竹内行夫次官、田中均アジア大洋州局長らと日朝首脳会談へ向けた詰めの協議をした。

この中で、外務省が状況を報告した。

「北朝鮮が事前折衝で『首脳会談の際、十一人のうち一部の安否情報を明らかにする』と伝えてきている」

八月三十一日、自民党江藤・亀井派会長代行の亀井静香前政調会長は、茨城県水戸市内での江藤・亀井派議員のパーティーであいさつした。日朝首脳会談について、不審船による銃撃事件や日本人拉致疑惑に関して謝罪と原状回復の約束を取りつける必要があるとの考えを強調した。

「ただ、お会いするだけでは、何の意味もない。トップ同士がきちっと腹を割って話すことは、きわめて重要で歓迎する。しっかりやってもらいたい。しかし、わが国が（戦前）朝鮮半島にやってはならないことをやったことは確かだが、北朝鮮の船が海上保安庁の船を銃撃したこと、多くの日本人を拉致したことについて、はっきりと事実と認め、謝罪し、原状復帰できるものは復帰していくことを約束させてお帰りいただきたい」

小泉首相の乗った政府専用機は、九月十七日午前九時六分、平壌・順安空港に着陸した。ゆっくりと誘導路を進んでターミナル前のスポットに到着した。この日の平壌は秋晴れで、気温は十四度とやや肌寒い。

九時二十分過ぎ、専用機の前部ドアが開き、濃紺のスーツ姿の小泉首相が姿を見せた。一瞬立ち止まり、周囲を見回した後、ゆっくりとした足取りでタラップを降りた。手を振るなどのパフォーマンスはなく、表情は硬く笑顔は見せない。

小泉首相は、現職の首相として初めて北朝鮮の地を踏んだ。日本の首相が戦後、国交のない国を訪問するのは、昭和三十一年の鳩山一郎首相のソ連訪問、昭和四十七年の田中角栄首相の中国訪問以来となる。

赤と黄緑のカーペットの上で待ち受けたのは、北朝鮮の金永南最高人民会議常任委員長らであった。

「遠いところを、よくおいでくださいました」

そうねぎらう金委員長に、小泉首相は「お出迎えありがとうございます。すばらしい天気になりました」と答え、握手を交わすと、ようやく表情を和《やわ》らげた。

金永南は、政府のナンバー2で、対外的な元首格である。国交のない日本に対し、質素な中にも相当な配慮を示したものといえ、今回の首脳会談にのぞむ北朝鮮側の意欲を示したものだ。

しかし、日本が「実務的な訪問」を望んだこともあり、歓迎行事はおこなわれなかった。

この日テレビ朝日の「スーパーモーニング」に出演した山本一太は、小泉首相が平壌の空港に降り立つ歴史的な場面を、出演者の人たちと大きなテレビ画面で見た。小泉首相の表情は、厳しかった。同行した安倍官房副長官の姿も映った。

山本は思った。

〈安倍さんは、これまで真剣に拉致問題に取り組んできた。外務省とすれば、強硬派の安倍さんは、うるさい存在かもしれない。だからこそ、小泉首相らしいバランス感覚であえて同行させたのだろう〉

小泉首相は、北朝鮮側、日本側双方の警護陣が取り囲む中を米国製リムジンに乗りこんだ。九時二十七分、会談場所となる平壌市内の百花園迎賓館《げいひんかん》へ向かった。

小泉首相は、九時五十分、百花園迎賓館に先着した。その直後、北朝鮮外務省の第四局馬哲洙は、外務省アジア大洋州局長の田中均にA四判二枚の安否リストを手渡した。リストは、ハングルで書かれ最初に生存者四人、次いで死亡者八人、以下、「わが領域内に入ったことがない対象」つまり行方不明者一人、そして日本側の名簿になかった一人の生存という計十四人の安否情報の記載があった。氏名のほか生年月日、死亡者については死亡年月日が記されていた。田中は急ぎ、安倍を別室に連れ出して報告した。

安倍は訊いた。

「有本恵子さんは、横田めぐみさんは、どうなったのか？」

田中は、暗澹《あんたん》たる表情で答えた。

「五人以外は、亡くなっています」

安倍は、あとでその情報を聞かされたときの心境を、記者にこう語っている。

「大変なショックだ。国会議員になって以来、この問題をずっと取り上げ、被害者家族との交流もあったので、その方々のことが頭に浮かんだ。心が震えるような思いだった」

安倍は、田中にいった。

「首相に伝えなきゃ、駄目だ」

安倍は、別室から、田中を連れ小泉首相の待つ部屋へ戻って、事実を告げた。小泉首相は、さすがに言葉を失った。

安倍は、ただちに日本にいる福田官房長官にも電話で伝え、要請した。

「家族への説明を、考えておいてください」

金総書記が、やがて百花園迎賓館に黒塗りの車で到着した。おなじみのカーキ色のジャンパー姿で登場した。

先着していた小泉首相は、正面入り口で直立して待ち受けた。金総書記は、小泉首相にまっすぐ歩み寄り、少しだけ笑みを見せながら「パンガプスムニダ（お会いできてうれしいです）」と声をかけて歴史的握手を交わした。が、声はやや小さかった。金総書記はこれまで金大中・韓国大統領、プーチン露大統領らの外国首脳と会談し、闊達《かったつ》な指導者のイメージを振りまいてきた。が、今回は、国交正常化の道筋がつくかどうかの正念場だけに、やや緊張気味に見えた。その表情も、硬かった。

金総書記と小泉首相は、肩を並べて廊下を会談場に向かった。ただし、二人ともまっすぐ前を見つめ、特に話も交わさない。

日本側が、廊下の途中で外務省幹部を紹介した。金総書記は右手を出して握手に応じた。が、幹部の顔を特に見ようともせず、会談場に入り、席に着いた。

会談場の会議机の上には、国旗や花などの飾りもなく、実務的な雰囲気である。

会談は、午前十一時三分からおこなわれた。

金総書記は手元に白い手帳を広げ、黒のボールペンを握りながら即刻、小泉首相に語りかけた。

「近くて遠い国という関係は、二十世紀の古い遺物になるのではなかろうかとわたしは思います。首相が平壌に直接訪問されたので、近くて遠い国でなく、友好的な隣国になるべきだと思います」

小泉首相は、こわばり、青ざめた表情で、拉致被害者の八人死亡について金総書記に迫った。

「直前の事務協議で情報提供がなされたことに留意するが、国民の利益と安全に責任を持つものとして、大きなショックであり、強く抗議する。家族の気持ちを思うと、いたたまれない。継続調査、生存者の帰国、再びこのような事案が生じないよう適切な措置をとることを求める」

午前の会談は予定より三十分早く、わずか一時間の午後〇時五分に終了した。

首脳控室に戻った小泉首相ら一行は、日本から持ち込んだ幕の内弁当を開いた。北朝鮮の誘いを断り、弁当を持ち込んだのである。

安倍は、小泉首相に迫った。

「被害者全員の情報を伝えてきたのは、予想以上の成果ですが、(日本側が拉致と認定している)六人が亡くなっているのは、非常に重い事実です。総書記の謝罪なり、どういうことだったのかという説明がない限り、共同宣言への調印は考え直すべきです」

握り飯を一つつまんだところで手を止めた小泉首相は、椅子に座って、テーブルの一点を四十分近くジッと見つめつづけていた。

午後二時四分から、首脳会談が再開された。金正日総書記が、小泉首相にいきなり切り出した。

「行方不明といってきたが、拉致だった。素直にお詫びしたい」

これまで否定してきた拉致を認め、謝罪したのだ。

安倍が小泉首相に迫ったことを、まるで盗聴していたとしか思えない発言であった。

金総書記は、事情を語った。

「背景には数十年の敵対関係があるが、誠に忌《い》まわしい出来事だ。特別委員会を作って調査した結果が、お伝えした報告だ。七〇年代、八〇年代初めまで特殊機関の一部に妄動《もうどう》主義者がいて、英雄主義に走ってこういうことをおこなってきたと考えている。二つの理由があると思う。一つは特殊機関で日本語の学習ができるようにするため、一つは人の身分を利用して南（韓国）に入るためだ。わたしがこういうことを承知するに至り、責任ある人々は処罰された。これからは絶対にない。この場で遺憾《いかん》であったことを率直におわびしたい。二度と許すことはない」

なお、この会談で、小泉首相が北朝鮮の核開発問題について金総書記にただした。

金総書記は強い口調でいった。

「（米国と北朝鮮と）どちらが強いか、戦争をやってみなければならない」

核開発を進めている可能性を示唆していたことが、のちの十月十八日に政府筋が明らかにする。

会談後、金総書記と小泉首相とで、「日朝平壌宣言」に署名した。

森派三回生の高市早苗は、日朝首脳会談に同行した安倍官房副長官に、のち拉致被害者安否情報リストについて訊いた。

「いつ、知らされたの？」

安倍は答えた。

「調印の直前に、口頭で伝えられた。リストは、見せてもらっていない」
「首相も、そうなの」
「口頭だったと、思うよ」
後に、報道番組が批判した。
「死亡したとされる年月日が同じ人がいるのは、明らかに不自然だ。なぜ、この点をただ
さなかったのか」
だが、ひどく混乱した状況で、しかも、口頭で説明されただけである。気づくことは不
可能であったかもしれない。
それでも、あと一時間でも精査し、文言《もんごん》を修正し、バランスのとれた「日朝平壌宣言」
にしてもらいたかったと思っている。
高市は、小泉首相の訪朝を評価していた。が、残念ながら「日朝平壌宣言」の文面につ
いては評価できなかった。
まず、金正日総書記が口頭で認めた拉致への北朝鮮の関与や、謝罪を、書面に盛り込ま
なかったことである。たとえば、現在の日中関係を議論するのであれば、そのベースとな
るのは文字になって残った過去の日中共同宣言や二国間条約である。歴史というのは、そ
れらをもって知るしかない。口約束では、反故《ほご》にされかねず、将来の日本に不利益をもた
らすことになるだろう。

また、「日本側は、過去の植民地支配によって、朝鮮の人々に多大の損害と苦痛を与えたという歴史の事実を謙虚に受け止め、痛切な反省と心からのお詫びの気持ちを表現した」とある。

「植民地支配＝悪」ということになっているが、その当時は、条約に基づいて正当になされた植民地支配である。たとえば、日韓併合も、日韓間できちんとした条約があって併合されている。気持ちとしては、被植民地化された人たちの民族の誇りを傷つけたことは気の毒だと思う。が、日本が条約に基づいてなされた植民地支配に対して「痛切な反省と心からのお詫び」の念を表明したにもかかわらず、北朝鮮側からは、現在進行形の重大な国際犯罪に対する「痛切な反省と心からのお詫び」は一言も入っていない。

さらに、国家テロといっても過言ではない拉致問題を「日朝が不正常な関係にあるなかで生じたこのような遺憾な問題」と総括されている。が、これでは、国交のない国に対しては、何をやってもいい、とも取れる。

亀井静香は、今回の事情を知るや、思わず顔をゆがめた。

〈外務省は、生存だ、死亡だ、と抽象的なことしか把握していないのに、首相を訪朝させたのか。北朝鮮が長年隠しつづけた日本人拉致という重いパンドラの箱を開くのだから、中身をきちんと押さえたうえで「首相、行ってください」といわないと駄目だ〉

拉致問題の解明なくして、経済援助など共同宣言の中身など実行できるわけがない。拉致された日本人は、六十人ほどいるという説さえある。国家の意思による犯罪であれば、戦争と同じだ。国家としての賠償を求めていく。特殊機関の一部の犯罪だというのなら、実行犯を日本に引き渡さないといけない。いずれにしても、その全容がすべて明らかになってはじめて共同宣言に署名するべきであったと思っている。

帰国した小泉首相は、九月十八日夕、首相官邸で民主、自由、共産、社民の野党四党の党首と会談し、首脳会談について語った。

「拉致事件は、(被害者八人が死亡していて)思いもよらない状況だったが(国交正常化交渉は)これからがスタートだ。協力を願いたい。経済協力も正常化しないうちはしない」

日朝国交正常化交渉再開への理解を求めた。

これに対し、民主党の鳩山代表は反対姿勢を示した。

「ミサイル、大量破壊兵器など日本の安全を脅《おびや》かす問題でも解決の糸口を見いだすのが(再開の)条件だったはずなのに、時期尚早だ」

自由党の小沢党首も、批判した。

「『日朝平壌宣言』では、核兵器開発などに具体的に触れていない。署名すべきではなかった」

小泉首相は、九月二十二日の報道番組「報道2001」で、核査察やミサイルの問題について語った。

「国際法を遵守《じゅんしゅ》するといいましたし、核の問題を取り上げましたら、これはアメリカとの問題だといいました。わたしは、アメリカだけの問題じゃないんだと。核の脅威は、日本も受けているんだ。通常兵器の問題、これは韓国なんかはもう切実でしょう。眼の前に兵力を結集させているんですから。こういう問題については、単にアメリカと北朝鮮だけの問題ではないんだ。日本も韓国も、もう全体の問題なんだ。だからわたしは、アメリカのブッシュ大統領にも、対話すべきだと。で、金正日総書記にも、アメリカと対話すべきだと。北朝鮮はいつも対話の用意があると、ブッシュ大統領に、伝達してくれといいましたよ。だからわたしは、電話で、ブッシュ大統領に、悪の枢軸発言も取りあげたけど、対話の道を開くべきだと。そしたら、ブッシュ大統領は真剣に考えると。これが、わたしの会談を通じて、中断をさせないで、アメリカと北朝鮮が対話することによって、安全保障上の問題についても、大きく動いていってほしいなと思っている」

山本一太の周囲は、首脳会談後、いっていた。

「これで、支持率は落ちるだろう」

しかし、山本は反論した。

「これだけの決断をしたんだ。絶対に上がるはずだ」

結果的に、山本の読みは当たった。ただし、まさかここまで支持率が回復するとは思ってもみなかった。小泉内閣の支持率は大幅に上がった。六〇%台を回復した。一度急落し、また上昇することは、歴代の内閣では、一度も見られなかった現象である。山本は、今回、あらためて世論の叡知《えいち》というものも感じた。山本は、ときおり世論の叡知を疑う場面もあった。テレビポリティクスの功罪の〝罪〟の部分で、むしろ、ワイドショーのようなものが世論をつくってしまうのではないかと思っていた。世論がマスコミの論調をつくるのか、それともマスコミが世論をつくるのか。とくにテレビのワイドショーが世論をつくるのか。

しかし、今回、マスコミ各社の世論調査をみると、訪朝を評価する人が八割、拉致は解決していないと思う人が七割、国交正常化するべきだという人が五割、正常化交渉は焦る必要はないという人が七割である。国民は、きちんとわかっているのだ。

亀井静香は、小泉内閣の支持率上昇は、小泉首相の意欲や努力に対する評価だろうと見ている。が、この問題は中身が伴わなければ意味がない。しかし、北朝鮮は、その全容を明らかにするはずはない。そのことを放ったまま、国交を正常化することなど不可能だ。国民世論も許さないだろう。

亀井は思う。

〈これだけ残虐《ざんぎゃく》、非道なことをやられているのに、この程度のことで日本が戦前、戦中にやったことを清算しましょうというわけにはいかない。子どもが考えてもわかる話だ〉

亀井は、危惧《きぐ》している。

〈国交を回復すれば、すべてが解決するという問題ではない〉

現に日本とアメリカは、国交があったにもかかわらず、太平洋戦争を起こした。日本とソ連も、日ソ不可侵条約を結んでいたにもかかわらず、ソ連が一方的に攻めこんできたではないか。

中川秀直は、そういう批判に対して思う。

〈合意書といっても、なにも国交正常化するための合意書ではない。十一回にわたっておこなわれた後、再開されていない交渉を再開するというだけのものである。もしもあのままサインもせずに帰国していたら、それこそ、正常化どころか、交渉の場に上がることさえできなかった〉

北朝鮮のような国を、国際的に通用する国にしなければ、今後の安全保障問題のこともある。逆にいえば、小泉訪朝によって、アメリカも、北朝鮮の姿勢の変化が本物だということがわかった。アメリカも、北朝鮮としっかり交渉という姿勢をとるようになった。その扉を開けたのは、小泉首相だろう。もしも森政権が存続していたとしても、北朝鮮との交渉は、時間的にここまでかかっただろう。

ただし、十月十七日、北朝鮮が、高濃縮ウランによる核兵器開発を進めていることが明らかになる。今後の日朝正常化はより複雑な様相をおびてくることになった……。

九月四日、森派の中川秀直は、キャピトル東急ホテルでおこなわれた内外ニュース東京懇談会の講演で語った。

「小泉首相は、九月二十日ごろをめどに今後の内閣の基本方針をつくれと指示している。わたし個人としては、まず最初にデフレ対策について一定期限を切って目標を掲げ、動き出すことだと考えている」

具体的には、自己資本の低下に対する金融機関への公的資金注入という議論もあった。不良債権の最終処理の段階をもっと強化すべきだとか、競売市場の未成立になった案件をなんらかの機構で一時引き取る。ＲＣＣ（整理回収機構）を強化して、そこに公的資金を注入し不良債権を時価で買い取る。そこまで思い切ってやらねばならない時期がきたと思っていた。いずれにしても、金融不安を断つ政策が急務であり、マーケットはあきらかに真の改革を迫っていた。

中川は、マスコミに内閣改造について語っていた。

「市場の見るような方向に落ち着く」

つまり、暗に柳沢伯夫金融相の交代を求めていた。

九月十日夜、自民党の堀内光雄総務会長、亀井静香、野呂田芳成元防衛庁長官が都内のホテルで、小泉政権への協力を求める森前首相に口々に迫った。

「首相もせっかく経済再生に取り組み始めたのだから、経済閣僚を代えて、それを形にしないと駄目だ」

普段は大幅改造に前向きな森が、首相周辺の懸念を代弁した。

「経済閣僚を代えると、マスコミに『変節した』と書かれる」

亀井は、たたみかけた。

「そんな悠長なことをいっている事態じゃない!」

亀井が経済閣僚の交代を求めているのは、小泉首相に歩調を合わせ、国債三十兆円枠に固執する竹中経済財政担当相のことである。

亀井は、小泉首相に前々からいっていた。

「竹中がいっていることは、眉唾だよ」

さらに、まわりのひとにもいいつづけてきた。

「景気を悪くして不良債権の処理をおこなうなんて、竹中はまるで手品みたいなことをいっている」

与党は、九月九日の緊急デフレ対策で、政府や日銀によるETF(上場投資信託)購入や先行減税の前倒し実施を打ち出した。さらに、自民党内には、破綻《はたん》金融機関からの預金払い戻し保証額を元本一千万円とその利息に限る措置、つまりペイオフの凍結解除の全面延期や、不良債権処理のための金融機関への公的資金投入などを求める声が強い。

しかし、柳沢伯夫金融相は、ペイオフの解除延期や公的資金投入には一切耳を貸そうとしない。このため、自民党の麻生太郎政調会長は再三、金融相を名指しで批判していた。

「柳沢氏が代わらない限り、今の金融行政はつづく」

堀内が熱心に進めるETF購入に反対する竹中経財相にも、自民党幹部から、反発が出ている。

「株安で含み損を抱える銀行がつぶれる恐れがあるのに、学者は気楽だ。学者は、政治家のしたことを批判するのが役目で、接触する人の範囲が限られ、どうしても視野が狭くなる。こういう経済が厳しいときには、政治のわかった人がやるべきだ」

江藤・亀井派の江藤隆美会長も、九月十二日の江藤・亀井派の会合で語った。

「一番大事なポストに、辞めたら何の責任もない人を据えている。飾り物でやってはいけない」

民間人の竹中経済財政担当相の交代を暗に求めた。

いっぽう、中曽根康弘元首相は、九月九日、東京都内で、記者団に小泉首相訪朝で国交正常化交渉再開の可能性が出ていることを指摘。

「外相には重量感があり、首相がもっとも信頼でき、党内的にも信頼度の高い人を据えるべきだ」

政治家でない川口外相は交代させるべきだとの考えを示した。

また、経済閣僚についても、指摘した。

「国民が期待できるような財政家、政治家を活用する必要があるのではないか」

小泉首相の訪米前、竹中は銀行への公的資金注入も視野に「不良債権処理の加速」を表明するよう首相に進言した。大胆な政策転換を求めたもので、首相は「振り付け」どおりにブッシュ大統領に公約した。

首相は、九月十五日、高輪プリンスホテルさくらタワーに竹中と柳沢を個別に呼び出した。直前の訪米でブッシュ大統領に約束した不良債権処理の加速策について意見を聞くためである。

竹中は、主張した。

「金融機関の自己資本増強のための公的資金注入も視野に入れるべきだ」

いっぽうの柳沢は、独自の処理策を説き、公的資金注入は、否定した。

「金融機関に飴《あめ》だけを与えることになりかねない」

小泉首相が、柳沢の交代を検討し始めた瞬間だった。

デンマークのコペンハーゲンを訪問中の小泉首相は、九月二十三日夜（日本時間二十四日未明）、同行記者団と懇談し、党役員人事と内閣改造の時期について語った。

「二十五日に福田官房長官、山崎拓、青木幹雄の衆参自民党幹事長から党内情勢を聞き、どうするか判断する。臨時国会、予算編成などの方針や政策の骨子みたいなものはいう。

公明党、保守党にも相談しないといけない。（最終判断のタイミングは）党役員の任期が切れる三十日で、党三役が先だろう」

人選の基準について語った。

「構造改革の加速化に賛成、協力する人でないと改革は難しい。方針に協力する人に閣僚、党三役になってもらいたい。足して二で割ることもあれば、反対意見を聞くことができない場合もある。（留任の可能性は）あるし、代えることがあるかもしれない」

これにより、塩川財務相、柳沢金融相、竹中経済財政担当相の経済三閣僚の去就が改造の焦点に改めて浮上してきた。

小泉首相の発言が不良債権処理に的《まと》を絞った「対策と態勢をとる」という趣旨だったことから、与党内には、二十四日、憶測が一気に広がった。

「『態勢を整える』といえば、金融相更迭《こうてつ》しかない」

実際、公的資金導入に関する閣内の意見は、真っ二つに分かれている。

銀行への直接注入を主張する急先鋒《きゅうせんぽう》は、竹中だ。国が銀行の資産をより厳格に査定し直し、自己資本が不足する金融機関には、「予防」的に公的資金を入れるべきだ。

この案には、日本経団連会長であり、トヨタ自動車会長の奥田碩ら経済財政諮問《しもん》会議の民間議員の後押しもある。産業界には、銀行の不良債権処理の遅れが株価低迷の原因になっているとの不満がくすぶる。

これに対し、柳沢は「再投入の必要はない」と強調してきた。首相が竹中の案を採用すれば、柳沢の主張を根底から覆《くつがえ》すことになる。柳沢や銀行を検査してきた金融庁の責任が問われかねない。皮肉なことに小泉首相自身も今年四月、金融庁の特別検査結果を「不良債権問題の進捗《しんちょく》につながった」と評価している。過去の金融検査が不十分だったということになれば、自らの責任問題まで飛び火する恐れさえある。

いっぽう、直接注入案には銀行の反発も予想される。各行の資産内容が白日のもとにさらされ、各行に公的資金をいくら投入したかも明確になる。経営責任や大幅なリストラを迫られるのは必至だ。

銀行側は、RCCが不良債権を高く買い取る案に期待する。自民党の山崎幹事長らも同調、UFJ銀行頭取で全国銀行協会の寺西正司会長も、賛意を示している。ただ、銀行の経営責任があいまいになることなどから、反対論は自民党にもある。

柳沢と竹中の確執が深刻化したのは、約一年前のことである。竹中が不良債権処理が進んでいないことを批判し、柳沢は反論。金融庁は銀行への特別検査実施を打ち出し、とりあえずは竹中を封じ込めた。

再び雲行きが怪しくなったのは、五月に竹中が「景気の底入れ」を宣言してからである。「景気が上向いてきた今こそ、不良債権問題を解決するチャンス」と考えた竹中は、金融庁への攻勢を開始した。銀行への公的資金再投入・国有化をぶち上げ、世論を喚起することで事態の打開を図ろうとした。

竹中の経済政策、金融政策は、たとえば、不良債権の処理の仕方は公的資金を注入し、ハードランディングで急速に処理しようとの考えをもとにしている。その処理法は、古賀誠前幹事長の考える処理法とは、あきらかにちがう。小泉首相の考える処理法では、企業倒産が増え、失業者が増えるというリスクをともなう。では、その失業者たちにはどのような手を差し伸べるのか。セーフティーネットをどう考えていくのか。古賀は、そちらのほうが、むずかしいと考えている。

古賀自身は、柳沢金融担当相の考え方と近い。柳沢の金融政策は、軸足がぶれることはなかった。柳沢の政策がいまむしろ大事で、正しいのではないかと思った。

古賀や柳沢は、不良債権処理はあくまでも金融システムの不安を払拭《ふっしょく》させるためのものと考えている。不安を払拭させることで、マネーの流通を促すのである。そのほうが、現状にも即している。金融不安を払拭させるには、手段はいくつか方法がある。国民がリスクをもっとも負わない形としては、政府が「銀行をはじめとした金融機関は、いっさい倒産させません」と表明する。そのことでペイオフ問題も解決する。国民、企業の不安を、心理面で取り除く。これは、政府の約束だけで、公的資金やさまざまなコストはいっさいかからない。もちろん、実際に金融機関が潰《つぶ》れかかったときには、政府系の機関が責任をもって援助する。そのような金融機関は国有化して仕上げて、リスクを負った分はのちに正常に経営ができる状態になったときにとりもどせばいいと考えている。

二番目の方法として、公的資金を注入する前に、政府系機関で、金融機関を中心とした株を思い切って買い上げる。日銀が、大手十五行の銀行が保有する株のうち、四兆円ほどを買い上げるとの方針をあきらかにしている。それと同じような方法でもいい。自民党堀内派の領袖《りょうしゅう》で総務会長である堀内光雄が提唱するETFを買い上げるという方法でもいい。この方法は、将来株価が上がれば、投じた資金はもどってくる。

小泉がもっとも先におこなおうとしている銀行への公的資金の注入は、古賀にとってはその後、三番目の選択肢である。そして、四番目に、RCCによる整理である。

柳沢は、九月二十四日、周辺に漏らした。

「首相は竹中氏を選んだ。九五％の確率で、交代だ。公的資金を注入するぐらいなら辞める。小泉さんへの思いはない。森内閣で入閣したので、引き続きやっているだけの話だ」

小泉首相が、九月二十三日、コペンハーゲンで記者団に、柳沢更迭をほのめかしたことに対する「答え」だった。

ASEM（アジア欧州会議）首脳会議を終え帰国した小泉首相は、首相官邸の首相執務室で、九月二十五日四時二十八分から、山崎自民党幹事長、福田官房長官、青木参院幹事長の三人と内閣改造について話し合った。

小泉首相はその会談で、「柳沢氏が辞意」と書かれたこの日の新聞を手に「こんなものが出て困ったものだ」と火消しにつとめた。

小泉首相にとって、経済閣僚の交代は「明確な政策転換」と受け取られかねず、この一年半の「小泉改革」自体の意味が問われかねないという懸念もある。「一内閣一閣僚」を掲げてきた立場もあり、柳沢が実質的に路線転換してくれれば、それに越したことはないという期待がにじむ。

小泉首相は、その後、柳沢の処遇を記者団に問われると「どういう対応をするかは、改造とからんできますから」と語り、柳沢からの回答待ちであることを明らかにした。

当の柳沢はこの日夕、大臣室に金融庁幹部を呼び、不良債権処理の加速策を検討した。協議を終えると、記者団に語った。

「(辞意を漏らした) 事実は、ありません」

首相との間に差はないのか、と問われると「ないと思いますね」と語り、小泉首相との考えに違いがないことを強調した。

柳沢は、公的資金投入やRCCによる不良債権の実質簿価買い上げには反対の立場を変えていないが、近く不良債権処理の加速策をまとめ、首相の最終的な判断を仰ぐ考えだ。

いったんは辞任を覚悟した柳沢だったが、九月二十六日に最後の巻き返しに出た。高木祥吉金融庁長官を福田官房長官に会わせ、首相の真意を探らせた。

「首相は株安を気にしている」という高木の報告を受けた柳沢は、首相に歩み寄る具体策の検討を指示した。

「資本増強のためでない短期的な公的資金投入で株価を上昇させるのは、簡単だ」

だが、ついに官邸側から検討結果を求められることはなかった。

小泉首相は、九月二十六日午後四時、首相官邸で公明党の神崎代表、保守党の野田党首と会談し、内閣改造をおこなう考えを伝え、了承を得た。

公明党は改造が小幅にとどまった場合、坂口力厚生労働相の続投を求める考えである。ただ、当の坂口が二十五日に緊急記者会見を開き、医療制度の抜本改革に関する私案を発表し、「内閣改造もあるので、新大臣を迎えてどう考えるか検討してもらいたい」と発言、改造の波乱要因となりつつある。

保守党は、扇国土交通相は交代させる考えである。小所帯の保守党にとって、二年以上閣僚の座を占めている扇の交代は既定方針と考えられていた。保守党は、首相から扇国土交通相の留任を求められれば従うが、交代の場合は、野田党首か井上喜一の入閣を求める方針と見られている。

小泉首相は語った。

「内閣を強化したい。改造をおこなうので、意見を聞かせてほしい」

神崎は、大幅改造を要求した。

「人心を一新して、改革を加速することに賛成する」

野田は語った。

「日銀による銀行株買い取りに加え、公的資金注入の議論もある。これまでの前提が崩れている。改造では、わかりやすいやり方をしたほうがいい」

暗に公的資金注入に否定的な柳沢金融相の交代を求めた。

小泉首相が頭を悩ましているのは、柳沢を替えるかどうかである。町村幹事長代理が見たところ、柳沢を替えることで、路線変更だと見られることを気にしているらしい。金融構造改革でいえば、公的資金を注入して進めることになる。路線変更にはならない。

経済をはじめとした内政問題は、いまだに厳しい状況がつづいている。小泉首相は、平成十四年度予算で、大型補正はないといっている。いままでの方針どおり、公共事業を追加して経済を活性化させようとの思いはない。だが、この一カ月もの間、アメリカのダウ工業株価三十種平均を見るだけでも、八八〇〇ドル台だったのが七六〇〇ドル台と、一二〇〇ドルも下がってしまっている。平成十三年十二月に対外公的債務の支払いを停止したアルゼンチンも、いまだに金融危機がつづいている。アルゼンチンから南米全体の金融が悪くなると、それがアメリカ、ヨーロッパへと波及し、日本へと影響をおよぼすようになる。世界同時不況が巻き起こる可能性はある。そのようなことを考えると、日本の経済は、自信満々でいられる状況ではない。なかなか厳しい。そのなかで、日銀が、銀行の保有株四兆円分を買い上げるという方針を決めた。オーソドックスな金融マン、国際的な判断からすれば、日銀の方針は、奇手妙手に属し、正当な判断ではないのかもしれない。だが、このようにデフレが長くつづき、金融機関が弱っている状態のときに、いままでやっていなかった政策を積極的におこなう。その日銀の努力に、町村は敬意を払いたい。よくぞ決断したといいたい。むしろ、日銀の政策を受けた金融庁は、金融庁長官は、金融担当相は、いったいなにをしているのかと問いたい。

日銀による銀行保有株式の直接購入という〝援軍〟が加わり、一気に「柳沢包囲網」が形成された。

いっぽう内閣改造だけでなく、党三役人事にも関心が集まっていた。

山崎幹事長は三月、「週刊文春」の女性問題報道で世論の批判にさらされ、四月の衆参二補選で小泉政権初の敗北を喫《きっ》したのをきっかけに、公然と更迭論が沸き起こっていた。

小泉首相は「補選と総選挙は別だ」と、責任論を言下《げんか》に否定。その後も、相次ぐ不祥事や重要法案処理への対応など、ことあるごとに攻撃の的となった山崎を、一貫して擁護しつづけた。

山崎は議員辞職した加藤紘一と共に「YKKトリオ」を組んだ小泉首相の盟友である。「政界の一匹オオカミ」を自任する首相にとって、山崎は心を許せる数少ない存在だ。山崎も「小泉の心中を一番よくわかっているのはわしや」と吹聴《ふいちょう》し、小派閥の領袖でありながら党運営を指揮する力のよりどころとしている。

山崎派幹部の甘利明は、小泉首相は、党三役を変えることはないと思っていた。なかでも、山崎幹事長の交代は、一〇〇%ありえない、と確信していた。山崎幹事長は、小泉首相の思いをできるだけ党に伝えたいという発想でいる。幹事長の交代を求めるものは、逆に党の思いをできるだけ小泉首相に伝えたいと考えている。つまり、ベクトルを反対にしろということだ。しかし、小泉首相は、党の意向だけを自分に伝える幹事長にすれば、それは傀儡《かいらい》政権だという意識でいる。自分が総理でいる存在意義がなくなってしまう。そのような幹事長は、絶対に認めないだろう。山崎幹事長は、官邸と党の間に入り、自分が擦《す》り切れてしまうかもしれないが、できるだけ小泉首相の考えを実現させてあげたいという気持ちでいる。小泉首相も、それがわかっているからこそ、なおさら山崎幹事長を手放さないであろう。

小泉首相は、山崎幹事長に全幅の信頼を置いている。小泉首相と山崎幹事長が首相公邸で二人きりで酒を酌《く》み交わしたとき、小泉首相は、山崎幹事長にこういったという。

「おれが総理でいる限りは、拓さん、あんたが幹事長をやってくれ。おれが、あんたを絶対に守る。もし、あんたが幹事長を辞めるというなら、おれも総理を辞める」

甘利によると、自民党に人材多しといえども、小泉首相の個性的な考えと党の考えを擦り合わせできるのは、山崎をおいて他にはいない。山崎以外では、もっとも重要な総理・幹事長間が冷戦構造となり、物事が進まない。

五月、日本医師会の新役員就任パーティーで、小泉首相は多くの参会者に囲まれる中でいい放った。

「おれが総理でいる間は、幹事長は山崎さんだけだよ」

このころ、首相は意図的に「山崎続投」をいいふらした。

甘利は思う。

〈党内には、いろいろな思惑が渦巻いているようだが、小泉政権下においては、小泉・山崎体制はワンパッケージだ〉

内閣改造に先立って九月二十七日に、自民党三役の留任が正式に決まった。首相にとって、「党内一の首相の理解者」である山崎の留任は〝既定路線〟とみられていたが、堀内、麻生の交代を予想する声は、与党内に少なくなかった。

堀内は「景気が悪くなったのでは、不良債権処理もできないし、構造改革も進めることができなくなる」と、デフレ対策を具体化させない首相の経済運営を批判。ペイオフ全面解禁の延期も強く求め、首相とは考えを異《こと》にしてきた。

また、麻生も郵政関連法案をめぐり「無修正なら廃案しかない」と首相に迫る場面があったほか、経済対策では、与党三党が緊急デフレ対策をまとめ、今月に政府に申し入れた際も批判していた。

「いくら対策を出しても政府が動かないとどうしようもない」

ただ、首相にとり堀内は、石油公団改革などでは「構造改革路線のよき理解者」という側面もある。先の通常国会では、郵政公社関連法案を党の事前審査制を省略して国会提出した際に党総務会を切り盛りした政治手腕を高く買っているともいわれる。

麻生についても、首相サイドは最終的には首相の政策に理解を示しているとみており、小泉首相の周辺によると、小泉首相も「意見対立と言ってもあの程度の発言であれば問題はない」と受け止めているという。

小泉首相は、むしろ大規模異動を求める党内との綱引きに負け、政権運営の主導権を握られるのを嫌ったようだ。

小泉首相は、また福田官房長官と安倍、上野公成両官房副長官も留任させた。

三十日の内閣改造を目前に控え、自民党各派には冷めた空気が漂っていた。小泉首相は、「派閥の推薦は受けない」と宣言し、党側との接触を断《た》っている。そのため、各派の入閣希望者を首相に要請する方途《ほうと》がないためだ。党首脳や派閥幹部が様々な会合を重ね、水面下の駆け引きを展開した従来の内閣改造前の光景は様変わりし、完全に蚊帳《かや》の外に置かれた各派幹部には、「派閥の存在価値がなくなってしまう」との焦《あせ》りと無力感が広がっている。

かつては入閣交渉の窓口として力を振るった派閥会長は今回、首相に近づこうともしていない。橋本元首相は、九月二十七日から中国を訪問中である。

小泉首相は、九月二十七日に森派幹部に「土日は、絶対だれとも会わない」といい渡した。それから二日間、東五反田の仮公邸にこもった。来客もなく、改造の布陣に一人思いをめぐらせたようだ。

じつは、内閣改造で、小泉首相は、前夜まで、自民党の古賀誠前幹事長に、財務相か外相での入閣を働きかけていたことが十月一日、明らかになる。

小泉首相は道路公団改革で対立する実力者である古賀の取り込みを図ったわけだが、ポスト小泉と目される党幹部、閣僚を留任させて協力を取りつけ、ライバルの芽を周到に摘《つ》み取ろうとした狙《ねら》いも見え隠れする。

「財務相か外相のどちらでもよいから、入閣していただきたい」

組閣前日の九月二十九日夜、小泉首相の側近が古賀に懇願した。しかし、古賀の心は動かなかった。古賀は、首相の靖国神社公式参拝を求める日本遺族会会長である。対中、対韓関係を考えると、外相就任はとうてい受けられなかった。

古賀への入閣要請は、夏前から再三にわたった。最初は、六月二十三日。沖縄から東京へ向かう飛行機内で同席した古賀に、首相自身が要請した。

翌日、今度は森前首相が「財務相になってくれないか」と持ちかけた。が、古賀は、小泉政権と距離を置く橋本派の野中広務元幹事長らへの遠慮もあって固辞した。

だが、小泉側の説得は執拗《しつよう》だった。古賀が日中国交回復記念行事のため北京入りしていた九月二十二日、同行した森派の中川前官房長官が「何とか入閣してもらえないか」と口説いた。野中も同席しており、古賀の態度はなおさら硬かった。

古賀は、同期の当選七回議員から麻生太郎政調会長、平沼赳夫経済産業相、高村正彦元外相の三人をポスト小泉として担ぎ出す機会をうかがい、定期会合を持っている。「自民党内で首相の背後を脅《おびや》かすのは古賀らの『四人の会』だけだ」とさえいわれる。が、麻生、平沼は留任し、政権を支える側に留め置かれる。古賀を入閣させれば、ポスト小泉勢力はさらに弱めることができた。

ただし、古賀は、入閣の要請があったと報じられたことを、笑って否定する。

「小泉内閣の方向性とわたしの考える方向性は、まったくちがっている。無理でしょう」

江藤・亀井派の亀井静香会長代行は、九月三十日朝、高輪の議員宿舎に集まった記者団に、情報が入らない苛立《いらだ》ちをぶちまけた。

「何も聞いていない。何も、動いてねえんだろ」

公明党の神崎武法代表も、めずらしく不満をあらわにした。

「もう少し与党とも調整していただいて、透明性を高めてもらいたいなという印象を持ちます」

改造人事については、当初、公明、保守両党には「電話連絡」という約束だった。が、二十九日午後十時過ぎになって、唐突に三十日午後の党首会談がセットされた。

三十日昼、官邸からの連絡で午後の三党首会談の後に組閣本部に出席するよう要請された野田党首は、保守党本部で不快感を隠そうとしなかった。

「組閣本部なんて、出るつもりはない」

連立与党の党首でありながら、改造の中身は当日午後までまったく知らされないままである。まったくの蚊帳の外に置かれた野田は、思わず周囲にそう漏らした。

結局は組閣本部に参加したものの、野田と同様、与党の有力政治家はほぼ改造の中身を知らされていなかった。

交代する閣僚は数人にとどまる見通しだが、小泉首相は一貫して「構造改革を加速するための改造」と表明しただけ。現閣僚にすれば、「改革促進に不適任」という認定を受けるのではないか、との不安が募った。

不良債権の処理策をめぐって首相との意見の食い違いが指摘される柳沢金融担当相は、午前十時前、九段の議員宿舎から出て、心境を語った。

「格別なものはない。淡々としている」

記者団が訊いた。

「留任の場合は、政策転換を考えているのか」

「別に意固地《いこじ》になっているわけではない」

柳沢は、そういって車に乗りこんだ。

小泉首相は、九月三十日午後一時半、首相官邸の首相執務室で、自民党五役と、連立を組んでいる公明、保守両党党首に人事のペーパーを配った。

麻生政調会長が、閣僚名の下に派閥を書き入れていくと、山崎派はゼロ。山崎幹事長は、さすがに憮然《ぶぜん》とした表情になった。みんな、黙り込んでしまった。出席者の一人は「その場は凍りついたようだった」と証言している。

幹事長の山崎ですら、全体像はわかっていなかったわけである。人事の直前、三役は国会近くのホテルに集まり、山崎から人事の概要について説明を受けたが、結果は微妙に食い違っていたからだ。

記者団に感想を求められた山崎幹事長は、「これは首相の独創的な組閣だから」と答えるのが精一杯だった。

焦点の金融担当相ポストは、銀行への公的資金投入に慎重だった柳沢を事実上更迭し、竹中に兼務させた。改造規模は小幅にとどまるとみられていたが、大島理森農相、鈴木俊一環境相、谷垣禎一国家公安委員長、石破茂防衛庁長官、細田博之沖縄・北方対策兼科学技術担当相、鴻池祥肇《こうのいけよしただ》防災担当相の六人が、新たに入閣、中規模改造となった。

公明党の坂口力厚生労働相、保守党の扇千景国土交通相ら十一人が留任した。

他党にも不信感は募る。公明、保守両党は「小幅」の情報を前提に現職留任を受け入れる考えでいた。だが、交代は六閣僚の中規模。保守党の野田党首は「こんなに代わるのだったら……」と漏らし、記者会見で怒った。

「信頼関係を強化するやり方じゃない」

今回の内閣改造に満足しているとすれば、持論の「参院枠二」を果たした青木幹雄参院幹事長くらいか。参院自民党は、平成十二年七月に久世公堯金融再生委員長が企業からの利益供与問題で辞任して以来、参院からの閣僚は一人で、現在も片山総務相だけだ。

青木幹雄参院幹事長は、平成十三年の小泉内閣発足後、二人枠の復活を求め、最近も周囲に語っていた。

「無理をいっているわけじゃない。もし首相が一人というなら、こっちは引くつもりはない」

ただ、党務への復帰を望んだ片山総務相は留任で、期待した新任は、鴻池防災担当相だけで、新任二人はかなわなかった。それでも青木は、早々といった。

「参院の二つが大丈夫なら、それでいい」

党の利害で首相と渡り合う気分はすでになかった。

いっぽう対立しあっていた竹中が、金融相ポストまで兼任したというテレビニュースを見て、柳沢は、思わずつぶやいた。

「これは強烈だ。明白な政策転換だ」

柳沢は、記者会見で語った。

「わたしとしては最後まで自分の流儀を貫いた。銀行は民間企業だ。公的資金を投入して立て直したとしても、それで民間の自律的な回復とはいえない。国の資本が入ることで、経営者の緊張感を削《そ》ぐことにはならないか。その考えは今でも変わらない。留任はあり得ないと思っていたので、退任そのものにはおどろきはない。しかし、後任は、まったくの予想外だった。金融庁の人たちも、方針のまったく違う人間が上に来ることになり、さぞかし大変だろう。総理としては、人事一新で金融政策をこの際、変えるべきだという判断だったのだと思う」

小泉首相は、九月三十日夜、記者会見で内閣改造について語った。

「一内閣一閣僚にこだわっているわけではないが、できればクルクル大臣が代わらない方がいいというのは、今でも変わらない。そういう点も踏まえながら、厳しい状況に対応できるような体制を作るのも一つの方向ではないかということで改造した」

不良債権処理についても語った。

「政府、日銀が一体となって不良債権処理を加速させるという中で、竹中経済財政担当相に金融担当相を兼任させた。財政、金融を一体として取り組まなければならない。金融問題を離れて経済再生に取り組むことはできないと判断して総合的に考えてもらうということで、竹中さんに不良債権処理の加速策を指示した。あらゆる手だてを講じて、不良債権処理を進め、民間金融機関の健全性を取り戻すような処置をしていただきたい」

柳沢更迭についても語った。

「柳沢氏は危機意識を我々と共有して、日本初の金融危機を起こさないということでよくやってくれたと思う。一方、市場関係者、諸外国に日本の経済の潜在力は十分あるものの、その足かせは金融機関の健全性の問題で、不良債権処理が遅れているのではないかという懸念がもたれているのも事実だ。一般の目から見ると、（柳沢金融担当相と竹中経済財政担当相の）連携が十分なのかどうかという懸念があるのも事実だと考えた。その懸念を払拭するため、内閣が一体となって不良債権処理に本格的に取り組むということをわかってもらうために兼任させた」

内閣改造で、六閣僚を交代させたものの、亀井静香が訴えつづけてきた景気対策路線を進めるには、ほど遠い陣容であった。亀井は、大いに不満であった。

〈この改造は、軸足をちゃんと景気対策に移し、それをやりぬく体制をつくる最後のチャンスだった。しかし、小泉さんは、党の意見をなにも聞かず、勝手に大臣を決め、そのチャンスをあえて自ら潰してしまった。マスコミを相手にサーカスをやっているが、これでは本人はもちろん、日本もミゼラブル（不幸）になってしまう〉

小泉首相は、焦点の一つであった柳沢金融担当相を更迭し、竹中経済財政担当相に金融担当相を兼任させた。不良債権を処理するため、公的資金投入を視野に入れた人事であった。亀井は、よくわからない人事だと、理解に苦しんだ。

〈銀行への公的資金の投入だって、ただ投入すればいいというわけではない。そんなことをすれば、日本の経営者はアホだから、倒産会社をよう処理しない。銀行への査定がいっそう厳しくなり、銀行も不良債権先の企業により厳しくあたり、倒産が増える。倒産したり、業績の悪化した企業を外国のハゲタカファンドが買い叩いて買い、証券化して売る。ハゲタカファンドの経営者は堪能だから、五億円で買ったものを十億円、二十億円で売る。公的資金は、その原資を供給するだけになってしまう。こんな馬鹿げた話はない〉

亀井は、事務所に訪ねてきたあるハゲタカファンドのトップに、この持論を展開した。

そのトップも、大きくうなずいた。

「亀井先生のいうとおりです」

小泉首相は、そうなることに気づいていない。不良債権の処理は、景気を良くしたうえでなければナンセンスだ。竹中も、そこがわかっていない。景気が悪いままの公的資金の投入は、最悪の選択である。世界にも、リーズナブルな政策だと判断している経済学者はだれもいない。経済理論からいえば、まったく整合性がないのだ。

それなのに、ただ「財政再建のためには国債を増やすな」という馬鹿の一つおぼえの路線で緊縮財政をしている。本当に馬鹿げた話だと亀井は思う。

〈外国に国債を買ってもらっているわけじゃない。国内だけの話なのに、尻込みしている。この路線でいったら、おしまいだ。国民は、まちがいなく不幸になる〉

野中広務元幹事長も、十月一日午前、都内で記者団に対し、竹中経済財政担当相に金融担当相を兼務させたことを批判した。

「金融と経済財政の閣僚が一つになったのは、金融庁発足のときの理念から、本当に許されるのかどうか。疑問に思っている」

中川秀直は、竹中に金融担当相も兼務させたことで、閣内での意見の不一致が統一されたことを評価している。

〈自民党内には慎重な意見もあるが、外国は評価している。金融庁幹部と民間有識者からなる特別プロジェクトチームを発足させ、不良債権処理を加速させる〉

中川から見れば、デフレ処理というと、失業問題、雇用問題が問われる。だが、どんなに大手流通企業が潰れようとも、トータルとしてニーズが変わることはない。これまで大手流通企業に流れていたニーズが、ほかの流通企業に流れるにすぎない。このまま不良債権をずるずるひきずるよりも、むしろ、そのように考え方を転換しなければマネーは流通しない。不良債権が、マーケットから恐れられ不安視されているために、民間までマネーが流通しないのである。

与党三党の党首会談で合意した、デフレ対策は進む。これからは積極的に公的資金を投入していくことだろう。短期的には、不良債権処理がデフレに効果をもたらす。

その効果が発揮されている間に、税制改革の中身を明確にすることをはじめ、公的資金注入以外の金融政策を充実させる。あるいは、道路や橋といったものではない、たとえば、老朽化している国立大学の研究施設の整備というような、将来の構造改革に役立つ、日本経済強化につながる政府支出を推し進める必要があるだろうと中川は思う。

山本一太も、今回の改造を高く評価する。

〈小泉首相は、大臣を選ぶにあたって政権発足時と同様、派閥の推薦を受けないという小泉流を最後まで貫いた。派閥リストを無視して大臣を選ぶことは、どれだけ勇気のいることか。これは、自民党の国会議員として息をしたものでないと決してわからない〉

改造の一番のポイントとなった竹中経済財政担当相の金融担当相兼務は、完全な金融政策の転換だ。不良債権処理を本気で進める覚悟を示したという意味では、評価できる。

「バッジのない大臣に、なにができるか」

という批判もある。が、山本は、これはアンフェアだと思う。選挙で選ばれた政治家でなければわからないこともあるが、逆にバッジをつけているからできないこともある。竹中は、ある意味で心置きなく自分の哲学に従い、小泉首相の指示を具体的に実行できるという強みがある。

たしかに不良債権処理のスキームは諸刃《もろは》の剣《つるぎ》だ。相当な痛みがくるかもしれない。しかし、それは小泉首相が決断したことだ。中途半端が、もっともよくない。原理原則を貫きながら、微調整をしながら、大きなショックをやわらげながら決断をする以外にない。政策のオプションなどは、すべて出尽くしている。あとは、政治家がどういうポリシーミックスで突き抜けていくか、責任をとるかである。ただし、山本は、個人的にはデフレ対策が必要だと感じている。デフレは、思った以上に深刻だ。竹中のいうようにインフレターゲットを導入し、時限を区切って「小泉デフレ対策立法」のようなものを考えたほうがいいのではないか。日本銀行が銀行の株を買うという奇策に出た。さらに、デフレ対策を押し進めていくほうがいい。

新任の大臣であるが、細田博之沖縄・北方担当相は、小泉首相の出身派閥である森派所属。同派会長の森喜朗前首相がひそかに首相に推薦していた。首相と党の間に立って苦しむ森のメンツを立てたともいえる。

谷垣禎一国家公安委員長は、「加藤紘一元自民党幹事長の推薦があったようだ」という。かつてのＹＫＫの盟友からの推挙に応えた。

鈴木俊一環境相は、首相自身が選んだ。鈴木は、首相が厚相時代の政務次官である。首相は「政務次官としてよく働いてくれた」と周辺に語っている。

もっとも意外性があったのが、石破茂防衛庁長官だ。本人も、「まさか……」とおどろいたという。小泉首相に呼ばれたとき、「わたしは、ずいぶんと総理を批判してきましたが」というと、小泉首相は、笑っていったという。

「大臣になる前のことだろう」

石破は、会長をつとめた「拉致議連」の活動を通じて安倍官房副長官とは「ツーカー」

という。

の間柄だ。政府との窓口役としての働きをみて、福田官房長官が首相に起用を進言したと

町村信孝は、石破の防衛庁長官ほど適役はいないだろうと見ている。橋本派からの登用という派閥への配慮というよりも、石破は、防衛問題に関しては、党内有数の論客である。防衛問題には熱心で、防衛庁の副大臣までつとめている。臨時国会での有事法制の法案修正を国会に提出したあとの答弁もやれるだろう、との判断を下したのだろう。

このほか大島理森農相は、先の「スキャンダル国会」の難局を乗り切った手腕を首相官邸が高く評価した。参院枠の鴻池祥肇防災担当相は、首相とも近い青木幹雄参院幹事長の「強い意向をそのまま受け入れた」という。山本一太は、大島と鴻池の人事も、したたかな人事であったと評価している。国対は、小泉内閣のレゾンデートルといわれる重要法案を通すのに、現場で汗をかいている。その一番の功労者が、衆参の国対委員長だ。二人とも、党人派、人情派で党内外に幅広い人脈を持ち、内閣で活用できる。そして、なにより「地道な努力に報いる姿勢」を党内にアピールしたことになる。

町村は、八月二十九日には、石原伸晃行革担当相に苦言をていし、改造では交代させるべきだとの考えを示したと報道された。町村は、記者との懇談で、行革のむずかしさを強調したつもりだった。小泉首相が、石原行革担当相に期待したのは、切り込み隊長として、どんな集中砲火を受けてもバッサバッサと切りこんでいく。その姿勢であった。それが、

逆になって、小泉が切り込み隊長、石原がまとめ役のようになっている。本来期待されている機能を果たしていないことがおかしい、といいたかったのである。石原伸晃の将来の大成を願って、「もっとどんどん若さを発揮してくれ」と叱咤《しった》激励したかったのである。

九月二十五日、町村は、パーティーで、石原行革担当相に会った。石原は、いっていた。

「町村幹事長代理との信頼関係がありますから、気にはしていません」

町村は、石原行革担当相の留任は、これからの期待をこめてのことだろうと見ている。

この人事には、自民党幹部による深読みもある。

「石原行革担当相を留任させたのは、父親の『石原新党』構想をつぶすためではないか」

国民的人気で首相に次ぐ石原慎太郎都知事の懐柔策とみるのだ。

「交代組」にはBSE問題の武部前農水相や防衛庁リスト問題の中谷前防衛庁長官らが入り、世論への配慮もうかがえる。

自民党は、九月三十日、内閣改造にともない、国対委員長に、森派の中川秀直、幹事長代理に、橋本派の額賀福志郎、総務局長に森派の町村信孝を充《あ》てる人事を内定した。また、衆院議院運営委員長に、山崎派の大野功統《よしのり》、衆院議員予算委員長に、橋本派の藤井孝男をそれぞれ推すことを決めた。国対委員長をめぐっては森前首相が中川を強く推し、主要ポストが森派に偏重することに党内の反発が出たため、それまで森派の町村信孝であった幹事長代理を、手放すことになった。町村は、選挙の実務を担当する総務局長となった。

いっぽう、山崎派は武部勤前農水相の交代で閣僚ポストがゼロになることから、議運委員長で処遇する形となった。五回生の大野は、小泉政権発足のときも山崎派が強く推したが、小泉首相は耳を貸さず一本釣りで武部を入閣させた。今回も、大野を入閣させようとつとめたが、山崎派からは入閣はゼロであった。山崎派では、不満はかなり強いという。しかし、町村によると、閣僚の五人分といわれる幹事長ポストを取りつづけているのだ。それ以上のぞめば、他派から怨嗟《えんさ》の声が上がるに決まっているという。

今回、〝加藤の乱〟の後、影の薄かった旧加藤派の谷垣禎一が国家公安委員長で入閣。KSD事件にからみ〝謹慎中〟だった橋本派の額賀福志郎も、党幹事長代理として復帰した。古賀が、ポスト小泉の首相候補として担ごうとしている平沼、麻生、高村と結成している「四人の会」にとっては、ライバルの登場だ。小泉人事には長期政権へのしたたかな布石も透けて見える。

なお、環境相に就任した鈴木俊一、北方・沖縄兼科学技術担当相となった細田博之は、四回生である。行革担当相である石原伸晃も四回生である。かつては、大臣となるのは五回生からといわれていた。それが、若返った。町村は、政界での人事は、役所での人事ではないと強調する。何年組がいっせいに課長になる、部長になる、局長になるという必要はない。当選回数にばらつきがあるのは当然だろう。特に、適材適所で組閣する小泉首相ならば、そのようなことが起こるだろう。いっぽうでは、順番待ちで、今回は閣僚入りと思われていた政治家たちは、おだやかならぬものがあるにちがいない。

なお、亀井静香によると、江藤・亀井派は副大臣人事で四回生の栗原博久を国土交通副大臣に推薦した。だが、小泉首相は、栗原の起用を拒んだ。栗原は、小泉首相の道路政策に反対する自民党道路調査会の「高速道路のあり方に関する検討委員会」の委員長をつとめている。それが意に添わなかったのであろう。

亀井は、眉をひそめた。

〈小泉は、狭量だな〉

今回の改造は、ベテラン議員の不満の声が渦巻いている。が、中堅・若手議員には、評価する声が多い。四回生の鈴木俊一と細田博之が入閣したことで、副大臣に高市早苗ら多くの三回生が起用された。

小泉首相は、派閥の声を聞かない人事をこれで二度もおこなった。町村には、つぎの組閣を、小泉がするのか、それともほかの人がするのかはわからない。だが、だれがしようとも、かつてのような派閥を考えた人事はできない。もしも派閥に相談して推薦リストをもらって組閣をしたとなれば、マスコミに猛烈に叩《たた》かれる。小泉のおこなった形で、やらざるをえなくなる。

政治資金を配れなくなった派閥にとって、ポストを配分するのは最後の効用といってもよかった。派閥はひとつのよりどころを失い、情報機能、政策機能といった本来の派閥の形になりつつある。本当の勉強、政策を勉強する、派閥が文字どおりの政策グループになっていく。「自民党をぶっ壊す」と総裁選で叫んだ小泉総理の言葉が、静かに現実となって進行している……。

いっぽう、いわゆる「抵抗勢力」とみなされている大物たちの小泉批判が激しさを増している。小泉内閣の財務相か外相にと要請され固辞したといわれている古賀誠前幹事長は、十月二日、千葉市内で講演し、小泉批判をおこなった。今後の経済運営について「デフレ対策は国債発行の三十兆円枠にとらわれることなく、通常国会冒頭で大型の補正予算を組むべきだ」と述べ、小泉首相は持論を撤回して国債発行による大型補正予算を組むべきだと強調した。

小泉首相の政治手法についても、批判した。

「支持率だけでトップダウンの政治をすると、大きな禍根《かこん》と過ちを残す」

そのうえで「与党として議論することは議論するが、それでもなお誤った政権なら、行動を起こすことも、大事ではないか」と、状況によっては倒閣も辞さない激しい姿勢を示唆した。

古賀は、十月二十七日の七つの衆参統一補選についても強調した。

「補選だから勝敗にこだわらないというのでは、政党の責任を果たせない。党執行部は、七つ全部勝つ気概を持つべきだ」

　また、厳しい結果が出たときは、山崎幹事長の進退問題につながるとの見方を示した。

「任にある人が、責任を自ら考えるべきだ。政治家には、結果責任があり、それは潔さだ」

　株価は、「竹中ショック」で、バブル後、最安値を更新した。十月十日には、東京証券株式市場で一時八千百九十七円にまで下落し、終値は八千四百三十九円であった。

　亀井静香も、これを機に、追加的なデフレ対策をおこなう必要があると強調する。

　いまは金利が安い。だからこそ、真水で五兆円、事業規模で三十兆円超の補正予算を組む。そして、民間を巻き込みながら内需を拡大していく。そうすれば、民間は自力安定の軌道に乗ってくる。そのようなことをせずに、公的資金を投入するなどおかしい。それでは、銀行は国有化になる。

　亀井は、腹立たしくてならない。

〈小泉さんの歌い文句は、〝官から民へ〟じゃないか。しかし、いまやろうとしていることは〝民から官へ〟だ。こんな馬鹿げたことを平然とやっているのに、マスコミはなにもいわない。おかしな話だ〉

　法人税減税も、ナンセンスである。儲《もう》けている企業の減税をし、儲かっていない企業から外形標準課税で金を取っては、景気に逆効果だ。それなら、投資減税、相続税や贈与税を変えるべきである。

亀井には思われてならない。

〈政府は、おかしいのではないか〉

小泉首相は、財務省の意向を重視しているのかもしれない。財務省の論理は、「これ以上、国債を増やせば大変なことになる」という、子どもでもわかるものだ。が、財務省は、どうやって税収である分母を増やそうというのか。

小泉首相は、党の意見をまったく政策に反映させない。亀井は、それでは、党が存在している意味がないと怒る。国会議員は、国民から選挙で選ばれた。その国会議員をまるで相手にせず、物書き、学者、会社の経営者らに政策を検討させるのは、民主主義の否定ではないか。アメリカの大統領には、法律的な根拠がある。が、小泉首相のやり方は法律的根拠がない。それを許す国会議員も、だらしない。恥ずかしいかぎりだ。

亀井は、腹をくくっている。

〈こんな状況を、いつまでも放置するわけにはいかない。おれは、おれなりに歴史に対する責任を果たしていく。おれが刀の鯉口《こいくち》を切ったら、どうなるか〉

「改革決死隊」の中核メンバーとして小泉首相を応援している山本一太は、小泉首相はしたたかだとあらためて感心する。小泉首相には、中曽根元首相が持っていたような国家の大戦略があるとは思えない。しかし、勝負どころをよく心得ている。決断力と政治的勘は、超一流ではないか。

小泉首相は、いわば両生類だ。頭のほうは旧世代を超越した新世代の面を持つが、尻尾のほうは旧世代である。両方の気持ちのわかる類稀《たぐいまれ》なる人物だからこそ、改革を可能にしているのではないか。

また、小泉首相が、本当に理詰めの人物なら頭が爆発している。なぜなら、ときおり論理矛盾を起こしている。しかし、それをファジーに包み込み「改革は、着々と進んでいるじゃないか」といえる小泉的感性は目を見張る。しかも、実質的に改革はやはり進んでいる。

山本は小泉首相について思う。

〈類稀な資質をもった不思議な人物だ〉

たとえば、小泉首相は、訪朝後、フジテレビの「報道２００１」のロングインタビューを受けた。質問に対し、もっとも大事なところはうまくすり抜けていた。これは、計算ではない。感性だ。微妙なことは、感性が避けていくのであろう。

小泉首相は、根回しがうまいわけでも、恫喝《どうかつ》的な手法が優れているわけでもない。しかし、堂々と他国と首脳会談ができる数少ない人物だ。次元のちがう勝負師の感性を持っているからだと山本は評価する。

そのしたたか小泉と「抵抗勢力」の戦いは、いっそう激しさを増してきている。はたして、どちらが主導権を握ることになるのか……。

あとがき

執筆にあたりまして、国会議員の相沢英之、安倍晋三、甘利明、荒井広幸、五十嵐文彦、石井一、石破茂、伊吹文明、上田清司、江藤隆美、扇千景、岡田克也、小里貞利、亀井静香、川端達夫、菅直人、熊谷弘、栗原博久、古賀誠、小林興起、桜田義孝、笹川堯、下村博文、新藤義孝、鈴木宗男、高市早苗、達増拓也、中川秀直、中野寛成、二階俊博、鳩山由紀夫、平沢勝栄、福島瑞穂、藤井孝男、堀内光雄、前原誠司、松岡利勝、松沢成文、町村信孝、村岡兼造、森田一、山本一太、山本公一、横路孝弘、渡部恒三諸氏（五十音順）の取材協力を得ました。お忙しいなか感謝いたします。

本文中の肩書は、その当時のもの、敬称は略させていただきました。

また、朝日新聞、毎日新聞、読売新聞、東京新聞、日本経済新聞、産経新聞の各紙を参考にさせていただきました。

この作品は、『アサヒ芸能』で連載いたしました「小泉と眞紀子　支持率90％の政界大戦争！」、『フォーブス日本版』で連載中の「政界同時進行小説　大逆転」、『月刊政界　ポリティコ』で連載中の「政界VIPインタビュー」を構成し、加筆したものです。『アサヒ芸能』の佐藤憲編集長、堤眞吾、金箱隆二、『フォーブス日本版』の小野塚秀男編集長、萩原彰一、『月刊政界　ポリティコ』の国府芳典編集長、さらに、この作品の上梓《じょうし》に協力してくださった徳間書店文芸書籍部の磯谷励の諸氏に感謝いたします。

なお、最後に、この長期連載、取材に、ときに休日返上で協力してくれた小菅尚、鶴見知也の両氏に、心からご苦労さんといいたい。

二〇〇二年十月

大下英治

この作品は徳間文庫オリジナル版です。

徳間文庫をお楽しみいただけましたでしょうか。どうぞご意見・ご感想をお寄せ下さい。
宛先は、〒105－8055　東京都港区芝大門2－2－1　㈱徳間書店「文庫読者係」です。

徳間文庫

小《こ》泉《いずみ》純《じゆん》一《いち》郎《ろう》vs.抵《てい》抗《こう》勢《せい》力《りよく》

2002年11月15日　初刷

著者　大《おお》下《した》英《えい》治《じ》

発行者　松《まつ》下《した》武《たけ》義《よし》

東京都港区芝大門二―二―二〒105―8055

発行所　株式会社　徳間書店

電話　編集部〇三(五四〇三)四三五〇　販売部〇三(五四〇三)四三二三

振替　〇〇一四〇―〇―四四三九二

印刷　図書印刷株式会社

製本　株式会社　明泉堂

〈編集担当　磯谷　励〉

ISBN4-19-891790-6　(乱丁、落丁本はお取りかえいたします)